KB263443

영남 구전자료집

경상남도 하동군

조희웅 · 노영근 · 박인희 엮음

도서출판 박이정

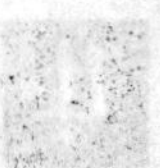

발간사

　　구비문학은 살아 있는 문학이다. 삶의 현장에서 구연자의 입담 좋은 구연(口演)과 청중의 적극적 호응이 상호 작용할 때, 구비문학은 비로소 문학으로서 생명을 얻게 된다고 볼 수 있다. 그런데 이러한 현장성이 구비문학과 기록문학의 변별점인 동시에 구비문학 연구자가 가장 먼저 맞닥뜨리는 난점이기도 하다. 구비문학 연구는 일회성의 텍스트를 대상으로 하기에 기록문학과 동일한 수준의 텍스트를 얻기란 불가능하다. 그러나 사정이 그렇다고 해서 텍스트 선택에 엄정을 기하지 않아도 좋다는 것은 아니다. 오히려, 더욱 엄정한 텍스트 확보가 요구되는 것이 구비문학 연구이기도 하다. 즉, 현장성이 가장 잘 살아 있는 텍스트 확보가 구비문학 연구의 전제조건이 된다.

　　현장성이 있는 구비문학 자료의 확보를 위해 이제까지 많은 연구자들이 현장조사에 힘을 쏟은 바 있다. 그 결과, 『한국구비문학대계』(한국정신문화연구원)나 『한국구전설화』(임석재)와 같은 전국적인 규모의 자료집 출간이 이루어졌고, 경기북부나 강원 등 특정지역에 대한 세밀한 조사가 행해지기도 하였으며, 특정 지역의 뛰어난 구연자가 발굴되기도 하였다. 그 밖에도 많은 대학에서 민속조사라는 이름으로 구비문학 자료에 대한 조사를 행하여 상당한 성과를 올리고 있다. 그러나 많은 성과들이 사장(死藏)되고 있을 뿐 아니라, 특정지역을 중복 조사하는 등 개선해야 할 부분이 있음도 사실이다. 따라서 많은 비용과 노력을 소모하여 진행되는 현지조사가 단순한 조사로 그칠 것이 아니라, 얻어진 자료가 앞으로의 연구에 계속 이용될 수 있도록 보존되어야 할 것이다.

　　국민대학교 국어국문학과에서는 1988년부터 『구비문학개론』 수업의 일환으로 구비문학 현지조사를 행하여 왔다. 조사방식은 우선, 설화, 민요 등 구비문학 자료만을 조사 대상으로 한정함으로써 집중적인 조사가 가능하게 하였다. 아울러, 『구비문학대계』에 빠져 있는 지역을 중점적으로 조사하여 지역적 균형도 고려하였다. 조사지역은 상대적으로 도시화가 덜 진행되어 구비문학의 전통이 살아 있다고 여겨지는 군(郡) 단위 지역을 대상으로 하였으며, 각 면(面)에 조사단을 파견하여 가능한 많은 지역에서 조사가 행해질 수 있도록 하였다. 이로써 명실상부한 지역 구비문학 조사가 될 수 있었음을 자부한다. 지금까지 조사를 행한 지역은 충북 단양(1988), 경북 상주(1989), 강원 명주(1991), 전남 구례(1992), 경북 문경(1993), 경남 산청(1994), 경남 함양(1995), 경남 하동(1996), 경남 거창(1997), 경남 합천(1998), 경남 창녕(1999), 경남 의령(2000), 경남 함안(2001), 전남 나주(2002), 전남 고흥(2003) 등이었다.

　　지난 2001년도의 조사로 영남, 특히 경남지역에 대한 조사는 일단 끝내기로 하였다. 이번에 그 성과 중 우선 정리가 끝난 설화 자료를 묶어 세상에 내놓는다. 민요 자료는 정리가 끝나는 대로 별권으로 속간할 예정이다. 영남지역에 대한 조사를 일단락하기까지 10년이란 시간이 소요되었다. 2002년부터는 호남지역으로 조사 대상지를 옮겼다. 커다란 고개 하나를 넘어가고 있다는 느낌을 지울 수 없다. 한 고비를 넘으면서 지금까지의 성과를 정리, 반성한다는 의미에서 이번 자료집을 기획하게 되었다. 여러 가지 미비한 점이 있겠으나, 이를 통해 영남지역 구비문학의 지형도가 어느 정도 그려질 수 있을 것으로 기대한다. 또한 앞으로 진행될 구비문학 현지조사에도 일조할 수 있을 것으로 생각한다.

　　이들 지역에 대한 조사를 행함에 있어 『구비문학개론』 수강생들의 역할이 절대적이었음을 밝혀 두는 바이다. 그들은 스스로 조사지역을 선택하고, 사전조사를 행하고, 조사를 성실히 수행하였을 뿐 아니라, 조사 결과를 채록하여 보고서로 만드는 등 조사의 전과정에서 절대적인 역할을 충실히 수행해 주었다. 이제는 모두 졸업하여 사회인이 된 그들에게 이 자리를 빌어 노고를 표하고, 명단을 각 권별로 수록하여 사의를 표한다. 아울러, 기업의 경영자로서는 별 도움이 되지 않을 이 책을 그 의의만 보고 선뜻 출판을 맡아준 박이정출판사의 박찬익 사장님과 어려운 편집 작업을 훌륭히 해주신 홍현보 편집장님과 김숙영님께도 깊은 감사의 뜻을 전하는 바이다.

2003년 5월　조희웅

차례

경상남도 하동군

하동군 하동읍

하동군 횡천면

하동군 진교면

하동군 화개면

하동군 악양면

경상남도 하동군

Ⅰ. 조사 개관

1. 조사 기간 및 일정

조사 기간 : 1996년 4월 3일(수) ~ 4월 6일(토)

조사 일정 :

4월 3일(수)

오전 7시 30분 : 학교 출발.

오후 3시 : 하동군 도착.

4시 : 각 조별로 조사지역에 도착. 숙소 확정. 이후부터 각 조별로
조사활동.

4월 4일(목)

각 조별로 조사활동.

4월 5일(금)

오후 5시 : 하동읍 숙소에 도착.

6시 : 교수님께 보고. 활동을 정리하고 함께 저녁식사.

4월 6일(토)

오전 12시 : 하동군 출발.

7시 : 학교 도착.

2. 하동군 개관

1) 연혁

하동군은 진주부에 속해 있었던 지역으로 사회문화적으로 진주 문화권의 영향 아래 있었으면서도 영남과 호남의 교차적 위치에 속한 지리적 특수성으로 인하여 복잡한 변천을 거치면서 오늘에 이르고 있다.

하동군 일대는 선사시대의 구석기 시대나 신석기 시대에 사람이 살았는지를 고증할 만한 근거가 없으나 돌칼, 돌화살 등과 지석묘 등 청동기 시대의 유물로 보아 청동기 시대에는 이미 정착생활이 시작된 것으로 보인다. 삼한 시대에는 이 지역을 다사촌이라 했고, 악양면 일대는 변진 24국 중 낙노국이 형성되었던 지역으로 알려져 있다. 다음의 표는 하동군의 대략의 연혁을 도표로 나타낸 것이다.

연 도	연 혁
1895	23부제 실시에 따라 진주부 하동군이 됨
1906	진주군 청암면, 옥종면이 편입됨
1915	전남 광양군 다압면 섬진리 일부가 편입
1933	금양면의 일부와 남면을 통합해 금남면으로 개칭
1939	하동면이 읍으로 승격되어 1읍 11면이 됨
1955	옥종면의 원계리가 진양군에 편입
1983	현재 하동읍, 화개면, 악양면, 적량면, 횡천면, 고전면, 금남면, 진교면, 양보면, 북천면, 청암면, 옥종면 등 1읍 11면 2출장소를 관할함

2) 자연환경과 기후

하동군은 경상남도의 서남단에 위치하고 있으며, 섬진강 본류의 동부 일대를 점하고 있다. 동쪽은 진양군과 사천군에, 서쪽은 섬진강을 경계로 전라남도 광양군과 구례군에 접해 있으며, 북쪽은 지리산 주변으로 함양군과 산청군 및 전라북도 남원군에, 남쪽은 노량만과 남해 바다를 끼고 남해군 도서지방에 접해 있다. 지형은 소백산맥의 주봉인 지리산 주변의 북부지역이 고산지인데 반하여 남부는 해안선에 닿아 있어 평야를 이루고 있다. 따라서 하동군의 지형은 북고남저형이라 할 수 있으며 남북이 긴 데 비해 동서가 좁다.

한반도의 남한 최고봉인 지리산은 높이 1915m의 천왕봉을 기점으로 그 산록이 군의 북부 일대에 길게 뻗어내려 화개면의 삼각고지, 학봉, 화개면과 악양면 사이의 형제봉 등 고봉들이 분기돌출하여 있으며, 청암면 일대도 높은 산악지대를 형성하고 있다. 이들 북부 산악지대는 화개면 일대의 화개천, 시루봉에서 발원한 악양면 일대의 악양천, 망실봉과 청암산에서 발원한 청암면 일대의 횡천 등의 섬진강 지류들이 흐르는데, 유역이 단소하고 경사가 급한 이들 하천을 끼고 형성된 소규모의 평지가 있을 뿐이다. 또한 동부지역에는 남강의 지류인 덕천강 유역에 자리한 북방평야와 청룡평야 등 평야가 발달되어 있다. 군의 서부지역에는 섬진강이 흘러 노량만으로 유입되는데, 하안단구를 따라 남북으로 길게 기름진 충적 평야지대가 형성되어 있다. 남부지역은 금오산이 우뚝 솟아 있으며, 그 아래로 주교천이 고전면과 금남면의 경계를 이루고 섬진강으로 흘러든다.

기후는 한반도의 남부 해안지방에 속하므로 따뜻한 편이다. 혹서라도 36℃, 혹한이라도 영하 15℃내외이며, 연평균 13.7℃이다. 그러나 산간지방에는 기온의 차가 적고, 겨울에도 따뜻한 편이나 여름철에 폭풍우를 동반한 태풍으로 일년에 한두번씩 수재를 겪기도 한다. 특히 섬진강 유역은 우리 나라 3대 다우지 중의 하나이며, 극심한 홍수의 피해도 잦다. 월평균 강수량도 1~5월 및 10~12월을 제외하고는 200㎜이상이며, 최고는 8월로 498.4㎜이다. 연중 흐린 날씨가 88일인데 반해, 맑은 날씨가 277일이나 되어, 타지방에 비해 일조량이 많아 벼농사에 매우 유리하다.

3) 하동군의 인구와 면적

구분	면적 (단위 ㎢)	동(분동)	가구수	인구			인구밀도
				계	남	여	
합계	682.26	108(311)	19,768	94,873	47,347	47,526	141
하동	29.53	8(35)	3,769	17,999	8,846	9,153	610
화개	135.53	9(20)	1,066	5,622	2,797	2,825	42
악양	51.83	14(30)	1,872	8,649	4,275	4,374	170
적량	41.71	6(25)	1,035	5,135	2,552	2,579	133
횡천	34.59	7(18)	994	4,535	2,265	2,270	131
고전	36.27	8(27)	1,914	5,754	2,894	2,860	159
금남	68.59	14(34)	2,760	13,555	6,789	6,766	198
진교	46.55	9(30)	1,934	9,210	4,618	4,592	198
양보	34.67	7(28)	1,152	5,044	2,540	2,504	146
북천	33.11	6(16)	1,043	4,976	2,457	2,501	150
청암	102.66	8(18)	1,095	5,254	2,606	2,648	51
옥종	67.27	12(30)	1,855	9,144	4,690	4,454	141

4) 역사유적

하동의 문화재로는 국보 2, 보물 2, 사적 1, 지방 유형문화재 15, 지방 기념물 4가 있다. 이들은 주로 신라 문성왕 2년(804년) 진감국사가 창건한 화개면 쌍계사 경내에 집중되어 있다.

진성여왕 원년(887) 어명으로 최치원 선생이 썼다는 진감선사 대공탑비는 국보 47호로 지정되어 있으며, 진감선사 부도도 국보 308호로 지정 보호되고 있다. 정면 5간 측면 4간 건물인 대웅전은 보물 500호로 지정되어 있다. 쌍계사에는 목조 여래좌상(높이 1.92m), 석등, 동종 등의 많은 문화재가 있다. 반야봉 남쪽에 있는 칠불암은 가락국의 7왕자가 입산 성불하였다는 전설이 깃든 고찰이다.

악양면 평사리의 고소산성은 사적 151호로 지정 보호되고 있는데, 높이

3.5m-4.5m, 둘레 약 800m이며, 장방형의 석재로 축성되어 있다. 이 산성은 김춘추가 삼국통일을 위해 당시 원병을 청해 축조한 것이라 전한다. 정지상, 정인지, 정여창 등을 비롯한 많은 문인, 학자들을 배출해낸 하동군에는 하동향교를 비롯하여 3개소의 서원이 있으며 140여개소의 재, 정, 당들이 있다. 이들을 통하여 옛부터 유학의 강학이 많이 이루어진 지방이므로, 아직도 유교의식이 비교적 강하게 남아 있는 편이다.

3. 조별명단 및 조별 조사지역

1조(하동읍) : 김선태, 김영석, 김재숙, 이상현, 서장미, 정해찬, 정경희, 김길성
2조(횡천면) : 김홍식, 김에나, 김은영, 김양연, 서은화, 임정호, 정진남, 박인희
3조(진교면) : 장윤서, 고정숙, 김비룡, 김지영, 김홍민, 유신영, 전수련, 노영근
4조(화개면) : 류승렬, 김소연, 나영숙, 박미경, 박은주, 박지연, 이희성, 전원석, 조용호
5조(악양면) : 김진문, 김동수, 김수연, 오주연, 육수영, 주영의, 김정희, 신경아

1조 : 하동읍(화심리, 홍룡리) - 화심리는 하동읍 변두리에 자리잡고 있으며 전해내려오는 유적이 별로 없다. 홍룡리는 하동읍 중심지에서 화심리를 지나 6.5㎞정도의 거리에 있는 곳으로 와룡폭포와 그 아래에는 원형의 용가마가 있다.
2조 : 횡천면(전대리, 여의리) - 면소재지인 횡천리에서 횡천~옥종 구간의 지방도로를 따라 북동쪽으로 약 1.5㎞가면 여의리가 나오며, 그 길을 따라 약 6㎞정도로 가면 전대리가 나온다. 마을이 북천면과 인접해 있는 산간마을이다.
3조 : 진교면(월운리, 진교리) - 월운리는 면소재지인 진교리에서 북서쪽으로 5.5㎞정도 떨어져 있다. 같은 면내에서도 오지에 속하며 옛부터 내려오는 유적은 별로 없다. 마을 뒷면에는 이맹산에 얽힌 전설이 많다.
4조 : 화개면(탑리, 용강리) - 면소재지는 탑리이고 하동읍에서 버스를 타고 북서쪽으로 섬진강변 도로를 따라 1시간 10분정도 거리이다. 구례군

과의 접경에 위치하여 경상도와 전라도의 교량 역할을 하는 곳이다. 유적으로는 쌍계사, 장안사, 용강사 등이 있어 관광지로 유명한 곳이기도 하다. 특산물로는 작설차 등이 있다.

5조 : 악양면(정서리, 추계리) - 정서리는 악양면의 면소재지이고 정서리에서 하동, 구례간의 국도를 향해 가는 도로를 따라 남쪽으로 약 2㎞정도 내려오면 축지리에 이른다. 축지리는 두 개의 자연부락으로 이루어져 있는데 도로변에 길게 뻗쳐있는 부락이 '소축'이고, 구재봉 산록에 연해 있는 부락이 '대축'이다.

하동군 하동읍

Ⅰ. 조사 마을 개관

1. 하동읍 마을 1 - 하동읍 흥룡리

하동읍에서 강을 따라 완행 버스로 15분 정도 걸리는 곳에 위치한 흥룡리는 먹점, 흥룡, 호암의 세 마을로 구성된 농촌이다. 그 중 우리는 흥룡이란 이름에서 풍기는 묘한 신비감에 기대를 걸고 흥룡마을을 답사지로 결정했는데, 예상대로 사전답사시에 많은 자료의 존재 가능성을 확인할 수 있었다. 가구 수가 그리 많지 않은 비교적 전통적인 농촌 마을로서 지금으로부터 약 오백년 전인 조선 성종 때에 김(金), 하(河), 공(孔)의 三姓이 마을의 터전을 이룬 곳으로, 구자산에서 합류되어 내려오는 용골에 대한 전설이 마을의 특성을 대표했다.

마을 뒷산에 기암 절벽을 굽이쳐 흐르는 맑은 냇물이 모였다가 흐르는 곳에 용이 살았다는 용소가 있고, 또 용이 놀았다는 용천이 있으며, 용이 득천했다는 용굴이 있었다. 용굴 약 30미터 지점에는 와룡폭포가 있었는데 조사자 일행은 그곳을 직접 가 보기도 하였다. 그 폭포수에 목욕을 하면 피부병이 완치된다는 전설 때문에 외부 사람들이 가끔 들르기도 한다고 한다. 용에 대한 숱한 이야기와 그 마을을 둘러싸고 있는 산세가 백운산을 바라보는 용의 모습이므로 마을명을 흥룡(興龍)이라 하였다는 데, 대체로 타당성을 지니고 있었다.

사전답사시 이장님을 직접 만나 뵙지 못했지만, 동네 어른의 도움으로 마을회관을 빌릴 수 있었고, 도착 당일에는 이장님의 적극적인 도움으로, 많은 어른들을 모시기보다는 이야기를 잘 하신다는 몇 분만을 모시고 조사를 비교적 쉽게 할 수 있었다. 조사 경험이 없어 다들 긴장하였다는 점이 조사하는데 많은 도움을 주었다. 이 마을의 특징적인 것은 뒷산에 눈에 띠게 바위가 많았던 것과 마을 앞에 소나무로 둘러싸인 화수정이라는 정자가 있었다는 것이다. 하지만 무엇보다도 마을 어른들의 푸근한 인심이 조사자들을 가장 매료시켰다고 할 수 있는데, 많은 자료의 조사와 더불어 농촌 마을의 훈훈함을 직접 몸으로 느낄 수 있었고, 그래서 더욱 기억에 남는 마을이다.

2. 하동읍 마을 2 - 하동읍 두곡리

화심리 바로 옆에 위치한 두곡리는 원래 조사 일정에는 잡혀 있지 않은 곳으로, 화심리에서 숙소 문제를 해결 못해 일시적으로 들렀던 마을이다. 두곡리는 서제, 고서, 두곡의 세 마을로 형성되어 있는데 우리가 찾아간 곳은 고서마을이었다. 이 곳은 청동기 시대에 형성된 마을로 진한 시대 낙노국 소속이었던 것이 조선 말기에 읍기(邑基)가 되어 크게 발달한 곳이었으나, 협소한 게 흠이 되어 지금의 읍내동에 읍기를 내주고 한가한 농촌의 모습을 갖춰 온 곳으로, 겉으로 보기에 마을이 꽤 협소하고 또 가구가 보이지 않아 조사에 걱정을 했으나 직접 마을에 들어가 보니 산 계곡 사이로 마을이 제법 길게 이어져 있어서 안심할 수 있었다.

마을회관과 노인정은 지금까지 방문했던 두 마을에 비해 시설이 좋은 편이었고 비교적 연령층이 높은 어른들이 계신다는 점에서 큰 기대감까지 가질 수 있었다. 하지만, '기대가 큰 만큼 실망도 크다.'고 했던가! 어렵게 만난 노인회장님의 도움으로 노인정을 숙소로 정하기는 했지만, 조사하는 데는 많은 어려움이 뒤따랐다. 저녁 늦게서야 어렵게 모신 마을 어른들께서 구연을 거부해 숙소가 해결된 것만으로 만족해야 했던 점이 아쉽다.

3. 하동읍 마을 3 - 하동읍 화심리

하동읍에서 홍룡리 가는 길로 2km정도 완행 버스를 타고 가면 화심리라는 마을이 나온다. 화심리는 화심, 신지, 선장의 세 마을로 구성되어 있는 곳으로, 그 중에서 지도상 가구 수가 가장 많은 곳을 택하다 보니 화심마을이 선정되었다. 이 마을은 원래 농지였던 자리에 자동차 학원과 정비소가 들어서 있어 농촌답지 않게 많이 도시화되어 있었고, 그 외에도 여러 모로 전통적인 농촌의 모습은 찾기가 힘들었다.

의령 呂씨 일족이 모여서 만든 마을로, 옛날에는 광비골이라 불리었는데 풍수지리적인 이유로 화심으로 고쳤다는 이야기가 전해오며, 기록상으로는 1633년에 화심(和深)으로 불리던 것이 1730년경에 화심(花心)으로 고쳤다고 나와 있어 이 마을의 유래를 알 수 있게 했다. 밖에서 마을을 볼 때는 몇 가구 안 되어 보이지만, 마을로 들어갈수록 많은 집들이 보여 자료 수집에 기대를 걸었다. 마을 사람들은 주로 하우스 일을 하셨고 홍룡리와는 달리 현대식 농기계가 많이 눈에 띄었다. 마을 중간에 가게가 하나 있는데 옆이 바로 노인정이고 이층이 마을 회관이었다. 조사자 일행은 임시로 회관에 짐을 풀고 곧바로 조사에 들어갔다. 동네 노인정에는 나이가 지긋하신 어른들께서 많이 계셨지만 구연을 해 주신 분은 한 분뿐이었다는 것과 숙소가 해결되지 않아 옆마을로 이동을 하는 바람에 시간이 없어 더 많은 자료를 얻지 못한 것이 아쉽다.

Ⅱ. 조사 기간 및 일정

1. 조사 기간 : 1996년 4월 3일 ~ 5일

4월 3일 : 서울을 출발, 하동읍에 도착한 후 하동읍 시외버스 터미널에서 완행 버스를 타고 15분만에 홍룡리 홍룡마을에 도착하였다. 이장님이 안 계셔서 가게 아주머니의 안내로 일단 마을회관에 짐을 풀고 남은 시간을 이용해 저녁 식사를 하였다. 식사 후 일을 마치고 오신 이장님께 먼저 인사를 드리고 마을 어른들을 찾아가 인사를 드리며 제보자를 탐색하였다. 이장님이 동네 방송을 해주시는 등 많이 협조해 주셨는데, 너무 많은 분들이 모이게 되어 동네잔치가 되면 어쩌나 걱정했으나 할머니들은 단체로 악양에서 열리는 굿을 보러 가셔서 한 분도 오시지 않는 바람에 할아버지만 다섯 분을 모시게 되어, 조용한 가운데 적당히 흥만 조금 돋우어진 상태에서 11시쯤까지 조사를 하였다. 성과가 좋은 편이었다. 비교적 순탄했던 하루를 마치고 간단히 평가와 정리의 시간을 가진 뒤, 남자들은 마을회관에서, 여자들은 박종하 할아버지 댁에서 잠을 청했다.

4월 4일 : 아침 일찍 박종하 할아버지 댁에 가서 전날 보여주시겠다던 고금역대법칙 목판을 구경하였다. 10시부터는 이장님 부인의 도움으로 할머니 두 분을 마을회관에 모시고 조사를 할 수 있었다. 조사가 끝난 후에는 홍룡리 마을명이 유래한 장소인 와룡폭포를 탐방하였고, 돌아와 마을 어른께 인사를 드리고 화심리 화심마을로 이동하였다. 먼저 노인정에 가서 인사를 드리고 난 다음, 두 조로 나누어 한 조는 길가에서 할머니들을 대상으로 조사을 하고, 다른 한 조는 마을회관에서 전날 조사한 것을 정리하였다. 숙소문제 미해결과 주민들의 비협조로 타마을로의 이동을 고려하던 중, 예정에 없던 이웃 두곡리 고서

마을에 가서 상황을 살펴보고 고서마을로 이동하기로 결정하였다.

고서마을 노인정에 짐을 푼 뒤 급히 제보자를 찾고, 음식 등을 준비하여 할 아버지 세 분과 이장님을 노인정에 모시고 조용한 분위기에서 조사를 하였지만, 성과는 좋은 편이 못됐다. 원래 예정에 없었던 마을이었기에 이장님을 만날 수 없었고, 따라서 제보자를 직접 확보하기 위해 시골의 그 어두운 밤길을 오랜 시간 헤맸던 기억이 새롭다. 힘들게 여러 어른들을 모신 후 엄청난 성과를 기대하면서, 마을 잔치라도 열어 화기애애한 분위기로 유도하려는 의도로 분에 넘치는 술과 안주를 준비했건만, 여러 어른들의 거부로 결국 우리들만을 위한 잔치를 갖는데 만족해야 했다. 조사가 끝난 후, 비록 성과면에서는 보잘 것 없었지만, 편안한 잠자리를 구할 수 있었다는 데에 만족하며, 간단한 평가로 하루를 정리했다.

4월 5일 : 아침에 회의를 하여 두 조로 나누어 움직이기로 결정하고, 한 조는 마을을 돌아다니며 조사를 하고 다른 한 조는 노인정 청소, 짐 정리 등을 하였다. 오전 중에 전날 조사를 제대로 하지 못했던 화심리 화심마을로 다시 가서 한 조는 노인정에서, 다른 조는 길가에서 각각 조사를 하였다. 노인정에서 점심 식사를 간단히 한 뒤 계속 조사를 하다가 오후 3시쯤 조사를 마치고 화심마을을 떠났다. 마을에서 큰길까지 지나가던 트럭을 얻어타고 나오고, 하동읍까지는 얼마 되지 않는 거리라서 도보로 집결지인 남해여관에 도착하였다.

2. 제보자

〔 하동읍 제보자 1 〕

홍룡리, 하동수, 남·74.

홍룡리 출생으로 학교는 다녀 보신 적이 없으시다고 하셨다. 기존의 시조에 곡을 붙여 TAPE으로도 제작하시는 등, 시조창에 일가견이 있는 분 같았다. 자신의 시조창 실력에 대한 자부심이 대단한 듯 보였고, 참석자분들 중에 유일하게 정장 차림으로 나오셨던 분이기도 했다. 모든 이야기를 자청해서 해주셨고, 발음은 비교적 정확한 편이어서 조사자들이 조사하기에 편한 분이었으나 설화보다는 자신의 경험담을 이야기하고자 하셨고, 시조에 관심이 많으시다면서 계속 시조를 읊으셔서 조사자들을 매우 당황스럽게 하였다. 하지만 조리 있게 이야기를 잘 하셨으며, 시조창을 하실 때 손으로 무릎을 치시면서 장단을 맞추시던 모습이 인상적이었던 분이었다.

설화 : 1, 8.

〔 하동읍 제보자 2 〕

홍룡리, 박종하, 남·71.

홍룡리에서 태어나셔서 지금까지 홍룡리에서 살아오신 토박이로 농사를 짓고 계시며 학력은 국졸이라고 하셨다. 한학에 일가견이 있는 분처럼 보였는데, 그래서 그러는지 주위 분들이 이름을 부르기보다 '암사'라는 호를 자주 부르셨고 그것이 조사자들에게는 인상적이었다. 목소리는 매우 허스키하셨으며 발음은 좋은 편이셔서 조사자들이 조사하기에는 수월하였다. 이야기하시는 중간중간에 손짓을 많이 사용하셨다. 소장하고 계신 목판본을 보여주시며 설명해 주시기도 하셨고 조사자들에게 숙박을 제공해 주시는 등의 세심한 관심을 보여주셨는데, 자기 자신이 이야기하시기 보다는 주로 남의 이야기를 경청하는 편이었다.

설화 : 2, 3, 10.

〔 하동읍 제보자 3 〕

홍룡리, 하판용, 남·62.

마을에서 이야기를 많이 아신다고 이장님이 추천해 주셔서, 마을회관에서 처음 만난 분이다. 홍룡리에서 출생해서 계속 거주하고 있으며, 학력은 국졸이었는데, 민요에 대해서는 KBS 방송 경력이 있을 정도로 다른 사람들로부터 인정을 받고 있었다. 대체로 부끄러워하셔서 처음에는 모른다는 말씀만 되풀이하셨으나, 일단 흥이 오르자 구성진 목소리로 민요도 여러 곡 불러 주셨다. 오랜 농사일 탓에 햇빛에 그을리셔서 유난히 얼굴빛이 불그레한 빛이었고 술을 드신 덕분에 구연을 하시면 하실수록 흥이 나셔서 계속하셨다. 조사자들이 알아듣기가 편하게 말씀을 하셨고, 내용도 굉장히 재미있었다. 이야기하시는 중간중간에 잊어버린 부분이라든지, 앞뒤가 뒤바뀌는 일이 간혹 있긴 했지만, 마을회관에 모이신 여러 어르신 중에서 가장 도움을 많이 주신 분이었다.

설화 : 4~7, 9, 12, 13.

〔 하동읍 제보자 4 〕

홍룡리, 박규하, 남 · 53.

홍룡리에서 나서 지금까지 살고 계시며, 마을 이상식을 맡고 계신 분이다. 비교적 젊은 분이어서 그런지 학교는 중학교를 졸업하셨다. 농사일 때문에 상당히 바쁘시던 것 같았는데, 그런 와중에서도 우리에게 많은 편의를 제공해 주시고, 마을 어른들을 방송을 통해 회관으로 모아주시기도 하는 등 도움을 많이 주셨다. 목소리가 크고 우렁찼으며 사투리가 없는 편에, 말씀을 또박 또박하셔서 조사가 순조로웠다. 분위기가 흐트러지는 것을 다시 잡아 주시고, 우리의 취지를 어른들에게 설명해 주시는 등 매우 협조적이었다.

설화 : 11.

〔 하동읍 제보자 5 〕

홍룡리, 이경례, 여 · 75.

금남면에서 출생하여 홍룡리로 시집오신 분으로, 학교는 '야학'을 조금 다니셨다고 했다. 넉넉한 체구에 좋은 인상을 주는 할머니로, 이장님 부인의 도움으로 아침에 숙소로 모실 수 있었다. 이야기의 억양과 호흡이 적당해서 청취하기가 용이했다. 계속 웃으시며 많이 부끄러워하셨지만, 즐거운 분위기로 잘 이끌어 주셨다. 스스로 가치 없는 이야기라고 생각하시는 듯 했으나 조사자들의 어리광에 못이겨 많은 이야기들을 들려 주셨다.

　설화 : 14, 15, 16.

〔 하동읍 제보자 6 〕

　두곡리, 박위석, 남, 76.

태어나시기는 악양에서 태어나셨으나 약 50여년 전에 고서마을로 이주해 오셨다는 분으로, 농사를 짓고 계신다고 했다. 조사자들이 이야기를 청하자 굉장히 부끄러워하시면서 이야기를 좀처럼 안해주시다가 조사자들의 끈질긴 요청 끝에야 비로소 이야기를 들을 수가 있었다. 민요도 몇 편 들려 주셨는데 소리가 매우 구성지고 큰 편이었다.

　설화 : 17, 18, 19.

〔 하동읍 제보자 7 〕

　두곡리, 조우남, 여 · 65.

만지에서 이사오신 지 40여년이 되셨다는 분이었는데, 길에서 우연히 만난 어떤 할머님의 소개를 받아 집으로 직접 찾아가 이야기를 듣게 되었다. 침착하시면서도 앞뒤의 조리가 맞게 이야기를 해주셨고, 발음도 제보자분들 중에서 가장 정확하셨으며, 이야기들도 재미있고 교훈적인 것들이었다. 조사자들의 의도를 잘 이해해주시며 이야기를 해 주셔서 많은 제보자 중에서도 특히 기억에 많이 남는 분이었다.

　설화 : 20, 21, 22.

〔 하동읍 제보자 8 〕

화심리, 이상매, 여·75.

　제보자를 찾으러 가는 도중 길가에서 미나리를 다듬는 할머니들이 여섯 분 정도 계셨는데, 그 중에 한 분이셨다. 즉석에서 이야기를 청하여 듣게 되었는데, 장난스럽게 웃으시면서 설화 한 편을 이야기해 주셨다. 한 편이 끝나고 해 주실 이야기가 더 있는 모양이었으나 날씨가 춥다시면서 집으로 돌아가셔서 더 이상 듣지 못한 점이 아쉬웠다.
　설화 : 23.

〔 하동읍 제보자 9 〕

화심리, 백필순, 여·69.

　역시 길가에서 미나리를 다듬던 분들 중 한 분이셨는데, 그곳의 구연자들 중 가장 조사자들에게 협조적이셨으며 많은 이야기들을 들려 주셨다. '야학'에 다니신 경험이 있다고 하셨으며 매우 쾌활하고 장난스러운 성격이셨다. 이튿날 다시 찾아 뵈었는데, 여전히 길가에서 미나리를 다듬고 계셔서 같이 길에 앉아 조사하였다. 어릴 적에 오빠로부터 들으셨다는 이야기를 많이 해 주셨고, 조사자들에게 수수께끼도 내시면서 매우 즐거워 하셨다. 제보자분들 중 가장 많고 다양한 이야기를 들려 주셨던 분이며, 특히 얄궂은 이야기라며 들려주신 야한 (?) 이야기 몇 편은 너무 노골적이어서 오히려 젊은 조사자들로 하여금 당황스런 웃음을 자아내게 하시기도 했다.
　설화 : 24, 32～39.

〔 하동읍 제보자 10 〕

화심리, 여종한, 남·80.

마을 노인정에 계신 분이었는데, 음료수와 과자 등을 대접하면서 이야기를 청하자, 처음에는 못한다고 하시다가 이야기를 시작하셨다. 치아가 많이 빠지셔서 그런지 발음이 부정확했고, 또한 조리도 없어 이야기를 이해하기가 어려웠다. 계속 한 쪽 무릎을 세운 채로 가끔씩 과자나 음료수를 드시면서 구연하셨는데, 옆에 계신 할머니가 누운 채로 할아버지 이야기에 맞장구를 쳐주시며 흥을 돋웠다.

설화 : 25~30.

Ⅲ. 설화

〔 하동읍 설화 1 〕 T. 1. 앞

홍룡리 홍룡마을, 1996. 4. 3., 1조 조사.
하동수, 남 · 74.

숙종 대왕 등극 時

* 밀양 박씨에게 젊은 시절에 들었다며 자청하여 구연하셨다. 청중이 중간 중간에 끼여들어 이야기를 첨가하였다. *

요새와 같은 현상은 업것지요. 그 당시로 봐서는 행제가 가정에, 가정서 잘 살어 나갈려면 행제가 화목해야 되는디, 가양 흥부와 놀부와 마찬가지로 행님은 잘 살고 동생은 못 살드란 전설이 있어요. 그렇다믄은 하루는 동생이 형이가 장에 소를 팔로 갔는데, 소를 팔로 갔는데, 요새는 오전 9시, 8시 반 되면 끝나는데, 그때는 오전 10시난 되어 장에 가면 12시 될아오는 형편잉 그런 형편인게 그런 현상이 있었는데, (조사자: 밤 12시요?) 그렇제. 이전에는

(청취불능) 하모. 이전에는 그런데 궁극큰 산중에 소를 팔아 포를 짊어지고 전대에 다 동전을 짊어지고 오는데, 자기 딴엔 걱정이 났는데, 때마차 동생이,

‘아! 오늘 우리 행님이 소를 팔러 갔는데 과연 도중에 가다가 어떻게 되었느냐.’

이리 싶어서 재를 마중나갔다 이거야. 그러니까로 전에는 그 동생은 아우한테 대해서 그러 불측하던 어른이 동생이 소리 안 하니까로,

“아이구 동생오시는가? 이것 좀 짊어지고 가세!”

가냥 따라갔다 이 말이야. 그래서 그 돈 보따리를 짊어지고 재를 넘어서 자기 집에 도착한깨, 그 형수가 그렇게 부러 악착같이 하던 형수님이,

“아이구, 아저씨! 잠꾸 고상하십니다.”

그라구 맡이를 해서러거든요. 맡아들였는데 그 이튿날 여섯시 반에 대왕 숙종대왕이 탄생했드라. 그래서 숙종대왕 등극시에 나라가 태평하여 만백성이 개향가를 일삼드라 이런 전설이 있어요.

〔 하동읍 설화 2 〕 T. 1. 앞

홍룡리 홍룡마을, 1996. 4. 3., 1조 조사.
박종하, 남·71.

홍룡마을 유래와 와룡폭포

* 청중이 이야기를 첨가해주었다. 목소리가 탁하였으나 힘이 있었다. *

홍, 홍룡이라구 일 홍(興)자, 미리 용(龍)자를 쓰거든. 홍룡, 홍룡 유래는 그 용이 여기 살았던 모양이라. 요기 용이. (조사자: 언제요?) 그러니깨 그것이 이것이 이걸 발견된 제가… 애… 1950년. 아, 1570년. 1570년에 1570년 경오년이라, 그 년이 경오년인디, 경오년, 경오, 1570년, 그래서 그 때 이 마을 행성되기가 용이 득천을 해서 용이 올라간 그 두러는 구녕이 있거든. 이리. 용이 득천

을 해서 하늘에 올라갔어. 그래서 아마도 여그를 홍룡이라구 그렇기 촉명을
진 모양이라. 어 그래서 그기에 가면은 용소가 있고, 용이 득천한 구녕이 있어.
이리 소래 큰 바구에 그 밑에 용소가 용청이 있고 그기 앉아 놀던디가 있고
용이란 거는 아무도 본 사람이 없지만에도 그런기 있다고. 그런기. (조사자:
흔적을 보고요?) 흔적을 보고 그란데, 그 우에 가면은 와룡폭포라, 폭포가 있
어. 그기 가면 용굴에서 한, 한 이십 미터 올라가면은 그래 와룡폭포라고 있는
데…….
  그래서 그 때 이 동리 마을에 들어오기를 김씨, 하씨, 공씨가 이 마을을
아매 1570년경에 한, 한 가운데 쯤에는 의성 김씨가 살고, 꼬랑 저쪽으로는
신양 하씨가 살고, (조사자: 용꼬리?) 아이, 요 꼬랭이 요 동네 동리가, (조사자:
아, 골짜기!) 아아 그러고 요 꼬랑 저쪽으로는 국부 공씨가 살구. 그래서 우리
동리는 김, 하, 공 삼성이 동리 토, 토반이라. 그래 지금도 삼성바치가 행태를
이루고 살고 있어. 그린께 1900, 1570년잉께 약 400년 좀 넘었나 보지. 그 선조
때 선조때 임란이 났응께 임란 전이니까 여그가? (조사자: 예 그렇지요.) 임진
난 나기 전에 이 마을이 형성됐어.
  그래서 그 용소에 있는 와룡폭포라는 것은 어짜서 와룡폭포가 됐냐 하른
은, 그 경치가 좋아. 경, 경치가 좋은데 거그에 거 여름 되면은, 부인들이 남자
가 거 물을 맞아 거 여름 되면은 이내 병이 났는다고 이래가지고 상댕이 우리
어려서만 해도 물을 맞으러 많이 왔어. 지금은 안 오지만 해도 (청취불능) 폭포
에 물을 맞으로 그래 그기에 물을 낮으로 올 때는 반다시 사흘 기후를 해가지
고 사흘 동안 술도 안 먹고, 그 뭐 정신을 써서 그래가지고 그 와서 물을 맞아.
그래 '사흘 동안 기후를 안 하른은 뇌성벽력 그 와서 물을 맞으면은 비가 오고
뇌성벽력한다.'고 그랬어. 그래서 보통 그래 해서 그리 됐는데 그래 와룡폭포
라고 글을 새긴 동기는, 글을 새긴 동기는 누가 새긴냐 하른은, (청중: 봉암이
새겼다 안 했습니까?) 1902년에, 1902년 임인년에, 최익현, 미남 최익현 선생이
여그 호암마을에 왔어. 호암마을에 최씨가 사는데 최씨를 보고 최상렬씨라고
하는 분을 보고,
  "홍룡리 홍룡이라는 동리가 있다. 그러니께 그기는 무신 곡절에 무슨 무신
남자나 용에 대한 무엇이 있을끼다."

　그래서 그러니께,

　"그 폭포가 있다."

고, 그랬거든. 그러니께,

　"그거를 길이 남기기 위해서 와룡폭포가로 새기라."

고, 미남 최익현 선생이 임인년에 1902년에 그 말을 했다 말이라. 그 말을 했는디, 그 한 10년 후이면 1902년잉께, 거그다가 와룡폭포라고 글을 요래 새겨놨어. 어 그래, 그 높이가 폭포 높이가 몇 m될꼬? (청중: 한 5m.) (청중: 5m 넘을끼다.) (청중: 그런가? 안되! (청취불능)) 그래서 그 와룡폭포라고 글을 새기게 된 동기는 미남 최익현 선생님이 최익현 의사가 시켜 가지고 그래 해서 그래 했는데, 그래 가지고 최익현 선생 간 뒤에 한 10년 후에 그 글을 새겼으니까 지금부터 한 60년 70년 되겠지.

〔 하동읍 설화 3 〕 T. 1. 앞

홍룡리 홍룡마을, 1996. 4. 3., 1조 조사.
박종하, 남 · 71.

흑룡도강(黑龍渡江)

　* 수첩을 보면서 이야기해 주신 것이다. '검은 용, 즉 黑龍이 강을 건넌다.'해서 '黑龍渡江'
　이라고 말씀을 하셨다.*

　풍수가, 풍수가 명길을 구할라고 애러(여러) 해 동안 그 총주를 데리고 그 찾아 댕였던 모양이라. 그래해서 묘자리를 잡아 놓고 하는 말이,

　"여기다 매(묘)를 쓰면은 칠 대 후에, 칠 대 후에 무슨 배슬이 나겠다."

　그러믄 칠 대면, 일 대가 삼십 년인게 삼칠은 이십일.

　'이백 년 후에 벼슬이 나겠다.' 그런 말을 했거든. 그래서 그만 그 분이 우이치를 적고 자기 칠 대조를 갔다 썼다라는 기라. 칠 대조를 씨면 지가 벼슬할

것 아닌가? 그래가지고 후에는 조은 한 선생님 묘고, 조은 한 선생님 묘고 밑은 경상도 수군절도사 묘라. 그랭깨 그 사이가 칠 대라. 칠 대 그 묘 쓰기 칠 대 병사가 났다고 그러거던 전설이, 전설이 아니고 그래서 그 묘 위치가 뭐이라고 말하냐면 흑룡도강이라. 흑룡, 껌은 용이, 껌은 용이 강을 건너가는 형국이라. 그 묘자리가 흑룡도강이다. (조사자: 黑龍渡河?) 도강(渡江), 도강. (청중: 강을 건넌다.) 그래 그기 백운산 뭐이라 카드라 뭐 어디 우리나라 명기가 그런 명기가 칠십두 개가 있는디, 칠십두 개 중에 그가 하나이라. (조사자: 칠십두 개의 명당자리 중에서요?) 아아 명당자리 중에 하나이라. 그런 전설이 있지 응.

〔 하동읍 설화 4 〕 T. 2. 앞

홍룡리 홍룡마을, 1996. 4. 3., 1조 조사.
하판용, 남 · 62.

없는 놈 구케는 나라도 못한다

* 옛날 이야기를 해달라고 하자 해주셨다. 몸짓으로 직접 표현하시며 구연하셨고 이야기
차례를 혼동하시기도 하였다. 청중들이 중간중간에 많이 웃었다. *

우리가 듣던 대로 이전 숙종대왕께서 정치를 제일 잘 했다고 그래요. 숙종대왕께서. 그래 이분은 직접 사복을 해가지고 직접, 이 저 그때는 요새는 대통령이 뭐 테레비도 나오고 얼굴을 알지만은, 예전엔 임금 얼굴을 모르는 기라. 그래 직접 사복을 해가지고 정사를 잘 다스리냐, 못 다스리냐 고을에 내려와 직접 조사를 해.

그래 한 번은 숙종대왕이 내려와서 길가 집인디, 추운 겨울인디, 문구녕이 요만히 뚫어져 있는디, 글 읽는 소리가 조랑조랑 나거든. 한문 글 읽는 소리. 그래 문구녕으로 요리 디다 본께, 저그 부인은 요리 돌아 등을 서로 맞댔어. 등을 저그 부인은 돌아 앉아서 바느질을 하고 남편은 글을 읽는 기라. 요리

머리를 흔들어 가면서 읽어야되. 요리 흔들흔들 거리거든 등을 맞춰갖고. 둘이
서 그러면 여자도 또 바느질을 하면서 등을 또 등을 맞춰 요리요리 해준다
말이야. 그래 임금이 저게 뭔지 알아보자 해서,

"실례합니다."
하고 들어갔어. 들어가서,

"참 젊은이가 글 읽는거 본 께 글 참 많이 읽었는데 어째서 내가 볼 때는
부부인 듯 싶은데 어째서 등을 돌리가 그래가 있느냐."
말이야.

"그게 이상해서 한 번 물어보시다."
그랬는데 (청중: 배를 맞춰야 되는데.) (청중 웃음) 그러니까 그 남편이 하는
말이, 즈그 마누라가 하는 말이

"아휴, 영감님. 우리 남편이란 사람은 평상에 글만 읽지 판고에 일은 안
하는 사람이래서 겨울에 나가 이 종이 쪼가리를 주워다가, 얄궂은 종이를 불을
때 놨으니 방은 추워서 견딜 수가 없어서 등을 서로 요리요리 비비면 마찰이
되갔고 온기가 난다."고, (청중 웃음)

"그래서 이 서로 비비고 등을 맞대고 있다. 추우니까 거 열 나라고."
인자 임금이 저렇게 몬사는데 저건 벼슬하나 줘야겠다 싶어가지고 글을
얼마나 배웠는지 보니까 약간만 과거를 볼 만한 그런 글을 배웠어. 그래 임금
이 저 벼슬하나 줄끼라고 저 내도 급거를 볼려고 서울로 한양으로 가는 길인디

"저 내일 한양에 오면은 급거를 보니께 그만한 실력 같으면 웬만하면 당선
이 될 성 싶은께 한 번 올라와 보라."

그래. 인제 이 사람이 급거라는 게 그 전에 이제 갑작스레 과거를 보이.
방을 붙여가지고 방이라는 게 요새 공고야.

그른디 아 올라오면 벼슬 하나 줄려고 아무리 기다려도 안 오는 기라. 임금
이 이상하다 싶어서 한 이삼 일 있다 또 내려와 봤어. 내려와 보니까 아이고
여자만 쫄래쫄래 다니고 저그 남편은 안 보이. 아 그래 물었어.

"와 그르냐?"
그르니까, 아이 여기서 이야기가 뒤바꿔졌네. 저 놈이 벼슬을 없는기고 금
짝을, 황금짝을 요만한 거 하나 가지고 내려왔어. 그거 가지고 먹고 살라고.

그래 임금이 가지고 내려왔는데 둘이 새근새근 누워 자는 기라. 잠을 자고 있어 문을 열어 놓고. 그래 그걸 그만 방에다 휙 던지고 가삐렀어. 그걸 가지고 저놈들이 잘 살끼다하고.

아이 한 이태 있다 내려와 본께 남자는 없고 여자만 쫄래쫄래 돌아다녀싸. 그래,

"남자 어디 갔냐?"께,

"아이고, 영감님 말도 마십쇼. 우리 내외가 누워 자는데 돌을 던져갔고 돌에 맞아 죽어삤다."

하하하, 그래 임금은 금짝을 던져 줬는데, 그래 임금이 하는 말이

"없는 놈 구제는 나라도 못하는 기라. 내가 니 하나를 살려줄라고 금짝을 던져줬는데 그 금짝에 맞아 죽어버리니 그건 할 수 없다."

하하. 그런 얘기가 그 전에 있어.

〔 하동읍 설화 5 〕 T. 2. 앞

홍룡리 홍룡마을, 1996. 4. 3., 1조 조사.
하판용, 남 · 62.

남사고 이야기

* 풍수에 관련된 이야기를 묻자 해주셨다. 구연 내내 시선은 아래에 머물러 있었으나 흥이
  나신 듯 하였다. *

남사고라는 어른이 있어. 그 어른이 어떤 어른이냐면 우리 나라에 땅을 석 자, 세 치를 아시는 분이다. 지리박사라 그른디, 삼우발복(三虞發福) 자리가 하나 있어. 삼우발복. 삼우에 복이 와. 묘를 쓰고 나면 삼우에 부자가 되는 자리가 있는디, 복이 오는디, 이 자리를 이 분이 떠나가지고 떠나면 앉아 담배를 못 피워. 담배 피우면 그 자리 내려서 버려. 저런 어른 담배를 피웠을 때는

뭔가는 좀 좋은 자리다 이래 생각을 하는 기라. 그래 인자 내일이 인자 설인디,
  '설달 그믐날 저녁이면 그 인적이 없을끼다.'
싶어서 친구 한 분하고 둘이 그 자리를 가봤어. 아 가보니 어느 놈이 송장을
죽은 사람을 놓고는 그 자리를 파고 있는 기라. 삼우발복 자리 거그를. 아 그래
이게 이상하다. 아 이 자리를 어찌 알았으며, 하도 이상해서 물었단 말이야
물으니께,
  "아, 그게 아니라 영감님 내가 이 밑에 천석꾼 집에 꼭 삼십 년을 너므
집을 살았는데 저그 어마이가 한 분 계셨는데 설달 그믐날되 죽어버린 기라."
  그래노니까 설달 그믐날이니까 이제 올 사람이 없는거야.
  "그른께 할 수 없이 그만, 지 혼차 지고와 묻는다." 그래,
  "이 자리를 어찌 왔냐?" 그른께,
  "아 여그 내가 나무하러 오면 여가 따셔서 나 우리 어머이 죽으면 여기
묻을려고 그래 싸왔다."
고 그래. 가만히 보니까, 복은 저런 복이 복이라. 그래서 너므 복은 앗을 수가
없거든 그른께,
  "복은 네 복인께, 인자 자리나 옳게 자로 봐가지고 써 준다."
고 영감들 두 분이서 막 자루도 들어주고 흙도 파고 이랬단 말이야. 향후에
진짜 복이 오는가 안 오는가 이걸 봐야 된다 말이야. 그래 인자 삼우까지 있을
라고, 영감들이 집에 좀 가보자고 따라내려 가보자고 하니까, 이 사람이 즈그
어머이 죽었는디 묘도 같이 써주고 얼마나 고마워끼라. 그래서
  "그마 같이 내려가시자."
고 그래 가보니 수싯대 움막이라. 그 전에 수싯대 움막이라면 수싯대로 해갖고
집을 못짓고 요리 역어 가지고 집을 져 놓고 사는게 수싯대 움막이라고 있어.
이 전에 못 살 적에. 그래 인자 거기다 앉혀놓고 이 어른을 밥을 해 줘야 되겠
는데 아침에 쌀이 없는 기라. 그래서 제가 너므 집을 삼십 년 산 그 집이 뿐이
갈 데가 없어. 그래인자 엊즈녁에 초상을 치른 사람이 너므집을 살았다해도
얼른 대문을 들어서지 못하겠는 기라. 상주가 되가지고 초하루날인게 그래 만
존만존하고 있은께 아 그 여자가 하나 나와가지고 안주인이 주인이 나왔어.
  "아, 아무 것이야. 뭐하노 안 들어오고."

"아이 그게 아니라 좀 나와보라고. 어제 울 엄메가 죽어서 초상을 쳤는디 상주 몸으로 들어갈 수가 없어서 쌀 한두 되만 주라."
고 이랬거든. 아, 그러니까 자꾸 들어오라케. 그래 들어갔단 말이야. 그 좋은 음식을 채려 주면서.

"아, 그래 어른 손님 대접해야 된당께."

"아, 그 걱정말고 많이 먹으라."

그래서 그게 소한테다 실어보냈어. 자기 집 헌 음식을. 영감들 두 분이 앉아 계시는디. 그른데 남사고가 무릎을 탁 치면서,

"저 놈 인자 부자 됐다 인제."

그 분이 삼십 세 때 혼자 된 그 부잔디 천 석꾼인디, 그른께 그만 그 여자가 거기서 사정을 하는데,

"우리 둘이 같이 내하고 동거를 하면서 농사나 짓자."
고 그른께 머슴이 천 석꾼 되버린 기지. 그른께 이제 삼우발복 자리가 있다고 예전 말이 있지.

〔 하동읍 설화 6 〕 T. 2. 앞

홍룡리 홍룡마을, 1996. 4. 3., 1조 조사.
하판용, 남 · 62.

'남궁(南宮)'이란 姓이 생긴 유래

* 앞의 이야기 인물인 남사고가 나오는 이야기로 자연스럽게 이어졌다. 청중이 중간에 끼어들어 부연 설명을 해주었다. *

용이 날아 하늘로 승천했는데, 남사고가 '날 비(飛)'자 비룡산천을 찾아 삘라고 자기가 인자 댕긴 기라. 그래 인자 써놓고 내려와 보면 비룡산천이 아니라, 그 밑에 종이 누가 있었냐면 '하월 궁(宮)'자 궁씨가 그 밑에 그 저 남사우

선생 밑에 있었던 종이라. 비룡산천이라 써놓고 내려와 보면 비룡산천이 아니 거든. 내려와서 쳐다보면 그래 인자 그걸 또 파. 파가지고 등에 짊어지고 또 비룡산천이라고 쓰는 기라. 또 내려가 쳐다보면 아닌 기라. 그래서 '하월 궁'자 궁씨란 사람이 저 어른 묻었다가 판 자리면 비룡산천이 아니래도 명산이거든. 그래 자기 선조를 판대다 자꾸 묻는 기라. 그른께 인자 자기가 한 번 마음을 먹기를 이랬어. 요번에 아홉 번째 쓰면서 마음을 먹기를

'요번에도 비룡산천이 아니면, 나는 이제 다시는 고마 내 복에 없는 자린께, 인자 안 판다.'

요로고 딱 써 놓고 내려오는디, 하늘에서 어디서 그른지 몰라도,

"십천구사 남사고야! 열 번을 파고 아홉 번을 묘 쓴 남사고야! 비룡산천 어디 두고 고사에 묘 썼느냐? 비룡산천은 아이고 고사라."

죽은 뱀이 나무에 걸려있는 기라.

'그래 인자 다시는 인자 내한테는 복이 없는긴께, 내가 아무리 지리를 잘 알아도 지 복에 안 다으면 그 자리를 몬 찾는다 이그야. 복이 다야되.'

그래 인제 자기는 자손이 다 죽어버리고 통만이 되버렸어. 그래 인자 '하월 궁'자 궁씨. 이 분이 성성하고 부자가 됐거든. 그른디 내가 이 부자가 된 이유는 남사고 그 샌님이 팠다 쓴 자리를 우리 선조를 묻으니까 부자가 됐는디, 저 디열 통만을 했은께, 자손이 없은께 자기 인자 샌님 성을 남성 남자를 앞에다 붙이고 하월 궁자를 뒤에다 붙이고 그래 내 성은 '남궁'가다 남궁가. 남궁이 있어요. 성이. 그른께 '나도 남궁가다.' 그리 인자 그래 남궁가가 생긴 그런 전 설이 있어요. 그런 얘기가 있어. 그런 얘기가 유래가 전해져 내려와.

〔 하동읍 설화 7 〕 T. 2. 앞

홍룡리 홍룡마을, 1996. 4. 3., 1조 조사.
하판용, 남·62.

서효자 이야기

* 효에 관한 이야기를 묻자 해주었다. 쉬지 않고 혼자 계속 구연하셨고 청주들이 많이 호
응해 주었다. *

여 묵점이란 데가 있거든 묵점. 요요 묵점. 와령폭포에 묵점이란 부락이
한 이십 호 살고 있어. 거기에 가면 이전에 우리는 들어서 하는 얘기고, 비가
서 있어요. 달성 서씨가 거 살았는데 달성 서씨가, 달성 서씨가 그게 서 효자라
서 효자. 서 효자가 어떻게 효자를 했는고이는, 그 전에는 몬사니께 (청중: 이
름이 진석이라 진석이.) 그래 인자 몬 먹고 살 적에 나무를 팔아먹고 살아 나무
를. 그래 인자 장작을 짊어지고 내려가면 딱 고기 한 마리 사고. 자기 어무이
대접할 거. 똑 저 쌀 쪼까이 풀고 보리쌀 좀 푸고 이래감 온다께. 오면 딱 꿇어
앉아서,
　"어므이, 오늘은 전에는 두루미고 갈치는 무시고, 전에는 한 두루미에 얼매
했고 쌀은 한 되에 얼매했고 갈치는 한 뭇에 얼매했고 뭐 조기는 어떻고."
　자기 본 대로 일러주는 기라. 시세가 이렇더라. 목격한 거는 일일이 어마이
한테 다 고해. 그래갔고 여 바로 비가 학교 앞에 서가 있어. 그래 갔고 그 분이
인자 우리 어렸을 적에 그 비가 저 짝에 있었는디 신작로 나기 땜에 요리로
옮겼는데, 그 참 그 분 효작비 세울 적에 그 때 뭐 군수, 도지사까지 다 왔지
아매 그때. 그때 그래갔고 그 분이 그 효자비가 서갔고. 그래 그 어머니가 옛날
에는 초학이 있어 초학이. 초학이 뭐냐면 마라리아(말라리아) 마라리아. 초학,
마라리아를 앓았는데 팔 월 추석이라. 그 하루허고 하루씩 하는 병이거든. 마
라리아 병이. 그 때도 매일 허다가 닭이 울면 또 괜찮아. 닭이 울면 괜찮다고.
닭이 울면 안 아파. 그래가지고 그 이튿날 점심 때부터 시작해. 하루거리로
하면 초학이라 그러고, 날마다 하면 며늘귀신이라 그래. 초학이 중병이 되면
며늘귀신. 그거는 생명에는 지장이 없어, 생명에는. 하여간 그거는 한 번이나
두 번하면 사람이 완전 몬 쓰게 되버려 완전히. 그래 자기 어마이가 그 병을
했다. 효자 어마이가 그 병을 했는디,
　"새고기가 먹고잡다."

그래. 그래,

"내가 잡아다 드리지요."

그래가지고 팔 월 달은 화창같이 밝은데, 그때 타작마당에다 짚베늘(짚단)을 재 났는데,

"짚베늘 불이야!"

소리를 지르니까 그때 새가 네 마린가 다섯 마린가 잡히드래. 그래가지고 그 새를 가져다 먹이니께 오마이가 그 병이 나섰다.

그래 그분은 인력으로 된 효자가 아니고 천출(天出)의 효자다. 하늘에서 내려준 효자다. 그래 천출의 효자라고 칭했어. 마을에 계속 내려오는 얘기야. 그래 그 저 효자 후손이 여기 몇 집 살고 있어. 비가 있는데 비에 내용이 전부 적혀 있다고.

〔 하동읍 설화 8 〕 T. 2. 앞

홍룡리 홍룡마을, 1996. 4. 3., 1조 조사.
하동수, 남 · 74.

호랑이 구한 염 효자

* 앞의 이야기를 듣고 있다 생각이 난 듯 스스로 이야기하였다. 목소리가 탁했으나 발음은
좋은 편이었고 손짓을 많이 하셨다. *

염 효자는 부자간의 효자다. 그래 그 분은 시묘(侍墓)를 살면, 옛날에는 효자면 시묘라고, 묘 앞에서 삼 년동안 머리도 안 감고 낯도 안 씻고 거기서 밥을 끓여 먹고 삼 년동안 시묘를 하고 살아. 묘 앞에서 시묘, '모실 시(侍)'자. 호랑이가 옆에 와서 같이 동거를 해. 낮이면 가고 밤이면 와서 그 분을, 염 효자를 옹호를 해주고 해.

그래 뜻밖에 하루 저녁에는 안 오더래는 기라. 그래서 깜박 잠이 들었어.

호랭이가 어디가 있냐면, 악양면 등촌이라는 데가 있어. 등촌에다가 옛날에는 호랭이를 잡으려고 굴을 파 놓거든. 굴을 파 놓으면, 그땐 총이 없으니께 지금은 총으로 잡지만, 굴을 파 놓으면 돼지도 산돼지도 빠지고 노루도 빠지고 한단 말이야. 그럼 잡아먹어 일반 사람들이. 그래 호랭이가 거기 빠졌다고, 함정이라. 함정에 빠졌다고 꿈을 꾸니까 그 효자한테 현몽을 해. 그래 그 효자가 어마이한테,

"호랑이가 함정에 빠졌다는데 묘를 비우고 거 가서 호랭이를 구해야겠습니다."

그래 고해 놓고 거길 갔드래. 거길 가니까 마을 사람들이, 이건 한 백 년 된 얘기라 전설이 있거든, 이건 한 백 년 된 얘긴디, 동네 사람들이 싹 모여가지고 호랭이를 잡을려고 모여 있드래. 그래 염 효자가 그 동네 사람들을 보고

"이건 내 호랑이다."

그른께 그걸 인정 안하거든.

"산에 사는 호랑이가 어쩨 네 호랑이냐? 네 호랑이라는 걸 증거를 내놔라."

"그를테면 내가 증거를 대마."

그리고 그 함정에 들어가니까 호랑이가 눈물을 그렁그렁 흘리며,

"날 도와주라."

고 그래. 그래가지고 꺼내 가지고 살려줬다는 그런 전설이 있어. 요 밑에 가면 염효자비가 있어.

〔 하동읍 설화 9 〕 T. 1. 뒤

홍룡리 홍룡마을, 1996. 4. 3., 1조 조사.
하판용, 남·62.

모심기 노래에서 '상사디여'의 유래

* 모심기 노래를 부른 후에 조사자들에게 '상사디여의 유래를 아느냐'고 물으셨는데 조사

자들이 모른다고 하자 해주신 이야기이다. *

선비가 인자 과거를 보러 가는디, 그, 예쁜 처녀가 그 논에서 모 심을 적에 다리에 거적을 신거든. 그래 다리로 거적을 신는디, 그 선비가 뒤에 차를 보니까, 그 처녀가 그 하근 다리가 그만 너무 처녀가 이쁘구 그래가지고 그래 상사병이 걸렸어. 상사병이 그 선비가 상사병이 걸려 가지고 인자 모심는 노래들을 '상사디여 얼어얼어 상시디여' 안 하나 그래서 유래가 나왔다.

〔 하동읍 설화 10 〕 T. 1. 뒤

홍룡리 홍룡마을, 1996. 4. 3., 1조 조사.
박종하, 남 · 74.

아버지 묘자리 뺏은 딸

* 하판용 할아버지가 풍수 이야기를 꺼내자 자청하여 구연해주셨다. 허스키하나 힘 있는
목소리로 청중들의 관심을 모았다. *

이 넘어 호암마을에 가믄은 박씨가 많이 살어. 박씨가 많이 호암마을에. 박씨가 많이 사는디, 그 풍수가 박핑(朴風), 이름도 나는 모르겄고 박핑이라고, 박핑이라고 그래. 풍수지리를 잘해서. (조사자: 박핑이요?) 박핑이라. (청중 : 박핑.) 박, 박, 박 풍수라. (조사자: 아아!) 박 풍순데, 그 어른은 묘를 씨면은 그 어른이 자리를 잡아가지고 묘를 쓰면은 백발백중 다 부자가 되고 그래. 그랬는데 자기가 아들이 오 형제 딸이 하나인데, 아들이 오 형제 딸이 하나인디, 자기가 언제 죽는다는 것까지 다 알아. 그래 칠 월 스무사흔 날 죽을 낀디, 그래 스무이틀 날 찜 아들네들이 다 모으라 했어. 아들 오 행제 딸 하나하고 왔다 말이라. (청중: 이틀 전에 모아 가지고.) 아, 이틀 전에, 그래서 아이들이 아들들이 하는 말이,
"아버지는 국풍은 못될 망정 그래도 우리 경사도 풍수는 되니까 아버지

묻힐 자리를 잡아 놨을끼다.”
　“그럴게, 오늘 저녁에 여기서 어디라고 이얘기를 해달라.”
　시방같으면 딸 하나, 참 여자들 있는디 안 됐지만. (청중 웃음)
　“남으(남의) 식구가 있어서 말을 못하겠다.”
　그랬어. 딸은 남으 식구거든! (조사자: 아, 예 딸이기 때문에.) 여자는 출가
외인인께. 그때 쯤은,
　“남으 식구가 있어서 말을 못하겠다.”
　그러니까 딸이 이상하게 생각했단 말아.
　‘내가 없으면 아버지가 말을 할랑가?’
싶어서, 문을 이러고 나가서 턱 밑에 가서 딱 엎쳐 갖고 들었어. 들으니까,
　“요 밑에 돌다리랑는데 가면은 소위밍이 돌다리라. 경량면 돌다리라는데
가면은 그 자리를 잡아 놨으니까. 자리를 잡아 갖고 이 묘를 무신 자로 쓰고
표도 나가 다 해 놨다. 거그다가 내가 죽으면은 거그다가 묘를 써라. 묘를 써라.
씨면은 뭐, (청중: 팔인에 팔천석난다고 안 했습니까?) 부자는 안나도 괜찮을
끼다. 밥은 먹고 살끼다.”
그리했다 말아.
　그래서 칠 월 스무사혼 날 자기 죽는 시까지 알아. 딱 그만 그 날 그 시에
죽었다 말이라. 죽어서 초상을 치룰라 하니까, 딸이 그만 부진가지로 자기 집
에 가 뿌렀어. 자기 집으로 가부리고, 그래가지고 그 딸이 가서 자기 시어미를
죽은 것을, 그리 그때는 장사를 하믄은 한 달 장사니 오일장이니 하거든, 요새
는 삼일장이니 하지만은 그때는 보통 한 달 장사를 한다 말이라. 부자집은 한
달 장사. 그러 (청취불능) 묘를 써 부렀어. 그래서 그 매를 쓰고 나서 팔 힝제에
팔천 석을 낳어. 아들 팔 행제를 놓고, (조사자: 그 딸이요?) 딸이 아이 팔 힝제
를 놓고 팔천 석꾼이 되 뿌렀어. 그래 진사도 많이 나고.
　그래가지고 묘를 앞에 불라치면 봉이 요리 팔공봉이라고. 봉이 여덟 개가
있어. 그래서 그 묘를 그 어른이 뺐겄다. 욕심이 많아 가지고, 딸인티도 그 말을
했으면 안 뺐길틴디, 그래 가지고 그기는 그 집 자리가 아니고, 딸 네 자리라
그런 말이 있어.

〔 하동읍 설화 11 〕 T. 2. 뒤

홍룡리 홍룡마을, 1996. 4. 3., 1조 조사.
박규하, 남·53.

도깨비가 내는 불

* 이야기를 계속 듣고 계시기만 하던 이장님이 도깨비 이야기를 하나 해준다며 자청하여
구연하셨다. 목소리가 우렁차고 사투리도 거의 안쓰시는 편이었다. 목소리가 커서인지 자
연스럽게 주위환기가 되었다. *

    약 30년 전 도깨비 얘기를 나 하나 해드릴게. 여기 우리 마을에 하씨네
가정이 있었는데, 하씨네 가정이 있었는데, 그 집의 노인네가 세상을 베리서
묘를 쓴 이후로 묘를 써놓고 나니까는 사무제날부터서 그 집이 불이 붙기 시작
했었어요. 저녁으로 밤, 한 요즘 겨울, 그 때가 겨울철인디, 한 저녁 먹고 여덟
시나 아홉 시쯤 되면 그 집이 완전히 그 때 그 당시에는 초가집이었는데 그
초가집에 완전히 지붕에 불이 붙어버려, 그래가지고 이 불을 동네 사람들이
그때만 해도 소방대도 없었고, 이 시골에는 이 동네의 주민들이 전부 가서 그
걸 불을 물을 우물에서 물을 지러다가 그 불을 꺼야 되는데, 그 불을 끄러 가보
면 동네사람들이 전부 다 고함을 지르고,
    "불이야! 불이야!"
하고 막 동네 주민들이 달려가거든. 그래 가서 그 물을 질러다보면, 진짜 에
이런 가정집이 불이 났을 때 같으면은, 그 불이 바람이 분다거나 초가집에 불
이 붙어 놓으면 그 화력이 쎄가지고 불 끄기가 힘이 드는데, 그 불은 분명히
지붕에 불이 붙었는데 에 사람이 가서 고함만 지르고,
    "불이야! 불이야!"
    불 났다고,
    "동네 사람들, 불 끄러 오시오."
하고 고함 지르고 가서 에 물을 쪼금만 지르면 불이 빨리 꺼져버려. 그이 그

결과가 인자 자주 일어나는 기라. 삼 일 거리로 나고 오 일만에도 불이 나고. 일부로 사람이 잘 몬해갔고 불씨를 잘 못해갔고 불이 난 것이 아니고, 아무리 불조심을 하고 불을 일절 불 땐 사람도 없고 하는데 분명히 집에 불이 붙었어요. 그래가지고 이제 집에 그 불을 끄면 빨리 불이 꺼지고, 또 한 삼 일 후이면 또 불이 또 나. 밤만 되면 사람이 일부로 지진 불도 아니고 사람 부주의로 해서 불난 불도 아닌데 그건 불이 자주 나서 그것을 인자 그걸 점쟁이한테 물어보니 까는,

"어, 그 노인네가 죽은 묘를 잘못 써가지고 그 불이 난다. 집에 불이 난다."

이래서 그걸 믿을 수가 없어가지고 이장을 빨리 헐 수도 없고 그래가지고 인자, 그걸 그만 삼 일, 사 일 거리 불이 나는 기라. 그래서 매일 저녁 동네 사람들이 인자 그 집에 불나는가니 여기 길가에 나와서 사랑방에 모여 놀면서 그 집만 바라보고 있어. 그러면 분명히 또 잠깐 순간에 불이 난다구. 그러면 또 그거는 이 우리가 여기 지금 우리 마을 주민들이 모이신 분들이 다 아는 이얘긴데 분명히 불이 나요. 그러면 또 동네 사람들이 막 쫓아가면서 불이야 하고 고함을 지르고 쫓아가면은 가서 쪼금만 작업을 허면은 불이 금방 꺼져버려. 그래서 결국 불이 한 에, 열 차례쯤, 열 번쯤 불이 났었어. 그러면 마 끄고, 끄고 하다가 결국은 안 되서, 그 묘를 이장을 다른 곳으로 이장을 하고 나니까는 그 후로부터서는 그것이 불이 안 났는데, 그것이 도깨비가 불을 붙인 불인지, 실지로 사람이 부주의해서 지른 불도 아니고, 귀신 불인지 그거는 몰라도 확실히 그런 불이 있었어. 완전 그거이 진짜 그러이 참 도깨비 불이였었는가 그거는 모르겠어. 할튼 그건 실지적인 이야기라.

(청중: 그래서 동네 사람들이 지켰어. 그래도 아무도 없어. 귀신이 질렀어. 묘 자리를 잘못 봐가지고. 확실히 귀신이 질렀어. 경찰서에서는 그리 생각도 안하고 경찰서에서는 순사들이.)

〔 하동읍 설화 12 〕 T. 2. 뒤

홍룡리 홍룡마을, 1996. 4. 3., 1조 조사.

하판용, 남·62.

절류태신 (切柳笞身)

* 약간은 취기가 오른 듯 기분 좋은 미소를 지으면서 혼자서 계속해서 이야기해 주셨는데,
청중들 역시 잘 경청해 주었다. *

그 전에 한 선비가 공부를 많이 해 가지고 과거를 보러 갔는데, 이 놈 운수
가 없어 과거가 평상 낙방이라. 그래 인자 만석꾼 살림살인디, 그전에 만석꾼
은 논이 만 도락이 되야 만석꾼이 되는 기라. 그 수로 받아들여야 만 석이 되야
만석꾼이거든. 그런디, 이 분이 만날 낙방이 되서 한양에 앉아 갔고 자꾸,

"논을 팔아 올려보내라."

그래서

"인제 과거 한 번만 더 보고 간다."

고, 그 낭중에 결국 만석꾼 집까지 팔아 올려보내랬어.

"인제 마지막이니까 한 번 쳐보고 만다."

고, 그래 인자 그 때 쳐도 또 낙방이야. 그래 살림은 다 까먹어부릿고, 서울의
어느 장안을 지나 간판이 어떻게 붙었는고이면,

'술 한 잔 먹는데 돈이 그때 오십 전이다'

그때 오십 전이면 논이 여러 수십마지기라. 엽전 시댄데. 아 그래 그만 오
십 전 남기고 술 한 잔 먹는다고 들어가서 참 걸게 차려 주는데 먹고는, 인제
화가 나서 집에 내려오는 기라.

내려오는 길에 숙종대왕이 그 때 참 숙종대왕이 또 나오는디, (청중 웃음)
숙종대왕이 그 때 마침 지나실 때, 그래 인자 집에 얼추 내려오니까 움직였다
고 움직일 '동(動)'자. 그래 어찌 괘씸한고. 봄인데 버들가지를 끊어 갔고 매를
때렸어. 때리는 데 숙종대왕이 하필 그걸 쳐다봤다말야. 쳐다보고,

"아, 당신 어째서 그러냐?"

"아이 그게 아니라 돈 오십 전 까먹고 화가 나서 내려오는디. 그래 인자
움직이는디 부아가 나서 버들가지로 때린다."

고, 그래. 가만히 이얘기 들어본게 숙종대왕이 참 만석꾼 살림을 다 까먹도록
벼슬 하나도 못하고 저 하나 주끼라고. 내도 거기 갈 낀게 내가 임금이란 소리
안 하고 서울로 가자 그랬어, 한양으로. 그래 따라올라서 운자가 어찌 났는고
이면, 운자가, 과거 운자가 '절류태신(切柳笞身)'이다. 이리 내봤어. 운자를 '절
류'. '긇을 절(切)'자, '버들 류(柳)'자, '때릴 태(笞)'자, '자기 신(身)'자. '전류태
신'이라 그리 있어. 그래 운자가 '전류태신'이라니까 자기가 한 일인께 그건
대번에 쓸 수가 있단 말이야. (청중 웃음) 그래 어떻게 썼는가 하면,

　　'당당동이 부당동하고, 부당동이 당당동이라.'

　　이래 써논께 이게 합격된 기라. 그래 벼슬 하나 얻으라고.

〔 하동읍 설화 13 〕 T. 2. 뒤

홍룡리 홍룡마을, 1996. 4. 3., 1조 조사.
하판용, 남 · 62.

홍시(紅柿) 구한 효자

　　* 이야기가 끝나고 다른 이야기가 잘 생각 안나는 듯 잠시 침묵하자 조사자가 효자와 관련
　　된 이야기를 해달라고 요청했다. 망설임없이 '그런 얘기도 있지.'라며 곧바로 해주신 이야
　　기이다. *

　　그 전에 저 성은 도씬디, 그 분이 참 효자라 효잔디. 저그 어마이 편모로
모시고 있는디, 이 분이 나이 많아 병이 들어서 누었는디. 그 때 하필 오 월달인
데,

　　"내가 홍시가 먹고잡다."

이러거든. 홍시가 먹고잡다고 저그 어마이가. 그래 오 월달에 홍시를 구할 수
가 없는 기라. 그나저나 홍시를 딸려고 산에 올라갔어. 산에 올라가 감나무
밑마다 찾아봐도 홍사가 없는 기라. 그리 찾아 당기다가 날이 그만 컴컴히 어
두워져 뿌렸어.

그 찾으로 당기다가 어두워졌는데 아 어두워졌는데, 범이, 호랑이가 큰 놈이 하나 와가지고 아따 자꾸 요리 엎디는 기라. 요리 앞을 자꾸 막아. 요리 엎디고 조리 엎디고 본게로 제 등 위에 타라는 뜻을 보이는 기라. 호랭이가 나타나가지고. 그래 인자 자꾸 가로 막아 타라고 그래. 그래 호랑이 등 위에 탔단 말이야. 타니께 어디로 가는지 그만 자꾸 가는디 눈 꽉 감고 잡고 있는디, 아이 저 산중에 가니까 한 집이 사는데, 불이 빼꼼하니 있는데, 그 인자 내려주는 기라. 내리라고 시늉을 해. 그래 내려서 들어가니까 저 그 주인이

　"아이고, 이 밤중에 어쩐 일이냐?"

고 그래,

　"그런게 아니라 우리 어마니가 병환이 나셨는데 에 참 때가 아닌데 홍시가 먹고잡다고 그래서 그래 그걸 구하러 산에 댕기다가 본게 홍시도 없고 그래 이 자꾸 범이 타란 뜻을 보여서 그래 여 실어다 주어서 여기 왔다."

고,

　"아, 마침 잘 오셨다."

고, 그 전에 저 죽은 우리 아버지도 그 홍시를 참 좋아해서 오늘 저녁에 우리 아버지 제삿날인데 해마다 한 그 감을 갔다가 한 점, 한 백 개나 이백 개를 땅 속에다 저장을 해. 그 때는 뭐 냉동실이 없으니까 그러면 뭐 한 삼십 개도 성하고 오십 개도 성허고 그래서,

　"마침 홍시가 우리집에 많이 있으니께 좀 요기를 하고, 홍시를 드린께 가지고 가라."

그러거든. 그래 인제 홍시를 한 여나믄 개 주는 기라. 그 제사밥을 먹고 그래 나오니까 범이 그 산 속에 가만히 엎디었어. 그 호랑이가 그래 인제 호랑이 타고 온게 집에 거의 딱 데려다 주는 기라 호랭이가. 그 홍시 열 개를 얻어가지고 그런게 인자 효성이 있으니께 인자 그 산에 신령이 호랭이가 그래 인제 나와서 그걸 꼭 홍시 있는 집에다 데려다 줬다. 그런게 인제 저 어마이 잡수고자한 그 홍시를 먹일 수가 있었다. 어 그런 얘기가 있어.

〔 하동읍 설화 14 〕 T. 3. 앞

홍룡리 홍룡마을, 1996. 4. 4., 1조 조사.
이경례, 여 · 75.

과부 어머니 시집 보낸 아들

** 송복님 할머니만 모시고 조사하던 중 마을회관으로 찾아오셨다. 젊었을 때 할머니에게 들으셨다며 이야기를 꺼내셨다. 억양이 평이하고 호흡도 적당하여 듣기가 편했다. **

옛날, 옛날 이야기 내가 한 자리 해 볼께. 옛날, 옛날 이얘기 인자 동생집에서 세상을 살았다고 해. 동생 두 개로 봐서 형제간에 그런데 사는디, 작은동생, 이제 말하자면 시아제가 인자 고만 일찍 돌아가셔 부렀대. 아들 하나 나놓고 돌아가셔 부렀는디, 인제 그 할 수 없이 참 혼자 살다가 동서가 딸네 집에 가면 서롬 이제 큰동서가, 작은동서 우리 성님 딸네 집에 동서가 가는데,

"가세!"

이랫거든. 그래 이제 성님이 가자니까 어느 영분이라고 안 따라 갈 수 있는가. 혼자 사는 동서가 따라간 기라. 따라간께롱 어쩐 소리하는 고로 인자 비가 부슬부슬 오는데 좋게 따라간거이, 즈그 엄마의 이를 잡아주면서 머리의 이를 잡아주면서,

"어무니 혼자 왔으면 내가 떡을 좀 해 줄낀데 뭐하려 작은엄마를 데리고 왔는가요?"

딱 그러더라는 기라. 그러니까 그 작은엄마가 들을 때 얼마나 안타까웠나 말이지. 혼자 사는, 그런께 워두워지는데 이놈 할마니가 고만,

"나가 뭐 빠져 놓고 왔다. 집에 갈란다."

고 막 첨벙을 떨고 집을 나온 기라.

나와갔고 등을 하나 넘어오니까 고만 어두워져버렸거든. 갈 때도, 올 때도 없는데 어디를 찾아본께 집에 불빛이 있드라는 기라. 그래 그 집에 들어감시롱, 죽은 지아부지한테 아들을 날려고 백 일 기도를 했는데, 그 날이 마지막 날이라드기라. 백 일 기도한 날이, 지금 절에 가서 하고 왔는디 '자자' 하는데 그냥 안 잘 수도 없는 기라. 사정을 말하자면 밤에 와서 그러는디 그래 할 수

없이 그 부인을 불러 들이가꼬 자라고, 인자 마누라를 시킨 기라. 그래 앉아서 날을 새우끼로 앉아스니께로 어떤 소리를 하는 고로, 그 집이 바깥주인이 그만 와서 마누라를 해 버린끼라. 그 여자를 밤에 자는 것을. 그래 백 일 기도 마지막을 해 노니께 그날 지금 애가 딱 들어선 기라. 그래 갖고 두 질로 옮겨라. 헉기가 찬 일이지. 이자 참 자기는 창포 같은데 몸을 뺏기고 왔으니 그 와중에 점점 배가 불러져서 고만 애기가 되드라는 기라. 그런께 어쩔 수가 없거든. 그래 전에 그 애기를 할 수 없이 배불러 전에는 낳는다.

아기가 나논께, 며느리가 인자 밥을 줌시롱 어찌 해주는 고로 쇠죽 바가지에 밥을 담고 오줌 바가지에 국을, 미역국을 끓여 주드라는 기라. 더러운 년이라고 말하자면 잉. 그 혼자 과부가 가서 그럴 수 없는간디, 그런 일을 했어. 그런께 그 아들이 나무를 해와 딱 부르더니, 전생에 아들 하나 난 게 떡 부르더니, 즈그 엄마가 밥을 먹는 그릇을 쳐다보더니,

"엄마 이게 뭐요?"

그러거든. 그런께,

"야야. 내가 몹쓸 것을 해 갖고 아무집게 아무집이 누구누구집을 갖다오다 이러고 저러고했다."

그때는 자수를 바로 하는 기라. 그러니께,

"그집을 가서 찾으면 알끼다."

즈그 머매를 보고 그랬거든, 그런께 이 사람이 그 집일 미처 가도 안 하고 고만 즈그 처가집을 먼저 가드라는 기라. 그래 처가집을 가서 하는 말이,

"아니 아무 곳에 어디 동네는 시어메가 혼자 홀로 사는 어머니가 아들 하나 아들을 낳는데 세상에 그 쇠죽 바가지에다 밥을 주고 오줌 바가지에다 미역국을 퍼 줬더라."

그 얘기하고, 그 장인 장모 즈그 딸인지도 모르고,

"그 년 대강 패줘야된다."

고 그러더라케. 그래,

"버려버리기라고마. 내가 당신딸이 그랬더라."

고 그러거든. 그래, 이 사람이 즈 어매말 듣고 아들 난 집으로 간기라. 그 사람을 찾아가서 물은께,

"아이고. 온 일 있다."고,

"우리가 그 날 백 일을 마지막 하는 날인디, 참 자식이 큰엄마가 자식을 못나서 그래 그 참 어찌 백 일 기도를 했는데, 왔는가 그리 연대를 맞춰서 와서 내가 그랬드니 아들이 느가 보다."

고, 그마 하인을 시켜서 가마를 태워서 싣고 가버렸대. 어마이를 와서 그래 싣고 가가꼬 그 아들을 데리고 가서 그 아들을 큰아들 삼고, 그 집 아들을 요아는 키우고 세 명이나 또 낳더라는 기라. 그래 갖고 그 집 자식손을 잘 이뤄갖고 그리 부자로 잘 살더래. 그러니까 안 좋은 기라. (청중 웃음) 그래 그리 잘 살더래. 성공을 해서 그 백일 기도한 것 그게 맞은기라고마. 그러니께로 사람이나 죄진 건 아니라.

〔 하동읍 설화 15 〕 T. 4. 앞

홍룡리 홍룡마을, 1996. 4. 4., 1조 조사.
이경례, 여·75.

꾀 많은 개똥이

* 조사자가 옛날 이야기를 해 달라고 하자, 옛날 이야기는 좋은 것이 없다며 계속 빼시다
가 하도 요청을 하자 못 당하겠다는 듯 웃으시며 해주신 이야기이다. 등장 인물에 따라 목
소리를 바꾸어 가며 재미있게 이야기해주셨다. *

우스운 얘기를 한 자리 하까? 하하하! 옛날 사람이 아들을 한 개를 낫드락 해. 그런데 아무 것도 살림이 없어 갖고 그 아들 공부도 못 시키고 이리 사는디, 그런디 서른 살이 묵도록 그 아들이 일을 안 하드레. 그 땅에 드러 눴드래. 그래서 어마니가 인자 임금 집에를 가서 벌어다 믹이고 살렸대, 그 자석을. 그런디 아 요놈이 이름이 개똥이라. 그런디 아 뭐라는고 요러드라.

"아이, 엄마!"

그러드락해. 그래

　　"와?"
한께로는,
　　"저 짝 대감집의 딸 그 나 주래 해."
글드래. 개똥이 그 놈이 자빠져서. 그래서,
　　"야, 이놈아! 밥도 못 얻어묵을 소릴 하냐?"
어마니가 그렁께,
　　"허참, 나 장개갈 자신있구만. 우리가 더 양반이구만."
그러드래. 그래서,
　　"에라, 이놈아! 그런 소리 하지 마라."
그래 놓고, 가서 그 소릴 했드래.
　　"우리 개똥이가 장개를 온다는 데, 어쩌그나?"
그랑께로,
　　"저런 년을 놔 둬야!"
하고 마 뚜드러 패쌌도락해. 그래 밥도 못 얻어 묵고 쫓겨 온 기라. 쫓겨왔는데,
요놈 자식이 또 며칠 있다가,
　　"엄마."
또 가보드라네, 그래 또 가서 그렁께, 똥밫지를 쒸비드래. (조사자: 예?) 똥밫지
를 쒸비드래. 똥을 퍼다가. (조사자: 아 똥바가지요.) 그래 어마니가 할 수가
없는 기라. 인자 그래 나왔는디, 아이 그 마가 하루는,
　　"엄마, 저 가서 백지 종우 한 장 사고, 초 한 자루 사고 해 갖고와."
하드래. 그래 해가 온께. 나물(나무를) 착착 깍아 갖고 굼벵이 초롱을 맨들드라
는 기라. 아들이. 그래 맨들더니, 초 그놈을 가운데다 딱 꽂고, 요리 오므리
모므리 지는 초롱이 있거든, 굼벵이 초롱이라고. 그걸 맨들드래.
　　'저 놈이 무슨 재주를 헐라고 저걸 저러는고?'
허고, 인자 어마니가 애가 타 죽겠는 기라. 그래 한께, 아 저녁에 어디 나가고
없드래. 글드니, 쪼깐 있응께 드러오드래. 근데, 그 집의 인자 대감집의 말하자
믄 가죽나무가 있어, 가죽노물 해묵는 나무가 가죽이라고 있어. 그 가죽나무에
올라 앉아서 임금 이름을 부르면서,
　　"아무것이, 아무것이."

부르거든. 그런께 임금이
　"어?"
헌께,
　"야, 이자슥아! 어가 뭐꼬? 하늘의 옥황세엘 보고."
그러드란다. 그래서 아 그마 이 사람이 깜짝 놀랜 기라. 그래
　"와스러시냐?"
한께,
　"이쪽 개똥이허고 저 결혼 안 하면 느그 손을 마 잡힐거라."
그러드락해. 그러구,
　"난 이제 간대."
하고 하고 하늘로 혹 올라가뿔드락해. (청중 웃음) 그런께 할 수 없는 기라,
인자. 즈그 집안을 멸종을 헌다는디, 뭐 저 안 여우고는 안 되는 기라, 인자
개똥이헌테다가. 그렁께 인자 일을 할 수 없어, 개똥이를 인자 불렀어. 즈그
집으로 왔어, 대감집에.
　"니, 우리 딸허고 결혼허자. 하늘의 옥황세가 하라는디 할 수 없다."
그러거든, 그랑께,
　"에이, 안 한다."
고 인자 개똥이는 빼는 기라. 한 번 안한다는 기라. 그런께,
　"아, 이거 안 할 것 없다. 하자."
　논을 서른 마지기를 준대도 안 헌다드래. 그래서,
　"어허 참 그럴 것 없다. 내가 옷도 다 해삐끼고, 느그 엄매랑 다 잘 해줄낑
께, 좋은 집이랑 사서 해줄낑께, 허자."
　"그럼 해보까?" (청중 웃음)
　개똥이 그놈이 글드래.
　그런께 인자 했어. 결혼을 했는디, 장개를 갈라믄서 아무 것도 허지 말고,
　"어매, 밀가루랑 개떡을 요만씩허니 세 개만 해달라."
드래. 그래서 그놈을 인자 해가 갔어. 장개를 가 갔고는 첫날 저녁에 누워 잠스
롱, 요놈의 자식이 그만 각시를 보고, 누워 자는 각시를 보고,
　"똥 쌌다. 인나거라!"

뚜드러 팬께, 각시가 놀래 인날꺼 아니겄어? 인난께, 중간 털떵떵에 개똥떡을
갖다가 이겨다 논께 그놈이 똥모양 톡톡 떨어져. 인자 자다가 똥을 신부가 쌌
다고. 그 먼 제가 올라가더니 또 한 바가지 싸놓드락해. 그래서 니도 묵으라드
래. 또 각시를 보고 ,

"그 똥을 묵어야 부부야 된다."

고. (청중 웃음) 아무리 상냥해도 그 쳐녀가 묵었는가 말이제. 못 묵는기가.
못 묵은께로,

"그러믄, 느그 엄매, 느그 아부지 다 오래 묵으라."

드락해. 즉 엄마, 즉 아부지 온께, 역실로 더 막 못 묵드락해. 억지로는 못 묵은
께,

"나가 이 똥값을 주마. 논을 두마지기를 더 주마. 나 이똥 못 묵겄다."

냇중엔 그랫어. 그래 인제 논 두마지기 더 탄 기라. 왜 그러냐 하면, 즉
어매 똥밭에 있다고, 인자 그 품 갚을라고 그런 기라. 그래 갖고 인자 해 뿌리
고, 그 개똥이가 꾀가 많아 갖고 그리 장개를 가 갖고 그리 저 임금 딸을 그리
얻어다가 잘 살드래. 그래 이름이 개똥이가 좋대. 하하하! 그래 즉 엄매를 그리
품을 갚드래. 똥 믹이고 팼다고. 하하 ! 꾀가 안 많은가? 개똥이가.

〔 하동읍 설화 16 〕 T. 4. 앞

홍룡리 홍룡마을, 1996. 4. 4., 1조 조사.
이경례, 여 · 75.

꾀로 장가 간 총각

* 계속해서 꾀 많은 총각 이야기를 하셨다. 많이 웃고, 노래까지 곁들여 가며 재미있게 구
연하셨다. *

한 사람이 넘의 집에 가. 부자집에 가, 넘의 집을 사는 기라. 넘의 집을

사는디, 총각이 일을 잘하거든, 그런께 항상하는 말이 그 주인이

"우리 딸 주께, 살아라."

만날 그래 갖고, 인자 그런께, 인자 새로 안 나가는 기라. 즈그 딸 준닥해논께 그만 총각이, 그래 일을 잘 허고 사는디. 하루는 인자 타작을 하는디, 가만히 본께, 처자 저기 내려오드라는 기라. 뒤에 준다는 처자를. 그래서

'아, 저걸 내가 어찌해야 빼뜨리꼬?'

인자 그 연구 뿐이 없는 기라. 총각 맘이 인자. 아, 이놈의 가시나를 꼭 준닥해 놓고 고만 딴 디로 여울락하드래.

'에이, 빌어먹을 것. 이것 안 되것다.'

싶어, 총각이 꾀를 낸 기라. 저놈의 가시나가 어디로 저 보리 타작을 하러 들어간께, 꺼끄럼 옷가 묻거는 사실이거든. 따라 들어간께 옷을 택택 묶어서 딱 퍼져 가지고 죽을 퍼서 마루다 딱 놓고 들어가드라는 기라. 옛날에 인제 그런께, 이 총각 바이 작대를 가가지고마, 그 주무(바지인 듯)를 살살 끊고 나왔어. 이리 끊고 나와 갖고, 옛날엔 가래 주무라. 그리 끊고 나와갖고, 제가 딱 입고, 총각이. 가이나 주무를 돌라다 입고, 지 주무는 딱 갖다 마루에 갖다놓고 그런께 인자. 새벽에 타작을 해 싼께, 비를 올라고 얼른 뚜드려야 되긴게 나오라고 해싼께, 아이고 얼른 나오락 해싼께, 가이나도 얼른 빼갖다 입은 것이 머이마 주무를 입어뿌리고, 머이마는 역부리 갖다 입었고, 입어 갖고 인자 벼 타작을 함시로 인자, 처남들까지 막 비가 올락한께 뚜드렸던가 베. 그런께 뚜드려도 총각이 노래를 뭐이라고 부르는고는,

큰처남 에이요.
여그 때리라 에이요
작은처남 때리라
여그 때리라 에이요

하드락 해. 하하하! 그런께 큰처남, 작은처남 다 쳐다보니께, 즈그 딸 주무를 바꿔 입드래. 딸은 또 머이마 주무를 입었다는 기라. 그래가 할 수 없이 그 딸을 뺏기드란다. 누구 꾀 많냐? 하하하! 그런 꾀도 내고 사는디. 그래 갖고

꾀를 내 갖고 그래 잘 살드래. 그 총각이.

〔 하동읍 설화 17 〕 T. 4. 뒤

두곡리 고서마을, 1996. 4. 4., 1조 조사.
박위석, 남 · 76.

딸도 남이다

* 한참 동안의 권유 끝에 이 이야기를 해주셨다. 손을 다리 사이에 모으고 고개만 움직이
며 구연하였고 말이 좀 빠른 편이었다. 청중이 적극적으로 대답을 해 주었다. *

박풍이 하나 있었거든. (조사자: 박풍?) 풍수가. (조사자: 아, 박 풍수요.)
박 풍수가 있었는데, 인자 참으로 잘 봤던 몬양이라. 잘 알아. 그래 인자 그
딸이 갖다가,
　"아부지 인자, 자리 잡아 놨냐?"
고 이래 물으니기로, 그래서 말을 하라니께 말을 안해. 그래,
　"왜 그러냐?"
헌께,
　"이방에 넘이 있다."
이러는 기라. '넘이 있다.' 그래. 그래 아무리 돌아 봐도 전부 즈그 식구고 넘이
없다마다. 넘의 사람이 없어. 없는다.
　"아무도 없다."
하니,
　"아, 있다."
더라. 그래서 인자, 살살 물은께로, 아 딸을 말한께,
　"그렇다"
　그러드라. 아, 그 딸은 얼마나 서운할 기라. 자기 부몬디. 그래 가지고 거

딸이 갖다가 딛기 싫고 마 기분나빠 나가 부렸거든. 나가 그만 어디 간 게 아니고, 전에 그 생문이라고 있어. 그 생문 밖에 딱 허니 있응께로, 말을 헌단 말야. 말을 허는디,

'아무디, 아무때 가믄은 큰 전기 나무가 있을 기다. 전기 나무가 있으끼니로, 그 전기 나무 비부리고, 갖다가 날 것 써도라.'

그러고마 딱 부렸삐드라. 즉는디, 즈그 딸이 그마 정신 없이 달렸뺐어. 시가로 마. 달려갖고는 그만 즈그 어마니 산소를 파다가 그만 쳐뻤어.

그래 이튿날 가서 본께, 묘가 써져 있단 말이지. 그래 가지고 그마 뺏겨 버렸어. 딸헌티. 그래 가지고 뺏겨 버리고, 그래 갖고 딸헌티. 딸도 넘이라 그래. 인자, 딸도 넘이라. 출가애인이라. 그래 시방 하는 소린디, 딸도 냄이라 그래. 그래 딸헌테 뺏겨가지고 우리 박씨가 뭐 큰 사람이 많이 안 난다고 그랬지.

〔 하동읍 설화 18 〕 T. 5. 앞

두곡리 고서마을, 1996. 4. 4., 1조 조사.
박위석, 남 · 76.

절이 많아진 이유

이전에 이, 이 뭐이냐, 절 말이지. 절, 절 이거 전에는 마 어쩐지 그 중을 그렇게 믿게 믿고로 장 봤던 모양이라. (청취불능) 마 댓트림이 와. 댓틀 메고 씌어 팼다고마. 여 몬견디겠다 말이지. 그래서 가만히 있어본께로 이 참 아마도 몬 살겠거든 중이. 혼자 사는 그것도 참 불쌍한디. 아 그래서 인자 한 번 가만히 본게로, 갑자기 마 중메 있는 사람을 죽일라하드만 전부 이 죽일라 하는디. 그러니께는 여리 막 죽기 맞아죽고 마 어쩌거고 자꾸 죽는 판이라.(청중:

중이?) 응. 중이 죽는 판이라. 그래 인자 중이, 중이 인자 가만히 본게 싹 다
죽고 인제 자기 죽을 딱 차례가 됐거든. 그래서 저그 인자 행이 한 집 가갔고
　　"나가 인자 싹 다 다 죽어비리고 이제 내 죽을 차롄게로 내가 이 갔다가
본다면 행장을 한 번 해보고 죽겄다."
고 그랬거든. 그래 인자 참 이야기를 하고 인자 오다가,
　　"난 인자 가야 되겠다."
고 나왔갖고,
　　"내가 이저꺼정 세상 선물이나 하나 하고 죽어야 되겠다."
　　그러거든 그래 뭐 선물한게, 그냥 뭐라뭐라 하더마는 문꼬리 같은 걸 이걸
하나씩 갔다 던져주고 주드만.
　　"잘 가거라, (청취불능)"
　　나가버렸다 말이야. 그래서 나갔삔 뒤에 인자 고만
　　"그거 그랬는갑다."
하고 행이야 가내삐렸는디, 요놈이 홀딱홀딱 뛰. 문꼬리 이놈이. 자꾸 뛰는 판
이라. 뛰는디 뛰다가 쐬만 주워먹어. 쐬만 주워먹어. 문꼬리, 쐬문꼬리. 주워먹
고 주워먹고, 주워먹으면 자꾸 커. 어질대이며 자꾸 큰게로 이놈이 마 나 산디
만이 되있다 말이야. 이런게로 이 이놈이걸 갔다가 마 (청취불능)에 가갖고
기세우고롬 픽 자빠지고 기수구롬 (청취불능) 아 큰일이란 말이지. 그래 나라
임금이 딱 가만히 생각한게로 그래 인자 저 그냥 갔다 몬 살겠다고 거시기를
해버렸는 모양이지. 이런 부가 와갖고 자꾸 사람 몬 살고 하는디 이거 좀 고야
주었다. 그라 아 이 나라 임금이 가만히 본게, 아이고마 이 조지부리겠드라케 마.
나라를 조지부리겠드라. 그래서 방을 써붙여다케. 어째 논고로 하네,
　　'이걸 갔다가 그새 좀 좋게 해주는 사람 있으면 좌우간 이 나라를 반씩만
그래주겠다.'
　　이래. 그래 이 쪼그랭이이 갖다 중이 가만히 참 방이 써붙여졌다. 그래 인
자 나라 임금을 찾아갔던 말이지. 그래 이래 이리 이 저 뭐냐 이거 저 뭐냐
　　"이거를 갔다 거시기 좋게 해주믄 나라 반반을 준다 그래 했냐?"
고 그래.
　　"그래 했다."

고 그러거든. 직접,
　"그럼, 내가 그걸 할낀게로."
그래,
　"할 수가 있냐?"
그래 계약을 딱 세우고, 그래 딱 세우고 나서 고만에 뭐라뭐라 하드마는, 아이
고 뭐 탁 본게로 마 이놈 마 쐬뭉탱이 이놈이 마 싹 파스스 해버렸어. 파스스
해버려가지고 그런데 이 파스스 할 적에 인자 거 안에 뭐라고 하냐,
　"내가 이 나라 임금 이걸 갔다가 반반하니 이것도 싫고, 그 사람이 뭐이
절, 절까지 싹 다 망해버렸다."
케. 마 그랬는디
　"절, 그 제자리, 제자리 싹 고것만 지어도라. 지어주면 내가 이걸 갔다 좋게
해주겠다."
　그래갔고 이 절을 갖다 세우믄 안 망하고 시방 오늘날까지 절 갖다 산다
이랬거든. (청중: 그 말 있지.) 하믄. 그 말 있지? 그래가지고 이 된 절을 갖다가
오늘날까지 갖다가 한 개라도 더 생겼으면 생겼지 파산은 안했다 그래.

〔 하동읍 설화 19 〕 T. 5. 앞

두곡리 고서마을, 1996. 4. 4., 1조 조사.
박위석, 남·76.

쇡가모니와 미륵보살의 시합

　* 앞의 이야기가 끝난 후 바로 이어서 계속 해주셨다. 말이 빠른 편이었다. *

　그래 인자 석가모니하고 미륵보살하고, 두 사람이 서로 정치를 나올라고
한게로 서로 나올란게로 이 갖다 가만 생각해 본게로 큰일이란 말이지. 둘 다
인저 도사거든. 도사가 돼났으니 둘 다 그런게 서로 할란게로, 고 미륵 하나는

갔다 안 나와야 될 낀데 하나는 꼭 나올라고 그래. 그래 이 석가모니 부처가
하는 말이,

　"자, 그러면 우리 둘이 갖다가 갱긴(경기)가 뭐 그걸 하자."

　그래 마 죽은 나무, 죽은 나무를 그 들은가 몰라도 죽은 나무 꼬쟁이를
갖다가 두 개 가와. 서로 앞에 타가서 똑같은 꼬쟁이 앞에 딱 꽂아놓고는

　"자, 여기서 꽃이 먼저 살아 피어오는 그 사람이 앞에 가는 사람이 자, 우리
가 마음을 먼저 하자!"

　요렇게 딱 된 기라. 그래 딱 그래갔고 인제 눈 감고 앉아 착 보니께로 꽃이
피야지 안 피. 안 피고 가만히 있는디 미륵, 미륵 인제 저 부처가 아까 딱 보니
핀단 말이지. 핀게로 석가모니가 살짝 바꿔났거든. 살짝 바꿔논 기야. 그래 인
자 미륵의 앞에 핀 걸 갖다가 봐꿔났으니께 석가모니께 핀 거라 말이야. 바꿔
가지고. 그래서 인자 미륵이 가만히 생각할 적에,

　'오냐, 내 것과 바꿔갔다.'
는걸 뭐 환히 알고 있는 기라. 도사들이 다 아시니. 그러나 인자 한참 있다가
아 우리 눈 떠보자 눈 떠보니까 딱 바꿔가 있단 말이야.

　"내가 인자 갖다가 방을 해야 될 거 아니냐!"

　"그럼 해라. 니가 하긴 하되, 도둑놈이 좀 많이 날 기다."

　그래. 그래, 시방 부모가 자식 쇡이고, 서로 쇡이고, 그래갔고 쇡여먹고 사
는 세상이라. 그래 됐다 그래.

〔 하동읍 설화 20 〕 T. 6. 앞

두곡리 고서마을, 1996. 4. 5., 1조 조사.
조우남, 여 · 65.

사주가 다 맞는 것은 아니다

　* 무작정 동네 할머니를 따라 집으로 찾아가 방 안에서 인사드리고 구연을 요청하자 침착

하고 조리있게 이야기를 해 주셨다. *

　　옛날에 옛날에, 어느 마을에 거랭이가 한 분 살았는데, (조사자: 큰애기요?) 그렁이, 거랭이. 거지라 그래. 거지가 하나 살았는데, 성이 허씨 드라네. 성, 성씨가. 허씬데 만날 그거서 그 마을에서 얻어묵고 그 마을에서만 자꾸 돌아데 니믄서 얻어 묵더라해. 다른디 가선 안 묵고. 하도 얻어묵고 허덕허덕 또 얻어 묵으믄 또 허덕허덕 더 묵고 싶어갖고, 쪼매쓱 얻어 먹으믄, 옛날에 숭년(흉년) 아닌가베. 옛날에 숭년인지라 묵을께 없고 사는데 제 묵을 것도 없는 데 거랭 이가 자꾸 얻어묵으러 온께네. 거지가. 또 주믄 허덕허덕허고, 또 좀 주믄 허덕 허덕허고 허거랭이라고 지났어. 성은 허씨고, 허거랭이라고 (조사자: 네, 허 거랭이요?) 허 거랭이.

　　허 거랭이라고 지 낳는데, 그래도 이 사람이 아직 젊어가지고 괜찮은데, 서울나라 임금님이 전에는 임금님이 왕 아닌가벼, 임금님이 딸을 하나 났는데 가마히 딸을 갔다가 사주를 빼봤다는 기라. 딸을 사주를 봐본께. 딸을 평상에 갤혼식을 두 번을 해야되는 기라. 딸 사주를 보니께네. 그래 왕집이서 왕이 대감딸이 딸을 갖다가 어트게 옛날에는 양반 세력이 컸다 아닌가베. (조사자: 예, 그렇죠.) 그런데 어트케 딸을 두 번을 재혼허는 거재. 그런께 그런 식으로 어찌 봐 싶어서 인자 영감이, 인자 왕이 꾀를 내다 내다 안 되서. 종놈들, 하인 들 없어, 종들 종들을 불러 갖고,

　　"느그 시골에 가가 걸뱅이가 하나 어디 거지가 있걸랑, 씰만한 거지가 하나 있걸랑 그 놈을 주 싸 가지고 오니라."

　　그래. 그래, 인제 종들이 쭉 하인들이 내려와가지고 어느 시골 마을에 간께 는 막 허 거랭이, 허 거랭이 쌌거든. 근디 사람이 아니 젊었는데 거랭이를 허고 대니는 기라. 그래 고마 이거 막 어디 보재이 훔쳐 마 싸 가지고 마, 서울로 해갔는 기라. 거지를. (청중 웃음) 거지를 데려가가지고 인자 저녁에 인자 가서 목욕을 탁 시켜갖고 명지 바지, 옛날에는 옷이 좋은 게 명지 바지거든. 그래. 명지 바지. (조사자: 명주 바지 알아요.) 그러가 입히가지고 인자 저녁에, 처녀 방에다 딱 들이 보내는 기라. 들이 보내갖고 인제 처녀가 감히 쳐다보니께네, 아무리 거랭이 노릇을, 거지 노릇을 해묵어도 사람이 본께네 아까분 기라. 그

래. 딸네 집이서, 딸 집이 아무도 모르게 딱 딸허고 하루 저녁 재와갖고 낼 아척에 날이 새믄 대동강 갖다 떤지라 했어. 그 거지를 갖다가, 그러믄 인제 그거를 마쿤다 아닌가베, 식을 (청중: 한 번 시집을 간 기재.) 한 번 시집은 간 기재. 그래 대동강 갖다 떤재 뿔고 인제 딸을 다시 인자 시집을 보낼라고 그러믄 인자 두 번 땜을 헌다 아닌가베. 그래 인자, 딱 가서 그 아가씨가 가만히 보닌께는 아무래도 즈이가 아까분 기라. 내일 아척에 틀림없이 날만 새므는 대동강 갖다 떤질긴데. 그래 인자 그 종들 또 잡아가서, 대동강 가서 떤질끼라. 그 시골에서 잡아온 종들이. 그래 인자 불렀어. 그 종들을, 불러가지고,

“이 사람을 도로 시골에 갔다 살려둬라. 쥑이지 마라.”

이래. 이래서 인자. 마 그런께 인자 이 아가씨가 돈을 준 기라. 그 종들을 갖다가, 그 대감 몰리 돈을 줘야 저 사람 살래 줄꺼 아이라. 그래 인제 도로 시골에 갖다 낳어. (조사자: 할머니, 자고 나서요?) 자고 나서, 하믄 자고 나서, 그래 자고 나서, 인자. 이 사람을 도로 시골에 갖다 싸놓고 인자 하님들이 보고 인자 절대 인자 마, 대감 보고는 ‘쥑있다’ 허고.

그래 시골에다 갔다 낳는데 이게 애기가 (제보자 손뼉을 치면서) 딱 생기는 기라. 그 아가씨한테, 그 밤에 둘이 자논께 애기가 생긴 기라. 그러니 이 아가씨가 옛날에는 딱 아가씨 혼차 초당에서 혼차만 자는 방 있었거던 공부허는 대감 딸이 혼차 마 초당에서 잤는데, 자고 일어나서 보니, 자고 공부를 늘 거그서 인자 계속 거그서 공부를 허다 보니 배가 그냥 차차, 차차 불러졌네. 아가씨가. 배가 불른 아를 딱 나니 머시마를 났다, 아이가. 머스마를, 머스마를 딱 낳는데. 또,

“그 아를 갖다 내 뿌리라.”

하는 기라. 인자 대감이 강에 갖다 내 뿌리라 하는 기라. 아무도 모르지. 내 뿌리라 했는디, 또 이 인자 아가씨가 인자 그 종들 시켜갖고,

“시골 즈그 아부지한테 갖다 주라.”

했어. 전에 즈그 아부지 내뿌린 디다가 이 아 갖다 내삐리주라 했어. 그러논께 인자 아 하나 떡 생깄는 기라.

즈그 엄마는 시집도 안 가고 있고, 그러가 아 하나 또 생겨 가지고 인자 유복이라고 짓는 기라. 아기 이름을, (조사자: 유복이요?) 유복이. 유복이, 어매

가 없는 긴께 유복자. 그래 유복이라고 짓는데, 인자 허 거랭이가 유복이 그걸 데꼬 데니믄서 밥을 얻어묵고 데니는 기라. (청중: 허 유복자지.) 하믄, 허 유복자지. 그래 내 그걸 데꼬 데님서 이 집 가서 밥 얻어묵고, 저 집 가서 밥 얻어묵고 인자 뎅기는디. 아가 인자 십팔 살, 열일곱 살 묵은 께네 공부를 시겨야 긴데, 돈이 있어야 공부를 시기제. 자기도 몬 묵고 사는데. 그래가 옛날에는 서당에 있재. 서당에. 글 배운데. 그래 아를 갔다 서당에다 보내는 기라. 아바이가. (청중: 한문글 배우는 디.) 한문 배우는 디. 보내논께네 이 넘이 한 재 배우믄 지는 두 자 배와뿔고, 또 저기 한 재 배우믄 지는 두 자 올라가뿔고, 그리 너무 너무 공부를 잘 핸께네, 서당에 글을 가르치는 접쟁이 자꾸 허 거랭이 보고 동냥을 많이 해다가 야를 자꾸 갈치라 한 기라. 그래 갈칠 수가 있나. 얻어와야 얻어올끼 있나 마. 안 주는데, 숭년이 들어가 옛날에는 그래 인자 하도하도 그래 싸닌께, 네 인다 마 몬, 인자 즈그 아부지는 몬 언어 데닌께, 학교 선생님이 인자 잘 갖다 가만히 봤는기라. 배우믄, 저기 개르치믄 큰 사람이 되근는데, 부모가 심이 없은께 선생님이 인제 가르쳤는데, 전에 아들이 걸뱅이 매니로 밥 서나씩 도시락 싸갖고 학교에 가면은 지들 묵고 놔 뿌는데, 인제 선생님 말하기로,

"느 학생 중에서 우리 유복이 밥 한 숟그락 더 주는 사람은 예쁘다."

이래 한 기라. (청중 웃음) 그런께 인자 그 선생님한테 칭찬 들을라고 이 넘이 한 술 떠주고, 저 넘이 한 술 떠주고, 서로 서로 한 술 더 떠주는 기라. 그 선생님한테 칭찬 들을라고. 그래 인제 그런께, 그거를 묵고 살아가 공부를 허는 기라. 허는데, 또 옷 많이 입고 막 주름주름 또 입고,

"느그, 유복이 옷 한 가지 벗어 줘라. 그런 사람은 착하지."

고마 더덕 더덕 입고 와서 마 한 가지 벗어주고, 또 저 넘이 한 가지 벗어주고, 그래고 그래고 해가지고 공부를 많이 배왔는 기라.

그래 옛날에 서울에 과개 보러 갔재. 옛날에 서울에 과개 보러 갔재. 버실 허는 거. 와 과거 그래 그거를 보러 보냈는데, 선생님이 인자 저거이 가믄 틀림없이 되긴디. 저놈들이 인자 쥑일라 허는 기라. 유복자를 갖다가. 저기 가믄 되긴께. (조사자: 친구들이?) 친구들이. 같은 친구끼리서. 그래 인자 서울을 같이 보냈는디 가면서 인자 벨 종을 다 시기는 기라. 그걸 보고,

"니 저거 안 해오면 쥑인다. 또 저거 뭐 안 가오믄 쥑인다."

뭐 그런께. 벨 짓을 다 시키는 대로 다 했는 기라. 이게. 그래 저 어디 가니 끼네. 콩, 아가씨가 콩 밭을 메고 있더라네. 그래,

"저 아가씨한테 가 입맞추고 와."

그러더라네. (청중 웃음) 그래 또 뛰 갔던 기라. 뛰 갔는데 입을 맞출라고 아가씨 옆에 가 서 갖고 한 골 메믄 요리 가고 한 고랑 메믄 이리 가고, 앞에, 아가씨 앞에 자꾸 데니믄서 입 맞추자 말을 못허는 기라. 그래 아가씨가 물었 거던,

"와 그러냐?"

이런께는,

"그래, 우리 친구들이 과개 보러 서울에, 과개 보러 가는데, 아가씨한테가 입을 맞추고 오라는데, 그래 못 맞춰서 그런다."

한께,

"야. 이 밤펭이 같은 사람아. 입을 맞추고 가믄 표가 없다 아니가."

표시가 안난께 반지를 빼 주더라는 기라. 요 찌고, 그래 될 사람은 그래 되는 기라. 반지를 손꾸락에 있던 거를 빼 줌서, 이걸 가 표시해놓다 이거라 드라. 고러니 저 사람들이 헐 말이 없지 친구들이.

그래 가 인자 서울로 걸어 걸어 전에는 걸어서 안 대였어. 걸어 갔는데. 인자. 한 서울에 인자 도착을 해가지고 도착을 해가지고 본께, 대문이 열 두 대문이 있는디. 열 두 대문안에가 청실 배나무가 있는디 너무 너무 배가 좋게 이래 열어갖고 있드래. 칠, 팔 월에 갔는가 모겄재. 그런께 아가씨가 밭을 맨 디도 갔고 그자. 개울에 갔으믄 엄쓸긴데. 요 이런 배가 주렁 주렁 달려있는 걸 치다보드니,

"니 저가 배 따오라. 안 따오믄 쥑인다."

그래,

"저 어트케 올라가노."

"우리가 다 밀어 올려 주께, 가라."

이래. 막 친구놈들 전부 달라 들어서 밀어올리 존는 기라. 밀어올리존는데. 어찌 들어 갖고, 어트케, 어트케 올리 존는데, 그 안에만 떠다 놓고는 즈그 싹

도망가뿟어. (조사자: 올려 놓고만 그냥 도망갔다고요? 받아주지도 않구요?)
하믄, 도망가뿐데 담냥 안에 배가, 배나무가 있은께네 담냥 앞에. 안에만 떠다
났지. 안집어 내주는디 어찌 나올끼라. 못 나오지. 그래. 가. 인자, 막 대문을
열고 나올라니, 인자 주인이 알믄 마 도둑놈이라고 맞아 쥑일끄고, 거 대감집
인디, 담을 뛰 넘을라고 하니 담을 몬 나오겠제. 이래 가지고는 밤에, 인자 배,
배나무를 기어 올라 가갔고 배나무에 서서 내려 보니께네, 나올 틈이 없는 기
라. 대문이 열두 대문인디 나올 틈이 있나, 마. 그래 배나무에 가만히 올라갔고
밤에 인자 올라 앉아가 있신께네. 달이 훤히 밝은데. 즈 어매가 나오더라는
기라. (조사자: 엄마가요?) 엄마가. 그글 외갓집으로 찾아 간 기라. 올리봤는데.
그래 방에서 즈 어매가 나오더마는 달을 차다보고 군담을, 엄만지 모르지, 모
리는데. 달을 차다보더마는,
　　"달아 달아 밝은 달아. 내는 우리 유복이를 보냐. 허유복이를 보냐. 나는
유복이를 못 보고 이리 산다."
허면서, 그리 이상히니 쫑알거리는 기라.
　　"그래, 우리 유복이는 어디를 가서 얼매나 컸는지, 어트케 밥을 묵고 사는
지."
　　즈그 엄마가 군담허는 소릴 들었거든. 그래, 가마히 본께 제 소리를 허는기
라. 나뮈에 올라 앉아 들은께. 그래서 나무에서 내려와 갖고 그 아줌마를 만나
봤다는 기라. 만나 보믄서,
　　"제가 유복입니다. 유복이를 어트케 아는 기요?"
　　물어봤는 기라. 그리 보니 어마이라. 시집을 안 가고 그리 있었는 기라.
(조사자: 아직까지요?) 아직까지. 그래가지고 어마이가 방에 데꼬 들어가가
옷, 좋은 옷 갈아 입히가, 목욕시기가, 즈그 엄마가 대문 밖으러 내 보냈는디
낼 아측에 과개를 보끼라. 인자 그거, 낼, 낼. (조사자: 내일 아침에요?) 하믄.
낼 보긴디, 내나 즈그 할아버지한테 볼꺼이라. 즈그 외할아버지한테, (조사자:
감독이?) 하믄, 외할아버지. 그래 가, 즈그 엄마가, 낼 아측에 즈그 할아버지가
가 셈을 치긴데, 말 몇 자만 딱 갈켜주드라 해. 즈그 엄마가,
　　"요것만 허믄 네는 마 일등을 헌께. 해라."
하믄서 즈그 엄마가 인자 대문을 열고 내보내줬는 기라. 그래, 딱 과개 시험을

봤는데, 딱 됐다 아이가. 벼실이 되 놓는데, 그래 그 사주라는게 안 맞는다 이 뜻이라.

왜 안 맞냐면은 그만 인자 허 거랭이가, 얻어묵고 데니는 거랭이가, 아들이 감사, 마 높은 사람 안 되있어. 되노니 아바이는 마 그 문제가 없지, 그자. 그리 엄마 찾아갖고 사는 기재. 그자. 그런께 그 처녀가 그 사람을 잘 본 기라. 거래 뱅이, 걸뱅이 그거를, 걸뱅이를 안 쥑이고 살래줘갖고 그래 난중에 즈그 엄마 모시다가 갤혼 해갖고 잘 살드라네. 그래, 그 사주가 안 맞는 기라. (청중: 사주 가 안 맞는 기 아이고, 사주도 안 맞고, 맞겄소? 그기 운이라.) (조사자: 그 아버 지도, 그 거렁뱅이도 같이 모여서 같이 사는 거예요?) 그렇재. 아들이 어째 아바이를 안 데꼬 산가. (조사자: 그럼 세 식구 살고 아까 반지 준 사람한테가 결혼했겠네요?) 그거 안 허지. (조사자: 안 하고 끝난거예요) 모르지, 인자. 어 트케 갤혼됐는지. 허거랭이가 그래 그리 얻어 묵고 데니는 사램이 아들이 벼실 할 줄 누가 알았누. 그자. 그래 옛날부터서 없는 사람을 내려 보지 마라. 시퍼예 기지 마라는 이 뜻이라. 이 얘기가. 그런께 인자, 그 사주도 안 맞는기고, 그자.

〔 하동읍 설화 21 〕 T. 6. 앞

두곡리 고서마을, 1996. 4. 5., 1조 조사.
조우남, 여 · 65.

며느리 버릇 잡기

* 앞의 이야기가 끝난 다음 한 번 더 구연을 요청하자 순순히 응해 주셨다. 구연 도중 동작
까지 보여주는 성의를 보이셨다. *

옛날에 시집을 간께. 한 사람이 시집을 간께네, 씨아바시가 과부라. 아, 호 부래비라, 호부래비. 씨아바이가 호부래비였는데, (조사자 : 호부래비요?) 홀 애비. (청중 : 호부래비라는 거는 혼차 산다는 그런.) 씨아바이가 혼차 사는

그런 디로 시집을 갔는데 서뱅이 줘어 삐드라캐, 간케. 그런께 인자, 씨아바이는 호부래비 혼차 살고, 매느리 또 혼차 살고, 둘이 다 혼차 안 사는가?

그래 씨아버지 방은 아랫뱅이거든, 저마이 매느리는 인자, 이 웃방이고. 그래 씨아부지가 가만히 저그 잠을 한 초저녁에 실컨 자고 나서 새벽에 잠이 안 와가 가만히 어쩐가 보무는 며느리가 평상 깨댕이를 할딱 벗고 자드라네, 깨댕이로. 깨댕이로 할딱 벗고 자가, 깨를 벗고 자가 새벽에 또 변소를 가는데 그냥 옷 벗어뿌리고 이 벗은 채 가드래. 평상 뻘거니 벗고 화장실에 쫓아 가드래. 그 뻘거이 벗고 또 화장실에 갖다 또 들어간께 씨아바씨가 차다보니 배기 싫거던. 너무 너무 배기 싫은 기라. 보기 싫지, 그자.

'이 빌어묵을 며느리, 니 버르지기르 잡을 기라.'
고 버릇을 잡는다고.

하루 아측에는 딱 가마이 쪼그라 가 본께. 아침 일찍 자고 나더마는 벌그리 벗고 화장실에 쫓아 가드래. 그 영감이 그마 며느리 화장실에 똑 들어간디, 그마 빨득 나와가지고 아랫방서 나와가지고 빗자리 가와 마당을 쓱쓱 씰어가지고 그자. 옛날에 화장실이 저 밖에 안 있는가베. 지금은 다 육실(욕실)에 있지만. 마당을 쓱쓱 씰어갖고, 싹 찌끄리 씰어가, 고무지 씰어가 변소 앞에 딱 놔 놓고 화장실 앞에 놔 놓고 불를 놔 낳는 기라. (조사자: 아, 못 나오게요.) 몬 나오게. 아측 내내 뭘 갖다 또 태우고, 그 또 씨레기 태우고, 또 찌끄레기 갖다 태우고 마 태우믄서 헤지이고 앉아가 있어논께 며느리가 몬 나오는 기라. 몬 나오지. 깨를 벗고 어트케 나오긴가. (청중 웃음) 몬 나와가. 인자 그냥 해가 부그름이 뜬다. 솟아단 말이. 해가. 해가. 하늘에 해가 올라왔는 기라. 그때꺼지 매느리는 변소 안에 들어가 몬 나와. 그래, 인자. 영감이 능청을 줘이니라고,
"야야, 밥 안 허냐. 해 떴다. 밥 뒤라, 밥 뒤라."
해도 화장실에 앉았는디 어트케 밥을 주끼라. 깨를 벗고 앉았는데. 자꾸 이래 싼게. 꼭 이래 앉아있지 뭐. 언제까지 거 있는 기라. 안에만 자꾸 치다보고 자꾸,
"밥 주라, 밥 주라."
그래. 매느리가 가마이 언제까지 씨아바지가 저리 앉아 있어 몬 나가 죽겄거든. 그냥. 어쩔 기라. 전디다, 전디다 못 전딘께 그런가. 씨아배보다 더 몬 전딨

굿제. 매느리가 그냥, 난쟁이를 그마 뜨거 하늘에서 벼락나오는 거 매이로 변소에 화장실에 쫓아 나오면서 양쪽 궁둥이를 뚜드리면서,
　"죽자, 죽자." (제보자, 청중 웃음)
하믄서 뛰 나와서 방으로 들어가드라네. 다시는 깨댕이 안 벗고 자드라네. 깨를 안 벗고 자드래. 그리 버르지기 잡은 기라. 다시는 깨댕이 안 벗고 자드라네.

〔 하동읍 설화 22 〕 T. 6. 앞

두곡리 고서마을, 1996. 4. 5., 1조 조사.
조우남, 여 · 65.

호랑이도 감동한 효부

　옛날에 뭐 어뜬 사램이 시집을 갔는데, 저어 산골로 갔는디. 산골에 가서 맨날 베 짜고, 옛날에 삼 삼고 그래가 질삼만, 만날 베 그것만 해갖고 묵고 사는디. 간께 씨아바씨 있제, 신랑, 각씨 그래 세 식구 살다가 또 인자 소 뮉이고 베 짜고 그래가 사는대. 하리는 인자 알(아기를) 낳는데, 머시마를 나가 제법 컸는데, 인자 뭐 돈도 없고 묵을 것도 양슥을 팔아 와야 묵으끼고 이래서, 쌀을 사와야 묵제. 그래 인자 씨아바씨 보고,
　"아 그니 오늘은 시를 저거 몰고 시장에 가서 팔아가지고, 쌀을 좀 사오지요?"
　그리 시키논께,
　"오냐."
하믄서, 시를 몰고 장에 갔재. (조사자: 소를 몰고요?) 소를, 소를 인자 몰고 장에 인자 팔로 갔는데, 소전에 가서 인자 소를 팔아가지고 매느리가 쌀 사오라 했는데, 쌀은 한 개도 안 사고, 술을 인자, 시장에 갈라믄 얼매나 산중에서

멀지, 그자. 그래갖고, 인자 쌀 안 사오고 고마 술을 오다가 그리그리 술을 자
셔. (청중 웃음) 술을 얼매나 자시는고, 자시고 쌀을 안 사고 그래가 인자, 그만
집이꺼지 오시는데 밤이 되삔는 기라. 캄캄한 어두운 밤에 이렇게 막 재를 넘
어서 산길로 들어가는디, 술이 채 가지고 고마 산길에서 그만 씨러져 갖고 누
워 마 술이 채 논께, 마 천지도 모르고, 마 잠이 들었는기베.

　매느리는 아를 집이서 업고 씨아바지 안 와서 (조사자: 걱정이 되서요?)
걱정이 되갔고 지다리다 지다리다 몬 해서 찾으러 나왔대. 아를 업고 인자 어
디만츰 와도 씨아바씨가 안 뵈이고, 그래 또 어디꺼지 인자 온께네 씨아바씨가
질에 막 피해져갔고, 마 술이 채갖고 마, 술내가 풍풍 나고 마, 이래가 누워가
있는디, 보니께는 지금 시상은 호랭이가 없는데, 전에는 호랭이가 있어가지고
딱 옆에 와서 호랭이가, 씨아바이 옆에 딱 앉어 가지고 저 어디 꼬랑, 내꼬랑에
가서 꼬랭이다 물을 적셔 갖고 호랭이 꼬랑이다가 물을 재이갖고 씨아바이
낯을 딱 때리는 기라. 술 깨라고. 호랭이가 술 챈 사람 안 잡아 묵는다네. (청중
웃음) 술을 깨야. 술이 다 깨져야 잡아 묵지, (청중 웃음) 그런께네 인자 어디
꼬랑에 가서 지 꼬랑댕이로 물을 적셔갖고 낯에다 탁탁 때리는 기라. 술 깨라
고, (조사자 : 술 깨면요?) 술 깨믄 잡아 묵을라고. 그리 자꾸 물을 적시다가
씨아바이 낯에다 턱턱턱턱 때리고, 또 뭐 씨아바이 낯에다 턱턱턱턱 온디다
뿌리고 마, 술 깨라고. 그래 보니깨네 아무리 해도 씨아바일 입바시도 술이
채논께 모리고 마, 씨러지고 씨러지고 호랭이는 잡아 묵을라고 옆에서 응그리
고 달라들고 그래 가, 아무리 생각을 해봐야, 자기가 생각을 해봐야 자기 아바
이가 업시믄 자기는 몬 살 것인데, 자기 싸아바이를 꼭 호랭이는 잡아 묵으라
헌께, 할 수 없어서 고마, 업었던 아를 고마 탁. 내놨어.

　"아나, 이걸 가 가그라. 나는 우리 아부지 아니믄 나는 못 산다."

　(잠시 이야기가 중단되었으나 다시 구연을 시작함)

　씨아바이를 입바시 갖고 술이 깬면에 인자 데보 갔다케. 데보 갔는디 그래
인자, 씨아바이 방에 씨아바이 갖다 모시놓고 지금 식으로 모시놓고 자기는 밤새
도록 인자, 아도 없고 인자 잊어뿌리는디 아츰에 날이 휙 샌께네 아바이가,

　"아(아기) 어쨌노? 아 이리 디비온나. 내가 봐주께."

　그래. 그양 씨아바이가 아를 보다가, 그리 아 소리가 안나거던, 근께 인자,

며느리가,
   "애기 어쨌냐?"
헌께,
   "저그 누우 자요."
   또 점슴 때가 다 되도,
   "아, 야야 어쨌노? 아 안 가져오냐. 아 어쨌노?"
그래,
   "누우자요."
이랬느디 난게는,
   "무슨 잠을 그렇게 많이 자나? 아가, 어여 아 한 번 보자."
하믄서, 씨아바씨가 들어오셨거든. 그래 아가 없다 아이가, 그래 또
   "어쨌노?"
묵거든,
   "어디 갔노?"
물어서,
   "아까분에 저그 옆에 집이 그 딸아가 우리 애기 좀 업어준다고 데부고 갔어요."
그래. 내, 이리 씨아바이를 귀시때 해. 아를 그래서 아부지가 이만 저만 해서
아를 줬소. 그 소리는 안 허고. 그래 자꾸 기신께네. 그래 알았다.
   "저녁이 되도 아를 왜 안 데꼬 오노? 아 데보 온나."
   인자 이래싸고 있는디, 그래 얼마나 그 며느리가 효부가. 효부재 그자. 씨아
바이한테 효부지. 효부가 되가 저녁에 아를 갖다 주더라네. (조사자: 아, 호랭이
가요?) 호랭이가. 안 묵고 아를 도로 갖다 주더래. 그래서 그 사람이 효녀, 효자
상을 받았다네. 며느리가. 받아야 안 되것나. (조사자: 호랑이도 그걸 알았네
요?) 근께 산신도 아는 기라. 짐승도. 그래. 뭐 한 사람 같으믄 씨아바이 잡아묵
끄름 놨두지. 그지아. 달랑 한갠데, 우찌 그 주겠노. 호랭이를. 그래 우리 아부
지 대신 이것 가 가지가라 하믄서 아를 줬는디, 그 사람이 효녀상을 받았단께.
효녀상 받아야지 그자. (조사자: 예, 받아야죠.) 요새 어디 효부상이 있나?

〔 하동읍 설화 23 〕 T. 3. 뒤

화심리 화심마을, 1996. 4. 4., 1조 조사.
이상매, 여 · 75.

장님과 벙어리의 대화

* 동네 길가에서 미나리를 다듬고 있는 할머니들에게 다가가 조사하였다. 이야기 중간에
  청중이 자주 끼어들었고 많이 웃었다. 이상매 할머니는 구연이 끝난 후 춥다고 들어가셨
  다. *

예전에 봉사하고 버버리하고 둘이 살거든. 버버리는 각시고 인자 남자고,
잉. 둘이서 살거든. 인제 영감하고 그리 삼시로 불이 나. 저저 불이, 불이 나자
나. 이제 봉사가,
　"불이야."
항께, 야 봉사가,
　"저거 뭐이고?"
　버버리가 (청중: 봉사가 영감인디.) 영감이,
　"아, 어디에 불 났다."
고 보낸께 버버리가 불을 인자 끄고 왔어. 불난 집에 가서 봉 이자 있으며 그런
께, 불난 집에 가서 불을 끄고 와서는께, 영감봉사가 앉아가지고 가도 몬하고,
　"어느 집이 불 났던고?"
　그라더라는마. 그러더니께 저 영감 뭐라 아들을 보고 뭐라고 하겄느냐. (청
중 : 괜찮아.) 영감 배를 이리 푹 찌른게, 버버리 하고 저거 봉사하고는 즈그
통하고 살거든. 영감 배를 푹 쭈슴시롱 버버리가 그런게,
　"아이고 불이야"
　그러더라네. 그런께, (청중 웃음)
　"아이고! 아, 집이 불났던고?"
　그러께로, 영감 즈그 불알을 뉘면서 (청중 웃음) 그러께로 버버리 '응' 그러

께로 버버리가 '응' 말을 못하고 그런께 저 봉사가,

　　"아, 쌍둥이 집에 불 나?"

　　그러더라네. (청중 웃음) 하모 얼마나 커졌던고. 그러께로 영감 고추를 또예 이리 건드리면서, '우' 그런께,

　　"아, 기둥만 남아!"

　　그러더라네. 기둥만 남아 그래서 그 남자 암울하던 사람이, 놈이 이러는데 '가만히 손 맺고 우두커니 섰으면 불난 집이 좆기둥 맹기로 와 섰느냐.' 그 말이 그때 난 말이라네. (청중: 그 봉사하고 그 살면서.) 처음 듣는 기라. 그 처음으로 들었네. (청중 웃음) 봉사하고 버버리하고 산 기라. 그 참 좋아.

〔 하동읍 설화 24 〕 T. 3. 뒤

화심리 화심마을, 1996. 4. 4., 1조 조사.
백필순, 여 · 69.

장인 속이기

　　* 옛날 이야기를 해주신다며 자청하여 구연하였다. 이야기를 조리있게 하였다. *

　　옛날에 장개를 갔는데, 아무 것도 없는 디로 갔는가 어쩐가. 아주 부잣집으로 갔는데, 저는 못 살았든가봐. 몬 살았는디 그것도 우습다. 저 몬 살고 즈그는 몬 살고, 인자 처가집은 잘 사는 기라. 처가댁은 억수루 부잔 기라. 그게 즈 각시를 보고,

　　"니 내 말 좀 들을래?"

이러거든. 부잣집으로 잘 살고로,

　　"내 말 들을래?"

　　"아이고 듣고 말고요."

　　"그러면 느그 친정 좀 떨어먹자."

“떨어 묵읍시다.”
이라가꼬,
“그럼 내가 아무 날쯤에 날 받아갔고 제사 지낸다 카카고 느그 아버지로
놀러오라 케라. 귀경도 하고로.”
그래갖고, 인자 이웃 사람을 돈을 많이 줘서 장을 봐갖고, 이자 우리 제사
저녁에 방을 똑똑 뚜드리면서 그리해갖고 많이 갔다 놓으라 했거든. 몇 시에가
오라 했냐며는 한 열 시 반인가, 열한 시가 되서 차려가 오라 했지. 그래 인자
한 번은 인자 제 빙장 으르신이,
“우리 집이 아무나기나 저 젠데 놀러오십시오.”
이러거든. 놀러 오시랑께 제삿날에
“어이 내가 감세.”
해갖고 또 딸이 또,
“아부지. 와 우리집 제사 지내는데 놀러오지요. 고만 싸지고 서울오이소.”
그런께 왔다. 싸서 이제 머리에 까맣게 이고 마당 싹 쓸고 있은께, 친정 아부지
가 왔다. 제삿날 저녁에 왔다. 제삿날 저녁에 아무 것도 안 하고 뭘 맨들, 맨들
저 절에 그 맨들 망울을 똑똑 뚜드리고 앉았어. 목탁을 뚜드리거든 그 갖고
나가드라네.
“애야, 니네는 오늘 제사 땐 아무 것도 안 하니?”
“빙장 어르신 우린 아무 것도 안 해도 됩니다.”
어떻게 아무 것도 안 해도 되는가 싶어서 가만 있다. 참 사우가 ‘똑똑’ 뚜드
리고 목탁하고 나간께 ‘똑똑’ 뚜드린께나 딸이 막 자꾸 주어들이거든 마루에서
‘이상하다.’ 아무 것도 안기리가고 영감님 막호 그만 뭘 그리 가오는고 싶어서
인자 니 거기서 차리는가 싶어서 아무 것도 안했는디,
“우리 이 목탁만 두드리면 그리 나옵니다.”
아까 이웃 돈 줘서 음식 갖고 오라 안했어. 그래논깨 그 영감님 몰랐지
모르지. 그 가온 걸 상을 차리고 땎고 이 하는디. 그리 영감이 인자 막 호탈하는
기야. 막,
“목탁을 내한테 팔라.”
고 그래. 그때 돈으로 얼마에 팔았냐 하면, 논을 스무 지기 값을 받았어. 응

목탁값을 막 스무 마지기 일을 다 해줘야 된다고 하거든. 일을 다 해주고 그래 인자 했다하고 인자 불을 댔다.

또 한 번은 뭐냐 하면은, 저 담뱃대를 같이 맹글맹글 한 걸 가지고 쭉쟁이로 사나는 깃솔을 만들어 냈다. 어느 놈 돈 빼뜨리려고. 그래

"내가 참 느그 엄마 아부지가 뉘 때러 패려 올끼다."

제사 지내, 저 제사 인저 친정에는 제사지내잖아. 아무 것도 안 나오거든 아무 것도 안 나오고 저 헛제사 지내는 기라. 그 할멈 보고,

"제사장도 보지 마라, 머리만 감아 빗고 도랑만 쓸어라."

이랬는 기라. 또랑만 쓸고 마리만 싹 감아빗고 있어도 아무 것도 안 차려오거든, 아무 것도 안 나오거든. 그러니까 영감은 속았지, 속였지. 그런께 사우한테 속아넘어갔지. 헛 제사 지내고 그 날 아침에 딸이 요러고 있은께 아버지가 와서,

"내 이년 와 이리 거짓말 했냐. 내라."

이리 한께 쭉 뻗어서, 쭉 뻗어서 거짓말로 죽었어. 사우가 쫓아나온디,

"아 빙장어른 와 이럽니꺼?"

이 큰 일 났다고 막 당장 쫓아가서 나오더니, 담뱃대 같은 것 갖고 나오더니, '찍' 불께는 '후' 불께는 쭉정이가 쭉 살아나더란다. 그래 또,

"아 너 어쩐 이런 기술이 있니? 야 죽은 사람이 와 일어나냐?"

고 막 담뱃대도 내한테 팔란다. 이제 또 아우 이건 안 된다고 논 오십 마지기 줘도 안 된다고,

"이 사람아. 내주세. 내 오십 마지기 이전해 줄게. 주게."

또 오십 마지기 줬다. 그래 인자 주고 이전 다 해서 줬다. 주고 난께 할머니가 어매 팔자가 기막히는고 (청취불능) (청중 웃음) 아무리 담뱃대를 불어도 안 살아나고 즈그 할머니 때려 죽여 부렸어. 친정어머니를 죽여버리고 그만 친정은 못 살고 영감쟁이는 아무 것고 없고, 오쟁이 짊어지고 얻어먹으러 댕기고, 할마니 죽어버리고 살아나지도 안 하고. 그래서 인자,

"이 사람아. 이 사우놈, 딸년, 도둑년놈들. 와 그짓말 하냐?"

이런께,

"그 시간을 못맞춰 그러지. 내가 그짓말 할 것 보냐."

고. 장인이 시간 잘 못맞춰 그렇다고 절대로 우리는 시간 맞추면 다 쌓는다고
참. 또 그런가 여기고 오쟁이 짊어지고 그래 나서서 동냥 얻어먹으러 다니고,
딸은 잘 살고. 딸년은 그래 도둑년이라는 게 맞는 기다. 그래 옛날 그래하더라.

〔 하동읍 설화 25 〕 T. 5. 뒤

화심리 화심마을 , 1996. 4. 5., 1조 조사.
여종한, 남 · 80.

소년 명관 이몽덕(李夢德)

* 마을 노인정에서 계시는 할아버지께 이야기를 청하자 응해 주셨다. 이가 없어 발음이 상
당히 안 좋았다. 구연 도중 손님이 찾아와 잠시 중단되기도 하였다. *

서울에서 이몽덕이라 하는 이 와 그래서 여그 하동서 인자 성방(형방), 이
방, 차질 모두 그 사램들이 화개장터란 디를 신혼맞이를 갔어. 허는디 마주
인사드리러 가닌께 점심을 시기논디, (조사자: 점심이요?) 음. 은해헌테 시기
기로 저 고춧가리 여서, 열여섯 살 묵은께 간짓대 볼라 그런 기재. 열여섯 살
묵는 사람을 관장을 허는디, 그기 뭐 첫째로 알것냐 싶어서 그러허닌께로 (조
사자: 나이가 어려가지고요?) 하모. 아 그래, 돈 천 냥을 구해 돌아오믄 자기
본가에. 그래서 돈 천냥을 구해 줘논께. 그냥 그런 저그로 넘어가.
그 이듬해에 사 월달이 다 오는디. 성갱과 큰 북소리가 나고 어 노라소리가
난다 가라. 그래서 저그 어디고 헌께, 전라도 날몰이라는디 진상맨인디. (조사
자: 날몰이요?) 하모. 날말이. 날말이라 하는 동네는 엄서져뿟어. (조사자: 아
동네가요?) 하모. 한 부자 사는디,
　　"우리 나라 전에 이 성인놀이를 한 번썩 합니다."
그러니께로,
　　"같이 해바라."

하드라요. 거 가서 말은 헌께,
　“잡아올 수가 엄씁니다.”
그러믄,
　“가서, 또 물어봐라.”
이래. 뭐라고 허무는,
　“그리 전라도 갱(강)인가, 갱상도 갱인가 물어봐라.”
이러거든. 헌께, 가서 물은께, 전라도 강도 되고 갱상도 강도 된다고 그러거든.
그러므는,
　“소위 내가 이 골 관장이라고 있는디, 즈그 마음대로 큰 북소리를 내고
노래를 불러. 가 잡아오니라.”
이러거든, 잡아오라 하닌께로, 가 잡아 왔다마.
　“그마허고 다 가돠라.”
　가돠 놓고 당채 안 내놓네. (조사자: 감옥에 가둬놓고요?) 하모, 가돠놓고
물어보도 안 하고 허닌께 인자,
　“책수지 일옆에 통과를 해도고 어째 가다는 것이냐?”
　자꾸 인자 하닌께,
　“돈 천 냥만 건내면, 갓다 주믄 내 논다 해라.”
　(조사자: 풀어논다고요?) 하모. 또 돈 천 냥을 받아갖고, 이방 돈 천 냥을
딱 갚음스로,
　“화개장터 이내풀보다 마 이방 돈 천 냥이 많네.”
　그러드라요. 그러험스로 그 뒷날 아측부터 고마 불러 내갖고 조회식을 험
스로 자기는 조회, 저 자기는 말 타고 고마 내 세워와라. (청중 : 아 그래 그
뒷돈을 주) 아측에 밥 달해 한 삼십 리를 고마 자꾸 고비를 세기석 니 쫓는디
돌아와 가갖고 또 하등만 한 달 넘었그를 하드라요. 그런께롱, 영 죽을 지경이
라. 주마다 그리 막 드리 쫓으니. (조사자: 돈 천 냥 줬는데, 풀어줬어요? 아니
면 안 풀어주고 계속 그러는지…….)
　그래갖고는 칠・팔 월달 갔는디, 세 끼썩 먼저 해놨는디 브러 더살어. 한디
수시를 깔았는디 수심 목아지가 (조사자: 언제요, 어디) 예. 저 하동읍에 뒷산
정의생깃동 문명이라. (조사자: 뒷산에요) 하믄, 수심 목아지가 이래 갖고 비가

오는디. 휘영 해가 있거던. 세 놈을 시기서,
  "그 두 자만 빼 오니라."
이러거던. (조사자: 수심 목아지요? 그게, 수심 목아지가 뭐예요?) 하모. 수심
목아지라 하는기 수시라 하는기, 내라 여라 하믄 강냉이 뭐 그런 류의. (조사자
: 아. 수수요, 수숫대) 하모. 그래서 그걸 빼갖고 와서 목아지 끈어 삐리고, 똥구
리 끈어삐리고 요 동그라마이 허거라. 부러진다 허고, '탕.'
  "이놈들."
  마, 그때는 그러드라는 기라.
  "아 일년큼 수숫자도 마음대로 못 허는디, 내가 뭐 열일곱살 들었다. 헌디
나를 구헐하고."
  그믄 '탕' 허드래. 헌디 뒷날 아측부터 자꾸 거석을 그 뒤야 워 꼼짝을 못
허겄다 싸드라 캐. 아 마, 작자로 말을 못허지로 막 때리, 막 패고 막 (조사자:
누가, 누구를요) 관쟁이. 하모. 인자 나이 애리다고 제를 내리 본다고 (조사자:
나이 어리다고?) 하모. 내리 본다고. 일년 그 수숫대도 누가 마음대로 똥그라니
몬 묵는 것들이, 내가 열일곱살 들은 날 홀라고, 허믄 '탕' 허드래. (청중: 수숫
대도 못 휜 것들이 내를 깔 본다고.) 하모. 그걸 동그래니 몬 허는 것들이 나가
열일곱 살이 들었는디 날 홀라고. 그 뒤에는 어트게 관리할 수 하든는고, 요
소고를, 여 하동은 옛날부터 거 소년 맹관이 들어오믄 맹한놀로, 그런 일이
있드라요. (조사자 : 그런 관장이 있었다고요?) 하모.

〔 하동읍 설화 26 〕 T. 5. 뒤

화심리 화심마을, 1996. 4. 5., 1조 조사.
여종한, 남 · 80.

이석우 이야기

* 이야기가 끝난 줄 모를 정도로 알아듣기 힘들었으나 스스로 이야기를 계속 이어서 하셨다.*

　　전라도 감사를 삼스로, 와서 만날 축구만 차고 이 사내들 문퉁이하고, 노략질만 하드라 캐. 그른께 그 으듬 설에 즈그 조카가 거로 묵는디 이 사램이 열여섯 살 묵고 헌디 어찌 내려와, 어 저런가 싶어서, 내려와서 물으니께로, 첫차 그 감사가 설에,
　　"그 아들(아이들) 연놀이가 어떠냐?"
　　이리 묻드라는 기라. 연 띄우고 허는거. 그래 참 조카가 들은께 참 가짢은 소리를 하거든. 저라고 무슨 감사 살겄니 싶어서. 그러니께로,
　　"전만 못하다."
이랬어. 조카가. (조사자 : 전만 못하다?)
　　"하 마 뭐냐만 못하냐?"
　　이런께로
　　"작년만 못하요."
이런께로 또 세차 사람바 널뚝빼이 허는거. 그걸 묻드라는 기라. 그참 가짢은 소리만 자꾸 묻는, (조사자 : 어떤 거요?) 널뚝빼이라는 기 사라하느와 이리 떨어지고 쑤 이린게 있어요. 그래서 보행을 와서 즈그 조카가,
　　"'전만 못하이."
헌께로, 대성통곡을 뚜드리면서 우전하니라 방바닥을, 그래,
　　"와 이러냐?"고,
　　"지만 하라."
고 이런께,
　　"아이고 탈이다."
이러거든, 그래
　　"왜 탈이냐?"
이런께,
　　"우리 나라에 그 세 가지 홍쇠가 도와야(좋아야) 나라 홍쇠가 도와진다(좋아진다)."
　　(조사자: 나라 홍쇠가요?) 함. 도은 길이이가 온다. 그 말이라. (조사자 : 세 가지가 어떤 거?) 근께 연놀이 하는 거, 줄놀이 하는 거, 널뚝빼이 허는

거, 그 세 가지 (조사자 : 널뛰기요?) 하모. 그 세 가지를 묻드마는 고마 대성통곡을 허는 기라. 전만 못한께 그래서,

  "왜 그러냐?"

헌께,

  "그 세 가지 홍쇠가 도와야 우리 나라에 도운(좋은) 영갱(영광)이 온다."

  그래. 하모 그런께로 그래놓고는 자기 부모, 팔 형제의 비록 끝이드라요. 팔 형제에서. 비록 끄트머리 아들이라. 고마 즈그 부모 인자 그때 아부묵고 가서 편히 쉬었냐고 즈그 행이들 다 묵고 그러드라요. 그렇다고 이러니께로. 그래 갖고 이십 살 묵어서 나라에서 불러 들이갖고 우의정으로 갔드라요. 우의정. 우의정으로 갔는디, 우의정, 좌의정, 영의정꺼정 지내는디 삼대왕을 겪어나 왔딘 기라. 자기가 여든네 살 묵었을꺼정. 열여섯 살 묵은 사램이 나라 곡녹을 묵었어. (조사자: 아까 그 사람 얘기?) 아니, 그 사람 말고 이석우라고 하는, 이석우씨라고 허믄 우리 한국에는 저 옛날에 어른들은 그 전래가 내려오믄 그 어른의 명세가 있어. 그래서 그러닌께로 여든네 살 묵어서

  "그만 몸더 괴롭고 나 갈란다."

고 헌께로, 고마 서울에 장안 안의 시민이 옷을 벗어서 웃도리를 벗어 쏵 질에다 깔드라요. 못 간다고,

  "우리나라에 살자. 인자 젊은 외인이 들어와논께 저 어른이 비유가 안 맞아서 돌아갈라 헌다."

  그래서,

  "그런게 아니라고 내 맴이 안 좋아서 서너 덜 쉬리 돌아오마."

  주어 입으라고. 그래 돌아와서 사는디, 그저 뭐 참 돈 벌라고 네 귀에 핀은 달고 돈 와개집을 지가 살 줄 알았드마, 띠 초막집이 살아. 자기 논 석지 쬐장만해 그리 산다마. 그래 그 이듬 설에 신 여의정이 그 집을 찾아간 기라. 찾아가서. 가서 수인사도 드리고 헐라고 간께 맹석을 치고 있거든. 맹석자리라고 있어. (조사자 : 명석자리요?) 맹석자리. 맹석틀이 요만해요. 그런디, (조사자 : 베 같은거요?) 하모. 그 줄로 갖고 노를 까갖고 그 골을 심어갖고 논에다가 골로 배기갖고 맹석을 치요. 그러 그마 차다본께. 신년이 되 가 본께, 어트케 눈물이 나는고. 저렇게 열여섯 살 묵어서 여든네 살 묵도록 나라 살림만 살았

지. 자기집 살림이라 아무 것도 살라고 안했어. 안허고 그리 사는디. 요새는 뭐 권리만 가지고, 뭐 도둑질 해 묵을라고 마 연구를 허지. 그런 사람은 그렇게 오래 살아도 나라 살림만 살았단 말아. 자기집 살림살라고 생각도 안한 기라. 그리서 돌아와가지고는 왕을 보고 이야기를 했소. 이야그를 헌께 어쩌는고니는, 그때가 근 시절이 강무시절인가 그랬으라요. 강무. (조사자: 강무시절이요?) 하. 강무시절이라. 그리서 그 어른이 나라 임금힌티다 상호를 해 가지고, 그 어른을 서울로 모시갖고 자기 주주로 나라 임금과 같이 장 바드리서 국안허고, 그런 예가 있다요.

[하동읍 설화 27] T. 5. 뒤

화심리 화심마을 , 1996. 4. 5., 1조 조사.
여종한, 남·80.

벼슬한 머슴

* 구연 도중 신분을 확인한 후 다시 이야기를 권하자 계속 응해 주셨으나 역시 알아 듣기
가 힘들었다. *

이천 서씬디, (조사자: 이천 서씨요?) 이천 서씨라, 서씬디. 그때는 그 어른이 에 옥룡, 쩌 맨(면) 하인이라. (조사자 : 옥룡?) 옥룡면 맨하인이라 말아. (조사자 : 하인이요?) 하모. 아랫사람이라. 인자 심부름허는 사램이라. 요새 겉으믄 민(면)에 요즘은 소사라 허지마는, 전에는 마 그 사람은 대우를 못 받소. 그래 헌긴디. 하루는 그 인자. 그때는 직관이라, 맨장이 아이고, 직관인디. 모를 숨근다 해서 즈그 내에 가서라. 처는 밥을 해오고 이 사람은 가서 모짐을 져서 논 밭에다 져다 떤져 주고 일허는디. 점심을 했고 왔는디. 묵고 난께로 쟁이 스스르르 와서 누었은께. (조사자: 잠이 와서?) 예, 이 건네 백운산이라는 산이 있소. (조사자: 예. 광양에 있죠.) 하모. 백운산이 입으로 쑤룩 들어가드라는

기라. (조사자: 백운산이?) 하모. 누버갖고 잼이 들었는디. 아 그래, 일나게 배가 빳빳해가지고, 소도 몰것거든. 그래서 맨장(면장)이. 인자 요새 같으믄 맨장이제. 맨장이 아그 요래 즈그 처를 불러갖고,

"저 사람 얼른 데꼬 가라."고,

"점심 먹은 게 언쳤는 갑다. 점심 묵은 게 잘못 돼서 저 모냥인께 가서 얼른 뭐…."

옛날에는 묵으게 없오 소금을 입에다 털 너고 물를 마시고, 디장을 타았고 물를 마시고 이래. 얘기라는기 지으믄. 그리헌디, 헌디마라. 아 그마 그 뒤에 아들 놨는디. 아들이 참 천재라. 글로 잘 배워요. 일곱 살 먹었는디 서울에서 전라감사로 내려온 마라. 강선생이라 허는 니가 글을 갤차. 갤춘디.

"서다(서당)을 좀 보내거나 보내라."

이런디, 글을 그리 잘 배워요. 그래서 자기 손자 사우를 난중에 커서 삼았드라마라. (조사자: 아, 사위로요?) 하, 손자사우로 삼았는디, 아 저기 여자가 마라. 남자가 하인이 지 마누라라 하믄 지금 같으믄 맨 소사지만, 그때는 그 사람들이 대우를 못 받았어. 그래, 시집에 가 갖고 씨가집이 행사을 안 허고 마 가짦이 여계. 그런께로 그 사램이 여자를 데보다 친자 딱 갖다 줌스로

"당신은 잘 좋은디 가서 잘 사라."고,

"나는 간다."

고. 그래 나가서요. 나와 갖고 걸어서 서울로 가니께로 가다가 질가 한 둥그나무 밑에, 칠파리 든걸 누우 잔께, 뭐이 우르르르해 쌌거든. 뭐이 우르르르 해 싸. 그런께로, 나무 목신이,

"나는 오늘 저녁에 몬 가겄네."

이러고. (조사자: 목신이요?) 하. 목신이 그런다 말아. 그런게 와 그런고 헌께,

"내한티 한리막산이 와서 계시는디…."

(조사자: 한리막산이요?) 한리막산(한림학사)이라는 배실이 옛날, 옛날에 하모. 그래 나중에 아이 잘 허든가, 그런께 아이라. 전부 움적에 말머크랙이 인자. 그때는 음석을 해 준디 머크락으 사주는 구리잇돈배가요. 머크락이 음서가 들어가믄 구리잇도 배가 많이 있어서, 아를 부스케다 차에 뿌리고 온다.

그러드라는 기라. 그래 가. 뒷날 가닌께로 그집 아가 부스케 디이 갖고 둘러 욌거든. 당신이 어찌 이래 그 산지를 잘 못 놓쳤다. (조사자: 산신을?)

"아 마. 천신을 잘 못 모신는데, 음식을 다시 허고, 그륵, 새 그륵 사고 정신을 채래 갖고 그리해라."

그리 시기 놓고 인자 서울로 갔어요. 가갖고 이 집, 저 집 얻어 묵고 있는디. 나중에 나라 등과 본다 해서, 과개를 본다 해. 그래서 그 글로 한기 지서 딱 디논께 시관이 물팍을 침스는,

"참, 글 잘 짓다."

그래 나주에 베슬을 한리막산을 주드라요. 한리막산 베슬을 했어. 그라고 새면육갑(삼현육각) 잽히고 내려올 동안 막 토악 붙이고 이리 내려 오는디. 온께로 자기 처제란 사람허고 장모되는 사람 보고 불러서 옥룡 중부가 빠져 죽드라요. 빠져 죽어삐리고, 남자가 그런 베슬을 해갖고 온께 대우를 안하다 사우라고. 그래서 그 어른의 그 당사 집이 저 옥룡 소대지 앞에 잘 모셔놨소. 그 한리막사 그 어른을. (조사자 : 내려와서, 비석같은 것을요?) 네, 비석을 해 서 참 잘해놨소. 그 내 가봤소.

〔 하동읍 설화 28 〕 T. 5. 뒤

화심리 화심마을, 1996. 4. 5., 1조 조사.
여종한, 남 · 80.

세상 다녀 봐야 사람 된다

* 노인정에서 구연을 계속 해 주셨으나 듣기가 여전히 힘들었고 조리가 없었다. *

해명허고 (조사자: 예, 해명이요?) 아, 함양군이라고. (조사자: 아. 함양군.) 삼천군(산청군)허고 그 새에 엄씨 사자닌께로, 저 논도 파고 밭도 파고 해서 묵고 살아, 사는디. 아를 노믄 자꾸 죽네. (조사자: 애기를 나면요?) 끝으로 머

시마를 하나 낳는디 저녁에 내우허고 머스마하고 있음시로, 옛날에는 그런디
살믄 개대기허고 같소. 와 그러고, 요새는 라디오가 있고 텔레비가 있은게 먼
드 어덿드마는 거 그는 있으믄 먼 사람 사는 것도 아니거든, 개시 키우는 거와
같소. 그래 좋아 싸서 즈그매는,
　　"누거배 가 탁 때리줘라."
또 즈그아배는,
　　"느그 어매 탁 때리줘라."
그러고 큰디, 아 커서도 그만 때리 팰려 하네. 이 즈그 부모를. (조사자: 부모님
을 막 때려요?) 하모, 때리 팰려하. 뭐 말만 하믄 지 부이가 틀리믄, 그런 께로
나중에 큰께 그리 된께, 자슥이 아니라 원수가. 음. 생각헐 때, 그러다 저러다
그 밑에 마실에서 한 삼 마지기나 거리가 먼 디서 한 노인이 와 갖고,
　　"아들 장개를 들이라."
이러거든. 그런께로 즈그 부모가,
　　"장개가 뭣이고, 나이 살믄 자슥이 아니고 원수지."
　　"그 이 얘기를 해 보게."
그런께, 이야기르 허거든,
　　"자. 놈 사람이 들어오믄 그리 안 헌다."
　　장개를 들이라고. 그래 놈 사람이 들어오믄 그리 안 하가이. 장개를 들이서
즈그 처가 와서 사는다. (조사자: 결혼해가지고요?) 장한가지가. 장구만 어미
애비 때려 팰려 헌다마. (조사자: 똑같애요?) 하믄. 그래서 자기 처 되는 분이
하루 저녁 두 그냑 방 앉아서 말아.
　　"어디 부모를 그럴 수가 있오! 부모를 그러는 디는 망부에, 세상천지는 없소."
아 그마,
　　"이 빌어묵을 년이 뭐라 헌다."
고 처를 막 때려 패네. 그래 처도 고마 꼼짝을 몬해. 그래갖고는 그러자 인자,
제도 알 낳는디 머슴아를 낳다마라. 봄에 고부줄이, 이전에 이 베가 보두공장
을 나온 베거든. 하믄 베를 매는디, 매느리허고 시어마이허고 지 머슴아가 시
어매, 즈 할매 등허리에 갈라다가 또 즈그매 등허리에 갈라다가 그러거든. 나
무를, 저기 아들이 하리 해주고 와서 보닌께, 불에 엎어지믄 탈이 나겄거든.

딘궁 보듬고 가거든. 즈그매가 군담을 허는디.

“야 이놈아. 네 저석(자식)은 좋으야? 날도 니를 그리 키왔다.”

허닌께, 방아 딱 데뷔다 들이놓고는 그만 가 삐리. 그년 일 년 내 안온다마나. 마 나간 뒤로는 그년 일 년 내 안 와. 봄인디. 그래도 참 매느리를 보나, 참 안 오는기 안 좋아서 애가 터져 쌓거든. 섣달 그믐날인디. 설이 내일꺼지 설인디. 오늘 정때 해질판에 큰 대구라는 괴기가 있오. 괴기를 두 마리 사서 떡 지고 오더마는 정지문 앞에다 턱 바톰스로 한 마리 즈그 처를 보고,

“한 마리는 오늘 저녁 딱 국을 낄애. 어매, 아배가 괴기도 몬 얻어 자시고 마 안 됬다.”

고, 이럼스로, 아 그래. 괴기국을 저녁에 낄애 준디, 영감, 할멈 잘 보고 할멈이 영감 잘 보고, 이걸 맥이고 저녁에 때 쥑이니까니, (청중 웃음) 고마 전에 때리는 벌기로 오 이 괴기국이. 그래 소를 찰보고, 아 즈그 아들이 그때는,

“아이, 어매 와 괴기 안 자시요, 아부지 와 괴기 안 자시요?”

“야야, 요것이 감기가 들어서 어쩐지 괴기맛이 없다.”

이러고 있는디 마, 저녁을 냉기고 그 뒷 날 아측에는 문 열어 놓고, 즈그 내외 옷 싹 깔아 입고, 문 밖에서 절을 허고 있는기라. (조사자: 절을요?) 하모. 절을 헌다 말야. 인사를 드린다 말아. 그래서 즈그 부모가,

“아이고, 인자 사람 사는디 가 봤구나.”

세상 천지 돌아다녀봐야 부모 때리는 사람은 없거던. 근께 사램이 난장을 나가 댕기 봐야 안다 말아. (조사자: 아. 밖에 나가 돌아 다녀봐서.) 하모. 그런디 저그는 산중에 그리 키워논끼 돼지 키우는 기나, 가지 키우는 기나, 돼지 새 짐승만토 몬 허는기재. 짐승은 어디 애미를 때려, 애비를 때리는가. 그러닌께로 사램이 나가서 출세를 해야 된다 말아. 그래서 그 뒤로는 그띠 요만한 것만 해도 부모 갖다준다고 갖다 주는 기다. 그리 소자(효자)드라요. 그래서 그 밑에 마을에서 그런 소릴 듣고 하뤼는 일년에 가슴동을, 여름동을 일년에 두 번썩 모아갖고 동회를 허요. 동네 들 돈 갱비를 플고 그러건든. 구장요를 두고 전에. 시방두 그러지마는 시방은 관에서 구장요를 두요. 동네에선 쪼깐 두고. 이러는디 그래서 거그다 불러다 놓고 상을 돠. 큰 상을 앞에다 놓고 젊은 사람을 싹 들어놓고. 이러 이러한 사람이다. 이렇게 소잔디. 그래 큰 상을 받치

고 그래. 시방 산청서, 그뭐 거그에 효자비가 섰다요.

〔 하동읍 설화 29〕 T. 6. 뒤

화심리 화심마을, 1996. 4. 5., 1조 조사.
여종한, 남·80.

어사 박문수 (1)

** 앞의 이야기가 끝난 후 어사 이야기를 청하자 곧바로 이야기를 해 주셨다. 옆에 누워 계
    신 할머니께서 맞장구를 치면서 구연은 계속 되었다. **

함천(합천)에 오갈피 동네라는 동네에, (조사자: 오갈피요?) 예. 함천 오갈
피 동네에, 홍 진사라는 사람이 살았소. 홍 진사라는 사람이 사는디, 아 인자
아들 장가를 가 갖고 자기 동생집이 며느리, 조카 며느리 신흥을 해 오긴디,
자기 자보가 그 새로 들여온 새댁을 마중을 해드리긴디, 가매(가마)에서, 시방
은 차로 가고 긍께, 하지만 옛날엔 가매에 타요. 아 천상 자기 집에 갔드만
안 와. 어떤 일인고 쫓아강께, 신혼방 바닥 앞에 있는디,
    "야야야이, 와 이래가 있나?"
    시도 댑또라고 뭘 했싸. 이야기 해본께,
    "어떤 놈을 찔러 죽였다."
마. (청중 탄성) 뭘로 찔러 죽여 부었어. 자기 며느리를. (조사자: 누가요?) 물어
본께, 들어보소. 아 인자, 아 그렁께 마 죽었다.
    '어떤 놈 찔러 죽였다.'
하니께, 이웃집에 할마이가 찾아 보더만 봤던 모냥이라.
    "아이 홍 진사가 저 며느리 방에서 나오드라."
이랬거든. 그 마, 이제 마 시아비가 그 며느리 방에 들어갖고 말을 안 드니께
찔러 죽였삤다. 그 누명을 입어 쓴거나 입었는디, 그 마 어 가서 잡아 노라고,

그 마 머슴 머스매 대못으로 때려 박고 막 뚜드려 패고, 이놈 바로 안 불어 갖고 사람은 마 작고 그 늙은 사람 두드려 패는디, 마 반신불수로 두르려 패는 거라.

그렇다 소릴 듣고 박 어사, 박문수가 산천고을 떡 들어강께로 웬 중이 하나 나와. 나오는 기라. 바라할 짐 나오는디,

"아이, 중님?"

이렁께,

"어허, 중님이 뭐요. 대사라 하지."

이러거든,

"대사라 하지, 중님이 뭐요? 어 거 중님 중님 자꾸 이래쓰마. 어찌 불건디 오늘 불것떠라."

그래 저 거,

"저 죽을 넴이 거 저 죽을 시가 딸 사자 모냥이지."

"아 오늘, 요 산천고을 오늘 오갈피에 홍 진사집에 간께로, 거 동냥을 돌랑께로 새댁이가 문을 열고 내다 본께, 어떻게 좋은꼬 아 방아 찧러 간께 말 안든단 말아. 마 짤러 죽여분지라."

그러드라는 기라. 함 그 넴이 그만 지놈이 이제 그 때 나타난 기라. 하모. 그래 갖고 인자 박 어사, 박문수가 산천고을에 들어가 환강을 보고

"그 홍 진사는 내 보내서 어때 이 고난을 잘하야 캐라. 죽인 놈은 살아가 있다. 새로 보내서 햅천 해인사절이라. 해인사 절에 가믄 최덕용이라는 사람이 있을 기라. 그 놈 잡아오니라."

그 잡아왔거든. 잡아왔는디, 저랑 같이 감서 '중님, 중님.' 했쌌던게, 아 쳐반 갑 올리고 떡 하나 올리는디,

"이놈! 반작이 포로라."

그 머 어떻게 못하거든. 그래 갖고 박 어사가 그 뿌리를 캐 갖고 금 이제 모가지를 홝게 있어. 밑에 돌을 다 하지를 낼끼 있소. 모가지를 혹해갖고 저 들보에 채 집이 들보에다 공책은 들보에 있거든. 거다 당그러 매 갖고 발목 뒤에다 돌로 잘러갔고, 내려서 죽있단 말야. 하모. 최덕용이라는 사람을. 그런 께로 그 때는 말야, 그 홍 진사가 그래도 그 살라고 그런 박 어사, 박문수가

하모, 그 와 갖고 그걸 그렇게 헌 기라.

〔 하동읍 설화 30 〕 T. 6. 뒤

화심리 화심마을, 1996. 4. 5., 1조 조사.
여종한, 남·80.

어사 박문수 (2)

* 앞의 박문수 이야기가 끝난 후, 쉬지 않고 바로 들려 준 이야기다. 역시 박문수의 행적에
관한 이야기였고, 듣고 계신 할머니는 흥미롭다는 듯 꾸준히 경청하셨다. *

옛날엔 그 박 어사, 박문수가 거랭이 행사를 하면서 그런 사람 많이 도왔어.
(조사자: 거랭이 행세를 하면서 일을 했다고요?) 하모, 거랭이 행사 하면서 그
랬지. 항상을 인자 다 지내고 아들을 에 일행이라고 낳았는디, 그 마 즈그 어머
니가 일찍 죽어 삐려. 일곱 살 먹은께로 죽었단 말아. 죽어논께, 절로 공부를
보냈소. 절로. 공부허라고 보내고 자기 재초 장가를 가믄서, 배시를 재초장가
를 갔소. 가갔고 하는디, 열다섯 살 먹웅께로, 할테냐? 꿈에 말아 자기 보초
할멈이 꿈에 선몽을 하는 기라.
　"여보소 영감님! 어찌 그리 반푼이 짓을 하고 있냐?"
고 이러거든. 그래 하모 그래,
　"예이 장자 지낼라고 창삽댐양을 온걸 저 배씨 부인이 저거 다래 폴아 먹는다."
그러거든. 그래서 지아차 보니께로 한 놈이 배 폰일인냐 오니께로 배는 고파도
배나 헌걸 내가 손이나 댕께 얼른 얼른 저기 (조사자: 그니까 손 안댔군요?)
응. 그렁께로, 아이 지 영감 가만히 생각해 본께, 이도 저도 할 수 없거든. 잡아
댕께로 그래서 장가를 들였어. 아 장가 들여야지. 당연히 이도 허도 마 그래
절에 있는가. 댕그로 강께로 대사 중 꼭 못가게 하는 기라.
　"안 된다. 네 올해 결혼하믄 안 된다."

이러거든. 그래 못되믄 안 하고 말지. 정월 초순에 또 갓재입을 하거든. 장가 들일라고 서울에다가 안동 김씨 집으로 구혼을 해 놓고 인자 장가를 들일라고 그래 했단 말야. 그래 어쩐 일이고 할 수 없는 일인자 대사 중이 못이긴께, 즈그 부모가 데리고 간께 할 수 없는 일이라.

"허락하긴 하는디 조심해야 된다."

이러거든. 대사가 그런단 말아. 그 데꼬 왔네. 장가 집엘 찾아 가긴디, 하인을 인자 전부 옛날엔 가매를 메고 가거든. 서울까지 인자 전라도서 가매엘 메고 갈 틴디. 앞잡이를 세울 사람 실허야 되거든. 가다 무슨 말아 잘못헌 일 맨들믄 탈을 당하거든. 전에는 그런 수가 있어. 그래서 작지라는 사람이 하인인디 앞 잡이를 세울랑께 자기 저놈하고 배씨 부인 저기 어쨌는 고이는

"연이가 장가를 가걸랑 첫날 저녁에 둘꼬자 누워 잘 때, 모가지를 베어오니라."

이랬단 말아.

"아, 이제 논하서비 주고 종무시 석방시켜주마 돈 천 냥 주고."

이러거든. 그렇께,

"그래 해 주겄다."

하건마이라. 그 저녁에 하루 이틀 지난께 모래꺼지 장가집 찾아갖고 갈긴디, 하인을 부르거든. 부르니께 왔다오라 말을 했싸.

"이러이러해서 장가집을 찾아가는디. 작지 니가 앞잡이를 써라."

절인이 보 배씨부인하고 말을 해려고 든께, 은근쓰레 들어오거든. 와 그러 니 노씨 삼말로

"산정 배가 아파서 옳게 서도 모릅니다."

이러거든, 산정배가 아파서 배가 산정이 일어나 갖고 (조사자: 뭐가 일어났다 고요?) 산정이라는 게 있어. 이 배 난 뒤고 올가 뻗뻗해져 절려서 몬 걷는다 말야. 그렇께 자기 할멈 배씨 부인이 저기 있다.

"그거 뭐 아프다는 걸 어떡해요."

저거보자 딱 약도를 해 놨거든. 그래도 안무고칠하니까, 다행이도 그 장가 집을 찾아가는디, 행위하고 나도 첫날 저녁 그 상반에 누워 자는디, 예이 저 놈이 뒷짝 뒤를 따라 가갖고 천 밑에 엎지 싸. 그믄 예이 모가지를 베였어. 하모. 베어갖고 왔단 말아. 그래논께 마 피가 괴이니 어떻게 되고 그만 조사원

이 말아 그만 며느리를 막 두드려 패는데,

　　"어떤 간부라고 어떻게 내 자슥을 이런 모냥을 만들었냐?"

고 막 두드려 패고 야단이 났거든. (청중 : 야단나제!) 하모. 이래나논께, 거기서 상부를 이제 꽤 갖고 전에는 전라도까장 매고 올라면 이 마을에서 저 마을까장 메다주고 그리 왔거든. 그런께 저 배씨 부인 저 년이 마 상부가 들어온께 막 며느리가 뒤에 따라온께, 며느리를 막 뚜드려 패고,

　　"지년아. 내 자슥을 이래갖고 마 들어오냐?"

　　막 야단이거든. 그런디 옛날엔 갖고 오면 바로 안 묻어. 있는 사람을 내변이라 하누마. 흙 파다 모래를 갖다 붓고, 간을 저다 모래 속에 묻어놓고 하는 기라. (조사자: 간을요?) 그래. 석 달을 그러하는 기라. 그래 물이 좀 빠져서 흐리면 인자 산에 갖다 묻고 그랬어. 없는 사람은 덕발을 해 갖고서 잣수발로 해 갖고 작성화로 위에 갖다데로 놓고 갖다 논단말아 (조사자: 덕발이요?) 하모. 물로 빠지라로 그리 허는 긴디, 그 있는 사람은 내변을 해. 바아자와 바아자와 노래를 불러갖고 묻었어. 그래 인자 그 내변을 하는디 옆에 각시가 그냥 통곡을 하고 나,

　　"이 죄를 때를 벗어 주고 가라."

고, 가라고, 이래 쌓거든. 하루 저녁을 걸러서 잼(잠)이 온다. 말아. 잼이 오는디 뭐이 앞가슴에 쿵. 그래 본께로 자기 신랑 넘버리고 두구리가 궁굴르드만 앞가슴을 콕 이게 막 집아갖고 막 나간단 말야. 나간다 본께 안청에 문이 열려 있는데, 본께 큰 대독이 하나 있는디 도가지 이놈을 펄로 넘어갔어. 대독이라는 도가지가 있어. 그 도가지 너머로 폴로 넘어갔어. 두구리가. (청중 : 아이고.) 그 각시가 찾아 본께, 그래서 시아바이 앞에, 인자 살아 헌테 누자 한테 가서,

　　"아범 계십니까?"

　　"네 이년 네 년소리 듣기도 싫다."

야단인 기라. 그래서,

　　"내가 흙발 빠진다."

한끼,

　　"그럼 들어오라."

하는 기라.

“내 앞가슴 보이라.”

“이 피치기가 안 묻었은께, 두구리가 와 갖고 나 앞가슴을 찌르갖고 안청에
대도가리를 너머로 넘어 갔습니다.”

그래 불 써논거 가서 본께, 대도가리 놈에 싹 하고 갖다 여났단 말야. (청중
탄성) 그래가 들고봤디 독을 들고 자기방에 갖다 놓고 배씨 부인을 안채로
부리네. 부링께로 왔그든. 거 저년이 어찌 저걸 갖고 왔는가 싶어서, 물어서
물구녕 드럼동 마 본께, 마 즈그 배씨 부인이 말아 무슨 말 헐끼인디 말아 말을
몬 허그든,

“네 이년 바른대로 불어라.”

마 얘기해믄 그르그든,

“내 비가 아니요.”

이르그든. 니 죄고 긍께, 작지란 놈이 (비어갔습니다.) 그마아 즈그 하인들
불러와갖고 마으,

“작두 채라. 작지 이놈 쥑인다.”

그런께로 작지 이놈 와 갖고,

“제 죄가 아닙니다.”

또 이러거든.

“그럼 뉘 죄고?”

“저 마누라 죄입니다. 죄를, 그때 저는 장가들일 때에 멀리 가 갔고 애의
모가지를 베어 오라해서 베어 왔습니다. 돈 천 냥주고 종무지 석방시 논 하두
지기 주고 해서 내가 꼭 마 일찌 했습니다.”

그래 나 작지를 시켜서,

“니 이년이 모가지 빈 칼 갖고 오니라.”

칼 갖고 왔그든. 그리고 배씨 부인이 어찌 논 자식 둘다 죽이라. 둘다 죽인
께로 고마 며느리가 배씨 부인 마 배를 입으로 물어뜯고 하모, 죽이고 막 그랬
어. 그래갔고 그 초상치고 나서 싹 이렇게 한달 모아놓고 조사관이,

“나는 떠난께, 우리 자부 저 임사를 가졌다하니 상기해니 그라.”

아, 뒀단 말아. 하모. 그래갔고 떠났거든, 떠나고 나서 그 머시마가 일곱살
먹어 서재에 간께, 뭘 질문고자 애비는 혼자서 이래 썼거든. 그 한께 즈그매를

보고 나는,
　"아버지 어디 갔니."
이런께,
　"니 아버지를 찾을라면 하모 하나씨로 가서 모시고 오면 내가 아버지를
찾고롬 해주마."
이런께, 그래 저는 (청중 : 조사관이 일을 잘못 골라 물을 떠 먹고 갔다요.)
그래서 우리 조선의 팔만 고암자라는 저롤 싹 다 돌아당겨도 몇 해를 돌아다녔
어. 열두 살 먹어 들어가서 마 왔다갔다 마. 일곱 살 먹어 나간끼. (청중 탄식)
남해 저 하방사 절에 가 있드라요. 그 간께로 가주해발로 가니께로,
　"뒷방에 스님허고 계신다."
　그래서 방문 앞에 가서 하나씩 조사관이라믄서요. 이리 손자가 이렇게 그
래 갖고 자기 집이 가택을 그 머시마한테다 옷짓다가 여 뻐리 여서 꺼내주고
기직이라는기 족보 맨드는 기야 그르는긴디, 오찌 돌로간께 그걸 내려옴서 어
머니가 이러이러해서 낳아 하리자작을, '일곱 살 먹어 나선 사람이 올해 열두
살입니다.' 한께 어찌 조사관이 마 좋은꼬. 그래갖고 막 등두리고 그랬다요.
그래갖고 아바이 그 인자 하버지 모시고 가서 그때사 예단을 새로 드리고 즈그
매가 그르드라 그래갖고 그 홍씨가 도와주고 그랬어.

〔 하동읍 설화 31 〕 T. 7. 앞

화심리 화심마을, 1996. 4. 5., 1조 조사.
백필순, 여 · 69.

지네각시

* 집안은 답답하다고 하셔서 집 앞 길에 앉아서 조사하였다. 매우 협조적이었고 목소리가
크고 이야기를 조리 있고 재미있게 구연하셨다. 열두세 살에 들은 이야기라고 했으며, 뒷
산에 소 먹이러 가면 오빠들이 모아 놓고 이런 이야기를 잘 들려줬다고 했다. *

　　옛날에 여자가, 남자가 장개를 가 살림을 살다가 어디로 갔는데, 각시가
　　"여, 저물어 좀 자자."
이런께 '자자' 이런께 자라 하는데 자긴 자는데,
　　"우리집이 살아야 된다."
그래,
　　"우째 살아야 되냐?"
이런께난,
　　"살미는 좋은 수가 당해 끝이 있다."
는 기라. 그래서 인자 뭐이고 싶어서 참 아 그 남자 말로 듣고 신바름 했드라케,
심바름. 무슨 신바름 했느냐 하면, 여그 서른 저기 미나리 짐이나 담배점방을
하는데 담배점방 여리하믄 시제, 시제 모르지. 담배점방을 하는데 담배를 거기
서 팔아줬는디 독흔 담배만 모아노라드라케. 독흔 담배만. (조사자: 독한 담배
요?) 어. 독흔 담배만 모아노라드라케. 담배 파는디. 그래 모아놓고 여자가 밥
을 해놓고 인자 저녁 마중을 가는 기라. 아홉 시나 열 시나 다 팔고 올라오면
마중 가고 마중 가고 이랬거든.
　　하루는 마중하러 가니까 안 오드라네. 그래 왜 안 오는가 싶어서 이 남자가
부리나케 쫓아가서 아 기척이 없어서 요리 들여다 본께 지네가, 큰 여자 지네
가, 지네가 큰 지네가 쫓아갔어. 쫓아가서,
　　'이상하다 이게 우째 일인가?'
싶어서 얼른 가서 또 독흔 담배로 놔놓고, 또 인제 있다가 인자 펄고 또 남으면
모아놓고 오니까는 여자가 쫓아 나오라는 기라. 쫓아나온디,
　　'아무날 저녁에는 피워달라.'
케. 독흔 담배를. 담배 피우는데,
　　"당신은 집에 못 가요. 당신하고 내하고 부부간이고 당신 집이는 못 가요.
그러고 당신하고 내하고는 살아야 끝이 된다."고.
　　"내가 당신 곡을 해야될 거 아니냐?"
고 그러면서, 그래 이 참 뒷날 사홀만에는 안 나오는데 담배, 독흔 담배로 저
큰 둑 있는데 담배를 되게 피우라드라케. 피우는디 그래 인자 이 여라 하믄
지 오빠가 큰 뱀이 구렁이고 지네는 여자 여동생이고, (조사자: 오빠가 구렁이

요?) 어. 싸움을 하는 기라. 저 천장에서, 하늘 이 공중에서 싸움을 하면은 이기는 사람이 인자 저 하늘 득천할 끼고 진 사람은 툭 널찌는 기라. 그래서 인자 아무 날 저녁 막 담배를 되게 폈다. 지네 그걸 보고 개입이 나갔고. 되게 피우드란게난 뱀이가 큰 뱀이가 용 될 뱀이가

"네 이놈 담배 피우지 마라!"

그러더라네. 그런게 이 마 각시가 놀래갖고 저 남자가 놀래갖고 그래 하던지 말던지 마 자꾸 피워댔다는 기라. 피워대니까는 얼른 이자 여자가 보인께는 안, 안 차보지 말으드란다.

"차보지 마라!(쳐다보지 마라!)"

차 안 봤다케. 방이 들여다보지 말라케. '들여다보지 마!' 하면서는 담배만 자구 피워대. 피워대는께는 하늘에서,

"네 이놈 염할 놈 담배 끊어라. 담배 놔라!"

하드라케. 그래고 자꾸 피워댄께 뭐이 꿍 내려치는 소리가 나더라네. 마 지동한 소리 나더라케. 마 지동하는 소리 나서, 꿍 내려치는 소리 나서 인자 났두고 인자 살살 인자 오니께는 담배 피우다 이리 오니께는 꿍 소리 나갖고 그때는 여자가 옷을 다시 해 입고 쫓아나오가 '고맙다'고 '수고했다'고 '욕봤다'고, 그래 저녁에 인자 자고 나서 '그 꼬랑에 가보라.' 드라케.

"그 당신 담배 푸아놨잖아."

그래 간께 큰 뱀이가 막 불나는 뱀이 막 늘쳐 죽었더란다. (조사자: 아 뱀이요?) 이 담배가 안 좋은갑더라. 연기가 많아가. 그라 인자 근게 여자가 이겼어. 여동생이 이겼어. 그래 인자 득천한다고 인자 뱀이가 낫지. 그 옛날에는 거짓말이라. 전부 얘기. 옛날 들었는데, 전부 그짓말이고 노래는 참말이고. 그래가지고 둘이서 인자 아무날 득천흔다, 흔다 하드라네. 득천흔다 하드라네. 그래,

"우리집에 좀 갔다 온다."

집에 가니까 부자가 됐더란다. 이 여자가 돈을 많이 보내갔고. 부자 맨들어 놓고 이 남자를 데고 마 하늘로 득천 올라갔어. 뭐이 탁 타갔고 이 죽 올라갔어. 참 마 둘이 하늘에 가 잘 살고 저 집에는 아를 데꼬 여자 잘 살고 하드라케. 나 그짓말 들었는데 얘기 재미나. 재미난 기라. 하믄. 옛날에 우리 들을 때 좋드라고.

〔 하동읍 설화 32 〕 T. 7. 앞

화심리 화심마을, 1996. 4. 5., 1조 조사.
백필순, 여 · 69.

나쁜 이모

* 어릴 적 오빠에게 들었다며 자청하여 구연하였다. 이야기 기억을 잘 못하셔서 산만한 감
이 있었다. *

전에 옛날에 이름이 선구고, (조사자: 선구요?) 응. 선구고, 그런디 인자 근디, 이 하도 이야기도 그때 이야기를 들어논께 인자는 잘 모르겠는데, 저 이 처녀를 낳아놓고 엄마 아버지하고 다 죽어삐리고 이모들 있고 이런데. 그걸 내가 하도 오래돼, 오래돼 잊어뿌렀다. (조사자: 천천히 생각하시면서 하세요.) 그래. 인제 생각해갖고 살살 하께. 처문제는 인자 이름은. (청중과의 대화로 잠시 중단) 그래 인자 이 처녀가 엄마, 아버지가 죽어버려서 이모 집에 있었거든. 이모 집이 있었는데 이모가 어떤 사람을 남자가 중신을 해돌라싸서 그 중신을 여는 안 가고자 한디 그 중신을. 이 중간인갑다. 내 가만히, 잘 이 여 이 잘 모르겠는데. 가만 있거라. 참 얘기 좋아. 재미나.

그기. 시집을 안 갈라 했는데 이모가 돈을 많이 받아묵고 꼭 그따가 할라는데, 응 가만 있거라 보자. 잘 못했어. 생각한게. 제일로 처음인데, 잊어삐렀네 내가. 하도 오래됐어.

열두 살, 열세 살, 뭐 열아홉 살 이 뭐 소 미긴다. 따라다니면서 했는데, 댓 들었는데 일본 가서, 아 일본이란다. 일본 갔다 살다 왔지. 또 저 부산에서 한 삼 년 살다 도로 왔지. 뭐 알끼고. 잊어삐렀지. 다 잊어삐렀지. 인자 인자 알아. 맞다. 그기 맞는갑다.

그래 인자 이 이모 집이 갔는데 있었는데, 이모가 어디 맞이를 해준다고 인자 말로 하는데 이 꼭 안 갈란께난 꼭 남자로 가마 보고 꼭 데꼬 잘라 할 모양이라. '데꼬 자라.' 하는가봐. 근디 이 여자가 알아갖고, 밤에 그 마 안날

저녁 초저녁에 저녁 묵는 거 살짝 보고 마 도망을 뛰깄어. 오데 간다 갔어. 가니께 일본을 건너갔는가봐. 일본을 건너 갔는데 일본 건너갔는데 거서 인자 잠을 한쪽에 자는데 그래 즈그 애인이 아마 있었는가봐. 생각났다. 애인이 있었는가봐. 옛날 애인이 있어서 그래 인제 애인하고 그리 만나기로 했는같꾸마. 그런까 이모가 잡아 여리 했는가봐. 그래 인자 이 인자 거 일본 가서 한쪽에 자는데 처녀가 하나 또 어쯔낙히 나드라네. 같이 잤다네. 그 처녀도 입장이 곤란한 기라. 그 나중에 본께 즈 올케라. 올케 될 사람이라. 그래서 일단 이야기 들어본께 똑같은 기라. 참 설움이 영 거스기 하다고. 그렇게 이모는 인자 저그 저 신랑한테 편지 오는 걸 받아가지고 이모가 엄새삐리고 그 중신을 낸 기라. 그런께 인자 그 저 저 애인은 또 편지를 해도 답이 안온께 거서 마 중간댁에서 마 여자가 하나 사랑을 했는가봐. 그런게 이 처녀가 몰랐지. 그래가지고 인자 그 처녀도 저 애인 찾아가는 기고. 인자 이 처녀도 애인 찾아 가는 기라. 근게 인자 둘이 서로 인자 이리 하고 있는데 거서 자고 인자 헤어졌지.

헤어졌는데 인자 신랑을 찾아갔는데, 신랭이 어디 있냐 하믄. '학교에 선생질 한다.' 소리 듣고 찾아가니께난 각시가 있는 기라. 그니 뭐이 마음이 좋을끼고. 그런께 즈그 오빠도 그 아까 그 처녀장 그거 오빠 각신데 인자 몰랐지. 그때까정도 몰랐지. 근까 선생질 하는데 인자 이 애인이 인자 그걸 보고 이 여자가,

'마 내 살아 뭣 하겠노.'

그 마 이모는 날로 엿다 열라 하고 그 사람이 나 모리고 각시 얻었다 싶어서. 저는 편지 안 받아본께 몰랐지. 그래 인자 물에 빠져 죽을라고 물에 빠졌뻤어. 빠진께 질로 가다가 오빠가, 마 질 가던 남자가 오빠지. 여라하믄. 그 마 얼른 뭐이 타닥타닥 쫓아가 얼른 댕겨 건져갖고 병원에 갖다 입원해 본께는 누구집 (청취불능) 데리고 들어갔어. 마 옷을 좀 갈아입히고,

"아주머니, 사람 좀 살려주이소."

보니께 즈 동생이더라는 기라. 그래 놀랬지. 근게 인자 처녀도 소설책이 있고 오빠도 소설책이 있지. 인자 딱 적어논거야. 그래 이모땜이 된거 편지 받아갖고 이모가 다 엄샌거 다 적어놓고 이러다 했지. 그래 오빠도 인자 그래가지고 인자 그 처녀를 인자 살려갖고 참 그 처남우대 여라하믄 게매하라는데 갔지.

  "저, 니는 와 이런 차를 이렇게 욕을 봤는데 와 그 해도 안 했냐?"
그런게 저쪽에도 할 말이 있지. 또,
  "난 편지를 해도 답이 엄따. 그래서 이리 됐다."
이러그던. 그래가지고 고마 선구 이기 인자 여 선구지, 그 마 총각 이름이. 선구고. 이름이 다 있더라. 하도 오래된께 이름은 다 잊어뻤다. 가이나가 뭐 갑순이드냐 갑순이드냐 이러고 이랬는데, 그래가지고 쥑일라고 인자 저 게매가. 처녀 쪽의 오빠가. 오빠가 인자 그 여라하믄 즈 동생 좋아했던 놨두고 일본 가갖고 선생질 하고 편지 했거는 모리고 마 쥑일라고 누 둘이 서로 할라꼬 총을 쌀라고 한께, 가시나가
  "하. 오빠요, 오빠요, 죽이지 마라."
는 기라. '절대 죽이지 마라'는 기라.
  "그 낭군 죽이지 마라. 내가 죽어야 된다."
이기라
  "니는 죽을 수 없다."
  이래갖고 그래 그때 인제 이래싸니까난 그 남자가 여자를 버리고 쫓아서 애인을 보듬드라카네. 도로 보듬고 소설착을 보고 눈물로 서로 딲고 울리고 인자 그 뭐이 여자 얻은 거는 그 인자 막선이지. 그래 돼고. 이래가지고 오빠도 잡고 울고 처남도 잡고 울고 막 서로 막 저 올케도 내내 보니께 나중에 그대 짝허든 올케라. 다 같이 자든 올케고. 이래가지고 인자 새로 인자 살게 되고 이모한테 가갖고 인자 이모보러 인자 난리가 났지. 그런께. 마 부숴빠졌지. 하놓고 인자 이모도 믿을 데가 없고 그러는 세상이라고 인자 그래쌌테. 그래가지고 만내갖고 잘 살드라 그래. 아 놓고 잘 살드라케. 나 고리빽께 몰라.

〔 하동읍 설화 33 〕 T. 7. 앞

화심리 화심마을, 1996. 4. 5., 1조 조사.
백필순, 여 · 69.

바람난 이야기

* 이야기의 성격 때문인지 쑥스러워 하시며 구연하였다. 중간에 지나가는 차를 비켜주느
라 조사가 잠시 중단되었다. *

옛날에 저 남자가 있는데, 넘의 남자가 참 좋은 기라. 넘의 남자하고. 넘의
남자가 참 좋은데, 넘의 남자가 참 좋아서 인저 둘이 만나 보듬고 자고 이러거
든. 하도 그래싼게 이 남자 눈치를 채갖고 한 번 지킸어. 마당에 인제 가만
숨어가 숨긴께난, 숨어가 있으께는 아 이 그 남자하고 또 마 들어가는 기라.
술 취해갖고 둘 다. 마 한 잔 묵으라 막 둘이 취해갖고, 막 또 보듬고 할딱
벗고 자는가봐. 그래 이 남자가 살쩍이 들어갔어. 그 참지름인가 지름 팍팍
끓는걸 그 남자 귀에다 여삐맀어. 그 남자 죽어삐린 기라. 그러고 인자 죽어삐
맀어. 즈 여자 버릇 잡을라고. 쥑이놓고 여자 때렸어. 이 난리 나거든. 그 남자
난리 나거든.
　"어쩔래. 니 어쩔래. 여 어쩌헐래."
　마, 이런께 여자가 안 놀래겠는가배. 놀래서 인자 어쩔 줄을 모르지. 큰일 났
다. 내가 니가 이거 가마에다가 찜해 죽긴게난 묵고 죽긴게난 이고 이 적었어.
　"이고 지고 가서 갖다 버려라."
이랬거든. 갖다 버리고 인력거 마 이 도무이 담을려고 했어. 그래인자 참말
무겁도 않고 좋다. 이고 지고 가니께 사람이 여 나오는 기라. 남자 얼른 가서
인력거를 맨들었어. 저 샛줄 가갖고. 안 보이는데 이리 가라 해 게 차 쳐놓고.
고만 도로 또 이고 왔어. 거 세 번을 마 욕을 뵜는 기라. 이 오 마 댓대 돌고.
그래 인자 여 막 여자 막 발발발발 떨지 그런께. 어쩔 줄을 모르지. 그래 나중에
남자가 인자 큰일이라. 큰일이라. 그래갖고 살쩍 깨다가 옷을 입혀갖고 제 입
은 거 그때 입혀갖고 저그 대문간에 갖다가 남자가 딱 세와놓고 있는 기라.
남자 소리 하믄서는, 저그 남자 소리 하믄서,
　"문 열어라."
한께, 그 여자가,
　"술만 쳐먹고 돌아댕기니 늦게 늦게 오고. 내가 왜 문 열어줘. 안 열어준다."

이러거던,

"어허, 문 열어라."

대문 뚝뚝 두드린께는 그때 인자 쫓아오드라네. 대문 연게. 그때 그래놓고 쫓아나왔뺐지 남자가. 나와뻐리고 대문 여 쫓아나올 때 나와뻐렸지. 나오고. 대문 여니 꿍 넘어가는 소리 나거든. 아 죽어뻐렸거든. 그 마 그땐 아이구 아이구 울고 막 초상 치고, 저그 집 초상 치고, 저 각시 버릿 잡고. 다신 그리 안그러더라카네. 그래 잘 살드라카네.

〔 하동읍 설화 34 〕 T. 7. 앞

화심리 화심마을, 1996. 4. 5., 1조 조사.
백필순, 여 · 69.

문둥이의 각시

* 이야기가 많은데 다 잊어버렸다고 하시다가, 갑자기 생각난 듯 이야기를 시작하셨다. *

인자 이웃집 총객이 문둥이가 있는데, 문둥이 각시가 있는데, 문둥이 각시가 있는데 억수로 각시가 예쁜 기라. 그래 인제 초록동이 안에 이 초록동이 강 이쪽에 서가지고 배를 건네가고 건네가고 이러거든. 그 초록동에다 남자 놔뒀는데 이웃집 남자가 마 이 여자를 보고 환장을 하는 기라 마. 반해갖고. 그래가지고 마 그 여자 보로 맨날 가는 기라. 그 여자 이 꽤씸한 기라. 왜 꽤씸나 하믄, 내 남편이 문둥이라 해갖고 저 놈이 그러는가 싶어갖고. 그 마

"저 놈을 쥑이야겠다. 저 놈을 쥑이갖고 우리 남자 약을 해 먹여야겠다."

싶어갖고, 그래 마음을 딱 묵어갖고 마 아양을 떨었는기라.

"여보, 나 당신 사랑해요."

마 이래쌌커든. 그 남자 이 딱 곧이 듣고,

"그래."

"당신 해줄라고 내가 술 해 널라요."

여 놨다 이러거든. 큰 독아지에다 술을 둑둑둑 끓는 데다가 데꼬 갔어. 할딱 벗고 인자 당장 할딱 벗었어. 그래야 내가 데꼬 자지.

"가, 술 구경하러 가자!"

이래갖고 데꼬 갔어. 데꼬 가보니까 술 독아지로 요리 있는데 그 잘라요. 여다 올리 쌓아놓고. 여 술 퍼오소. 둑둑둑 술 끓는데 다가 보라케놓고 이래 꺼꾸로 마 밀어삐렸어. 물이 펄털펄턱 큰 단지, 큰 단지에다가 한 독아지 여라 하믄 댓독 들은 술을 해였지. 그따가 마 쭉 밀어삐렸어. 어찌 나올끼고. 그래 옷, 마 옷 다 마 숨기삐리고 인자 마 엄꼬 숨기삐리고. 막 빈다 사흘만에 막 남자 찾아 난리가 나고 그랬지. 찾을 수가 있는가. 여자가 깜짝 했는디.

그래갖고 한 서너 덜 돼서 및 년이 된 지 모르지. 삼 년이 됐는가. 그래 그 남자 퍼다 믹있어. 그 남자를. 퍼다 먹이니까 마 이 다리가 푹신푹신 나오고 마 저 남자 마 나섰어. 마 몇 번을 마 맥여갖고. 그래 마 쥑이갖고 여라하믄 그걸 술에 여갖고 믹이갖고, 마 기도라 몇 가마니 마 퍼내고 마 쏘다 지르고 그래갖고, 인자 이 느그 남자 나스고, 그때는 한 사오 년 되서는 저그 남자 나서갖고 즈가 자수를 했어. 경찰소 가서 자수를 하면서,

"이 남자가 나를 너무나, 우리 남편을 문둥이라 해갖고 날로 너무 괄시를 해가서, 날로 사람을 마 괘씸한 마음이 들어갖고 쥑이가지고 영감 약을 해믹있다." 됐지. 마 상을 막 주고, 징역도 안 살고. 더 이래 더. 거시기가 좋더란다. 그래갖고 (조사자 : 각시는 문둥이가 아니고 남편만 문둥이죠?) 그래 하무하무. 남편만 문둥이지. 그래갖고 여자가 더 상타고 좋은 일 했고 좋지. 그래갖고 인제 그때서는 인자 그 사람들이 인자 알있지. 남자 죽은 걸 알았지.

〔 하동읍 설화 35 〕 T. 8. 앞

화심리 화심마을, 1996. 4. 5., 1조 조사.
백필순, 여 · 69.

구렁덩덩신선비

* 길에 앉아 미나리를 다듬으며 구연하였다. 미나리 다듬는 일에서 눈을 때지 않고 가끔씩 고개만 한 번씩 드셨다가 다시 숙이시곤 하였다. 계속 자청하여 이야기를 해 주었다. *

딸을 많이를 낳는데, 이웃집 할마이가 뱀이를 낳는데, 뱀이가,
　"어메, 어메."
　"와?"
그런게,
　"앞집 처녀한데 장가갈까라."
그러드란다. 뱀이가 나갔고 (조사자: 그러니까 뱀을 난 거예요?) 뱀이를 낳는데, 뒷집이 할매가 아 났단다고 모두 처녀들 너이서, (조사자들을 가리키며) 저 처녀들 아이가? (청중 웃음)
　"뒷집 아 났단다."
이런께는 가보러가자고 이랬어. 큰딸들은 가갔고,
　"어이구, 구렁이 나났네!"
이런께는 큰 뒤안에 가본께 구렁이가 욕을 해. 쎄를 너불 너불 내갖고 (청중 웃음) 딸마다 가보고 작은딸이 가보더니
　"아이고 할매, 옹당동당 새성부를 나낳네요."
그러건든. (조사자: 그게 뭐예요?) 새성부란기 옛날에 총각이 참 억쑤로 예쁘다 아이가. 구렁이가 좋다고 쎄를 너불너불 냈드란다. 그게 인자 나중에,
　"엄마."
　"와?"
　"앞집 처녀한테 장가 갈 끼라."
　"니한테 아무도 장개올 사람 없다. 몸뚱이 지랄 맨키로 어딜 갈 끼고?"
　"간지대를 놔주면 갈게. 대를 놔주면 간다."
하드라네.
　"안 된다. 니를 아무도 싫다 칸다. 안 된다."

이러거든. 처녀가 물은 께는 전부 다,
  "뱀한테 누가 시집가 안 간다."
이러거든. 막냉이가
  "간다."
하거든. 아,
  "옹당동당 새성부한테 시집간다."
고 그러거든.
  "아 좋다."
고 인자 가는 기라.
  장개를 간지대 놔주고 결혼식을 했는데, 그때는 이 가시나 눈에는 마 꽃으로 뵈는 기라. 억시게 예쁘게 뵈었는 기라. 그래 인자 결혼하고 나서 가게로 갔는데, 장단지에 장을 떠먹고 허물을 벗는데, 큰가게를 갔는데, 허물 벗어갖고 저 각시 저고리 동정 안에를 여갖고 입으라 했는데, 그걸 숨겨 놨는데, 저그 성이가 알아갖고 훼방을 놔. 인자 성이가 구렁이한테 시집갔다고 훼방을 놔. 그래 인자 언제 숨겨 놨는데 가게 가고 없는디, 가면 오까오까 했는디 신랑이 안 오는 기라. 뱀신랑이 가서 안 와. 저고리를 따가지고 저그 성이가 타삐렸어. (조사자: 태워버렸다고요?) 태와삐렸어. 타니까 노랑내가 저 가게까지 날아갔어. 내를 맡고 몬와.
  '아하, 이기 태웠구나! 내가 그 사람 만나면 안되겠구나!'
싶어서 안 갔어. 구렁이가 딴 여자하고 사는 기라. 딴 여자하고 사는디, 이 처녀가 안되것타서 찾아가는 기라. 구렁이를 찾아가는 기라. 저 어디로, 어디로 물어서, 물어서 간께,
  "후여, 옹당 내일모레 옹당동당 새성부 장가가니께 떡 먹어갖고 송먹어갈 끼다."
  새야 오지마라고 후여 불러쌌느라네. 그래 그 소리 불러 안 듣고,
  "아가, 아가, 그거 한 번 더 해봐라. 그 뭔 소린고 한 번 더 해봐라."
또,
  "후여 옹당동당 새성부 장가가는데 떡 얻어먹으러갈끼다. 후여."
하드라네. 그래,

　　"한 번 더 해라."
하니께.
　　"우리 엄마가 두 번, 세 번만 하고 하지 말라 캐요."
그라거든. 또 가서 인다,
　　'이상하다, 희한하다.'
　　또, 저 가니께 거가 또 그라거든. 그래 인자 갔어. 찾아갔어. 물었어. 그
사람도 그 남자도,
　　"후여 내일모레 옹당동당 새성부 장가가는데 떡 얻어먹으러 갈 끼다."
　　가라 쫓드라네. 또 듣고 듣고 인자 찾아갔어.
　　"어디로 가면 되나?"
고 허는디마다
　　"가라!"케.
　　"후여"
허는 디마다 가라는 기라. 갔다. 거 가서 인제 끝이라. 다 왔드라네. 그래 인자,
옹당동당 새성부 장개간다고. 그리 간다드라케. 그리 가서 가니케라 큰 대문간
이 있고 그 인자 보니께는, 그 집 옹당동당 새성부집 같드라케. 거서 아무래두
안 되것다 해서 서숙을 한테 도라했어. 그 집에 가서 자리가 밑구녁에 빠져갔
고 고만 다 흘려삣어. 그 줍는다고 주우니까는 여자가 있더란다. 새파란 각시
가 있더란다. 그래 저 남자도 여자를 봤어. 그래 봐갖고는 소마우에 자지말고
데꼬 들이가더라네 데꼬 들가서 저 뒷방에다 나놓고 낮도 시커먼 그물에다
씻어주고 밥도 둘이 갈라먹고 그러드라케. 그래 만났는데, (제보자, 기침하시
느라 잠시 쉼) 만났는데 인자 그 여자를 인자 각시는 버렸지 뭐.
　　"내일 헤어지자. 니하곤 안 산다."
　　(조사자: 어떤 각시요? 찾아간 각시한테?) 찾아간 각시 말고, 그래. 헤어진
사람 할 수 없이 헤어져야 되것다고 이 사람은 할 수 없이 배필하고 살아야
된다고, 본여자라고. 헤어지고 이 사람하고 가게 가갔고 잘 되갔고 잘살고 그
사람 인자 보내고 아들 놓고 잘살고. 그래 옛날에 내가 그거 들었어. (조사자:
그것도 오빠한테?) 하무.

〔 하동읍 설화 36 〕 T. 8. 앞

화심리 화심마을, 1996. 4. 5., 1조 조사.
백필순, 여 · 69.

내 복으로 먹고 살지

* 여전히 미나리를 다듬으며 이야기하셨다. *

옛날에 딸을 많이를 낳는데 전부,
"니는 니 복에 먹고 살래?"
묻거든,
"니 복에 먹고 사냐?"
물은께 전부,
"아버지, 어머니 복으로 먹고 산다."
하는데 막냉이가,
"내 복에 먹고 산다."
이러거든. 아바이가
"저 년 쫓아내라."
고, 옛날에는 하님이 있었다데. 하님 알아? (조사자: 하님이요?) 하님, 상놈이
라고 옛날에는, (조사자: 하인?) 옛날에 하인이 있다 아이가.
"쫓아내라. 저년 하인이 업어다가 저 어디로 갖다가 마 실어어다 내빠리라."
고, 난리가 났다. 아버지 복으로 먹고 산단 딸 놔두고. 그래 저 실어다 내삣는데
갈 때가 없어갔고 어디 간다고 간께는 갈 때가 없어.
저 숯 굽는, 저 산에 숯굽는 영감을 찾아갔어. 영감 아인가. 영감인가 남자
를 찾아갔어. 찾아가니께 숯을 굽고 있거든. 옆에서 마 같이 거들어 주고 나무
도 구워주고 했거든. 그래,
"와, 처녀가 안 가고 이래 있는나?"

고 이런께,
　　"나도 같이 해야 되것다."
고, 숯 굽는 사람이 총객이라. 그래가 둘이 거기서 살고 하는디 처녀가 막 돌을
자꾸 도라케. 그 남자를 보고 돌이 금이라. 자꾸 꺽어 오라드라케. 남자가 처녀
말 듣고 꺽어왔다. 내일은 가서 퍼라오라케.
　　"내일은 뭐라 퍼올끼냐?"
이러니께,
　　"금은 금대로 주고 맘대로 하라."
드라. 그래 인자 가서,
　　"돌 사소, 돌 사소."
　　고함을 지른께 금이거든.
　　"얼매나 주면 되것냐?"
고 그런께는 두 냥짜리 도라 하더라네. 그래 마 돈이 한 차라마, 한 차. 부자가
억수로 됐는 기라. 집을 짓는데, 대문간을 다는데 뭐라다냐면,
　　'내 복일래.'
　　해면 열리고,
　　'내 복일래.'
　　해고 닫히고 그래. 하무. 내 복으로 먹고 산다고 했으니께 즈그 아버지는
인자 성이들 하고는 전부 아버지 복으로 먹고 산다 해 다 망해버리고 아무
것도 없고, 아버지도 아무것도 없고.
　　그 이게 마 너무 부자로 잘 사는데, 한 번은 거래이(거지)를 청해. 막내집
사는 거래이도 청하고 노인들도 청하고 막 그러는 기라. 몇 일 청했는데 즈그
아버지가 안 와. 그래 마지막에 가서 인자 일 주일을 청한께는 즈그 아버지가
오더란다. 저 아버지가 와서 올라오라 했거든,
　　"마님이 올라오시랍니다."
이런께는,
　　"나는 죄 안짓다."고,
　　"절대 안 간다."
이러거든. 딸이 인자 아버지라고 올러 오라 했어.

“죄진 거 아니고 올라오랍니다.”

그래 자꾸 올라오라 해거든. 안 올라오거든. 나중에 올라오니

“아부지 내가 아무그씨요.”

한께,

“아이구. 우리 아무그씨는 갖다 내삐리 죽어삣다.”고,

“물에 갖다 떠냈삣다.”

고 죽어없다고 한께,

“아닙니더. 내가 살았습니더.”

그래 문을 열어도 ‘내복일래’, 닫아도 ‘내복일래’. 영감이 기가 차서 내삐렀는데, 이리 부자로 잘 사나 싶어 놀래갖고 막 있는데, 목욕시키고 하인들이 씻거 닦아주고 옷 갈아입히고 아버지를 그래 잘 모시고 천석군, 만석군 잘 사는 기라. 그래 인자 다 내 복이지. 못 살아도 내 복이고 잘 살아도 내 복이지.

〔 하동읍 설화 37 〕 T. 8. 앞

화심리 화심마을, 1996. 4. 5., 1조 조사.
백필순, 여 · 69.

호랑이에게 원수 갚은 포수 아들

* 조사자가 호랑이 이야기를 청하자 곧바로 구연을 해 주셨다. *

옛날에 한 사람이 가는 길초에 집이 하나 있는데, 즈그 아버지가 인자 포수로 가갔고 죽어삐리고 안 오는 기라. 안 와서 이기 커 갖고 만날 활로 싸는 걸 배왔어. 즈그 아버지 원수 갚는다고. 만날 활을 싸고, 활을 싸고.

한 번은 인자 즈그 엄말 보고,

“엄마, 나는 와 아버지가 없노?”

“느그 아버지가 산에 갔다, 안 왔다.”

이러거든,

　　"그럼 나도 원수 갚는다."

고 그 배운다고 그래. 활을 싸는 걸 배워갖고 한 번은 갔어. 가니까는 길이 세 개가 났는데, 들이갔던 포수는 못 나온다 이러거든. 살어 나오는 거 없드라 이러거든. (제보자께서 지나가는 아주머니랑 이야기를 하는 통에 잠시 중단됨.) 가니께는 참말로 아닌 게 아니라 호랭이가 있더란다. 굴 안에 들어간께 즈그 아버지 뜯어먹고 다리만 남아있고 신발도 즈그 아버지 신이 있고 그러드란다. 그래 막 죽기살기로 호랑이한테 달려들었어. 그러고 이깄단다. 호랭이 죽이고 원수갚고, 그래갖고 살아 나왔단다.

〔 하동읍 설화 38 〕 T. 8. 앞

화심리 화심마을, 1996. 4. 5., 1조 조사.
백필순, 여 · 69.

도둑 이야기

　　옛날 한 사람이 큰방 아저씨 있고 작은방 아저씨 있는데, 큰방, 작은방 이리 사는 데, 저희는 농사 많이 짓고 아랫방 사람은 아무 것도 없이 사는데, 그리 잘 묵고 살드란다. 그래.

　　"어찌 자네는 잘 먹고 잘 사는가? 나는 이리 쌔가 빠지게 노력해도 몬사는데. 좀 개차 주게! 자네 어찌 기술이 있는가?"

하도 원해싸서 할 수 없이 데꼬 왔다. 부자집에 들어간께 제사 지내는가 사람이 북적북적 하더란다. 큰 방에, 큰 방에 북적북적 하는 바람에 아랫방에 가서 둘이 가서 술이 북덕북덕거려 쌌더라네. 둘이 술을 막 억수로 떠 먹었어. 술을

흠씬 먹고 난께 아랫방 사람은 도둑놈이 되갖고 술을 많이 안 묵고, 큰방 사람
은 처음 돼논께 술 못먹고 술 취해갖고 거서 막 노래를 하고 춤을 추는 기라.
(청중 웃음) 뭐 해볼 도리가 없어. '가자'해도 안 갈라하지, 술 취해갖고. 웃방서,
　"아랫방에 도둑놈이 들어 왔다."
　이래갖고 우 내려 오더라네. '도둑놈 잡았다.'고 동굴에 매더란다. 아랫방
사람은 알아갖고 달아나 삐리고 그 사람 패걸래 두드려 패는 걸 보고 불을
질러 삐렸어. 집에다가. 불 끈다고 불 끄러 갈 직에 얼른 끌러와 데꼬와 삐렸어.
그래 그 집이 도둑놈도 잊어버리고 잡도 못하고 제사도 헛제사 지내고. 또,
장에 나갔더니 나락이 몇 십 나오는 걸 자꾸 저올린다. 산에 져 올려 어디다
묶고, 주인 아저씨가,
　"이 세상에 나가지고 도둑질을 해먹어야 되것나?"고,
　"그리 마라."
고, 이제 알아서 도둑질도 못 해먹고 주인이 알아서. 그 뒤론 도둑질을 안하고
욕을 봐갖고, 다시는 안 하더란다.

〔 하동읍 설화 39 〕 T. 7. 뒤

화심리 화심마을, 1996. 4. 5., 1조 조사.
백필순, 여 · 69.

고추가 커렁커렁

　　* 구연하시는 게 즐거우신지 한 이야기가 끝나자마자 다른 이야기를 해 주셨다. *

　옛날에 한 사람이 길을 가다가 어찌 몬 사는고. 우스운 얘기 한 자락 한다.
도사 중이 공부를 많이 해서 도가 트인 사램인데 재워도라캐. 옆에 가서, 움막
에서 잔다고,
　"재워도라?"

이런께.

　"자긴 자는데 제사지낸다."

이러거든.

　"제사지내도 괘안타."

고, 제사지내고 보니께는 개똥을 막 씻쳐갖고 제사지냈어. 부석에 연께 밥이
한 솥 되가 있고 국 솥에도 국이 한 솥 되가 있고 만날 먹어도 안 굴어. (조사자:
안 줄어요?)

　이웃사람이,

　"집이 어째서 그리 부자가 됐냐?"

그러거든.

　"나는 부자가 어찌 됐냐 하믄, 도사 중이 재워 달래서 재워 줬더니, 부를
써주더마는 이 되더라."

이러거든.

　"그래 나도 그래야것다. 우리집도 보내라."

고 이러거든. 그 사람이 나타나면서 들었거든. 그 사람이 가서,

　"좀 재워도라?"

이러거든 재워줬다. 물을 가운데다 떠 놨는데 이눔의 할망구가 그 중한테로
뽀삭뽀삭 인자 기내려 갔는 기라. 자다가, (제보자: 와 안 우습냐?) 기내려 가논
께, (청중 웃음) 뭘 써줬거든. 막 꼬치가 저렁저렁저렁 (제보자: 웃으면서, 모르
겠냐?) 밤에 물 한그릇 떠 놨는데 아까 그 사람한테 안 가야 될 낀디, 할마이
영감 옆에 뽀석뽀석 갔거든. 가니께 막 그 영감이,

　'니는 묵는 기 포부가 아이고, 좆빼끼 포부가 없는 가보다.'

싶어갖고 뭘 써줬는디, 솥에 문 연께 꼬치가 저렁저렁. (청중 웃음) (제보자:
그래 해도 안 우스워? 우스운 얘긴디. 우습재?) (청중 웃음)

하동군 횡천면

I. 조사마을 개관

1. 횡천면 마을 1 - 횡천면 여의리 여의마을

하동군 하동읍에서 버스로 20분을 타고 횡천면 횡천리에서 내려 다시 도보로 20여분을 가야 한다. 앞에 조그만 하천이 흐르고 있고, 뒤로는 산으로 둘러싸여 있어 전형적인 배산임수의 지형을 가지고 있는 마을이다.

주민들의 말에 따르면 역사가 그리 깊지 않아 그 마을 내의 특별한 설화나 민요는 없다고 하였다. 약 50여호의 가구에 250여명의 주민이 마을을 이루고 있으면서 주된 산업은 농업과 축산업으로 생활을 하고 있었다. 대부분의 집이 현대식 양옥으로 지어져 있어 마을의 현대화가 이루어져 있었으며, 1995년 마을 입구에 여의리 마을회관과 노인회관이 신축되어졌다.

마을에서 멀지 않는 곳에 횡천 중학교가 위치하고 있으며, 하천의 바로 건너편에는 횡천면 내에서 꽤 크다고 하는 사료 공장이 위치하고 있었다.

2. 횡천면 마을 2 - 횡천면 횡천리

횡천면의 면소재지이다. 하동읍내와 멀지 않기 때문에 읍내와의 교류가 면내 다른 마을보다 훨씬 많으며 직업도 농업보다는 상업이나 서비스업이 주류를 이루고 있다. 마을에는 170여호의 가구가 있으며 상업인구가 많은 탓에 유동인구도 상당히 많다. 5일과 10일 횡천리에서는 횡천면의 5일장이 항상 열리고 있었다.

조사자들이 조사를 나간 5일은 마침 장이 서는 날이라 읍내의 노인들을 만나 뵐 수가 있었는데, 횡천리에 계시는 노인분들은 대부분 직업을 가지고 있지 않았다. 그 원인을 알아보니 횡천리의 산업화가 면내 다른 마을보다 더 잘되어 있어 마을 사람들이 농사보다는 서비스업이나 상업에 종사하고 있기 때문임을 알았다. 후에 알아본 결과 횡천면 전체의 농업인구는 마을 인구의 20%가 채 되지 않았다.

Ⅱ. 조사 기간 및 일정

1. 조사 기간 : 1996년 4월 3일 ~ 5일

4월 3일 : 횡천면 여의리에 도착한 시간은 오후 4시경이었다. 사전답사가 있었고, 읍내에서 그리 멀지 않은 곳에 마을이 위치하고 있었으므로 도착 때까지는 그리 많은 시간이 소요되지는 않았다. 조사자들이 여의리 마을회관에 짐을 풀 때가 마을의 노인들이 야유회를 다녀와 정리를 하고 계실 때였다. 정리를 하시며 노인분들이 약주를 드시길래 조사가 잘 될까 걱정을 했지만 이장님의 도움으로 저녁 8시경부터 조사를 할 수 있었다.

조사는 8시부터 자정까지 이어졌으며 처음에는 마을의 노인회장님을 비롯하여 세 분 정도만 오셨는데 시간이 갈수록 이장님께서 마을의 노인분들에게 연락을 해주셔서 분위기가 한창 무르익었을 때에는 열 분이나 오셔서 조사자들이 준비한 음식이 모자를 정도였다. 조사가 한참 진행되어 조사자들이 사진을 찍자 제보자들은 잠시 제보를 멈추시고 포즈를 취해주시는 등 많은 도움을 주셨다. 그러나 한창 이야기가 진행이 되면서 제보자들이나 이장님께서 약주를 무리해서 드시는 바람에 조사에 차질이 빚어지기도 했다. 조사자들이 매우 당황해하였으며 분위기를 정리하고 마무리를 하는데 약간의 애를 먹었다. 그날의 조사가 모두 끝난 후 조사자들은 모여서 당일의 조사한 것을 정리하고 일정에 대하여 의논을 하다가 1시경에 잠자리에 들었다.

  4월 4일 : 여의리 이장님께서 아직 제보자가 더 있을 것이라면서 몇몇 노인 분들을 더 모시고 오셨지만 큰 도움이 되지는 못했다. 그러던 중 마을에 신이 내린 할머니가 계시다고 해서 이장님과 함께 조원 몇 명이 그분을 모시고 왔다. 그 시간이 대략 정오쯤 되어 있었는데 그 할머님께서 설화와 민요, 창작무가까지 포함해 한 시간 이상을 제보를 해주시는 바람에 시간이 예정보다 늦어져 급히 점심을 먹고 다음 마을인 횡천리로 이동하게 되었다.
  횡천리에는 이장님께서 오후 늦게까지 자리를 비우셔서 늦은 시간에 짐을 풀고 조사를 준비하게 되었다. 이장님이 오신 후에 그 마을에서 멀지 않은 곳에 유학자가 살고 계시다고 해서 조사자들이 이장님과 그분을 찾아 뵈었지만 한학과 유학에 대해서만 말씀을 하실뿐 민요나 설화들은 알고 계신 것이 없었다. 그 이후에 이장님의 도움이 거의 없어 조사자들이 직접 횡천리를 돌면서 마을의 제보자들을 찾았지만 조사자들에게 도움을 주실만한 분들을 찾지 못했다. 그러던 중 밭고랑에서 나물을 캐던 할머님을 뵙게 되었는데 그 할머님께서 다음날인 5일에 횡천리에서 장이 선다는 것을 알려주셨다. 조사자들이 할머니께 이야기를 부탁드렸으나 연세가 워낙 고령이라서(91세) 기억하고 계신 이야기나 민요가 없어 다음날 장이 선다는 것을 아는 것에 만족해야 했다.
  저녁을 먹은 뒤 이장님께서 한 할머님을 소개시켜주셔서 그 분을 찾아뵙게 되었다. 조사자들이 할머님댁에 갔을 때가 할머님이 막 잠자리에 들려고 하실 때였다. 할머님을 잠에서 깨워 매우 죄송스러웠지만 할머님께서는 개의치 않고 친절히 맞아주셨다. 할머님의 댁에서 약 두 시간 가량을 있었으나 특별한 성과는 없었다. 조사를 마친 후 돌아와 그날의 성과가 없어서 걱정을 했지만 다음

날 노인회관에서의 제보를 기대하고 일찍 잠자리에 들었다.

　4월 5일 : 조사자들은 새벽부터 일어나 아침을 일찍 먹고 노인회관으로 갈 준비를 하고 있을 때 전날의 그 할머님께서 조사자들의 숙소로 직접 찾아오셨다. 전날 이야기를 다 못해주셨다며 찾아오셔서 당신의 인생이야기를 해주시는 바람에 시간이 예상보다 약간 지체되었다. 조사자들이 횡천면 노인회관에 도착한 시간은 오전 9시경이었다. 이장님께서 동행을 해주시지 않았기 때문에 노인회관에는 조사자들의 방문을 아무도 모르고 있었다. 몇 명의 조사자가 노인회장님을 찾아가 조사 목적을 말씀드리고 협조를 부탁하자 흔쾌히 승낙을 해주셨다. 노인회관의 방 하나를 아예 조사자들에게 내어주시고 제보자들이 편하게 민요나 설화를 이야기할 수 있도록 자리를 만들어 주셨다.

　처음에는 제보자들이 갑작스럽게 찾아온 조사자들을 어렵게 생각을 하셔서인지 별 말씀을 안 하시다가 어느 정도 시간이 지나자 예상보다 훨씬 많은 설화와 민요를 구연해 주셨다. 조사를 하며 오전을 다 보내고 식사시간이 되어 조사자들이 자리를 일어나려 했지만 노인분들께서 점심을 먹고 가라며 직접 점심을 차려주셨다. 점심시간이 지난 후에도 아직 남은 이야기가 있다며 계속 설화나 민요를 구연해 주셨다. 조사자들이 찾아간 노인회관에는 할머님이 거의 없으셔서인지 민요보다는 설화를 말씀해주시는 제보자들이 월등히 많았다. 더 많은 조사를 할 수 있었지만 하동읍 숙소로 돌아가야 하는 시간상 오후 4시경에 마무리를 지을 수밖에 없어서 무척 아쉬웠다.

2. 제보자

〔 횡천면 제보자 1 〕

여의리, 정오용, 남·70.

횡천면의 노인회장을 하고 계셨으며 찾아간 조사자들에게 매우 친절하게 대해 주셨다. 횡천면 여의리에서 태어나셔서 지금까지 계속 살아오신 토박이라고 하셨으며, 그래서인지 그 마을의 전설이나 지명의 유래 같은 것에 많은 지식을 가지고 계신 분이었다. 노인회장님이라는 권위 때문인지 그 분이 이야기를 해 주실 때는 주위 어르신들이 조용히 경청을 해 주셨고 중간중간마다 동조하며 분위기를 맞추어 주셔서 조사자들의 조사에 많은 도움이 되주신 분이셨다.

설화 : 1, 2, 3.

〔 횡천면 제보자 2 〕

여의리, 박내홍, 남 · 75.

박내홍 할아버님은 다른 분들에 비하여 조사 장소인 여의리 마을회관에 늦게 들어오셨다. 그래서인지 조사자들이 옛날 이야기를 해 달라고 청하자 처음에는 그 마을에서 일어났던 사건들을 이야기하셔서 조사자들을 당황하게 하시다가 어느 정도 시간이 지난 뒤에야 설화와 민요를 해 주셨다. 걸걸한 목소리에 방언이 심한 편이셔서 처음에는 조사자들이 알아 듣기가 힘이 들었지만 이야기 자체는 매우 조리있었고 구성지게 이끌어 나가셔서 재미가 있었다.

설화 : 4, 8, 9.

〔 횡천면 제보자 3 〕

여의리, 윤병순, 여 · 72.

윤병순 할머님은 아산에서 태어나셔서 17세 되던 해 여의리로 시집을 오신 분이었는데 여의리에서 거주하신 지는 55년정도가 되었다고 하셨다. 발음은 나이에 비하여 굉장히 정확하신 편이셨으나 목소리가 원래 작으시고 조용조용한 편인데다가 주위 청중들의 분위기가 산만하기도 하였고 밖엔 잡음이 있어서 조사자들이 조사에 약간의 애를 먹어야 했다. 설화는 시집을 오시기 전에 들은 이야기라며 말씀을 해주셨다.

설화 : 5, 7.

〔 횡천면 제보자 4 〕

여의리, 정점선, 여 · 66.

  정점선 할머님은 16세 때 하동군에서 그리 멀지 않은 남해에서 시집을 오셨
다고 한다. 다른 분들에 비해 방언을 그리 심하게 구사하시는 것도 아니고 발
음도 나이에 비해 정확하신 편이셔서 조사자들이 조사를 하는 데는 별 무리가
없었다. 게다가 다른 분들이 민요를 부르시거나 이야기를 해 주실 때에도 옆에
서 박수를 쳐주시거나 호응을 해주셔서 전체적인 흥을 돋우어 주신 분으로 조
사자들의 조사에 많은 도움을 주신 할머님이다.
  설화 : 6.

〔 횡천면 제보자 5 〕

횡천리, 안득용, 남 · 78.

  노인회관에서 만난 분으로 다른 할아버지에 비해 멋을 내실 줄 아는 분이셨
다. 한복을 입으시고 중절모를 쓰신 모습이 좋아 보였다. 다른 분들처럼 일어서
거나 그 밖에 동작없이 가만히 이야기하셨다. 이분이 말씀하시는 동안 다른 분
들은 조용히 듣고 계셨다. 치아가 좋지 않으셔서 정확한 발음을 하시지 못하면
서도 마이크를 싫어하셔서 조사자들이 애를 먹기도 했다.
  설화 : 10.

〔 횡천면 제보자 6 〕

횡천리, 문영석, 남 · 82.

　　노인회관에서 이야기를 해주신 분들 중 가장 많은 설화를 제공해 주신 분으로 할아버지들 사이에서도 이야기 잘 하기로 소문이 나 있었다. 이야기를 많이 알고 계신 것도 조사자들에게는 행운이었지만 알고 계신 이야기를 너무나 재미있게 해주셔서 시간가는 줄 모르고 들을 수 있었다. 상당히 오랜 시간 동안 조사를 했기 때문에 지쳐서 중간에 점심을 먹기도 했다.

　　설화 : 11, 12, 14 ～ 29.

〔 횡천면 제보자 7 〕

횡천리, 김용률, 남·70.

　　처음에는 다른 제보자들의 이야기를 듣고만 계시다가 어느 정도 분위기가 무르익고 조사자들이 알고 계시는 이야기를 부탁하자 마이크를 잡고 이야기를 시작하셨다. 나실 때부터 계속 횡천면에서 생활을 하셨고 구연하시는 이야기는 모두 주위의 마을 어른들께 들은 이야기라고 말씀을 해주셨다. 천천히 말씀을 해주시는 편이어서 조사에 어려움이 없었고 발음 또한 정확하셔서 조사자들이 재미있게 이야기를 들을 수 있었다. 할아버지가 이야기를 해주실 때에는 다른 노인들도 맞장구를 쳐주시며 매우 조용하게 경청을 해주셨다.

　　설화 : 31

Ⅲ. 설화

〔 횡천면 설화 1 〕

여의리 여의마을, 1996. 4. 3., 2조 조사.
정오용, 남·70.

수름재

　듣기로는요, 요기 우리 부락에서 저 월평리라는 이 재를 넘어가면은 그게
수름재라 그랬으요. 수름재. 고것이 세월이 가니까 그 재를 넘어서 수로가 뚫
렸어요. 그게 수로재라. 그리 아매 전설적으로 맞는 거 같습니다. 지맹(지명)적
으로 그래 저 차안면에 가면은 또 댐이 맥혀가지고 그 톳빌(터널)을 뚫버가지
고 시방 물이 우리 동네로 넘어와서 저 남해 거 갈사 매립지까지 시방 통하고
간양(광양)제철의 그 용수로까지 다목적인 대암이 구성이 되었습니다.
　그래서 그 이전에 전설이 틀림없이 맞는 거 같습니다. 그 수름재, 수로제
그 물이 넘어 왔어요. 그래서 지명적으로 그 맞은 거 같습니다.

〔 횡천면 설화 2 〕

여의리 여의마을, 1996. 4. 3., 2조 조사.
정오용, 남·70.

정포은 선생의 친구에 대한 교훈

　우리 부락에는 전설적인 이야기가 무어라고 얘기 되가있는고 하니, 저…,
정포은 선생 알지요. 정포은 선생. 정포은 선생님이 그 저 아들을 키울 때 말이

지, 아들을 보고 마 클 때가 되면은 돈이 마이 필요하거등. 그래 안 캤어요?
아이들이 자라날 때, 거 성년기가 되면은 돈이 굉장히 마이 필요해요. 이래서
그 아들을 보고 이랬다 이래요.

　"네 돈 씨고(쓰고) 싶은 대로 내가 말이지 매일 대 주끼니까 친구를 하나
사라(사귀라)."
이랬더래요. 그래서 아이, 이 아들을 갖다가 말이지. 요새 돈으로 말이지 몇
만원씩 주고 씨고 와서 돌아오고 그래서 한 일 년 정도 계속 대줬다 이래요.
그래서

　"니가 친구를 샀느냐?"
이러니까

　"예. 틀림없는 내 마음에 맞는 친구를 샀습니다."
그리 아들이 아버지를 보고 얘기를 하더라 이래요. 그래서

　"그래 그러믄 내가 시험을 볼 터이니까 니 오늘 저녁에는 내 씨기는(시키
는)대로 해야 된다."

　그래서 저 아버지가 개를 한 마리 잡았다 이래요. 개를 한 마리 잡아가지고
그 이전 같으면 그 가마니 때에다 똘똘 싸기지고 말이지 딱 주 아들로 지이서
(지게 해서)

　"니는 오늘 저녁에 어떤 일이 있더라도 내 씨기는 대로 해야 된다. 여 짊어져."
그래갖고,

　"니 어느 친구를 샀느냐? 밤 열두 시에 되서 그 친구집에 가자."

　그래가 친구집에 가 가지고 대문을 탁탁 두드리니까 친구가 나올 거 아니
예요? 거 나올라카믄, 네가 말이지

　"친구야 내가 죽을 죄를 지었는데 니 오늘 저녁에 내 하나 살리도라. 내가
살인을 범해서 사람을 직이서 부득이 니랑 내랑 말이지 묻을라고 짊어지고
왔는디 네 괭이고 삽하고 가 나오니라."
이랑께 그 친구가 대문을 닫으믄서

　"필요없어. 니 가라. 나는 모르겄다."
이라더래요.

　"이즉껏 내가 돈 대준 값어치도 없이 응. 그런 친구를 샀는냐? 그러믄 내가

시범을 보이꺼니까 말이지 니 내 뒤를 따라라."

딱 아버지가 짊어졌어요. 개, 거 가마이 빼대기를 짊어지고 그 아버지 친구 집이 찾아갔으요. 찾아가서 그 인자 아들은 듣겠지요.

"친구야 내가 이러이러한 살인죄를 범해가지고 이 지고 왔는데 네 꽹이고 삽하고 가 나와서 내 좀 살리도라."

그래 포은 선생이 그래 허니까 그 포은 선생의 친구는 꽹이고 삽하고 가 오드랍니다. 그래서 약 한 천 메다(미터)정도, 일 키로지요. 일 키로정도 걸어가다가 말이지,

"친구야 내가 니한테 거짓말로 했다. 참 니가 내 친구라."

그 아들이 감탄을 하드라 이래요. 근데 그런 거는 참 좋은 일 아입니까? 근데 여러 분들도 그런 친구를 사야겠지요.

〔 횡천면 설화 3 〕

여의리 여의마을, 1996. 4. 3., 2조 조사.
정오용, 남 · 70.

은어 효자

겨울에 그저 은어를 잡아서 부모가 달라 이러는 것을 그저 겨울에 은어가 있나 말이야. 없는 걸. 그래 그 참 효심이 지극한 그슥을 하는 때맨로 그 은어가 거 잽히가지고 그래가지고 부모 병을 나샀다는 (낫게 했다는) 그기 다 내력이야.

〔 횡천면 설화 4 〕

여의리 여의마을, 1996. 4. 3., 2조 조사.

박내홍, 남 · 75.

뒤늦게 된 효자

옛날에 인자 말하자모는 이 두 사람이 내외간에 살고 있는데 만덕으로 말이재 아들을 낳아 노닝께 서로 반가와서 인자 키우면서,

"저 느그 아버지 한 번 때리라."

또 즈그 아버지는,

"느그매 한 번 때리라."

아 그렁께 자꼬 뭐 때리는 그 습관이 말하자믄 거 아이한테는 머리가 쩌릿단 말이야. 고마 어디 갔다오믄 또 즈그 아버지, 즈그매 한 번 때리고 즈그 아버지 한 번 때리고 그렇다 이기야. 때리고 긍께 인자 이기 어렸을 때는 때리쪼께 맞아도 괜찮은데 나이 많아서 장골이 되다보니께 때리믄 아프고 인자 그때는 겁이 나서 올 시간이 되어 비켜삔는 거야.

아 부모들이 비켜 삐리는데 그래서 (잠시 쉼) 글로 인자 저 아들이 장남이 커가지고 어 인자 헐 것이 엄스이 고기 장사를 했다 이기야. 짊어지고 대이는 고기장사를 시작해가지고 인자 팔기도 팔아가 오기도 하고 인자 돈도 벌어가 인자 했는데 어느 마을에 한 번 가닝까 고기를 딱 사는데 도라는 대로(달라는 대로) 말이지 안 깍고 딱 사드라 이기라. 사서, 그래서 인자 이거는 즈 옴마, 아부지 해 줄라고 산다고. 고 뒤에는 즈그들 묵을 거는 돈을 깍자 하드라 이기야. 그래서 가만 이 사람이 깨달았던 거야.

'아하, 이 부모를 소중히 생각하는 기구나.'

그래 인자 깨달아 가지고 그 뒤에는 장사 제도 역시 물건을 받으러 가가지고는 딱 즈그 아부지, 즈그 엄마 줄 거는 반드시 그 따로 딱 사놓고 그 해둘걸 사놓고는 짐을 받아왔어. 그 뒤로부텀은 절대 인자 안 때리고 그 부모에 대한 효도심을 가지고 그렇게 즈기 잘 살았다는 것을 하더라고.

〔 횡천면 설화 5 〕

여의리 여의마을, 1996. 4. 3., 2조 조사.
윤병순, 여 · 72.

청어를 팔며 깨달은 효

옛날에 딱 두 부부가 살고 있는데 암만 해도 참 아기를 못 낳아서 서로 고마 똑 애타하다 아 우찌우찌해서 참 아기가 있어가 낳아 놓게 아들로 하나 턱 낳았기덩.

그 아들을 기르는데고 얼마나 좋게 길렀는지 마 금이야 옥이야 이렇게 길러가 오만 거로 좋은 거는 아들만 다 믹이삣는 기라. 똑 좋은 것만 자기들은 참 헌 쑥밥도 묵고 얄구지이 전에는 본께 콩 이파리 그것도 밥에 나가(놓아서) 묵거덩. 콩 이파리 그것도 밥에 나가 이래 비비가 이래 묵고 이랬는데. 아 그래가 인자 결혼을 딱 시키놓께 결혼을 시킹께 아이가 며느리하고 또 딱 그래하는 기라. 딱 신랑의 본을 받아 가지고 그래 뭐 그런가 영감은 항상 영감, 할멈은 못 묵을 것만 이래 먹고 있는데 아이 이 사람이 저 청에(청어)장사를 하러 딱 나섰네.

청에 장사를 간께 한 '청에 사소.' 그래 산꺼네. 한 마을에 간께네 아직 한 칠 십이 되는 노인이 뜩 나오드만,

"아이 이리 오라."고,

"와요?"

"청에 이거를 한 마리 동가리 딱 끊어라."

카는 기라.

"동가리를 딱 끊어?"

"아이 그래 끊어라." 캉께,

"동가릴 끊어가 우찌하냐?"고,

“어 끊어라.”
자기는 우에 대가릴 사고, 대가릴 붙은 데를 사고 그 꼬랭이 붙은데 그를 딱 남가가지고,
“이 어르신 이 청에를 어디 가 팔고요?”
그랑께,
“아이, 자네 팔아 줄 데가 있네.”
이 청에를 가지고 즈그 우에 거 담에 아무네 집에 가면 (청취불능) 내가 그 그래 허드라고. 가 가가지고 그래 이 청에를 뜩 짊어지고 그 집에 찾아가서
“청에 사이소.”
그랑께 그래,
“청에로 온마리로는 못 사겠는데.”
그라그덩. 아이 청에를 한 집에 간께네 우에 반튼 잘라가 머리를 사고 밑에를 가왔다 하거든.
“그래 이 집에 갖다 주라 해서 왔습니다.”
그랑께. 아이고 그러냐고 함씨로 두 말도 안하고 딱 받아가 사고 돈을 딱 주면서 그래가 인자 지고 돌아오다가 아무리 생각해도 이상해가 산 사람 집으로 갔는 기라.
“아이 어르신 거 가 청에를 팔았는데 우째서 청에를 갖다가 놓가리로 삽니까? 아 이유 좀 알고 가야 되겠다.” 긍께,
아 저놈이 영 (청취불능)
“느그 아버지 느그매 있나?”
물응께,
“예, 우리 아버지 우리 어머니가 있습니더.”
“그래 니 느그 아버지, 느그 어머니를 갖다가 철괴기가 나오면 사디미냐?”
그렁께,
“아이예. 우리는 고기 좋은 거는 우리가 딱 묵고 (제보자 웃음) 꼬랭이하고 대가리하고만 우리 아버지를 줍니더. (제보자 웃음) 그래갖꼬 우리 아버지 어머니를 패기를 에사로 팹니더.” (청중 웃음)
그래가,

“와 그렇네?”

그랑께 아이더러,

“우리 아버지 어머이가 만날 느으매 때리라. 느그 아버지 땔리라 싼 게 마 암소리 안하고 커도 마 그래 때리고 삽니더.”

좋은 거는 안 준다 하거등 그렇게

‘아하 이놈이 사람은 된 놈인디 아무 데도 배운 데가 없구나.’

“그래, 이로 오니라. 내가 글자 주꾸마. 부모가 나 낳은 부모가 있으면, 항상 좋은 거로 갖다가 해야 되고. 머리가 느그가 묵고 꼬랭이는 느그가 묵고 동가리만 딱 부모를 다리는 거다. 그러하고도, 도 장 부모를 위해서 장 이래 좋게 해야지. 부모를 안 때리는 기다. 딱 으쨌든가 내가 시키는 데로 해라.”

청에를 팔다가 짊어지고 가는 기라. 즈그 집에 딱 가드만 지게 뚝 내라놓고, 뜩 좋은 거 두 마리를 각시로 보고 씩으라(씻어라) 그라는 기라.

“자, 당신하고 내하고 무울 거 뚝 두 마리만 구울 끼요.”

이랑께, (웃음)

“응, 그런기 아이라 꾸버봐라.”

굽더마는 대가리하고 꼬랭이하고 탁 끈어놓고 돔배기 두개를 딱 끊어가 상에 올리가 나온나. 그러믄 즈그메 즈 아버지가 마 기는 기라. 아이고 인자 우리는 죽었다고. (청중 웃음) 꼬랭이 대가리만 주다가 이렇게 좋은 걸 주니 우리가 우찌 묵고 오늘 살 것노. (웃음) 이죽는기다. 안 묵고 떨고 있응게 그래 무릎팍을 탁 공개고 앉아 가지고,

“아부지 그런 게 아임니다. 아부지가 절 게르치지 몬해서 항상 때리라고 제한테 한 때문에 그래 아부지하고 어머이를 때리고 고기도 우리가 항상 좋은 것만 묵고 나쁜 것만 아부지를 드렸는디 내가 어제 어느 고을에 가서 한 마을에 가서 그기를 판께 아 그래 허드라꼬 긍께 인자 다시는 그래 안 하끄마꼬.”

고마 칵 (청취 불능) 빌어서 그래 묵고 그 사람이 효자가 됐되여. (웃음)

〔 횡천면 설화 6 〕

여의리 여의마을, 1996. 4. 3., 2조 조사.
정점선, 여 · 66.

북두칠성의 유래

　아이 참, 옛날에 저 거 내우간에 살다가 영감님이 돌아가서 삐러요. 그랬는디 참 우리 여대기 곁고, 저건네 대덕 곁은데, 에… 고을에 영감이 하나 살고 있었는디 그로 자슥도 몰리게 살짝 참 아무도 모르게 자기 혼자 고만 댕깄는데. 아이 그 댕기다가 하룻 저녁에 갔다오니 아이 다리를 이리 딱딱 놔 났어요. 다리를 이리 놔 났는디.
　'아이 누가 이리 다리를 놔 났시꼬?'
허고 오는 이 와가지고는 뒷날 그 이 다리 저 다리 건너다가 (청취불능) 따로 났지. 그리 놔 났는디 그 차가운 물에 물로 안 딛고 돌 위로 건너 가농께 하도 좋아서 하늘로 보고 이리 축원을 했데요.
　'이 돌, 이 다리 놔준 사람은 저것 북도칠성 칠인기로 낳아서 잘 키우시오.'
호고 정세를 했답니다. 그래 가지고 북도칠성이 있다 해요.

〔 횡천면 설화 7 〕

여의리 여의마을, 1996. 4. 3., 2조 조사.
윤병순, 여 · 72.

꿀편 이야기

　전에 이 사램이 하도 없게 살고 해갓고랑은 참 결혼을 해놓께는 그 사램이 결혼을 이 장개를 가거등. 가논께는 아이 딴 거는 안 해주고 인자 처음에는

인자 떡을 해 놔놓께는,
　"이게 뭣이냐?"
물은께는 아이,
　"팬(편)이라."
이러거등. 거 짚쪽을 놔놓고,
　"이 뭣이냐?"
항께는,
　"꿀이라."
이래 되거든. (제보자 웃음) 결혼을 하고 집에 와서 그 해드라 울라고 오다가 아이 꼬랑 건너다가 단박에 그래 잊어삐는 기라. 그라 가골랑 두름매기를 벗어 갖고랑 치건지고 내리고 인자 그랫는 기라. 그래 논께는 옆에 사람이 참 그것도 (청취불능) 있는 사람이자. 건네오믄서롱

　"여보소 거 뭘 그래 치건지고 내리 건지고 하요?"

　"다른 게 아이고, 내가 여 뭐 한 가질 잊어삣는디 거 지금 뭐 옆에서 좀 도와도라."

이렁께는,

　"그라믄, 이 편이 잊어삣소, 저 편에 잊어삣소."

그렁께 그 사램이 뭐라 쿠는게 아이라,

　"옳다, 옳다 찾았다."

　인자 이 편에 잊어 삐렸냐 저 편에 잊어삐렸냐 해논께는 '꿀팬, 꿀팬.' 그카고 가드라. 어허. (제보자 웃음) 우리 손녀들이 이야기 해달라믄 난 그런 이야기 다 해주믄, 할매 온제 그랫냐 쿠네.

〔 횡천면 설화 8 〕

여의리 여의마을, 1996. 4. 3., 2조 조사.
박내홍, 남·75.

작은 머슴의 중매

다름이 아니고 저 거시기 작은 머심이 옛날 꼴때미 작은 머심이란 꼴때미
가 있었어. 머심이 서이나 데릿는데 제일 작은 머심 꼴때미가 있었다고. 에
옛날에 꼴때미 큰머심이 있고 가운데 머심 있고, 중간에 머심이 있고 제일 작
은 머심이 꼴때미야.

그래서 어느 한 마을에 혼자 사는 과부가 있는데 아주 부자야 아주 부잔데.
에 거 이자 꼴때미가 허는 말이 큰머심을 보고. 어데건 저 중신을 해준다고
허드러께. 근데 니가 어찌 중신을 허구허꼬 아무도 말 잘 안 듣는 사람. 아
아주 고집도 세고 여자가 아주 까다로운. 참 있는데. 살림이 부자곤 한께. (기
침) 그래서 인자 제 시킨 데로만 하도런께. 그러 허자고 허드런께. 그래서 인자
거 과부집, 거 가가지고 인자 머라는 거니라. 인자,

"거 우리 큰머슴 여 안 왔드냐?"

고 헌께. 대체 저놈 저 과부가 생활하다 터무니 없는 소리거든. 말도 아인 소리
허는 게라.

"너 여기 큰머슴 여기 머할러 왔구꺼냐"

고 야단을 치는 기라. 그리고나서 또, 한 삼 일 있다가 또 다시 가서 또 인제
그 소리를,

"우리 머심이 여 안 왔냐?"

고 마 물으니께로. 아 저 여자 마 썽이 좀 나는 기라. 어허 참 저 놈이 한 번
그러면은 그만 보통으로 생각하는디 또 그러닌께 부예가 나거든.

"너 머심이 여 머할라꼬 끼오냐?"

고 그만 야단을 치뿌릿단 말이야.

"아 그래요. 나 여 온다근께 내사 그만 여 온줄 알았지."

아 그러냐고 말이제 그래 인자 또 나왔어. 인자 그때 세 번차는 큰머심을
보고

"어쩌건 내 시킨 대로 딱 하라."

그러는 기라. 근게

　　"시킨 대로 허제."

하고 그래. 그래 인자 방문 앞에 옆에 거 가서 딱 이으라는 기라. 딱 있다가 저 여자를 내가 또 가서 얘기를 하면 대반 그때 나를 쌔리팰라꼬 쫓아 내올긴 게 말이제. 허긴 게로 고때는 딱 그만 가 가지고 이울로 들어쓰고 방으 누우시란 말이라.

　　그래 인자 또. 그 전에는 두 번차 그럴 때는 머 배깥에서 쓱 나왔삣는데, 인제 세 번차는 딱 가서 그 얘기를 하닝께로 그만 썽이 뿔따구가 났단 말이야. 그 여자가 아마 썽이 마이 났어. 그렁께 인자 그만 옷을 잠옷을 입은 차 그만 저 놈을 때리 팰라고 쫓아 나오는 기라. 나오니 인제 안잽힐 정도마 가는 기라. 사방 안잽힐 정도마 그만. 그러니 인제 저 부왜가 더나지. 허어 잽히지도 안허고. 자꼬근게 그래 살살 나옴시로,

　　"아 여온다했는데 머 안 왔을 꺼냐고 만날 온다든데."

　　아 그만 뿔따구가 나가지고 저 놈이라도 팬다고 쫓아나와. 그만 살살인자 잡힐만치 오닝께로 사 리밖까지 그만 쫓아나오는 기라. 그만 끼나와. 맨발로. 그때 그만 이 큰 머심이 방아 딱 들어가 이울을 딱 드러고 딱 누웃어. 그래 인자 사리 밖에 나와서 인자 딱 잽힛어.

　　"아 참마로 여 만날 온다 히든디 어찌 참말로 안왔느냐고 말이제."

　　"너 머심 이눔이라도 패낀다부러."

　　"그럼 하믄 방을 보까요?"

　　그랬거든.

　　"그럼 보자 말이여."

　　그래 인자 잽히가꼬 격이 들어 갔단 말이여. 들어가가지고 문을 연께 대차 구들 마 이울 둘고 누웃그든. 이자 그때는 꼼짝도 몬허는 기라. 그래 중신을 인자 해 그래 인자. 저놈을 들어오라 해가지고. 떡을 머할려고 떡을, 저 집에 떡이 있었는데. 니 아무데도 소문내지 말고 이떡 이떡이나 먹고, 그때는 가난 허게 살던 시절이니께로 떡이나 먹고 떨어져리 허니께로. 그래 그떡을 딱 가져와 가지고, 아침에 인자 그 물이러 그 옛날엔 샘이가 요새는 수도가 집긴 집이가 있지마는 옛날에는 샘이가 있었어 여기가 공동샘이가 있으니까. 거 가 가지고 떡을 딱 가져와서 물이러 온 사람을 보고

"이 우리 큰머심 장개간 떡이라고 말이제 그래 알고 잡수라."
고 한 개씩 쭉 갈라 주드라케. 그라 그 작은 머심이 중신을 해가지고 그 사램이
가난케 살다 그만 부자가 돼 비릿어. 그런 인자 옛날 전설이 있더라고. (웃음
: 어허어) 그 이치가 맞는 딱 그것도 맞는 이야기야. 어 이치가 그럴쌍 싶으거
든. 그리 인자 머 자연히 그리돼 비릿어.

〔 횡천면 설화 9 〕

여의리 여의마을, 1996. 4. 3., 2조 조사.
박내홍, 남 · 75.

홀아비와 과부 맺어주기

그래 인자, 그래 인자 옛날에 또 인자 요새 법거치. 법 보다도 이 한 사람이
똑 과부가, 욕심나는 과부가 딱 한 분 있는데 망게 말을 안 든는 기라. 아무리
사정을 해도 안 듣고. 이장, 그 사람이 이장 정도 했는데. 그런데 인제 어느
과부를 보니 욕심나는 과부를 보고 그런 이야기를 했거든. 자 이법이 개정이
돼가지고 혼자 몬 살고로 됐는데. 이자 호부래이 대 과부 딱 찌와서 살게 돼
있는데. 저 아랫마을 저 우리 횡천면 거트면 저 끝부터 착착 거 호부래이 대
과부, 인자 거시기를 해 부링게로. 속 양을 계산행게로. 누헌테 누우 아다리
대고(되고), 누헌텐 누우 아다리 대고. 고기 인자 부라스 나왔다. 그라니께로
자기가 인자 계산을 해보면, 해 보니까 제일 못 쓸 디, 자기한테 불만인 사람이
아다리가 되겠거든 허허. 아 그러면 그라말고 그만 그대러 바꽈서 당신이 금
낼로 내한테로 오도록 맹글어라. 그래가꾸 그 사람험테 장개를 들었다 그말
이야 하하하. 그런 전설이…… 하하하.

〔 횡천면 설화 10 〕

횡천리, 1996. 4. 5., 2조 조사.
안득용, 남 · 78.

아버지 팔려다 효자된 이야기

이전에 얘긴데요, 당장에 들어보소. 그런디 아들 하나, 무남독녀, 아들 하나 낳았는디. 아들로 키워 놓고 이러하고 있는디 결혼을 시켜갔고 손자를 봤는디 할마니가 죽어 비렸어. 할머니가 죽어버려는게 각방차지 아니면 사랑방 차지거든요. 남안(남은) 사람들이 금방 비워주는 기라.

괴기를 사가 오닌께 꼬랑배기, 다랑배기는 시아버지 주고, 괴기 한동가리는 가장 주고 이렇게 허니, 아무리 일러도 안 되고 이래 사니까, 그래도 들에 갔다 와 갔고 부모한테 다랑배기 꼬랑배기는 자기가 갖다 먹고 한 조각은 부모 갖다 주고 장 할 수가 없거든. 그런께 노동을 하니까 '한 시에 밥을 먹고 갖다 먹고 내가 아니면 결혼을 못 하겠냐. 쫓아 베리던가. 부모를 이리 천시해서 되겠나.' 이런 맘을 먹고 뚜드려 패기를 시작했어. 한 대 때리고, 두 대 때리고 자꾸 때린 게. 이런 걸 보든가 마당에 떼굴떼굴 구르며 '이놈아 나 죽어.' 버끔을 내무니 둘 다 죽어야 되겠고, 서이 다 죽어야 되겠고 할 도리가 없는 기라.

그래서 시장터를 또 한 번 간 기라. 시장터를 돌아댕기다가 저…, 사람이 천금 백이로 많이 모여가 있는디, 무슨 곳인가 싶어 고개를 밀고 들어가 보닌께 남안 사람 (청취불능) 서이나 짊어지고 가던데 큰 부자가 되었다고 이런 소리가 나는디, 참 그런 소리를 듣고 왔다. 그런디 여 동네 밖으로 오면서 지게를 지고 우르르 노래를 부르고 오거든. 그럼 무슨 재미가 저런 재미를 봤는고 싶어 물어볼까 하는디 아 물어봐도 게르쳐 줄긴디 그래 지게를 척 해놓고 지게를 척 지면서 일어샀는디 그런 무슨 재미로 저리 그런가 싶어서 하고 물은께, 그런게 아니라 환자가 되서 들어가 보니께 (청취불능) 여러 사람이 모였는디 고개를 숙이고 들어가 보니께 살진 사람 영감을 사가는디 큰 부자가 된다더라. 이럼서로 해본께 (청취불능) 꼬랑뱅이 그 놈의 걸 시아버지 밥상에 채려주거든. 시아버지가 그것을 안 먹다가 묵은께 (청취불능) 뭐 저거 며느리가 안 일어나 먹고 제쳐다가 먹고 마당쓸고 (청취불능) 며느리는 많이 해주거든. 그런게 취초로 한동안은 다음에 걸 해주거든 그래 재미로 영감이 이러는데 아들이

"아버지 오늘 시장 한 번 갑시다."

"내가 니가 반찬 사서 잘 해주는데 뭐하로 갈끼고 안 갈란다."

"꼭 한 번만 갑시다."

그래 따라갔어. 아들이,

"이것 좀 잡써볼랍니가? 저것 좀 잡써볼랍니까?"

이러니께 아들 사줘서 먹고 그러다가 집으로 오는디 한 쪽만 걸어가고 뭐 기괴를 사 짊어지고 들어오는데 오늘은 재미가 없는 꼴로 봤는가봐. 그 시아버지가 앞에 오고 둘이 가는데 왜 그리 재미가 없는고 물어보니,

"오늘 와그리 괴기를 사다가 그따가 내버리고 술도 안하고…."

이리 물으니까 와그랬소 이리 물으니께,

"그런게 아니다 오늘 당신 모르게 우리 아버지를 팔러 갔는디, 내가 우리 아버지를 팔러 갔는디 팔러 내놓으니까 반값밖에 안 주려해 못 팔았다. 그러니 우리 아버지를 팔았으면 큰 부자가 됐긴데 반값밖에 못 팔아서 그래 그걸 찬 있나."

이러니께 금 한동가리 탁 샀거든. 이래가지고 밥상을 드려놔라 이침부터 주거든 그런게 영감이 얼마나 재미가 있던지 손자가 접어다가 젓먹이다 따독거려 재우재 뭐 얼마나 남자가 가장이 있다가 "여보소 아무나 (청취불능) 우리 아버지를 팔라요. 비싸든지 헐튼지 팔라요. 이웃에 노인을 접어서 밥 먹여야 되지 사랑조야 되지 울아버지 만큼 그렇게 해 주겠소. 우리 아버지 팔지 맙시다."

그러더란다. (구연자 크게 웃음)

〔 횡천면 설화 11 〕

횡천리, 1996. 4. 5., 2조 조사.
문영석, 남 · 82.

원 풀어준 여우

　시골 한 분이 재산은 그래도 볏집이나 너무 하는데 벼슬이 소원이라. 어찌
뭐 자꾸 서울 무지기라도 하나 해봤으면 싶은 거밖에 없어 허무. 뭐 먹고 사는
건 재산 볏집이나 했어봤더나보이. 그런데 부모 덕택에 글자도 있고 이래가지
고 서울에 떡 올라가 대감집에 덕 있는데 주일을 떡 있는데, 아 이거 대감한테
부터 담은 참뱅이라도 줄까 해가지고 돈을 써봐야, 만날 써봐야 안돼. 집에
와서 논을 열 마지기 팔아도 그만, 한 섬지기 팔아가도 그만. 싹 팔아가도 그만.
싹 팔아도 다 줘도 아무것도 뭐 서울 문지기 하나도 안 줘. 아 그래 기가 막히지.
　그래서 편지가 하나 왔는디 전에는 편지를 요새는 우체부가 편지를 가져
오는 데 전에는 진자부라는 사람이 편지를 가져 오는디, 편지가 가도 석 달,
오라가고 석 달 내려오고 그러더래. 그래 서울 떡 걸어데니론 편지가 하나 왔
는데 온 식구가 다 굶어 죽게 됐으니 와서 초생이나 쳐 놓고 가라는 그런 편지
가 왔어. 그래 대감을 보고,
　“집에서 이런 편지가 왔는데 어쩔까요?”
　“가게, 가게. 편지가 왔으면 가야지. 그런 편지가 왔으면 가야지.”
해라. 그런 좀 그대로 있다. 떡 자고 나서 대감에게,
　“어쩌하겠습니까?”
　“왜 어제 간다 해놓고 안 갔는고? 가게”
　(청취불능) 줘야지 다문 문지기 하나라도 정해주면 좋겠는데 안줘. 가만
생각해보니 기가 맥히는 거제 또 그날을 넘겼다 뒷날 또 그란께,
　“저 사람 마 맨날 간다 그렇하더만 그제 간다 하더니 안 가고, 어제 안
가고 또 저런다.”
　야단인 거라. 기라 맥힌 게지. 그날 따라 나섰어. 집으로 나서갔고 얻어
먹고 집에까지 와보니 과연 식구들이 그만 아무 것도 집까지 다 팔아먹고 아무

것도 없는 기라. (청취불능) 화가 크게 나거든. 죽던지 살던지 모르겠고 그만 혼자 온다 간다 소리도 없이 내뺐다.

갈 때는 칼로 조그매한 준비했지. 또 그런 식으로 하면 칼로 쑤셔버리고 마 그 자리에서 자살할 그런 각오로 간 기라. 그라 그만 슬픈 마음을 먹고 칼 하나 맨들어가지고 보따리 하나 딱 싸가지고 턱 하니 짊어지고 나섰지. 저 한 충청도쯤 갔던고 하니 그런께 어디 새파란 예쁜 색시가 턱 하니 나와선,

"남녀가 유별하지만 말 놓기는 뭣하지만 어디 가십니까?"

"나 가는 것 뭐하려 묻는가?"

"좀 알렵니다."

"난 서울로 간다."

"그래요. 나도 서울로 가는데 동행하면 어떨까요? 동행해 갑시다."

"나 같은 걸인을 따라가 뭐할 꺼냐고 왜 따라가냐 필요없다."

"아 걱정마소. 날 데려가면 해나 밥 걱정 함부로 마시소. 손님 밥까지 내가 싹 드릴께."

아 꼭 따라 올라해. 아 그러면 같이 가지했어. 어디 가서 때가 되서 뭐 먹을라면 여자가 가서 큰 여관이나 할가 대판거리라 할까 가서 시키는데 상을 거하게 차려 여자가 돈을 착착 다 내지,

"손님 한 방에서 잡시다. 내 묵을라면 내외간이라하고 부부간이라 합시다."

"그러자."

그럭저럭 하니 며칠이 갔더니 서울로 들어간기라 함시러 그 여자가 그러거든

"샌님, 들어보이소. 집으로 가서 날 왠 사람이냐고 하걸랑 집에 가니까 식구들이 다 죽고 다 굶어 죽고 이 여자 하나 밖에 안 남았다고 그래 내 대감집 청지기나 하고 시키는 심부름이나 하고 그럴라고 데리고 왔다고 그러시오."

"그러할구마."

한 이틀 가면 거진거진 가게 되었는데 한 집에서 가서 큰 부잣집에 썩 들어가서 아 그집이 뭐 수일간 낼 모레 사위 본다고 인사옷을 짓는디 수없이 맨드는 기라 옷을. 그라 그래서 남자는 사랑으로 들어가고 여자는 안으로 들어갔다. (중간에 어수선해짐) 인사하러 갔는디 바느질이 일품이라. 인사를 조금 하니께네 바느질이 좋거든 그런게레 그 안에서 보소,

"여기 온 김에 잘 왔소. 낼 모레 우리 사위를 볼 참인데 인사옷을 많이 맨드는데 바느질을 보니 그리 잘 할 수가 없다고 우리 옷을 몇 일 해주고 가면 삯은 삯대로 후이 줄거니가 좀 해주고 가면 어떻겠느냐?"

"그건 내 맘대로 못 합니다 밖에 우리 저 남편이 사랑에 있는데 남편이 허락을 해야지 내 맘대로 못합니다."

아 그래 소근소근 하더니 안에서 하인이 나오더니

"어제 영감님께 물어봐야 된다는데 어쩔랍니까?"

묻거든,

"같이 온 두 분이 부부간이랍니다."

"그렇거든 그럼 우리 바느질을 해주고 가겠느냐?"

"바느질을 해주고 가죠."

허락을 받아 했다. 바느질을 싹 마쳤다. 마쳐가 전에는 옷을 지면 밤에다 밤이슬을 살 마쳐갖고 다리미로 잘 다리는 기라. 다리는데 마당에다 덕석을 한마당 펴 놓고 옷을 막 다릴려고 떡 내놨디. 마당에 내놨어. 내놓고 조금 있다 다릴려고 옷 가질러 가니께 옷이 한 가지도 없어. 옷을 싹 가져가 버리고 여자가 도망을 해 버렸단 말이야. 허 이거 안에서 쑥덕쑥덕 하더니만 하인놈을 불러,

"여봐라 ,저 사랑에 자는 놈을 묶어라."

이놈들이 와서 다짜고짜 불문곡직하고 족구리 잡아서 수족을 꽁꽁 묶어놨단 말이야.

"네 이놈. 네 순 도둑년을 데꼬 다니면서 남의 집 인간대사를 싹 훔쳐가니 네 놈을 죽인다."

하, 가만히 생각해 보니 큰 일 났거든. 불문곡직하고 죽인다 하는 기라. 가만 생각하니 요한 여자가 (테잎교체) 생긴다 됐다 호령해,

"네 이놈을 세상 무작한 놈들아. 내 아내가 바느질 솜씨가 좋으니 해래 느그가 (청취불능) 숨겨놓고 옷도 너희가 숨겨 놓고 이놈들아 날로 죽일려해. 이 놈들 내 계집 내놔라. 서울 가면 부원군이 외삼촌인데 대번 이번에 가면 네놈들 죽인다. 일족을 멸할 기다. 어디 이놈들 내 애편네 뺏뜨려 돌려 놓고 날보고 옷물러 내라해 이런 놈들이 있나!"

저 사람들이 가만 생각해보니 큰 일 났어. 어 이놈을 죽여 갖고 차라리

그만 없는 건 새로 맨들면 되는 긴데 (청취불능) 큰일났다.

"이놈을 고약한 놈을, 이놈들 두고 보라고."

아 그만 저놈들이 살려달라고 사생결단을 하는 기라. 사실 옷을 잃어 버렸는데, 그랬는데 옷은 우리가 다시 맨들면 되니께 그만 가시라고 뭐 살려달라고 빌거든. 누가 내 그러면 여자도 없다. 내 새로이 장가들 돈을 내놔라. 내 새로 장가들란다. 돈을 퍽 주는 기라. 돈을 턱해서 짊어지고 요새 같으면 수표라 이전에는 조끼란 게 있다해. 조끼가 있으면 그걸 갖고 암데가서 은행가서도 돈을 찾아 쓴다. 요새 말로 쉽게 하면 수표 한가지라. 짊어지고 한 오 리쯤 가니까 어느 덤불 사이에서 '헤헤' 나오는 그 여자라. (청중 웃음)

"어이 고약한 것. 세상에 남자를 갖다가 (청취불능) 분수가 있지. 와 넘의 옷은 갖다가 어째 부리고 여기 숨어 있나?"

"참 남자여, 자기 간탱이 볼라고 여기 숨어 있소. 옷은 아무 데 있소. 내 거기 숨겨 놨소. 나 간뎅이 볼려 그랬소. 참 남자여. 저만히 하면 되지. 거만 살려달라 하면 되겠소. 자기가 꼭 거 잡혀서 누굴 볼판이면 죽게 되면 내가 도로 가요. 내가 도로 가면 도로 올 수가 있는 기요. 거 옷에 갔다가 조끼까지 해서 옷찾으려 올라면 거 갈라고 해 놨소."

떡 하니 서울로 대감집으로 들어가는기라.

"아까 내 말대로 꼭 잊어버리지 말고 그러하시소. 집에 들러가면 다 죽어서 굶어 죽어비렸고 여자 하나 남아서 살다 데려왔다고. 대감님 아래 대문간 방에 청지기나 하고. 대감님 벽이나 닦고, 쓸고 그러하고로 아래 대문간 방을 하나 지어달라고 하시소. 그리고 뒤에 거는 내 시키는 대로 하면 됩니다. 돈 찾습니다. 재산 잃어버린 것 싹 찾습니다."

"그러할꺼마"

떡 대감이 한서로 대문 밖에 문지기보고 대감님한께

"한사람 왔는가?"

"왔는디 집에 가니까 다 굶어죽고 여자 하나 남았길래 내 그마 대감님 청지기나 하라고 데꼬 왔습니다."

"잘 왔네."

요놈이 가만 생각해 보니까 (청취불능) 이래 인자 대문간 방에서 둘이서

들어앉아서 마루술과 밖에 나가지 않도록 백지 소곤소곤 아무리 대감님이 귀
로 들고 대고 들을라 해도 알아들을 수 있는 소리가 없는 기라.

　“아무개, 예 아이 사람아 왔으면 남자가 밖으로 외출도 나가보고 이러지
뭐 그리 안방에 들어앉아 속닥속닥 그러만 하고 있는가?”

　“예, 그런 줄은 압니다만은 천상으로 수중에 돈 하나 없지요. 술 한 잔 받아
먹을 수 없지요. 누가 공술 안 줄끼지요. 그만 대감님 시키는 일이나 시키려고
하고 있습니다.”

　“허 그래. 그러면 자네.”

　대감이 가만히 생각하니 저놈을 천상 쫓아태야 되겠는데 쫓아낼 꾀를 내는
기라.

　“아, 이 사람 장사해 볼라나?”

　“아, 좋지요. 하 그렇지만서 자본이 있어야지요.”

　“아, 내가 자본 줄께 장사 한 번 해봐. 자네 무슨 장사를 하면 적당하겠는고?”

　이게 전부 다 여자가 시키는 거라. 딴 게 아니고 우리 고향에 가면 저 바다
가 가지긴 데로 해인이라 하는 김이 많이 나는데 그 김장사를 하면 어때. 김장
사를 서울에 김을 참 잘먹는다해. 거는 참 잘먹는다 하는디 ㄱ 김이라 하는게
돈 많고 다른 거는 짐이 무겁고 해서,

　“저는 김 그것을 하겠습니다.”

　“그래 얼마나 하면 되겠는고?”

　요새말로 몇 천만원 부른 기라. 집에 가서 다 집에 갖다 주고 노소할 만치
만 몸에 지니고 내려왔다. 내려온 그날부텀 그 여자는 대감님이 품고 자는 기
라. (제보자 웃음) 그럴라고 쫓아버린 기라. 또 며칠 있다 떡 올라오는 기라.
‘밤중이 되걸랑 문을 뚜들기소.’ 남자는 이순 막 먹고 살라고 통상문을 쓰고
댕기는데, 여편네는 방구석에 드러누어 잠만 자빠져 자고 슬슬자고 내오는거
기다리도 안하고,

　“자는 거 고함을 내질르소. 그 때 대감이 쫓아나가면 모르는 척 들어오시오”

　떡 하니 아무 날짜 그러고 날을 딱 받아놨어. 그날 딱 갔다 한밤중 되어서
대문을 뚜드리니 ‘이 대문을 열어라.’ 라고 막 고함을 지르는 기라. 남자는 돌아
다니며 묵고 살라고 이러는데 여인네가 하는 것은 뭐 드러눠서 문도 안 열어주

고 어쩌고 예 그리되서 쫓아내 부리고 나가 버리고 그리 됐습니다. 그래서
　"마마. 성내지 마시소. 내 오늘 올 줄 알았습니까 몰랐습니다."
　"뭐 하무 내 묵인한다구 이담에 그러지 말라고."
　떡하니 또 뒷날 나오도 안 하고 대문 보고 왔다는 소리도 안 하고 또 속닥
속닥 대감님이 '저 놈이 하면 나올까.' 안 나오거든. '저 놈이 장사를 했으면
잘 했다고, 못 했으면 못 했다고 할긴데.' 안 나와,
　"아무개 왔는가?"
　"예, 왔습니다."
　"아, 이 사람이 왔으면 나보고 갔다 왔다 이야기를 하고 장사 어석도 이야
기할긴데 와 또 거기 들러서 속닥속닥 하는가?"
　"아 딴 게 아닙니다. 이번에 그만 그 물건을 치기는 잘 쳤어요. 오다가 폭풍
을 만나 배가 목상이 되서 싹 사람이 다 죽고 물건을 혹시 물 속에 다 집어넣고,
어찌 나는 소시에 수영 재주를 좀 배워서 그 때문에 구조를 받아서 온 게, 이까
지 온게 그리 되어서 천상 대감 볼 낯이 없어 그리된 겁니다."
　"어 그래 그것 참 재수가, 자네 참 없긴 없네. 그럼 그것 모면해야 된지
않겠나?"
　"아, 해야지요. 해야되겠는데 또 돈이 있어야 하겠는지요."
　(구연자 웃음) 또 돈을 요구해. (청취불능) 떡 시켜놓고 어쩌는가 하이,
　"대감보고 저 이 시내에 목수들 없냐고, 목수들 보고 큰 배로 사람 하나
들어 앉을만한 배를 만들어 갖고, 옷 여입는다고 목수더러 사람 하나 들어앉을
만한 배를 하나 해서 장세기니 수박 세통을 채워 있다가 또 대문을 두드리고
있으면 문제도 그상을 대감 나간 줄 알고 나를 죽이려 배 안에 들어가라 하시
소. 배 안에 들어가면 문 탁 닫고 (청취불능) 부시소."
　그래 딱 시켜놨다. 그래가서 돈 지그 집에 탁 털어가브리고 며칠 만에 올라
왔거든. 또 대문이라고 고함을 지르는 기라. 할머니가,
　"아이 또 그 참에 또 왔어."
　"이런 내 방정이 있나. 천상 난 아무리 살려고 해도 살 수가 없다. 그래
이번에도 가서 아 그만 강도를 만나거시 다 뺏겨부렸다. 강도를 만나 싹 다
뺏겨부리고 왔는데, 어떻게 원통해 안 올려 하다가 아 즈그 노숙들 겨우 맥였

든 (잘 안 들림) 그것 갖고 도정한께 귀신점쟁이가 점을 하고 안 있어. 마 때리고 맞힌다 해서 점을 해봤대. 점을 해 보니께 귀신점쟁이말이 뭐라고 하니 당신 집에 가면 웃목에 수천년 묵은 당산 나무를 갖고 속빈 나무를 하나 들여놨다. 그 목생이 들어서 그렇다고 그래서 가볼란가 대번에 흙을 자다가 저울서 한강에 자다가 던져 넣어비려야 그래야 목생이 대번에 당신 잡아갈 기라고 다 죽일 기라고 그렇쿠더라. 그러더니 와보니 저 뭐다 저 났노? 그렇쿠나."

"그런 게 아니라 내가 옷 여입을 라고 내가 맞췄소."

여 저 저 수천년 묵은 당산나무가꼬 목생이 그랬다 내부려부리네. 그래서 참 빠졌다.

또 무녀가 고함을 지른께 말이게 그런 기라.

"저번에도, 저번에도 저 대감님 왔다 한 걸 어찌 알고 날 죽일라고 막 그랬사요. 난 애미타하고 쓰러졌는데 저 들어가 있으면 모릅니다. 그러면 내일 또 보냈브리고 또 하면 나올 수가 있습니까."

음 (청취불능) 그날 저녁 여자가 그러거든. (청취불능) 우리 둘이 활딱 벗고 그리 있는데 고함을 지르는 기라. 대문 열라고 고함을 지르는 기라. 옷 벗은 채로 드러 가라는 기라. 옷을 숨겨부리고 세 통 탁 차 브린데 선님이 딱 들어오는데 아 저 괴놈이 뭐하는 기고. 내가 옷 맞췄어 맞추기는 잘 했는데 저건 못쓰겠다 어떻게 오다 내가 귀신점쟁이가 당산나무, 니그 집에 가면 속빈 남무가 있다는 데 와서 대번에 한강에 갔다가 물에 갖다 배리던지, 그라면 큰 불에 운 불로 불에 갖다가 사라버리던지, 그러던지 아 그렇지만 아까운 것 돈 든 걸 그래야 되겠어. 여자는 말리겠지요. 돈 든 것, 돈 아까운 것 안 되지. 새로 맞췄으면 저그 집 없애야 된다. 그것 불에다 태워 물에 갖다 내비리던가 배려야 된다. 이거라 이러나 두 번이나 이래 갖고 대감님 볼 낯이 뭐 그래 (청취불능) 다 듣는 기라. 그래 갖고 밖에 난와 갔고 척 끄내서 여자는 마 말려기 안되서 한강에 내 비려야 된다고 턱 짊어지고 가니까 지 알아서

"아, 이 사람아. 이 사람아 내로세 내로세"

"요봐라. 요, 요 안에 목생이 들어서 이 말재 좀 보래. 이 사람아 내로세 내로세 아 내로세가 뭐꼬."

짊어지고 밖에 나가 몇 바퀴 돌다가 마 서울 한강에다가 휠떡 던져 내삐리

고 이 놈 한강에 떠내려가라고 그 서울 한 복판에 큰 샘이 있는데 이 샘이가 서울 사람이 많이 먹고 사는 먹는데, 그 샘이다가 집어넣어 놓고 그만 보쟁이 싸고 도망가 버렸어. 아 날이 벌샌께 이 노복들이 벼슬자리집에 노복들이 물지러 배가 샘에 있다해서 어떤 놈이 샘에다 배를 하나 내버리고 가서 '올라가는 배냐 내려가는 배냐 사람 살리라.' 하거든 어떤 놈이 배를 갖다 내비렸다고 내본께 둘이 옷을 활딱 벗고 조지 (웃음) 둘이 도망을 해비린 기라. 도망을 한께 몇십 리 오다 여자가 그러거든,

"이제 당신 분풀이했소. 내가 사람이 아니요. 오늘 내하고 갈리요. 내가 사람이 아니고 백여수요. 당신 분풀이 해 줄려고 내가 났다쿠더라."

이따 짜빠지니 그만 백여수가 되서 올라가빈다. 그래 분풀이 했다.

[횡천면 설화 12]

횡천리, 1996. 4. 5., 2조 조사.
문영석, 남·82.

기술자가 나쁘다

한자가 이 놈이 자기 마누라가 자꾸 딸만 놓지 아들을 못놔. 딸간 자꾸 낳지 가만 생각해보니 마지막 딸로 하나 딱 낳았는데 이제 다시는 아는 그만 낳겠고 아는 단상이고 큰일이거든. 그래 무조건 가라하는 기라. 그럼 그래 가라하고 안 갈라쿠고 니가 있으면 사람이 안 들어온다 말이야. 아 놔 줄려하는 사람이 안 들어 올려하니 있는데도 들어올 리가 있느냐 말이야. 가라하고 안 갈라하고 이래샀다가, 아 그만 고을 원님한테다가 원님을 요새는 군수라 하더라. 전엔 원님인데 저 재판을 걸었단 말이야. 재판소에다 재판을 떡 그래 남자는 원고가 되고 원고를 불러,

"너는 와 부모 정해준 가속을 갖다가 아무 죄 없이 소박을 쫓아낼려하느냐?"

"예. 다름이 아니라 우리는 대대로 독신이다. 독신인데 우리 마누라가 딸만 낳지 아들은 못 놔 후사를 못보게 되서 문을 닫게 됐단 말이야. 그러니 사람 구할라 해야, 사람있다 올라해. 요가 내가 여러개 들여놔야 없는 정도에 뭐 여자 둘이나 또 벌어먹일 재주도 없고 천상 저 사람을 배려야 한다."

또 피고를 부르는 기라.

"피고는 듣거라. 피고는 무슨 일로 배릴려 하나? 여자가 남의 가문에 가서 할 짓을 못했으면 그만 가라하면 되리어 갈 일이지 와 안 갈려하니 왠 일이냐?"

"예, 다름이 아니오라 제가 한 말 하겠습니다. 농부가 농사를 질려면 콩 심은 데는 콩나고, 팥 심은 데는 팥 납니다. 콩 심은 데 팥나고 팥 심은데 콩나는 법은 없습니다. 절대 없습니다. 그렇고 또 한 가지는 나는 내 배 이거는 저 원고 굴 입니다. 우리 남편은 원고 만드는 기술자래요. 기술잔데 원고 만드는 기술자가 도아지 만들라면 도아지 나오고 (청취불능) 사구 만들라면 사구 나오고 단지 되면 단지 나오는데 나는 이거 굴만 빌려 준기제 남편이 기술자래요. 남편이 자기 기술 없다곤 소린 안 하고 나만 이렇게 듣는가 굴이 나쁩니까? 기술자가 나쁩니까?"

원님이 헐 말이 있는가 말이야. (청중이 통쾌해 함. 구연자 웃음.)

"아, 그래 됐다. 피고가 이겼다." (제보자 웃음)

〔 횡천면 설화 13 〕

횡천리, 1996. 4. 5., 2조 조사.
강호성, 남 · 71.

사자생손(死子生孫)

이는 내가 얘기하는 거는 이 우리 나라 산세, 이 적에 묘를 잘 쓰면 자손이 많이 나고 출세를 하고 부자도 나고 그런 문젠데 '사자생손지지'라 하는게 있어. '사자생손지지'라 하면 죽은 아들의 산 손자를 볼 수 있는 곳이다.

그런 얘기가 있는데 이적에 한 영감이 고을에서 벗집이다 하고 살림이 그대로 해 사는데 자식이 없는 기라. 자식이 없어서 칠순이 넘어가 가지고 겨우 어찌해 가지고 자식을 낳아서 아들을 낳았는데, 이 놈이 한 열 칠팔 세에 가지고 죽어삔데. 장가도 안 들고 죽어삔는데 영감이 하도 원통해서 그마 이 참 강원도 명태 말리듯이 바짝 말라가지고 관 안에 다 딱 주어넣어 가지고 자기 머리 위에 관을 놔둔 거야. 생각이 나면 거내 가지고 매를 때려 매를 때린 기라.

뭐 너무 억울타 이거지. 매를 때리는데 그러고로 세월을 보내고 어느 날 길손이 하나가 새기에 되 들어와서,

"오늘 저녁 신세를 지고 가면 어쩌겠습니까?"

그리 얘기를 하는데,

"우리 집에는 별 방도 없는데."

그러니까,

"그렇지마는 암자라도 좋으니가 하루 저녁 이 투숙을 하면 어떻겠습니까?"

사정을 하는 기야.

"좋다. 자기 방 옆에 방이 하나 빈 게 조그만게 하나 있는데 여기라도 하루 저녁 쉬어 가그라."

하고 저녁밥을 해주고 같이, 근께 주인은 요쪽방이고 벽 사인데 하나는 요쪽에서 그리 누워 자는데 주인 이 양반이 그날 저녁에 또 무슨 생각이 났던지 하루 밤 중 이상 넘어가니까 그마 송장 그걸 내가지고 또 패는 기라. 매를 패는데 그래 손님을 그런지 저런지 모르는 기라. 뭐 딴 방이니까 모른께. 말하는 소리만 토닥토닥 도둑이 왔는가 모르는 기제 길손이 가만히 생각해보니 오늘 저녁 어쨌는가 나가보자니 그렇고 마 그 날 저녁을 노냥 넘어 뒷날 아침에 밥상이 들어왔는데 주인하고 같이 겸상을 해고 왔는데 그래 밥을 먹으면서,

"아이, 주인 영감이 어저녁에 무슨 도둑이 들었습니까? 무슨 일이긴데 그 밤중에 마 야단을 하고 그렇습니까?"

물으니까

"손님은 알 바가 아니요."

"그렇지만은 뭐 하루에 길을 가도 인연이라는데 하루 저녁을 자고 가는데

왜 그것을 모르고 기냥 지나 갈 수 있겠습니까? 사실대로 이야기해 주십시요."
사정을 하는 거야 그러니까 영감이,
"허 그러면 할 수 없네. 이 시방 나이가 얼만데 우리 집에 자식이 없어서 만득에 자식을 하나 낳았더니마는 야가 몇 살 먹어가지고 죽어버렸으니 내가 하도 원통히서 이 놈을 말려가지고 관에다 여어 놓고는 내가 생각나면 들어내 어 때립니다."
아 그러거든,
"아이고, 영감님 그 잘못입니다. 사람이라는 것은 죽으며는 묻어놓고 봐야 하는 거지. 왜 지상으로 올려놓고 이래 놓고는 만날 천날 만날 해봤자 안되는 겁니다. 즉시 그만 나가서 일꾼을 몇 구하시소. 내가 터를 하나 자리를 하나 봐줄테니까."
묘를 쓰란 그 말이지 영감이 가만 생각해 보니까 그것도 맞는 말이거든요. 그래서 그마 불이야 인부를 구해가지고 가서 그 자리를 구해주게. 묘를 딱 쓰 는데 자만 땅 보고 파노고 보고는 해 놓고는 방금 있던 사람이 어디 가버리고 없어. 이 갈 때 하나 문제가,
'오 년 후에야 당신 알 동정이 있을낀데 그 때만 기다리고 있으소.' 하무 그래.
고 이듬해, 묘 쓴 이듬해 고을 원이 딴 사람이 나가고 이 사람이 도임을 하는기라 새 원님이 도임을 하는 기라. 그러니까 그 때는 뭐 샘이 육갑을 잡히 고 뭐 굉장히 일하는 거거든. 한 칠팔 살 먹었어. 먹었는데 같이 가니까 아 이게 가다 보니 갑자기 소변이 누고 자서 못 참을 정도라. 못 참을 정돈데 행상 을 멈춰라. 그래서 딸이 나가서 소변을 누려고 보니가 평야라 은근진 데가 아 무 데도 없어. 근데 차라보니까 뭐가 뽈똑이 나와 있는데 그 뭐 몬데 그게 묘진 자기는 생각할 때 묘도 모르고 그마 거기서 소변을 했는 기라. 하무 궁뎅이를 게을라고 그런게지 소변을 하니까 묘가 팍 벌어지면서 총각이 나와서 강탈을 해 버렸어. 아 (청중 웃음) 처녀를. 남들은 아무도 모르는 거지. 이런게 저런게 처녀만 당한 기지. 도임을 해서 거 있으며서 이 삼 개월 지나니까 몸이 달라지 고 달라지고 (제보자 웃음) 할 수 없어서 부모한테 어머니한테 얘기를 했거든.
"아무리 생각해도 내 몸이 이상한데 아마도 이상하다."

　　나이 많은 사람들은 젊은 사람들이 태기가 있으면은 자기들이 경험이 다 있나보지. 보니 아이다 이거야.
　　"이 네가 이 놈아 큰일났다."
　　그 때 쯤 고을 원이가 하면 아들이고 딸이고 그런 문제가 집안에 났다손 칠 것 같으면 그런 버리는 기라. 그래서 안 할 수 없어서 만삭이 되곤 하니까 원한테 얘기를 했어. 마누라가 안 할 수 없는 거거든.
　　"이걸 어째야 되겠습니까?"
　　이거 큰 일 났다 이거야.
　　"저 년을 죽어야 된다. 안 되면 귀향을 보내야 한다."
　　그 정도는 부부지간에 어찌, 다수간에 귀향은 안 보내고 죽이진 않고 참 실색을 해 노니까, (청중) 노니까 아들이라. 그런께 세상엔 이건 알리진 않은 기라. 자기 부부만 알고논 딸램이만 알지, 이 세상은 아무도 모르게끔 아를 낳아 키우는데 고 아이가 다섯 살 먹은 기라.
　　그러니까 오 년이 아닌가? 오 년인데 놔둬선 안 되겠고 고을 원이 이 지방에 모든 걸 수습을 다 해봤겠지. 묘 관계가 다 수습을 해 잔치를 한 번 벌리는 기라. 벌려갔고 아를 얼라를 옷을 곱게 해 입혀 갖고 큰 마당에다 말이지 해놓고 손님들이 와서는 술상을 뺑 돌려놓고는 가운데다 딱 세워놓고 있는 기라. 애를 돌잔치하듯이 그러고 있으니까 이 양반이 그 고을 원이 통보하기를 자기한테도 왔다말이야. 오늘 이런 잔치가 있으니까 놀러 오시라는 하는 왔는데 자기 심중도 그러호 갈까말가하다가 그렇지만은 고을원이 거 초청도 하고 이런께 안 가 볼 수도 없다. 그래서 들어가니까 사람들이 뺑 둘려 앉아 아래우 술상을 받아놓고 이런 얘기 저런 얘기 야단인데 아는 가운데 서 있고 다섯 살 먹은 놈이 아무데도 딴 사람에게 가질 않는 거야. 가질 않아 그래 이 양반이 들어가서 떡 앉으니까 아가 뺑 돌아 처다보더니만 그만 쫓아와서 딱 보듬기는 기야. (청중 호응) 그래 영감도 무의식 중에 아무 것도 모르겠고 그리고 그런께 혈은 속이지 못한다. 그래서 그런게 혈을 맞하서 영감이 혈적으로 그리 된 것이거든. 그래 고을 원은 상석에 딱 앉았다가 가만히 어찌 저 놈이 어찌하나 처다봤는데 그 영감이 오니까 그런 식이 되거든 그래 그만 영감을 상석으로 끌어 올려 갔고 사유를 물으니까 아이하고 이 자리하고 틀림없이 딱 맞더라

맞아서 그 '사자생손'이라 하는데 그 자리에서 죽은 자식한태서 산 아들이 나왔다 하는게 거기에서 판단이 되었어.

〔 횡천면 설화 14 〕

횡천리, 1996. 4. 5., 2조 조사.
문영석, 남·82.

개와 고양이가 원수된 이야기

옛적에는 고양이하고 개하고 참 친후게 잘 살아. 잘 사는데 그만 그러고 나서는 고양이가 개를 많이 밉다 하네. 그 와그러냐 하믄 한 어부가 물에 고기를, 큰 잉어를 하나 낚았어. 낚응께 잉어가 눈물을 흘리며 말로 하는 기야. 말을 함서로

"할아버지, 날 놔서 좀 물에 넣어 주이소. 나가 용왕의 아들입니더. 아들인데 나를 낳아서 물에다 여주면 내가 거 할아버지 공을 하것습니더. 그러고 여너주면 내일 요때 딱 오면 할아버지 내 공을 하겠습니더."

그러면 그만 한 마리 안 낚으만 하고 물에다 그만 도로 풀어 여 주비릿어. 뒷날 고새에 가서 기다리고 있는 기라. 기다리고 있응께 물이 하 척 갈라지더만 어제 낚은 잉어가 나오는 기라. 나오디이 말함시로

"파란 구실 한 개로 이맨 있으면 집에 가면 할아보지 고기 안 낚어, 어부안 해도 인자 먹고 살 일생입니더. 뭐뭐 무서부립니더 오만 게이 다 잘 됩니더."

그라야 이걸 집에 갔다놓고 난께 아이 뭐 자꾸 가서 일이 잘되. 자꾸 뭐 공짜베기가 먹을 게 자꾸 생기고 그만 돈도 생기고, 뭐 누가 술 받아주고 살 생긴단 말이지. 아 그래 그만 정도가 차차 차차 늘어져서 인자 고양이도 사다 키우고 개도 강아지도 키우게 됐는데, 이 소문이 근방에 났거든, 근방에 났어.

아이 거 어부 할아버지가 고기 낚아가 고기 한 마리 잡아 가지고 놔 줬더니 그뭐 물에서 좋은 수슬, 파란 구슬 하나 갔다줘서 그 집에다 갔다놓게 아 그게 부자가 되고 그런단다. 이 소문이 그만 근방 났다.

그래 그 근방에 할망이 하나가 저저 섬에 가 사는데 그게 소문이 거까지 났는데 아하 구슬 어쩨 우리 가서 한 번 뭐이 도둑질 허고 할 꺼고 야심이 생겼단 말이라. 그래서 파란 구슬 이렇게 저도 인자 파란 구슬 하나 이 뭐 얄궂은거 하나 구슬 하나 주우 가꼬 이 집에 찾아 온 기라. 찾아와 집에는 댁에는 어부하다가 그 무슨 구슬 하나 잉어한테 얻어가 그리 잘 된다면서하고 그 구슬 구경 좀 할 수 있냐고 허니까, 아무도 안 뵈는 기라.

"아, 가다 좀 한 번 보자케. 천상 내 한 번 보고 가면 좋겠다. 그슬이 우찌 생깄길래 그런가 한 번 보고 가면 좋겠다."
고 하도 가도 안 허고 사정을 해서 구슬을 내 비있어. 그런께 제 구슬을 인제 내갔고 손에 딱 거머쥐고 숨기가꼬 있다가 인자 잘 봤다고 놓고서,
"인자 갈란다."
고 허고 가 삐린기야. 하 봐꽈놓고 가비렀어 아무 것도 아닌 거 두고. 아 그러구 가비리고 저 놈의 할망이는 인자 그만 잘 되 잘 되는데, 아이 이 집이는 살살 그만 재산이 말라져 버리고 말라져가 개도 인자 못키우고 먹이도 먼허게 됐는데. 그래 고양이허고 개허고 인자 친케 살았는디 이것들이 의논을 허는 기라.

"아 우리가 이집이 부러게 살 적에는 우리도 잘 먹고 했는디, 이 집이 그만 가난허게 되니께 우리 먹을게 없으니 우리가 구슬을 찾자. 찾어주자 그걸 몬 찾어주면 우리가 이 집에 몬산다 말이여. 몬살고 나가야 되지 나가야 되거든 찾아주자."

어떻게 찾거나. 그래 인자 바닷가로 간 기다. 개가 보고 뭐라고 히냐면 고양이 보고,
"니가 그만 내 등에 업히라."
고양이는, 개는 물자질해도 고양이는 물자질을 몬허는 기라. 그라 턱 업힌께네 개가 앞발로 허적허적 헤어가 건너는 기라. (제보자 웃음) 헤어가꼬 그 섬에 고 놈의 집으로 간 기라. 요놈의 집이 긴디 이길 찾을 수가 있나. 그래서 이자 쥐가 말이제 그 집에 쥐가 쌔비릿단 말이다. 쥐는 뭐이 나뜬거 다른 사람

은 몬 찾아도 쥐는 잘 찾는데 잘 찾는다. 고양이가 쥐를 찾아 호령을 허는 기라.

"너가 우리가 느그헌테 청헐께 있어. 있는데 딴 게 아이고 이집이 우리 주인네 구슬을 도둑질해 봐꽈 갔다. 봐꽈 갔는디 이걸 느가 찾아 줘야만 나두지, 안 찾아주면 느그 섬에 있는 마 이 섬에 있는 쥐는 종자를 다 잡아 믹어브리고 가브리께네, 느그 찾아 주것느냐?"

늙은 쥐가 하나 있다가 찾것다고 허는 기라. 즈그만 해꼬지 안 허면 찾아 주것다케. 그 찾아오이 그래가 그 집에 밥을 먹고 있는데 쥐가 앞에 갔다 하나 봐갔다 주는 기라. 그래 보니까 파란 구슬인기라 찾았단 말이다. 찾아가꼬 도로 인자 물로 건너 와야 될께 아이가. 물러 건너와야 되는디 인자 개가 고양이를 업고 개 등에 떡 타고서 건너 오는데 고양이가 개가 한사코 보자케 아이거 우뜨케 생겼는고 보자고 사믄 물로 건너 가면서. 그래 고양이는 입에다 여코 머금고 오는데 아이 꼭 보자케. 그래 이러는 뵈이는거 아이라고 해도 아이거 안 뵈이 주면 나도 물 안 건네주고 그만 여 빠져 죽어 비리지 안 건네줄란다고 그러거든. 아이 고양이가 가만 생각해 보니 물에 빠지면 저도 죽는 기라 말이라. 할 수 없이 내 비있다. 입에 있는 걸 앞발로 딱 옹그리가꼬 자발톱에다 딱 찌이가꼬 딱 뵈이니께네 개가 인자 쳐다보는 기라. 쳐다보고 저도 인자 입에 여 물고 건너 오는디 아 물에 똥덩어리가 하나 동동 떠내려 오는데 똥 이것 먹을려다가 입을 딱 벌린게 이게 그만 구슬이 기만 빠져 비릿어. 그래서 (청중 웃음) 그만 빠져 비릿어. 그래서 이제 그만 구슬 여애 찾도 못허고 그러니께 그래서 고양이가 개로 밉다고 뺨을 탁 쌔리 그거라. (청중 웃음)

〔 횡천면 설화 15 〕

횡천리, 1996., 4. 5., 2조 조사.
문영석, 남·82.

호랑이 눈썹

조실부모하고 없이 사는디, 아 그래 인자 총각 때는 뭐 남의 일도 하고 넘의 집도 살고 헌게 잘 되. 잘 되고 이놈의 살기가 됐는데, 아 그래 인자 뭐 장가를 들고 나니께 그만 안 되는 기라. 그만 안 되. 살살, 살림살이 다 빠져 비리고, 그런데 즈그 마누라가 첫 아를 떡 뱃네. 이놈이 가만 생각해 보니,
   '이 둘이서도 몬 묵고 사는데, 또 하나 뱃속에 있는 거 하나 나쁘리면 세 식구가 몬 먹고 살거란 말이제.'
그래 죽기로 결심을 딱 허고, 그 건네 안산에 큰 덤사리가 있고 그 덤 밑에 호랭이 굴이 하나 있는데 거 나는 이왕 죽는 기고 이왕 죽을 바에는 호랭이 배부른 꼴이나 뵈 주고 죽을 끼라. 어디가 이놈이 술을 잔뜩 집어 묵고 호랭이 굴로 기 올라 가는 기라. (제보자 웃음) 호랭이 굴 앞에 호랭이가 들락 날락 허는 길이 환하게 있거든. 그만 거가 척 드러 누웃다. 턱 드러 누운게, 잠을 시컨 잤는데 뭐이 건드려 흔들어. 그래 눈을 살짝 뜨고서 아이 그래 상주가 그래 상주가 초상 상주가 말이제 상복을 입고 와서 서갓고 인나라고, 아이, 저저저 여는 짐승 댕기는 길에 누웠냐고 일어나라고, 인나 가라고.
   "난 안 갈라요."
와 안갈기냐고.
   "나는 오늘 여 죽을라고 여 왔다고."
   "죽을라냐고? 우째 죽을 거냐고?"
그래 그 이야기를 했어.
   "내가 내 혼자 살 적에는 뭐이든지 돈이 잘 벌리고 잘 살었었는데, 아이 장가를 가고 나이 아이 그만 안 되. 아 그럴텐데 또 우리 안엥서 태기를 가져 아가 있는데 아 셋 나눠놓면 서이 되노면 우찌 살것냐고 죽을라고, 이왕 죽을 바에는 호랭이 배부른 꼴이나 뵈이 주고 죽을라고 그래 여 짠 있을라요."
   "예끼, 몬 된 소리."
허고 그런다고 야단이거든. 에이 그런 소리 함부러 한다고 상주는,
   "그런 소리 하지 말라."고,
   "나 여기 죽을 꺼지 안 갈기라."
고, 요놈 봐라,
   "요 예이놈 내 기술로 한 번 볼래."
헌게 갑자기 히뜩 자빠지더니 큰 호랭이가 되빌러. 호랭이가 입을 마 어흥 (제

보자가 호랑이 흉내를 내며) 허는 기라. 하나다 보이거든 어 묵으라고 그만 제 머리를 갇다가 호랭이 입에다 펑 여줬단 말이라. 어 묵으라고. (제보자 웃음) 그러니께 호랑이가 뒷걸음질을 치더니, 뒷걸음을 치더니 도로 상주가 되비리. 되드이만

"니가 허는기 본께네 꼭 무신 결심이 있구나. 그러닌께 이리 말고 내 시키는 데로 해라. 내 눈썹을 하나 딱 빼 줄테니께 눈썹이르 가 댕기민서로 보믄 아무리 사람 많은데 가도 눈썹 이걸 한 눈은 겨누고 한 눈은 눈썹을 딱 겨누면 사람은 밸로 없다. 모두 개고 소고 말이고 돼지고 마 짐승이고 사람은 밸로 사람은 적다. 말짱 거 잡종 그런 게 많지. 그러니께 틀림없이 이걸로 보면 느그 마누라가 너는 사람인디 너 마누라는 대끼(닭)다. 만날 돈 모아 봐야 대끼 발로 이리 흐비비러 그만 몬 사는기라. 그러니 사람을 니가대리고, 사람을 봐꽈야지 닭 대꾸 살아봐야 안 되는 기라."

"그러허면 안 된다고. 그러면 내 가꾸마고, 그러면 내 가꾸마고."

슬슬 기 내려 왔다. 즈그 집에 온께네 날이 훤해네. 즈그 마누라가 밤에 어디 갔는디 오도 안 허고 가다리고 본게 날이 새니께 돌아오거든. 아이 밤에 어디 갔다 오냐고. 아내 친구들헌티 친구들헌티 자구 온다. (제보자 웃음) 그짓말로 자고 온다. 그래놓고 저 참말로 대낀가 볼기라고 이놈을 눈썹 이놈 호랭이 눈썹 이놈 가지고 한 눈은 겨누고 한눈으로 딱 보니께 큰 둥절딩이 같은 암닭이 물동이 지고 나가거든,

"옳지 조게 저렇구나 조게 조래노니 안 되는구나."

그라 인자 밥을 먹고

"우리 이사를 한 번 가자. 이 동넨 너무 오래 있으면 안 되고 너무 오래 있으면 안 되고 딴 동네로 이사를 한 번 가자."

"아 그럼 허구잡은 데로 합시다."

그래 집을 파니께 이전 돈으로 석 냥을 받았어. 석 냥이라 하면 모를거도 냥도 모를 기고. 아마 전도 모르제. 아마, 60전이다. 거 40전을 더 보테야 1원이 되는디. 60전을 받아 가지고는 이놈의 행장에다 턱 감사쥐고 둘이서 인자 이고 쥐고 옷 보따리 하나식 이고지고 고만 나섰다. 나서가고 저는 인자 때가 되면 저 어디 나무 밑에다 앉아서 즈그 마누라 보고 꼭 동네가 밥을 얻어 오라해

밥을 얻어 오라해. 밥을 얻어 오면 그거가 갈라먹고 이 돈은 안 쓰는 기라.

그래 한 군데를 간다고 가이께는 비가 슬슬 오는데 뭔 주막이 하나 있거든 술집이. 저 집에 갈기라고 그래 주인을 찾아가 이집에 좀 자고 가라케. 그래 인자 거 주모가 방을 하나 주는디 하루 방을 하나 주는디 거 들어 앉았어. 그란 께 또 본께 똑 즈 거치로 뭐 둘이서 이고 지고 뭘 들어 오디만 그 집에 자고 가라고 들어 오라케네. 그 집에 자라고. 그래 그만 네 사람이 그 방에 들어 앉았단 말이라. 들어 앉아가꼬 저 사람들이 우째 이래 우리 마냥 돌아다니는고 안볼짝에 살쩍이 눈썹 이놈을 들여다 본께로 아이 남자는 장닭이고 여자는 사램이라.

'아하 됐구나 요걸 봐꽈야 겠구나. 무신 수라도 요걸 바꽈야지 안 되것다.' (제보자 웃음)

그래 저녁에, 저녁을 먹고나서 인자 서로 인사 하자고 헌께 뭐 경상도 살고 전라도 산다고 했을까 어디 살고 어디 산다고 하거든 그래.

"당신들은 와 뭣 때문에 이래 댕기냐?"고,

"우리도 그만 아무리 살아도 안 되서 댕기면서 어디 좋은디 살기 졸은디 있으면 가가 살까 싶어서 그래 이리 그만 정처 없이 댕긴다."

고. 그러냐고 날도 그래 그렇고 그래 서로 피차 불상한 사램이라고 이렇게 해 놓고 저녁 묵고 웃방에 올라가서 주인 영감을 보고 시켰어.

"할부지."

"와?"

"저 사람하고 내하고 여자를 바꾸자픈 매음이 있는데 내 해장술 한 잔 잘 낼끼고 내 시키는 대로 해줄래."

"뭐이 말해라."

"저 사람 저거 여자를 바꾸자픈데 곱게 바꾸자면 안 될 기고 내 저놈을 뭔 수단을 해가꼬 모함을 둘러 쒸가꼬 바꽈야 되것는디 그래 싸우걸랑 이놈을 죽느니 살리니 야단이걸랑 영감이 나와서 뭐라쿠소. 느 놈들 뭐 때문에 남의 집에서 밤에 싸우냐고 뭐라 쿠이소. 그 뭔 내가 이눔이 행실이 나빠서 저 내 여자를 건드려서 내가 이눔을 딱 죽일라고 그란다고. 그러걸랑 할아부지가 아 이눔들아 좋은 수가 있다 서로 봐꽈 버리면 안 되것냐. 봐꽈 버려라. 그말 한 자락 함녀. 내 오늘 저녁 술낼끼고 내일 한 잔 술 낼끼고.”
　잘 그만 시키나따 허고 자는데 자게 됬는데 주인 보고 술 가오라 카는 기라.
　“당신이나 내나 서로 운이 없어서 팔자가 드러워 복이 없어서 방방곡곡이 이리 댕기는데 그만 우리 그만 당신이나 내나 불상한 사람이니 술이나 한 잔 나누자고.”
이라고 술 가오라카고 술을 맥이는 기라. 그래 저 놈이 인자 술을 잘 묵어 저는 빈 잔만 왔다 갔다허고 저놈은 잔뜩 맥이고 잠들어 콜콜하던 판에 그만 술을 잔뜩 맥이 났다. 그러는데 그래 한 방에서 자게 되는데 남자 둘은 가운데 자고 여자 둘은 양쪽으로 있고, 요리 자는데 이놈이 잠은 안 자고 저놈이 잠들기만 기다리고 콜콜. 근디 여자도 술을 잘 믁든갑드만 들입다 믹있어. 술짐에 잠이 되게 든 짐에 고만 불러 싸놓고 마 호령을 하는 기라 그래,
　“네 이놈. 이리나라.”고,
　“네 이놈을 죽일 놈. 이놈 이놈아 세상에 니나 네나 아무리 객지에 얻어 먹고 돌아대니는 놈이로서니 저 행사조차 나쁘고 이놈 이놈 죽인다.”
고. 아 저놈이 일어나 보니께 즈 여자를 대꼬 누웠어 술이 취해가 그런 줄은 몰라도 이눔이 막 고함을 이눔을 대번에 죽인다고. 저놈이 얼겁결에 눈을 떠보니 별 일이다.
　“나는, 나는 이런 일이 없는데 뭐이 때문에 내가….”
　그만 말이 안 나오제. 고함을 질러 싼 게 웃방에 영감님이 나오더니
　“야, 이눔들아 얻어 먹고 대니는 놈들이 뭐이 남의 집 밤에 싸우냐?”
고 나가라고,
　“할배, 들어 보이소. 아, 이눔이 세상에 나는 초면에 이눔이 불쌍타고 나나 지나 불쌍타고 술까지 하나 노나 먹고 그랫는데 이눔이 행사를 이렇게 몬 되게 해요.”
　“그리 뭘 그리 잘못해?”
　“아 이눔이 내가 소변보러 간년에 내 여자를 데려서 내 이눔을 죽일려고….”
　“아, 이눔들 그러면 그래 살 거 없다 그만 바꾸면 안 되나 바꽈쁘리라.”
(청중 웃음)

요놈 시키는데로 딱 요래 났다. 아 자꾸 그라 죽인다고 자꾸 앵기뜨리고 섰는데 저 여자가 가만 생각해 보니게 즈 남편이 큰일 났단 말이다 큰일 났어.

"여보 당신이 안만 그리 안 했다 해도 뀌고 넘을 재주가 없응게, 저 할배 시키는 데로 그리 해비리. 그리 안 허면 당신이 오늘밤 천 없어도 패를 큰 보겠소."

저놈이 가만 생각해 보니게 저는 안 그럴쌍 싶은데도 꼭 불구허고 저리 되니 그러면 주인이 시키는데로 그리 하자. 주인이 시키는 대로 그리 하자해. 그래 인자 서로 바꾸게 됐다. 날이 새닌게는 이눔이 또또 그때는 집 판 돈 인자 싹 털어묵은 판이라. 마 싹 털어묵고 날이 새이께네 그만 저리 가고, 이리 가고 그만 다 갈리 브릿어. 가부리는데 한 곳을 떡 가가꼬, 한 동네 농촌을 가가꼬 일도 허고 우찌고 허니께 아 살살 되가 살살 되가. 그마 그럭저럭 한 10년이 딱 됐는데, 아 저도 살기가 그만 꽤 됐어. 그래 하루는 비가 와서 일도 몬 가고 하는디 비가 와서 가만 그 일을 생각하니께 우숩그든. (제보자 웃음) 컬컬컬컬 웃는다. 그래 아 뭘 보고 뭣 때문에 그래 쌌소. 그래 참 그런 일이 있다고 그런 일이 있다고 도저히 말로 안 허고 있다가 그따가 말로 허는 기라.

"그런 일이 있다."

"아 뭣이 그런 일이 있단 말이요?"

"아 와 아무데서 술집에서 몇 년 전에 서로 여자 바꾸고 죽인다고 살리고 당신 남편을 죽인다고 와 바꾼 일 없나? 자네하고 내하고 우리 여자하고 바꾼 일 없나? 그 사램이 그 남자가 죄를 진 게 아니라 내가 죄를 졌다. 내가 죄를 진 기라."

"아이 우째서 죄를 졌단 말이오?"

아 여자가 되게 파고 물어. 그래서,

"그 호랭이 눈썹 그걸 차려 보면, 당신이 차려 보면 내가 사램이고 거거 당신도 사램이데 그그 사람들은 하나는 대끼고 둘다 대끼다 그래가 바꾼 기다."

"그렇게요 날로 생각하기로 설마 당신이 마음 안 먹기로 남은 그럴까 싶은 생각인디 당신 말이 그런게 맞네. 당신이 죄를 그렇게 크게 짖고 하늘이 내려다 보는데 우째 살기요. 죽음은 좋게 몬 헐끼요 안 디요. 그런게 이불을 내놀끼네 언제든지 그 부부를 찾으소. 찾아가꼬 당신이 사과를 하고 그걸 싹 풀어내가꼬 사과를 하고 빌어야 내가 그리 되지 그라나면 내 안 살끼요. 뭐 당신이 남헌테 그리 애매한 소리하고 하늘 아래 우찌 살끼요 몬 살고로."
  그러더이 여자가 다음 날 옷을 남복 한 벌, 여복 한 벌 맨들어 앵글어가꼬,
  "어디든지 찾아가서 그 사람들한테 빌고 와야되지 그 죄를 풀고 와야되지
죄 짖고는 난 못 살 기고."
  그 쫓아 내쁘리. 그래 옷 보따리 이눔을 해지고 방방 곳곳을 댕기는디 어디
로 가는지 알 수가 있나. 그래 그 싸우든 주막으로 찾아가는 기라. 가농께 영감
한 분이 그대로 살아 있어. 인사를 하니께,
  "우디서 온 누구냐?"고,
  "그런게 아니라 와 아무 때 이 집에 와서 당시에 자다가 여자 봐꽈간 사람
아이요."
  가만 생각하다,
  "아 그러냐고. 어 그러냐고 어디 사냐?"고.
  "아, 나는 아무디가 사느디 할부지는 사는게 어떠냐고 인재 나 살기 괘않
소. 그런데 그때 내하고 여자 바꾼 그 남자는 우찌 사는지?"
  "아 거 재 너매 아무데 가면 거 있다."
고. 그래 찾아 가이게 그 사람들 또 그대로 살아 그래서 인자 말로 헌인께네,
  "그 어디서 온 누구냐?"고,
  "그때 와 저 주막에서 밤에 싸운 그 살들 내외라고."
  "아, 그러냐고."
  "그때 죄를 당신이 진 게 아이고 내가 졌다. 내 오늘 죄풀러 왔단 말이다.
사과허고 죄풀러 왔단 말이다."
  그라고 그 이야기를 좌하고. 거 눈썹 거를 내다가 딱 서로 쳐다보고 서로
인자 말로 통하고 나서는 인자 이 이게 필요 없는게네. 불로 꼬슬라 버리고,
꼬슬라 태와 비리고 그라고 서로 죄를 풀고 와서 잘 살드라. 그런 얘기야.
  그런께 호랭이 눈썹으로 보면 사람 마이 모인데 가도 옳은 사람은 밸로
없다케. 몬 짐승이고 그렇게 똑똑이 사람인 거는 얼마 안 된다 그라케. 그런께
는 그 호랭이가 사람을 물고 가 잡아 먹어도 호식을 해가도 제 눈에 개로 보인
거, 거를 물고가지 사람으로 보이는 건 안 물어 간다는 기라. 제 눈에 개로
보인거 거를 물고 가지. 새로 사람으로 댕기는 거 많데. 그런께네 전생에 우리

가 이생에는 우리가 사램이제 마는 죽고 나면 후생에 뭐 짐승이 된느게 만다케. 사램이 죽어 사람 되는 거는 적고 짐승 되는거는 만다케. 그런케 짐승 죽은거 허고 사람 죽은거 허고 한 번씩 바꾼다네. 그래 바꾼데.

〔 횡천면 설화 16 〕

횡천리, 1996. 4. 5., 2조 조사.
문영석, 남·82.

하늘도 알아보는 효자

효자가 일력으로(인력으로) 나는가? 효자라고 하는 것은 하늘이 알아보는 긴데, 하늘이 알아보느데 효자가 날라고 허니게 글기 된다는디.
한 부인이 애를 낳아놓고 남편은 출타허고 없고 남편 출타한 연에 병이 나서 그만 죽었어. 낮에 죽었느니 저그 그라가 죽었는게 이 아이야 젖 먹는 아이가 어마이한테 젖 달라고 막 그라싸. 막 응대와야 젖을 줘야지 옷을 딱 입은 채 그만 들어 누었는데, 젖을 먹을 수가 없었어. 그라마 젖 달라고 자꾸 응대들어 싸도 죽은 사람이 무신 젖을 우찌 줄끼고? 그래 이자 문을 열어 났는디 아 문이 힐가 열렸단 말이야. 바램이 불어서 문이 히딱 열렸는디 문턱을 거무쥐고 막 울어 쌌는 기라. 우니께네 하늘님이 바람을 이롸서 문을 획 열어 놓고 그 문턱을 딛고 울어 싼는 거 또 배락같이 문을 획 닫아. 획 때리 닫응께 손고랙이 다치서 피가 나는 기라. 그전에는 자 어마이가, 자 아이도 다치스면 입에다 옇고(넣고),
'호 인자 다 나섰다.'
이 소리를 했거든, 그라가 피가 나니까 나서 달라고 어마이 입에다 대고 나서 달라고 그러니께 이 피가 흘러서 죽은 사람 입에 여드는께 그래 살아나. 그걸 그 단지라 카는 기라. 옛날에 효자는 저 부모가 죽으면 요 손고락을 끊어

가지고 부모 입에다가 따 피를 셋 방울 떨구면 아 잡아가다가는 저쪽에 마당에
서 잡아가는 사자를 놓고 간다 그래. 네 아들이 효자니께는 니는 돌오가 살아
라 그래가 살아난다는 그런 말이 있어. 살 사람은 삼 년 더 살고 깨나가꼬 그럼
깨 나는 기라. 질게 못살면 사흘을 더 산다 하드라. 사흘 그레 인자 효자라
그럼 단지라 하는 말이야.

〔 횡천면 설화 17 〕

횡천리, 1996. 4. 5., 2조 조사.
문영석, 남 · 82.

호랑이가 살려준 소년

　　밤에 버스가 넘아가는데 넘어가니께 버스에 사람이 한 차 타 넘어가는데
한 밤이 산골에 한 열 시나 넘어가. 그래 됐는데 큰 호랭이가 말이지, 길 가운데
를 떡 막았어. 아무리 차가 피하라꼬 삐삐삐삐 했싸도 안 피해. 꼭 그라고 있어.
그래 이 천상 차가 몬 가겄다 말이지. 근게 차 중에서 이 노인이
　　"차 중에, 이 아매 호랭이 뱁(밥)이 아매 하나 있는 기라. 사람 뱁이 하나
있응께, 자 문 앞에서 뉘가 뉘긴지 모른께네, 문 앞에서 수건이면 수건, 뭐 소지
품을 신이면 신, 신짝이면 신짝, 모자면 모자, 하나 떤지 보자."
　　그라 뭐 창문을 열치고 떤지는 기라. 떤지면 앞발로 가 싹 치우고 싹 그라
치와 내삐리고 그래. 싹 다 그랬는데 맨 위에 학생이 하나가 남았어.
　　"인자 네 차례다. 니가 해 봐라."
　　근데 그 놈이 안 해.
　　"이놈아, 니 차례디 왜 안 하냐?"
고 차중에 사람들이 막 그래. 그래 할 수 없어 모자를 벗어 학생 모자를 벗었더
니 싹 머거같고 발새이에 딱 끼와. 근게 차에서 뭐라고,

"저 놈이다. 저 놈이 호식할 놈이다. 너 이놈아 나가라구."

안 나갈라 하거든. 안 나갈라 해.

"야, 이놈아 니 때문에 우리가 몬 가고 여기서 초상을 할 꺼냐."

고 나갈케. 근께 차 중에 있는 고 놈들이 무작한 놈들이야. 무작한 놈들인 것이 그리 되면 날이 새로 안 가고 중지를 해가 있어야지. 밤 새면 인자 호랭이는 절로 갈 것인게는 나중에 있다가 그래 갔으면 됐을 긴디. 아 밤에 즈 갈려고 자꾸 나가라꼬. 안 나갈려고 헌께, 앞에 놈 끌고 뒤에 놈 밀고 그만 쫓아 내삐리. 저 놈이 펑펑 울어 싸며는 크게 울어가며는 그러드레 울어감시로,

"어 내가 삼 대 독자인디 삼 대 독신인디, 내 죽으면 우리 집은 문 닫는다."

고 말이제 내가 삼 대 독신이라고 함씨로 움시로 쫓아 내쁘러. 나가니께는 호랭이도 없고, 암 것도 없어. 그래 홀랭이 없으니께 그래 차는 가쁘릿고 이눔이 내려오니께는 아무도 없는디 조금 얼매 안가서 그만 그 딩구는 기라. 제일 험한디 높은 거서 차가 그만 픽석 넘어져 홀딱 죽어버렸어. 근게 그 홀랭가 그 아 살리려고 네는 나오니라 그 아 살리려고 그랜기라.

〔 횡천면 설화 18 〕

횡천리, 1996. 4. 5., 2조 조사.
문영석, 남·82.

수수께끼 사위

즈그 딸이, 곱은 딸이 하나 있는데 아 이놈은 중매장이를 해야 한다. 아들은 없고, 아 이놈의거 사우를 하나 봐야 것는데 골라야 되것는데, 재산이 좋으나 식자가 좋으나 딱 골라 본께, 수수께기를 즐겼는가 수수께끼 잘 하는 사람을 사우를 본다케. 그래 중매장이 돌미 수수께끼 잘 하는 사람, 수수께끼 잘 허느냐고 물어봐가꼬 몬 헌다 하면 그만 파허고 파허고 그러고 있응게. 그러고

뭐 나중에는 중매장이도 안 오고 딸 나이는 자꾸 들어쌌고 안 되거든. 그래 종로 네거리에다 광고를 하나 붙이는 기라. 수수께끼 잘 허는 사람 있으면 사우 본다고. 그놈의 광고를 하나 떡 붙여놨다, 방을 붙여. 우뜬 놈이 똑 얄궂은 놈이 한 놈 늦도록 장가도 몬 가고 있다가 그거를 보고 이놈이 그거는 알아듣고 또 그집에 찾아 갔어. 대감헌티 가서 인사를 떡 헌께
"너 누구냐?"
"예 저는 뭐 천재 무사게 입니더."
무사게라 하는 것은 일 없는 사람 말이재.
"나는 천재 무사겝니더."
"그리 우찌 니 여 왔느냐"
"네 부모 덕택으로 마 하늘 천, 따 지자나 읽었더니 여 앞에 보고 광고 하나 붙었길래 글 보고 왔습니더."
"광고 머라카데?"
"아, 수수께끼 잘 하는 사람 사우 본다 해서. 저 보이소 아직 장가도 몬 가고해서 대감님 사우나 한 번 되볼려고 해서."
"아, 그래 잘 왔다. 너 그면 수수께끼를 잘 허느냐?"
"뭐, 그냥 헙니더."
"허면 들어봐라. 잘 몬, 수수께끼를 몬허 면 내 모르는 걸 해야한다. 네 몬허면 니가 돈을 삼십 냥을 내놔야되고, 내 모르는걸 세 자리만 하면 나 무조건 사우 본다. 너 몬허면 돈 삼십 냥 내야허고 너 그러면 돈 삼십 냥 있느냐?"
"있습니더."
"한 자리에 열 냥씩이다."
그라, 그 놈은,
"야, 하것습니다."
"대감님 모르는 걸 세 자리 하라켔지요?"
"하, 만이 허면 뭐해 세 자리 면 되지."
"그럼 대감님 제가 앉았지요? 앉았다가 눕거습니고 일어나 서것습니고?"
"너, 이놈이 눕웠다허면 서고 섰다허면 눕우쁘리고 이놈을 우짤기고 네 이놈 난 마 내 어쩔기고."

154 영남 구전자료집

"아하, 그믄 한 번 졌지요?"

"그래 내 한 번 졌다."

근께네 본께네 그 무당집이덩가 북이 하나 달린 걸 봤어.

"대감님, 저저, 저 집에 보니께 뭐이 하나 달리가 있데요. 두두두 소리 나는 거 있데요."

"뭐이덩고?"

"예. 그런 게 하나 있습지요. 저거 북쪽에다 놔도 북. 남쪽에다 놔도 북. 서쪽에다 놔도 북. 동쪽에다 놔도 북. 그깁니더. 그 우찌 하겠습니꺼?"

"네 이놈 북…." (제보자 웃음)

(청취불능) 그걸 북이라 허거든. 동쪽에다도 북. 서쪽에다도 북이고 마 그기다.

"에이 이놈아 그러면 내 또 졌다."

그러다 본께네 저 오리가 못을 파놓고 키우든 갑데.

"아 대감님, 저 오리가 저게 저기서도 오 리. 십 리를 가도 오 리. 백 리를 가도 오 리. 오리는 오립니더. 일을 어쩝니꼬?" (제보자 웃음)

할 수 없이 사우를 보더라네. (청중 웃음)

〔 횡천면 설화 19 〕

횡천리, 1996. 4. 5., 2조 조사.
문영석, 남 · 82.

거짓말 잘하는 사위

사우를 하나 봐야 것는디, 이 천상 데릴사위를 봐야 것단 말이라. 데릴사위를 봐야 것는디, 남자란게 거짓말올 잘 해야 홍성홍맹이 있지, 그짓말 못 하는 그건 남자가 아이라. (제보자 웃음) 거짓말 잘 하는 놈을 하나 구한다 카는 기라. 아 중매장이 오면 말짱 거짓말 잘 하냐고 물어가꼬 거짓말 몬 헌다 그러면 그만 고만이고 고만이고. 그래도 그만 딸 나이는 자꾸 들어가고 그만 애가 터져서 거따가 그만 광고를 하나 붙여 놨다. 그런께 하루는 웬놈이 한 놈썩 들어와서 눈이 밴짝밴짝한 놈이 한 놈 들어 오디만,

"아, 대감님 문안이올씨다."

"니가 누구고?"

"예. 저는 천지 돌아 다닙니다. 요 광고를 보고 들어 왔습니다."

"아, 거짓말 잘 하는 사람을 사우 본다니께 니가 그거 보고 들어왔노? 니가 거짓말 그리 잘 하느냐?"

"뭐 그대로 합니더."

"그럼 니 거짓말 한 자락 해봐라."

"하지요. 아 내가 질로 가다가 바늘로 한 개 주섰습니다. 바늘요 바늘을 질에 바늘 하나 주워 가꼬 이거를 가져 갈라고 보니께는 아도치가 백 개나 되도 날침이 백 개나 되고 귀가 백 개나 되고…."

"에라 이놈 거짓말. 이놈아 바늘이가 바늘이 무신… 이놈아 니는 거짓말 너무한다."

그라믄 그 날따라 아쉬워도 사우가 됐다. 사우 되도 아 이놈 거짓말 해야지 안 해. 아 영감이 탄식을 하는 기라. 아 그거 무남독녀 딱 하나 됐다가 데릴사우를 볼라고 했는디 조놈이 거짓말 보니께 아무 것도 아니구나 그만 탄식을 하거든. 그래서

"아, 장인님 뭘 그리 걱정을 하십니꼬?"

"에이 이놈아, 니 거짓말 잘 한다 그래서 사우를 봤드니만 순 거짓말 아무 것도 몬 허는 놈이 내 헛사우 봤다고!"

"그래요? 그 거짓말이 뭐 그리 좋아서 거짓말을 좋아합니까?"

"야, 이놈아 남자라 하는 기는 거짓말을 해야허는 기라. 남자는 거짓말 못 하는 놈은 아무 것도 볼 거 없는 놈이다. 안 되는 기라."

"그럼 걱정 마소. 다음에 내가 거짓말 한 자락 허지요."

또 그래서 몇 일 있다가 아 이놈이 바쁘게 쫓아 오디만, 그 어디 인자 뭐 촌에 살던 모양이다. 쫓아 오디만,

"장언어른?"

"와?"

"하, 내가 돈벌이 하나 봐 놨습니더."

"여 뭐뭐 뭔데? 돈벌이가?"

"크디요."

"뭐인데?"

"와 저건네 둥구나무 없습니꼬? 속 빈거 둥구나무."

"아 있제"

거 맞거든 있제.

"거 보니까 뭐이 웅웅해 싸. 그 뭐이고 싶어서 뭐 사방 찾아봤어도 비행기도 안 뜨고 자동차도 안 가고 아무 것도 없는디 뭐이 웅웅해가 찾아보니께 아 그 속 비난 둥구나무 속에다가 벌이 와서 꿀이 쳐놨는데 마 한정도 없습니다. 마 꿀이 그만 그 둥구나무 속에 가득이 차가지고 벌은 뭐뭐 몇 백이 되는지도 모르겠고. 그런디 벌은 먼저 보는 것이 임잡니더. 먼저 보는 게 임잔디 오늘 장인허고 내허고 꿀받으러 갑시더."

"아, 그러면 가자."

딱 걸리 들었단 말이다. 그래뭐 막 짊어지고 어 반치나 가드이만.

"아가이 깜박 있어 브릿네요. 아 그많은 꿀을 우리가 다 먹겠습니꼬, 안 됩니더. 집에 내 큰 도가지 하나 들고 온끼네 저 앞에 살살 가이소."

앞에 살살 가라 해놓고 집에가 도가지 하나 짊어지러 내려 와가꼬, 쫓아 그만 아,

"장모님, 장모님?"

"아 왜 그러는가?"

"꿀이구 뭐이고 큰일 났스니더."

"아이 와?"

"아 쟁인 어른이 나무에 치여서 그만 죽었습니더. 얼른 그 마 배채 채랑 그 마 삼베랑 그 옷이랑 싹 내노소."

"아이고, 아이고. 이 영감이, 아이고 아이고."

막 울어 막. (청취불능)

"얼른 가 보소. 나는 가 나무 끄내야겠소. 자꾸 (청취불능) 너무 좋아서 쫓아 보쟁이도 썩은 나무가 그만 넘어가 치이 죽어브리. 얼른 가보소."

그래 놓고 이놈이 중간쯤 올라 가다가 그만 나무를 뿐질라 불로 한 므데기 크게 연기가 내놓고 장인 어른을 막 쳐 부르는 기라.

"와그러나?"

"얼른 내려오소. 꿀이고 뭐고 다 털렸소. 얼른 내려오소."

"와?"

"우리 간 뒤에 장모가 집에 (청취불능) 집에다 불을 내가꼬 집 다타지. 어서 내려오소." (제보자 웃음)

아 그래 그만 영감은 할망구가 집에 불냈다고 그러고 할망구는 영감이 치여 죽었다 그러고 막 울어 싸믄 오르고 애리고 하다가 와본께 순 거짓말 이거든.

"에라 이 사람아, 순 남안(남은) 사람을 그렇게 거짓말로 간이 떨어지고로 거짓말을 해."

"아 내 언제 거짓말 하던가요? 아 그 거짓말 하라고 하도 그래서 내 거짓말 한 자락 했수."

"에이 이사람, 인자 뭐이든지 본 데로 허게. 된 데로 허게."

"아 그럼 또 그래하지요."

아 말이 눈이 한 쪽 눈이 좀 어두워 이걸 팔라고 하는 기라.

"아 장인 말좀 내 주이소?"

"뭐 할래?"

"내 타고 댕길려고."

"아라 이 사람아 네를 줘선 안 된다. 그 팔기는 팔겠지만 돈 받고 팔아야지 네를 그냥 줘선 되나?"

"팔깁니꼬?"

"음, 팔아야지."

허믄 시장에가 팔기라고 (청취불능) 그 방정맞은 놈 데리꼬가서 팔 기라고 고 놈올 데리고가. (청취불능) 둘이 갔단 말이다. 가가꼬, 말이 참 좋거든 살이 찌고 뭐 살라한께 턱 치매,

“말이 좋기는 좋다마는 눈이 하나 멀어 그렇지, 뭐 좋기야 좋지.”

우뜬 놈이 살라카나. 말이 아무도 안 살라케. 그라 몬 팔믄 주꾸마 그렇게 했거든. 아 이제 몬 판께 줘야지.

“일구이언 몬 헙니더.”

“몬 판께 줘야지. 이 사람 말 한 마리 팔아 볼려고 헌께네 똑 그 방정을 놀아가꼬 몬 팔아. 이 사람아 이제 본둥만둥해라. 사내 자식이 본대로 주둥이를 싸노면 못쓰는 기라. (제보자 웃음) 이제 된데로 해라.”

“아 그러면 된 데로 허지요.”

그래 이웃이 뭐 잔치가 있어가꼬 청첩을 허는 기라. 즈 장인이 모르고 눈이 어두우니까 모르고, 명시 적 두루마기를 입고 왔는디 화로를 떡 덮어 가지고 화로에 연기가 무르무르나. 아 다른 사람이 보니께 두르마기에 불 붙어. 화로 덮어서 불 붙어도 가만히 차리 보고 있어. 아이 그 당장 그 (청취불능) 아 본둥만둥 하라서 본둥만둥했다고. 그래가꼬 고놈으 자식 즈그집 살림 다 까먹을 뻔 했다. 그런 방정 맞은놈 빌어묵을 자식 그러 헐러고 거짓말 잘하는 사우 본다고 지랄해.

〔 횡천면 설화 20 〕

횡천리, 1996. 4. 5., 2조 조사.
문영석, 남 · 82.

물에 빠진 양반(성바람 일화 1)

우리 군내에 저저 양구면이라고 허는디, 동네 이름이 신바구라고 허는 동네가 있어. 신바구 지맹이지. 거 성씨가 한 분 있는데 형제분이 각집에 살아. 형제 성바람, 바람 형님은 성진사구 진산데, 선배로서 점잖은 선배고. 바램이 카는 동생분은 순 거짓말 잘 하고 짖만굿고 맹랑한 사람이 있었어. 그래서 이전 말로는 창녕 성씨 양반이라고 그러구 살았는데. 그래 성바람이 이분은, 그러니까 바람이라 커는 거는 별맹이거든. 팔도를 안 가본 데가 없는 기라. 다 댕기믄서는 바램이라커는 거는 그라.

진박 앞에 내이(내), 조그마한 내이가 하나 있었는데, 그 거 물 저근네 성바람이 영감이 농사를 지. 그래 농사를 지는데 풀 베다가 보니까마 웬 영감이 큰 창옷에사 이고 막 이관(의관)을 방석 만한 갓에다가 (청취불능) 떡 오더이마, 본께네 인자 밤에 비가 와서 그진 바밭에 깨울에, 내에 노다리, 징검다리라 하거든. 글찮으면 징검다리 그걸 나놨는디 저 노다리에 물이 콸콸콸콸 넘어가. 그 자기 딸린 끄르고 버선 벗고 건너 갔으면 될 낀데, 양반이라고 농사 짓는 거는 사람이라고 안 하는 기라. 양반이라고 말이제 떡 오더니,

"아나, 여 농참지?."

"예."

사돈을 보고 자기 사돈이라, 큰집 질부 아부지라. 큰집 질부 아부지가 딸집에 오면서 떡 보니께 그농부가 풀을 베는 거라. 풀을 베니께네 마,

"여 농참지?"

"예."

"네, 여 월천해라."

업고 건너라 그 말이여. 월천해라 이기라. 세상에 그런 법이 있나 말이야. 양반이라고 농부는 죽을 힘인가 없고 그 물 없어 건너라 그 말이다. 근게 그만 낯에다가(얼굴에다가) 돌아서서 낯에다가 지 모르라고 낯에다가 뻘러 찍어서 막 볼테이에다 이리이리 뻘러놓고 지가 턱 짊어지고 갔단 말이야. 바이작디고 (청취불능)

"아 여기 앉으이소."

"아이 거 우찌 그럴꼬?"

"아입니더. 업고 가자면 물이 많습니더. 머가면 이 버선에 물이 젖습니더. 버선에 물이 젖는데 이 지게에 앉으면 여 앉으면 당연하니 물이 안 젖습니더."

가만히 생각하니 그럴쌍 싶으단 말이제. 그만 업히따. 업히가 오는데 이제 바이 작데기 그놈 이자 딱 하고 지게 턱 지게 쪼그려 앉으라 하고 지게 탁 쪼그려 앉고 업혔단 말이제. 지게 딱 오다가 물 가운데,

"아, 무거버서 조끔 쉬어 갈랍니더."

(청취불능) 바이작대기 이걸 고만 딱 고아놓고 그만 나와 빌러. 아리 물살이 애려 간 끼네 바이작대기가 딸딸딸딸 떠는디, 아이 갓쓴 거는 물에 궁그려 쳐박히면 죽진 안 허지만는 머 딸 문전에 왔다가 마을 앞에 왔다가 그만 머 옷이고 큰 창옷이고 갓이고 아 조지 쁘리지 우짤 기가. 바이작대기가 딸딸딸딸 아 조금 앉았웅께 그만 발이 절이고 웅댕이가 아파 죽겠거든. 저는 그가 그만 풀 베. 또. 아 그만 사정을 했다.

"내가 잘못했으니 살려 드라."고,

"아, 내가 영 죽을 말을 했다."

고 질못했다고 그런께 실컷 사정을 하니께 도로와. 오드이 또 없고 딱 지게 딱 짊어지고 일어나더니,

"어여, 와 이러노, 와 이래 미끄럽다."

흐딱 둔너뿐다. 흐딱 둔너쁘고 획 돌아브리고 그만 지게만 지고 쫓아 나가믄시로,

"지미, 문딩이같은 놈을 만나서 내꺼정 물에 빠졌다."

하믄시로 그만 욕을 한주뭉탱이 해놓고 그만 가쁘리, 달아나쁘리. 아이 영감이 그만 물에 빠져가고 뭐 큰 창옷이고, 뭐 바지고, 뭐 옷이고, 갓이고 물이 젖어가 겨우 기어 나와서 가만 생각해 본께네 자기 집으로 돌아가자나 수십 리 길이고, 이 딸 문정에 동네 앞에 와가꼬 이 들어 가기도 그렇고 큰 일이라. 그날따라 마 짜브리고, 마 짜버리고 그라고 그만 이 사람이 어딜 가는고 하고 보자 하고 있다 가만 보니께 자기 사둔 동네 들어 가거든.

'올치 오늘 저놈을 하인을 시켜서 저놈을 잡아다 꼭꼭 묶어놓고 좀 패야 되것단 말이지.'

때려야 되것단 말이지. 떡 아 그라마 옷을 얄굿이 짜가가 들어가 보니께 그만 사돈이 놀래고, 아이 딸이 놀래고,

"아구, 아부지 물에서 우찌 이리 고상을 하시느냐?"

고 놀래고. 그라 인자 딸이 마른 옷을 내다줘서 옷을 갈아입히고 이라 있다. 그래 있웅께네 그라있는디 큰집 사돈이,

"그만 우찌 그래 물에서 자빠졌드냐?"

고 그래가,

"내 이야기를 차차 할꼬마."고.

"저 사돈 저 건너 저 노다리 건너 논 붙이는 놈 어떤 놈이고 압니꼬?"

"아 와요?"

"아 그놈이 가와 내가 월천해라컨다고 날로 지게에다 언쳐가꼬 아 오드만 노다리에 쉬이놓고 아 까닥하다가 내 물에 쳐박힐 뻔 굼부릴 뻔 했는데 아 그놈을 보고 내가 농참지 월천해라…."

"금말로 머라 했는데 그럼니꼬?"

"니, 농참지 월천해라 그 소리밖에 안했다."

그러거든.

"그러면 그래논께 그러네요. 그 놈도 깡아리가 있는 놈이요. 깡아리가 있는 놈이라서 그런디."

그라 그랬는디 또

"우짜 지게 자빠졌냐?"

그런께,

"마 그놈이 내가 하도 사정을 해논께 와서 짊어 지드니 백주 미끄럽다 하면서도 히딱 날로 떠라 버고 욕올 그눔이 날로 문딩이같은 놈의 자식을 때문에 내꺼정 물로 빠졌다며 욕을 내보러 훙허게 해 놓고 이 마을로 들어 왔심니더. 그 어떤 놈이고 그놈 저 하인을 시켜 잡아다가 묶어놓고 좀 패야지…."

들어 본께 자기 동생 아이면 그런일 혈 사람이 없는 기라. 마 그렇다 저렇다 말도 몬 허고 우스버싸서 입을 옹으리고 있단 말이다. 우스버싸서 즈그 동생이라 소리도 안 허고 그만 남이라 소리도 안 허고. 바램이 이거는 성바람이 이거는 즈그 집에 드가서 재도 싹 머리 감아서 상투 매끈허게이고 명건 쓰고 갓 쓰고 저도 옷 싹 갈아입고 큰 창옷 입고 떡 왔다.

"하이거, 사돈이 오셨구나."

이 들어오면서 들으니께 부산해.

"어 사돈 그 뭘 농참지가 물에 떨구고 그래 쌉니꺼?"

"아 사둔 잘 왔소. 저 그 냇가에 농 붙이는놈 어떤 놈이고?"

"아 와요?"

"아 그놈이 풀로 베길래 (제보자 웃음) 아, 농참지 월천해라 컨다고 그놈이 날 업어 지게에 지고 물가에 가 받촤놓고 욕을 비더니, 아 그놈이 오늘 내가 사정을 허니 분하네요. 마 그래 이놈이 짊어 지드이 아 백주 미끄럽다 커먼서 날 물에다 날로 쏴 크 뭔다믄 욕을 허고 이 마을로 들어 왔는디 사둔 어떤 놈이고 압니꼬?"

"아 내 알지요. 아 고놈 내 알지. 요놈 내 요놈을 잡아다…, 요놈을 내 욕을 줘야 되것다."

고,

"아 그놈 참 그 어떤 놈이 그놈이 세상에 우리 사돈을 물에다 떤지! 요놈을 요놈을 내 …."

자기 형 성진사는 우숩어 죽겠다고 그만 우수버 입을 보끈 싸 모았는데, 흡씬 흡씬 구슬러 놓고는 오뉴월 핫바지 구슬르듯 구슬러 놓고는 아 요래 디밀고 요래 안생깃든가요, 요래 안 생깃든가요 해놓고 낯을 요래 디밀고 요래 안 생깃든가요,

"에이 여보소. 어디 당신만 모르는 양반이고로 사돈을 모르고 월천해라? 어디 그리 배왔소? 당신 사돈 사돈 저 족보 첫 장에 그기 있등기다. 사돈을 모르고 월천해라? 어디 고따위 행위를 하고 댕기는고로"

아 가만 생각하니 이 사돈이니 고만 썽도 못내고 그만 말었단 말이다.

〔 횡천면 설화 21 〕

횡천리, 1996. 4. 5., 2조 조사.
문영석, 남·82.

공짜로 참외 먹기(청바람 일화 2)

한번은 인제 (청취불능) 장을 떡 가니께, 요 고전쟁이라고 또 있어, 고전쟁

이라고 있는디. 요새는 머 (청취불능) 춘하추동 없이 장 나지마는 옛날에는 칠팔 월에 있거든. 그게 가니께 장에 간다고 가니께네 어떤 늙은 할마이가 말이지 그랗한 저, 넷 동무가 하드라케 너이 인제 동행을 하고 장에 간다고 허는데 어떤 늙은 할마이가 함팅이다가 수박을 이걸 갖다가 뭐 외이랑 뭐 자에 시장에 팔러 간다고 가는 기라. 가니께 인자 성바램이가 그러거든 서일(셋을) 보고,

"아 느그 저 저 할마이를 저 외를 하나 얻으긴데 느그 함부로 내 허는 걸 웃도 말고 돌아서 마 함부로 웃들마라. 웃도 말고 말도 말고 내 허는 것만 한 번 봐라. 내 그러면 저 외허고 수박허고 한 개씩 얻을꼬마." (제보자 웃음)

떡 그래 시키놓고,

"그러고 내 오늘 내 술 마음대로 먹일고마. 웃었다간 안 된다. 웃었다간 다 틀린다."

"그럼 니 그래 봐라."

그런께 떡 가더니 할마이 앞에 가더니 인사를 착 한다.

"아이, 장모님 왔습니꺼?"

"가만 있거라 ,이 누구고?"

"아이, 저 이서방 입니더."

"아 그래."

그 할마이 사우가 이가가 하나 있었던 모양이라.

"아, 이서방이라 아구 이 사람아 우찌 그리 처가집에 그리 잘 안 오는고?"

"뭐뭐 우뜨케 갈라싸도 참 그….'"

이놈이 낯을 돌려서 외면을 해가지고 허는 기라.

"참 갈라싸도 마음대로 안 되네요."

"아구 그래 여기서 만나 안 되것다. 여 저저 니 외 한 개 하믄 잡서."

"아구, 내 혼자 아이요. 저 우리 일행이 서이요." (제보자 웃음)

아 그런데 우쩔 기라. 또 두 댕이 더 내놔서 주고 가드라케. 저 인자 가꾸가서 봐라 해감서 이눔을 쪼개가꾸 갈라 먹는데, 그렇게 해고 할마이 한 번 그렇게 했으면 말기지마는,

"아이, 그만 내가 아무래도 실수했는가베. (제보자 웃음) 내가 아미 실수,

이서방 아닌 걸 실수 했는가베."

"아, 와요 이서방입니더 이서방이 머 몇이나 또 있소 내가 이서방…." (청중 웃음)

〔 횡천면 설화 22 〕

횡천리, 1996. 4. 5., 2조 조사.
문영석, 남·82.

공짜로 먹는 법(성바람 일화 3)

"할머니 이게 뭔교?"

"먹는 기라."

"꿔 묵는교 삶아 묵는교?"

"아, 기냥 먹는 기라."

"아, 그럼 한 점 먹어볼까요."

"아이 자시라고."

시계를 보고 나서

"아따, 거 잘 먹었다."

한께로,

"여보, 이것 값 내?"

"누가 돈 주고 묵는 거라 했나. 그냥 먹으라 해서 먹었다."

하드레 고런 짓을 허고 다니드라 해.

〔 횡천면 설화 23 〕

횡천리, 1996. 4. 5., 2조 조사.
문영석, 남 · 82.

돌림뺨(성바람 일화 4)

그래 가지고 한 군데를 또 간다. (청취불능) 또 가니께, 주막인데 젊잖은 노인 서이 앉아서 술상을 놓고 술을 묵어. 술을 묵은께네, 적잖은 노인 거기 안 있다고 젊은 사람이 인자 술을 먹은 시롬 아니 자네 차례다. 아무게 자네들하고 있소 지 딴에 술을 마시고 있다. 마 하나 뺨을 때리 줘. 아무게 이놈의 자식 술자리에 인사도 없이. 생전 모르는 놈이 인사도 없이 와서 놈의 술을 먹는다고 저를 때려 준께.. 저는 또 뺨을 때려 줌서

"돌림뺨 아니요? 이 사람은 나를 때리고 나는 당신을 때리고".

〔 횡천면 설화 24 〕

횡천리, 1996. 4. 5., 2조 조사.
문영석, 남 · 82

엉터리 망건장사(성바람 일화 5)

또 한 모퉁아를 돌아 가니게 영감들이 거기서 술을 먹으면서 가만히 생각해본께 돈은 없고 술은 묵고 잡고. 우두거니 이리와 거기 술 묵는가베 하고 있다가 영감 하나 있다가,

"이런 때 망건 장사 왔으믄 망건 하나 때울 건디 당채 안 오드라."
고 퍼뜩 인남시롬,

"보시요."

"망건 어떠십니까?"

"제가 망건 장삽니다."

근께 등지미 한 잔 하라 그래. 근게 한 잔 머었다. 망건인디 본게 골아 터 있거든.

"아 이만 쯤이야 걱정 마이소."

"여기 안져 있으소. 내가 모퉁이 가서 가져 오리다."

그리 가드니 안주인 보고,

"여보, 여기 바늘 하고 실 하나줘."

"뭣 허려고."

"내가 옷 고름이 타져서."

아이 근게 주거든 그러고 바늘에다 흐건 실을 끼워다가 좋운 망건에다 일로와 청청 엉거서 막 뀌어서,

"보시요, 이만하문 쓰겠소?"

"이 놈 미친 놈 망건다 베려놓고 때려 죽일 놈."

그때 냅다 도망쳤다. 고런 미운 짓만 하드레.

〔 횡천면 설화 25 〕

횡천리, 1996. 4. 5., 2조 조사.
문영석, 남·82.

복어국 얻어먹는 법(성바람 일화 6)

한질가로 가만히 떡 가니께, 마 국 끓는 냄새가 굉장히 맛있는 곰국 끓이는 맛있는 내가 나싸,

'뭐걸래 이리 맛있는 내가 날꼬?'

아니 복기국 끓이드라해. 복기라 하는 것이 묵는 복기가 있고 못 묵는 복기

가 있다 그러네. 못 묵는 복기를 먹으면 사람이 직사 해 죽는다네.

"복기 거 팔라요?"

"하믄."

"그럼 한 그릇 주소. 한 그릇에 얼마하요?"

참 이전 돈으로 한 냥 한다거나 두 냥올 한다 하드레.

"한 그릇 주소."

한 그릇 묵고 술 한 그릇 주라해 가만히 생각해 본게,

'오늘 마실 잘 왔구나.'

한 그릇 묵었으믄 하끈디 두 그릇이나 묵었어. 인자 두 그릇차 묵고 국 한 방울이나 놔놓고 눈을 끔틀끔틀 함서,

"아, 아아이고 내 배가 왜 이란고?"

휘딱 던져분 기라. 눈을 딱 감고 휘딱 던져분 기라. 그란게 아이고 주막쟁이가 발을 구르면서 내가 이놈의 일을 진작 손놓고 안 할라 했는디 큰 일이라 사람이 죽어놔서 이걸 어떻게 할고 막 죽을라케. 다른 사람은 없고 주막쟁이 즈그 내우만 있어 남자가 있다기 뭐라 하는고이,

"내 등에 업히라. 업으라 아무도 안 볼끼고 방산 너메 갔다 내불고 오믄 안 되겠나 내 등에 업히라."

등 뒤로 턱 대는 기라. 남자가 등 뒤에서 눈을 찍 감고 두 다리가 덜렁덜렁. 방산 너머 턱 내려놓고 돌아서 춤올 턱턱턱 배터놓고 가는데 어떻게 우습던고.

"내가 복제국 잘 묵고 간다고."

〔 횡천면 설화 26 〕

횡천리, 1996. 4. 5., 2조 조사.
문영석, 남 · 82.

석 자(三字)로 대감집 사위되다

한 학자가 글자 치고 모른 글자가 하나도 없어, 그래서 사우를 하나 볼라고 딸이 있는디 그래 자기 모르는 석 자만 하믄 사우를 본다해. 그래서 하루는 한 놈이 찾아와

"마, 대감님, 소문듣고 왔십니다."

"뭐 말인고?"

"대감님이 모른 자 석 자만 하믄 저 사우를 본담 서요."

"어, 니가 글 잘 아나?

"잘 압니다."

"모르믄 돈이 삼 백냥 이데이, 모르믄 삼 백냥을 내야되고 알믄 닐 사우 본다."

"그래, 그러지요."

"그럼 한 자리 하겠습니다. 자라 그랬지요? 무슨 자든가 자만 들면 되지요?"

"하믄 자만 들면 된다."

글자라 그랬으믄 모를근디, 마 대감 모른 자만 들믄 된다케,

"우장 짚고, 삿갓 쓰고, 괭이 잡고, 논두렁 섰는 자가 무슨 자입니까?"

"무, 밀어먹을…."

생전 처음 듣는 소리라. 사서삼경을 다 외도 처음이라. 모른 소리를 옥편을 내놓고 찾아봐도 만고 그런 자는 없어. 우장 짚고, 삿갓 쓰고, 괭이 짚고, 논드렁 섰는 자가.

"아이, 대감님 모르겠습니까?"

아무리 생각해도 모르겠거든, 모르니까 모른다 했어.

"그자는 논임자입니다. 자는 자지요."

'하, 이놈이 요론 놈이구나!'

"그럼 또 한 자리 하지요. 석 자라, 인자 두 자 남았지요."

"오냐, 그렇다."

"동글 납작하고, 노랑 탱탱하고, 시큼 빼죽하고, 아금 삼삼한 자가 뭐요?"

아이 벌어먹을 알 도리가 있나. 동글 납작하고, 노랑 탱탱하고, 시큼 빠죽하고, 아금 삼삼한 그 자를 모른다. 아이거 또 모른다 그랬다.

"그자는 유자입니다."

유자가 동글 납작하고, 노랑 탱탱하고, 안에 묵으믄 시큼 빠죽하고, 안 껍데기는 아금 삼삼 안 그런가.

"그자는 유잡니다."

하, 이게 딸 뺏길 일이, 큰 일 이제 하! 이거 용모를 보믄 별 거 아닌 디 말하는 소리가 주둥이가 야물다 이 말이제.

"또 한 자리 나왔지요"

"응, 한 자리 남았다."

"길쭉 달쭉하고, 보리 째빗하고, 올통불통하고, 소삭소삭한 그 자는?"
뭔자냐케. 아이 빌어묵을 꼭 이놈이 하는 말을 알 수가 있나.

"그자는 피마자."

피마자는 잎사구는 보리 째빗허고, 대는 길쭉 날쑥하고, 씨는 아주 소삭소삭하고 올통볼통하고 그러커든 그래 사우 됐어.

[횡천면 설화 27]

횡천리, 1996. 4. 5., 2조 조사.
문영석, 남·82.

폐가의 유래

하늘 천 밑에 새 조자가 있다. 그게 성(姓)자라. 그건 이름 옥편에서 볼라 치믄 하늘 새 조자가 폐가라는 성자가 있어.

대감집 딸이 목화밭에 목화를 따러갔는디 어떻게 깝깝하고 숨이 차든고 눈을 떠본게 근챙이 짝 같은 황새가 턱 덮어가 있어. 그래서 고함을 지른게

저도 놀라서 '꽥' 그럼서 하늘로 올라 가드레, 공중으로 날아 가드레. 갔다온게
배가 살살 아파. 아, 열 달된 께 야를 낳다. 양반집이서 부정한 것이 있다고
(청취불능) 만고 그런 일이 있어야재. 그래 나라 상소까지 올렸다 말이여.
  "어째어째 해서 그런 일이 일어났는고?"
  그래가꼬 그 이야기를 해 하늘에서 새가 내려와서 그랬다고 올라감서 꼭
하고 날아갔제 그래, 그 아가 쾌가 시조라.

〔 횡천면 설화 28 〕

횡천리, 1996. 4. 5., 2조 조사.
문영석, 남·82

돼지 배 속에서 나온 최치원

  한 고을에 고을살이가 내려가기만 하면 첫 날 저녁에 마느라를 잃어버려.
만고에 죽은 디도 없고 그만 마누라를 잃어븐 기라. 내려가 첫 날 저녁 되는
기라. 그래 그 고을에 고을살이 할 사람이 없어. 가믄 뭐 마누라 이져분께 아무
도 안 내려 갈라 그러거든. 나라에서 큰 걱정이거든. 고을살이가 없는케 관장
이 없은 게 힘센 놈이 임자고, 주먹 큰 놈이 임재고, 막 무법천지라 법이 없어.
아 나라에서 그만 큰 걱정을 하는 기라. 고을이 막 황폐화 되가고, 이제 힘센
놈이 임재고, 주먹 큰 놈이 어른이고, 법이 없으니 어직 허겄느냐 이 말이재.
아무래도 고을살이 내려갈 사람은 없고 내려갈 사람이 없는 기라. 그래서 방을
써 붙었제. 아무데 고을살이 내려가는 자는 '천금상에 만금을 봉하리라.'하는
광고를 내붙었어.
  그래 붙여도 소용이 없는데 한 소금장사가 소금짐을 짊어 댕긴시름 동네
댕긴시름 한 되도 팔아묵고, 두 되도 팔아묵고, 소금을 팔아 살어. 아도 없고
글을 읽을 줄 알았나 보제. 아 고을살이를 내려가면 천금상, 만금상을 봉하리

라 그래. 봉녹은 물론이고 그래 마누라 보고 앉아서 이야기를 했제. 앉아서
의논을 했제.

"여보게, 우리 꼴에 방방곡곡 무거운 것 지고 댕긴시롬 한 되 두 되로 이것
저것 사면서 벌어 감시롬 고상하느니 차라리 거 가서 고을살이 한 번 하고
죽다해도 고을살이 살았다는 소리나 듣고 죽자. 우리가 사는 게 아니다."

이레 마누라가 그라자고 하드레,

"아이가 이 고상을 하느니 고만 고을 사또 소리나 한 번 듣고 죽든지 살든
지 한 번 해시다."

그래 인자 소금을 다 팔았는가 해버리고 그만 내려가 문지기 보고 지나가
는 소금장사가 들어가 입실을 좀 하겠다 한께 문을 통과시켜 들어 오라 하거든.

"뭐 이런 삶이 인니?"

"예, 저는 배운 게 없어서 방방곡곡이 걸식하고 도라다닙니다. 근디 앞에
광고를 붙이는디 벽보 붙이는 걸 보고 왔습니다. 근디 아무디 고을 황폐화 되
겠다고 한디 절 보내 주니면 내려 가겠소이다."

나라에서 고올살이 내려갈 사람이 없어 걱정을 할 판인디 아무라도 가라
케. 그 날부터 나라 녹은 터는 기라. 말하자는 월급이란 말이제. 내려 갈 적에
그래도 지혜가 있었든 가베. 마누라가 지혜가 있었어. 마누라가 명주실을 열두
개를 구했어. 열두 개를 구해갔고 끄터리 끄터리 있고 수꾸리 가만히 두고 끄
트리만 빼갔고 열두 개 토 잇고 내려왔다.

글 내려간 게 마 고을이 황폐해 되갔고 그만 법이 없어서, 내려간 시롬
나졸놈 칠백 명, 나졸놈이 칠백 명인디, 칠백 명 보고 초로, 마 한 섬을 가져다,
불 쓰는 초 말이다. 전부 삥둘러 불로 다서고 나졸 칠백 명한태가 몽둥이 들고,
한 개씩 놀리기 좋을 만한 몽둥이 한 개씩 다듬어서 (청취불능) 집을 포위한
기라.

"뭐든지 사람이던지 짐성이던지 벌거지건 눈에 띄는 건 두들겨 잡아라.
몽둥이로 패잡아라."

이래 놓고 이 마누라 명줏 끄터리 끄터리 잇고 한 쪽은 문고리에다 메고
하나는 치매끈에다 째매.

"만약 내일 아침에 내가 없걸란 명주꼬리 실푸리만 찾아 오되 까딱 잘못하

면 죽을 수도 있을깨내 찾아온 사람이 죽올깨내 내가 눈을 한 번 껍적 거리면 돌아가 버리고."

그마, 마 저녁에 화촉 불 밝히고 막 나졸놈들 칠백 명이 몽둥이를 들고 포위해 가고 있는디. 아무 것도 없어 더군다난 밤중 댄 마누라가 없는 기라. 어디로 갔는지 모르제 바깥 놈들 보고, 포위한 놈 보고 물어봐야 모른다고. 그래야 날 살래야 본게네 명주풀이 열두 개가 좌악 풀려 있어. 눈치 바르고 날랜 놈 나졸 몇 놈올 불러갔고 올 풀린데를 찾아 가니께 큰 땅굴이 있는디 굴 속으로 들어가. 지혜가 있는 분 아닌가베. 큰 집채만한 산돼지가 말이제, 산돼지가 왕성하게 아니라 그것도 사람 맹기로 나이가 들어서 흑한 털이 있어만 그놈의 이 잡드라. 그래 이 잡아줘 마누라가 약속을 해논께 찾아올 줄 알았거든. 그래인자 산돼지 보고 그게 수천 묵은 돼지라 얘기를 하는 기라.

"보소, 당신은 겁 나는 게 뭐가 있소?"

돼지를 보고 묻는 기라.

"내가 겁 나는 것 아무 것도 없다. 호랭이도 겁 안 나고, 내가 호랭이를 잡아 먹는데 뭐 호랭이가 겁이 나. 내 아무 것도 겁 안 난다."

"귀신이 겁 나요?"

"마 귀신도 겁 안 난다. 그럼 아무 겁 나는 것 없는디, 내 겁 나는 것 한 가지 밖에 없는디."

"거 뭐지요?"

"그건 안 갤차 준단께. 한 가지뿐이 없다."

그러거든 (청취불능)

"안 갤 차 줘."

"뭐 안 갤차 줄라요. 좀 갤차 주소. 안 갤차 주문 마 자기 손에 내가 죽고 있제 지는."

그만 수천 년 둔갑해서 사람말로 하는 기라.

"내가 묵고 있제 안 따라 살기요. 이도 안 잡아 줄기고, 내 그 소리만 들으믄 마 내사마 언제든지 여기 살기고."

"그래 그믄 아무 디도 말 마라고. 내 갤차누다고 호피 가죽이 제일 무섭다. 그래 호랑이 가죽."

“아아니, 산 호랑이도 안 무서우끈디 가죽이 뭐 무서울꼬?”
“아니 그건 내하고 호피 가죽허고 상극인데 코에다 대믄 나는 가는 기라.”
상극이라 그래.
“아 그래요.”
“그 이 외에는 무서운 것이 없다.”
“아 그럼 됐소. 그만침 됐으믄 친히 살겄어요.”
라고 산디 이놈이 잠을 자믄 백이로 자고, 안 자믄 백 일로 안 자는 놈이라. 석달 열홀로 그래 요게 잠들기만 하픈 호피가죽이 있는디, 이 여자는 머한 사람이믄 옷고름에 차는 칼이 잇어. 호피 가죽이라 이걸 끌러가꼬 물에다 불려다가 잠이 많이 들믄 눈을 빠끔이 뜨고 자는 기라. 다리 쭉 뻗고 잠이 들믄 눈을 감고 있고 그래. 이걸 끄러다 물에 담가다가 코 구녁에 댄게 그만 찍 뻣트레 죽어부렀어.

그만 나와갖고 사는디 차차 배가 불러서 태기가 생겨 한 열 달이 대서 애를 하나 낳어. 이거 못쓰는 기라고. 이 순 더러운 못쓰는 기라고. 나졸놈 한 놈을 시켜 저 갖다 버려브라고, 저 우물가에 가서 버려 내부러라 하고 보듬고 가는디 지나가는 게로 거샌이가 따 한 마리 누워 있는데 한일 같다 그 소리 듣고 개구리 한 마리 두 다리 쭉 뻗고 대가리 찍 뻐드러 죽어 있어. 아 그 서도 큰 대자 갔다이 일자왈천이라. 한 일자 밑에 큰 대자는 하늘 천이거든. 일장왈천이 같이 소릴하고 있어 아이가. 갓난게 글도 다 알아 버렸어. 그런게 그리하던가 말던가 그냥 갖다가 물에 한 번 던질라고 한게. 아따 그만 하늘님이 그만 뇌성을 하고마 야단 이거든. 그래 그만 물에는 못 엿고 거따 놔두고 와 부렀제, 물가에다.

밤이 되면 큰 학이 내려와 주뎅이로 딱 벌려 가리고 낮이 되면 태양이 뜨고. 이러구 시러구 마 뭘 묵고 살았는지 살았다. 살아와서는 그래 이리저리 얻어묵고 댕겨, 얻어묵고 댕긴시롬 아이 가만히 생각해본게 천하로 태어나서 알 수가 있는데 누가 알아주나 아무도 아는 사람이 없어. 천상에 이름을 하나 얻어야 되겠어. 이름을 그냥 서울로 인자 얻어 묵으로 간다는게 서울까지 간 기라.
‘물해야 이름을 하나 얻으고?’

겨울 깨진 것 거울 고치는 것 해야 것구나.

"나쁜 거울 깨진 사람 있거든 때우소, 때우소."

외치고 다니는 기라. 그 때 마침 나정승이라고 있어 비단 나(羅)자, 나가 나정승이 있는데. 나정승 보는 거울이 금이 좀 갔어. 에이 됐구나,

"아나, 봐하이 보니라."

"왜 뭘라 그럽니까?"

"어 니가 거울 잘 때우냐?"

"아, 예. 잘 때웁니다. 어이 보입시다. 거울이 고칠 것 있습니까?"

"있다. 여기 이금이 요렇게 안 갔나, 때우건나?"

"아, 예. 깨져서 쪼가리 난 것도 때우는디 금 나는 것 이거 문제 없습니다."

가만보다 땅에 탁 놓아 버려. 탁 벌어졌제. 영 인자 못쓰게 되 버렸어.

"네 이놈, 네 이놈. 네가 거울을 때우러 대니는 놈이 아닌라 거울을 부스러 대니는 놈이 네놈을 죽인다. 금 잘 본다드니 놈이 영 기냥 때우도 못허게 만들어나 이놈 죽인다."

"예, 대감님. 저 소인이 할 말이 있습니다. 이 역 같은 거 죽이믄 뭐 하것습니까."

그 때는 돈 천 냥이든 사람하나 죽이는 기라. 돈 천 냥하고 목숨을 바꾸더라네.

"절 죽이든 뭐 하겠습니까? 절 그만 하인놈으로 살랍니다. 저 같은 놈 죽이느니 마 하인으로 팔리겠습니다."

"그럼 그리 해라. 내가 거울을 달리 주고 니가 우리 잡아인 놈이다."

하인놈인디 이름을 '파경노'. 부수울 파(破)자, 거울 경(鏡)자, 종 노(奴)자. 그래 마 이름을 파경노라, 파경노라 그리는 기라. 거울 부순 종놈이라 그래서 인자 파경노가 됐다.

됐는데 대국서 인재 알아볼려고 별놈의 것을 다 하드라네. 별놈의 짓을 다 해봐서 조선의 인재 알아 볼라고 내보내도라케. 옥함은 갔다가 무쇠로 가지고 조그마한 함을 맹그러 갔고 안에다 솜을 섭겁으로 싸서 그 안에다 계란을 한 개 너어다 딱 싸서 이라고 끄터리 옥함을 딱 때우고 나서 아이고 조선으로 내보내는 기라. 이 속에 뭐가 들어 있는가 알아 맞춰 보게 하다. 모르믄 조선은

존재도 없다. 아이 그라니 서울 대감집으로 하루 저녁에 한 집식 삥 돌리는 기라. 아무도 몰라, 아무도 몰라. 제일 마지막에 나정승 파경노집이 온 기라. 아이고 아무도 모르고 우리 조선 다 살았다고 존재도 없이 다살았었다고, 그때 나정승 큰 딸이 있거든. 파경노는 빗자루 들고 마당을 쓸고 있는데 대감이고 나정승이고 본식구가 마 죽을 상이라 말이제. 대감 문 앞에 방문 앞에 쑥 돌아 오드레 머리를 붙들고

"대감님 와 그럽니까?"

"네 이놈아. 네가 알 일이 아니다. 너는 마당이나 쓸어라."

"헤이, 그걸 모라서 저래 사는고 에이!"

"아, 이놈아 너는 알겠나?"

"예, 알고 말고요. 거 뭐 천하 알기 쉽네요."

"그믄 뭐라한고?"

"거 말하믄 안 됩니다."

"그럼 어쩔기고?"

"마, 대감님 마 대감님 사우로 삼아야 됩니다."

세상에 종놈을 갔다 사우 삼을 수가 있나. 그 대감 집이서 양반집이서 말이제 하! 이거 큰 일 이제. 저놈이 알고 저러는지 모르고 저러는가 종놈으로 사우를 삼는다 소리를 할 수 있나.

"임마 좀 알자 뭐고?"

"안 됩니다. 그건 소인이 죽었으면 죽었제 사우만 삼으면 말 못헙니다."

가만이 그러자 즈그 대감 아들이 말이제

"저놈 잡아 묶으라. 마 이제 저놈이 우리를 모욕해도 분수가 있지. 파경노, 종놈을 갔다 사우 삼을기라고. 아 아부지 사우 삼을 저놈이 저런 모욕을 하니 목을 끊어 죽여야 한다."

고 파경노 저놈 목을 끊어 죽여야 된다고, 그만 이놈 종놈들이 몸을 묶어서 작두에다 목을 너 갔고 죽일라고 하는 기라. 나정승 딸이 말이제 마,

"이 그럴 것 없다고 진정하라."

고. 묶어 놓은걸 자기가 싸악 끌르고

"아부지, 부모 날 딸자식 안 낳았다고 죽어져 갔다 버려 파 묻었다 하고

사우 삼자."
고 했어.
　"그래야 되제 글 안 허믄 조선 인자 존재도 업십니다."
　으음, 아이 그냥 딸이 그만 딸이 앵겨 들어 묶어 놓은걸 싹 끌러 버리고
사우를 삼는 긴가 (청취불능)
　"열흘이 지나야 합니다."
　그러는 기라. 이거 젠장 맞을 거 내일 인자 말하자믄 내일 옥함이 뜰 기라.
옥함이 떠서 대궐로 들어 갈 기라. 오늘 저녁에도 말이 없어, 아이고 가족 식구
들이 말이제 그러믄 그러제 지까짓꺼 뭘 알기라고 우리가 속았제 그까짓게
뭘 알기라고. 우리가 이런 망신을, 아, 이런 망신이 없거든 하믄, 그러닌께 저녁
에 마누라가 밥 채려 주거든,
　"마누라, 들어 오소."
　"보이소. 당신이 모르믄 모른다 그러제 뭘 안다고 해가꼬 저 부모형제들
다 죽게 되었소. 지금이라도 말만 하믄 옥함이 내일 뜨지요. 내이 날만 새땐
뜨네 오늘 저녁에라도 말을 하소 그래."
　"그래 그럼 저 옥함이라 가제오제."
　갔다 났다.
　흰 종이 갖고 와. 흰종이를 싹 발라 발랐다.
　"벼룩, 먹 가와."
　"먹 갈 지예."
　시킨 대로 다해야거든,
　"붓에 먹 묻혀."
　먹을 묻혔다. 발 꾸락에다 붓을 끼우라케 누워서 발로 희죽희죽 써,
　"야, 이젠 됐다."
하는 기라. 마 이거 뭔지 알 수가 있나. 마, 그 뒷날 떠난 기라. 떠났어 어찌
됐든 떠난 기라. 대국서 보니까 맞췄다. 그 소리가 뭔 소린가 글로써 뭔 소린가.
다른 사람은 모르게 해났는디. 그 속에다 글로 썼는디 뭐라 했는고이,
　'반백반웅수에 반틈 희고 반틈 노란 물에 쭉지가 나갔고 새벽에 우는 새가
들었다.'

이랬어. 허 계란이라. 계란인디 반틈 노랗고 반틈 흰 것은 흰자 노른자라. 대국서 본게 이놈이 맞췄어. 맞추기는 맞췄는데 요놈이 잘 맞췄는데 우리를 얼마나 무시해서 발목댕로 붓을 썼다고. 발로 쓴 것까지 알아. 집으로 내 보냈다니께 나정승 사우가 됐는디 대국천자 보니께 만고에 없는 인물이라. 그래 불러놓고

"니를 내가 살리노니 내 말 드으믄 살림 기고, 내 말 거절하면 널 죽인다."

"말씀하이오."

"내 딸이 있는디 널 사우로 삼아야 쓰겄다."

아 그래 사우 삼아가지고 대국 가믄 대국 천자 사우고, 조선 오믄 나정승 사우 됐제. 최치원이라. 이가 최가 시조라.

〔 횡천면 설화 29 〕

횡천리, 1996. 4. 5., 2조 조사.
문영석, 남 · 82.

명(明)씨의 유래

서당에 아들을 모아 놓고 글로 가르쳤는데 그중 뼈 골자, 골가라. 골간디 선생이 밝을 명(明)자, 명가라. 만날 선생이,

"예이, 순 골자야. 순 상놈의 자석 골자."

아이 이것도 한두 번이지. 듣기가 싫거든. 그럴까 아닌 간배 단장도 한두 번이라고. 아이 저놈의 자석을 그만 쫓아 내자니 아들 그로 못 가르치고 내두자니 더러워서 밤낮으로 가르침서 만날 골가라고 골가 상놈이라고 그래쌌제. 마 저놈의 자석을 아들 글만 안 가르치믄 쫓아 낼까 생각 중인디 하루는 중이 동냥하러 왔어.

"대사?"

“예.”

이리 좀 오라고 그래 인자 안챘다. 안채놓고,

“아니, 내가 영 속이 상해서 못 살것소. 내 분을 하나 풀어 주믄 내일 쌀, 대두 한 말 줄 끼니게 내 분 풀어 주겠느냐?”

이러드라.

“걱정없습니다.”

그럼 스님이 동냥 댕기다가 해가 넘어가믄 와서 챙겨주라고 그라믄 그리하라고, 저녁에 그리 오걸란하고 또 내가 그러믄 저 방으로 내를 앉힐 거냐고, 아 그래 그럴 거라고 그러믄서 주인장이

“내일 와서 ‘대사 속생이 뭐요?’ 그리 물어보소?”

중을 보고 그런다네. 속생이 뭐냐 카믄 저 김가믄 김가, 이가믄 이가, 박가믄 박가 이러제. 그만대고 물으믄 욕 묵는다네. 그 양반 뭇허고 네 성이 서가 놈의 자손이라 그런다더만, 그 양반 무식허고 속생이 뭐냐 하믄 이가믄 이가, 정가믄 정가 그렇다네. 중놈 보고 성 묻는 게 그러타더만. 속성이 다르고 보통 성 한 문자가 그러데.

“그래 나보고 그리 물으시요. 그럼 내가 요새 말로 저 명가 할 말이 안 있겠습니까. 그래 내사 명가라 그럴 꺼요.”

중말이 그래 속생이 뭐냐 물어보믄 내심 명가라고 그럴낀다. 그러하라고 그래인자 나가 삐리고 딴 디 동냥하러 갔데이 대차 약속한 일이 되서 해가 다 넘어가고 한 께이 그 집으로 찾아왔드레 찾아와서,

“대사 속생이 뭐요?”

“아, 이, 마 저 말 못 허겠습니다. 어디 성자도 더러워 소생은 말도 못허겠습니다.”

“아나 성이 어떻길래 성자가 더럽다고. 어찌든가 말로 하게 무슨 성이길래 성자가 더러와서 말을 못하는고?”

“예. 물으니 말을 하죠. 밝을 맹자, 명가라.”

해. 중 말이 이런께,

“아, 그래 내하고 종씨내, 내하고 종씨네.”

“애이, 우리 성이 못섭니다. 순성도 나쁜 성입니다.”

"아이, 와 그래. 우리 양반인디?"

"아니 옛날 절에 대사가 일광대사라고 월광대사가 있었어. 일광대사가 있는디 거 우리 시조 할메 우리 시조 날 때, 우리 시조 할메를 갔다 아이 월광대사하고 일당대사 하고 둘이…. 아 그래서 우리 시조를 나왔는디 일광대사 편으로 하겠습니까, 월광 대사편으로 하겠습니까? 그래서 날 일자도 못쓰고 달 월자도 못쓰고. 그래서 달 월자라 날 일자 합해가 밝을 명. 명가라 합니다. 그러니 어찌 우리가 성자를 놈(남) 앞에 말을 하겠습니까."

그만 골자가 가만 있다가,

"내 이순 더런 놈의 자석. 네 이놈 중놈 네 할아버지가 두 놈씩이나 네 이놈 주둥이를 놀리는고."

그때부터 골 가한테 꼼짝 못해. 그날 아침 밥 묵고 갈라고 할께에 안으로 들어오라고 해가지고 쌀 대두 한 말을 잘 씻어 놔서 어제 날 분풀이 해줘서 참 내가 좋아서 말이제 쌀 한말을 보내줬다 그래.

〔 횡천면 설화 30 〕

횡천리, 1996. 4. 5., 2조 조사.
김용률, 남 · 70.

지성이면 감천

순임금께서 민정을 살피고 민의를 파악하고 하기 위해서 항시 밤에 순찰을 많이 하셨다고 합니다. 근대 그 순찰하는 동안에 어느 마을 길을 가다가 집 밑에 질을 지나다가 들으니까 이상한 소리가 들려, 그래 귀를 기울려 들어보니까,

"붙읍소서, 붙읍소사."

자꾸 '붙읍소사' 이 소린데, 자꾸 그 소리만 반복하고 있어. 거 이상해, 무슨

뜻으로 그런 소리를 하는지 이해가 안 가서 궁금해서 꼭 알고 싶다 이 말이제. 그래서 염치불구하고 그 집 앞 밤중에 두르리고 주인을 찾아 들어가서 주인을 찾으니까 어떤 영감님이 나와. 그래 그 사랑방으로 모셨는데, 그래 임금님이 평복을 입고 갔제. 임금님이 머리를 썼지. 그러나 친절하게 대해줬는디 영감님 하는 말이 뭐라 하고 하니 사연을 들으니까 뭐라 하는 고는,

'우리 할망구가 저녁마든 날마다 계속해서 저러고 있는디 붙읍소서 하는데 그 연유인즉 자기 아들이 독신 아들이 하나 있었는데 그 애지중지 기르던 아들이 군에 갔다니께.'

아 그저 현대식 말로 군에 갔는데 어딜 갔는고이 저 국경지대 만주 두만강변에 갔는디 국경 수비대로 간 기라. 그래서 그때는 제대도 휴가도 없고 무한정 그냥 군생활하는 그런 때라. 그래서 어머니는 항상 문에 보낸 아들이 무사히 돌아오기를 기다리는 그 뜻에서 애를 태우고 있는데 한 어느 중이 하나 보살중이 하나와 가지고 그 사연을 듣고서 말 하는 고이,

'참 딱하나마 별 도리가 없고 계란을 벽에다 붙이면 돌아온다.'

이런 예언을 해주고 갔다. 이 할머니는 그 말을 갖다가 그대로 믿고 그날부터 시작해서 계란을 벽에다 대고 붙읍소서 붙읍소서 자석이 돌아올 때까지 그걸 계속해서 할 작정이라. 그래 뭐 몇 달이 지나가고 몇 년이 지나는데 지금도 계속하고 있다 말이제. 그때 임금께서는 그말을 듣고 가만히 생각해본께 기가 막히거든. 그 자식을 보고 싶어하는 그 어머니의 정성, 그 지성 말로 표현할 수 없단 말이제. 저 임금께서도 감동을 해서 속마음으로 생각하기를,

'저런 사람이 자식을 위해서 자식을 돌아 오라고 그렇게 간절히 비는데 내가 임금이면서 그 사람을 못 보내겠느냐고, 돌려보내리라.'

속마음으로 그렇게 생각했어 그러자 조금 있다가 할머니가 호들갑을 떨면서 나옴서,

"영감님, 영감님?"

"아, 왜 그러냐?"

라고,

"계란이 벽에 붙었소이. 우리 아들 돌아올란가부요."

그리오면 임금님이 그리 맘 묵었으니까. 그 맘 먹은 자세가 기운으로 변해

서 할머니 계란에까지 전달된 거예요. 그래서 그렇게 돌아와 가지고 맘먹은
대로 찾아와 가지고 아들을 돌려 보내주고 그리했다는 이야깁니다.

하동군 진교면

Ⅰ. 조사 마을 개관

1. 진교면 마을 1 - 진교면 고룡리 남양(원동)마을

진교 터미널에서 교통편이 마땅치 않아 도보로 30분쯤 길을 걸어가야 한다. 보리밭을 따라가다 보면 전에는 고호리라 하였고, 현재 고룡리 남양부락에 도착하게 된다. 전체 가구수가 52호, 전체 인구는 170~180여명이 된다. 60세 이하 인구가 40여명, 65세 이상 인구가 31명으로 여자가 더 많은 편이다. 근처에 있는 콘크리트 공정을 하는 석재공장과 직물공장에 다니는 젊은 사람이 있으나 극소수이고 대부분은 농업에 종사한다. 군수비가 4개나 있는 이 마을은 소와 염소를 많이 키우는 부농에 속하며 노인정과 마을회관을 군의 보조와 마을 돈으로 입식으로 편리하게 지어놓아서 지내는 데는 불편이 없었다.

2. 진교면 마을 2 - 진교면 고룡리 평당마을

예전에는 근처 바다에서 어업도 하였으나 현재는 주로 벼농사에 종사하고 있으며 마늘 농사도 많이 한다고 한다. 다른 수입원으로 소나 돼지도 키우고 있다. 도로변에 위치하고 있는 평당마을은 전체 가구수가 60호이고 전체 인구는 300여명이다. 60세 이상 노인분들이 50여명이며 할머니들이 35명으로 훨씬 많다. 도로변이라 물자를 구하는 데 불편이 없었으며 갈비집 등의 큰 식당들도 자리잡고 있다.

3. 진교면 마을 3 - 진교면 월운리 월운마을

월운리는 면소재지인 진교리에서 북서쪽으로 5.5km떨어져 있다. 길게 상평 평야를 형성하고 있는 관곡천의 최상류 지역에 자리잡고 있다. 진교 터미날에서 떠나는 버스의 종착 정거장인 월운마을은 마을 입구에 효열비와 열녀비가 있으며, 초등학교가 하나 있었으나 폐교되었다. 총 가구수가 86호로 전체 인구는 230여명 정도이다. 그중 60이상의 인구가 1/3정도이고 초등학교를 다니는 아동이 5명, 중고생이 21명이다. 마늘밭이 3만 4천평, 논이 60만평, 소가 250두로 주로 미맥농사를 짓는 전형적인 농촌 마을이다. 구판장과 마을 창고가 각각 한 곳씩 있고 이양기가 30대, 트랙터가 5대, 콤바인이 2대, 바인더가 1대 보급되어 있다.

II. 조사 기간 및 일정

1. 조사 기간 : 1996년 4월 3일 ~ 5일

4월 3일 : 하동군에서 3시경 진교면행 버스를 타고 진교면으로 출발, 오후 5시 쯤 고룡리 원당마을에 도착하여 여장을 풀었다. 저녁 식사를 마친 후 마을 사람들의 일과가 끝날 무렵인 저녁 8시경부터 10시 30분까지 마을 어르신들을 모시고 조사를 시작하였다. 조사가 잘 되지 않아서 조사를 마친 후 그 날의 문제점에 대하여 반성하는 자리를 가진 후 자정이 지나서야 취침했다.

4월 4일 : 오전 7시 30분에 기상하였다. 두 개의 조로 나뉘어서 각각 구곡마을과 평당마을로 제보자를 찾아 나섰다. 평당마을에서는 얼마 간의 성과물을 가지고 돌아왔으나, 구곡 마을에서는 제보자를 찾는데 실패하였다. 점심 식사를 마치고 터미널로 이동하여 13시 10분 차를 타고 월운리 마을로 향하였다. 13시 50분경 도착하여 월운리 마을 노인회관에 여장을 풀었다. 저녁 식사를 마치고 저녁 8시 경부터 노인회관에서 조사가 시작되었다. 11시 30분까지 오랜 조사를 하였고 비교적 많은 성과가 있었다. 조사를 마친 후 우리 조끼리 단합의 자리를 잠깐 가진 후 새벽 1시경 취침하였다.

4월 5일 : 전날의 피로로 비교적 늦게 기상하였다. 아침 식사를 마치고 나서 10시경부터 그 마을과 아랫 마을에 또 다른 제보자를 찾아 나섰으나, 성과물이 많지는 않았다. 이장님 댁에서 점심 식사를 대접 받은 후 3시쯤 여관을 향해 출발하였다. 4시쯤 여관에 도착하여 그동안의 피로를 풀었다.

2. 제보자

〔 진교면 제보자 1 〕

고룡리, 정수천, 남 · 76.

남양 마을의 노인회장으로 풍채가 좋으시다. 4남 2녀를 두셨으나 자녀분들은 다 외지에 나가있고 암소 2마리를 새끼를 쳐서 생활을 하고 계셨다. 이윤도 할아버지와 더불어 원동마을의 토박이로 진교 보습(고등학교)을 졸업하셨다고 한다. 책을 많이 보신 분 같았으며 가장 많은 이야기를 열정적으로 해 주셨다. 목소리가 크고 발음이 비교적 정확하였으나 억양이 강하여 청취하는데 조금 힘들었다.

설화 : 1 ～ 6.

〔 진교면 제보자 2 〕

고룡리, 강권수, 남 · 57.

청암에서 5세 때 이주하신 분으로 농업에 종사하시며 초등학교를 졸업하셨다. 성격이 활발하셔서 다른 분 이야기 중간에 자주 끼어들어 이야기를 보충해 주셨다. 제보자 중 가장 젊은 분으로 목소리도 맑고 발음도 좋으신 편이었다.
설화 : 7, 8, 9.

〔 진교면 제보자 3 〕

고룡리, 노병환, 남 · 63.

원동에서 미진한 조사 성과로 인해 원동의 아랫 마을인 평당에 들렀다가 우연히 알게 된 분이다. 청암 묵계에서 이곳으로 이주를 하셨고, 유교와 동양철학에 조예가 깊고 한문에 능통하신 분이다. 발음은 비교적 정확한 편이나 억양이 강했다. 전설이나 민담을 들려달라는 부탁에 학생들이 알아야 할 철학과 과학, 효에 대한 이야기를 하셨고, 소장하고 계신 고서적과 옛 문서들을 보이시며 자랑스러워 하셨다. 민요를 들려달라는 요청에 좀 쑥쓰러워 하셨으나 몇 곡 뽑아 주셨고 할 이야기가 많으나 한식 때문에 모임이 있다고 자리를 뜨시면서 한 권 보내달라고 부탁까지 하셨다.
설화 : 10, 11.

〔 진교면 제보자 4 〕

월운리, 이위수, 남 · 88.

월운리 마을에서 나이가 가장 많이 드신 노인이다. 태어나시면서부터 계속하여 이 마을에서 살아오셨다. 88세나 되셨지만 이가 성하시어서 발음도 좋으셨다. 처음에 이야기를 많이 해주셨으나 근거가 불확실한 이야기는 꺼려하셨다. 비교적 사투리를 덜 쓰시고 말이 느린 편이라 조사가 용이했다. 나이상의 피로 때문이신지 구연 도중 먼저 자리를 뜨셨다.

　설화 : 12, 13, 14, 15.

〔 진교면 제보자 5 〕

월운리, 문덕석, 남·74.

　구비문학대계에도 나오신 분으로 이야기 도중에 들어오셨다. 발음이 정확하고 다른 분보다 풍부한 이야기를 해주셨다. 자청해서 이야기를 하시고 여러 방면으로 박식하셨다. 처음에는 이야기를 안 하시다가 약주를 드시더니 이야기를 해주셨다. 다음날 아침에도 일찍 오셔서 다 해주지 못한 이야기를 해주시는 성의를 보여주었다.

　설화 : 16, 17, 20, 21, 22, 25, 27, 28, 32, 33, 34.

〔 진교면 제보자 6 〕

월운리, 문영기, 남·63.

　이 동네에서 가장 박식하다는 평을 들으시는 분으로 부산 법대를 졸업하시고 선생님을 하신 적이 있어 발음이 매우 정확하였다. 많은 이야기를 해 주시지는 않았지만 전체적으로 이야기가 딴 방향으로 흐르는 것을 막으시고 조사자들이 원하는 것을 잘 파악하셨다.

　설화 : 18, 19, 30, 31, 35.

〔 진교면 제보자 7 〕

월운리, 문병식, 남·77.

월운리 마을의 노인회장님이다. 처음부터 이야기에 자주 참여하시면서 이야기를 해 주셨으나 발음이 부정확하고 말이 너무 빨라서 조사하기에 어려움이 많았다. 이야기를 많이 해 주셨으나 자료로서 선택할 만한 것은 그리 많지 않았다.

설화 : 23, 24, 26, 29.

Ⅲ. 설화

〔 진교면 설화 1 〕 T. 1-1. 앞

고룡리 원동마을, 1996. 4. 3., 3조 조사.
정수천, 남·76.

용소에 관한 이야기

* 귀신 이야기를 물으니 그런 이야기는 없다며 용소 이야기를 하셨다 .*

용소, (조사자: 거기 용이 올라갔다는?) 으, 용소. 용소가 인자 있는데, 이전에는 그 안에 물이 이만한 구엄이 있어가지고 물이 시퍼렇고 샜는데 명주꼬리를 이으면 노에 30리를 이어, 30리를 저 바닥에 묻혀 나온다고 해. (조사자: 용 올라가는 얘기, 뭐 자세하게 아시는 얘기 없습니까?) 뭐 그런 거는, 용 올라간 이야기는 못 들었고, 이전에 노인들이 일이 없고 그러니께는 인자 고기를 피리, 주로 피린데. 피리 그걸 인자 매일라고 소일하고 있었는데 하루는 용소 안에서 인자 지금 우리들 얘기로는 구시용소라고 하는데, (조사자: 구시요?)

구시, 구시락 하는 게 나무가 파 놓면 (청취불능) 그런 형태라 해가지고 구시용
소라고, 구시. 그랬는데 거기 인자 고기 해가지고 고기를 매일라고 그래니께는
하루는 그 안에 용소에서 말 같이 그리 생겨가고, 쭉지가 난 (조사자 : 쭉지요?)
응, 쭉지가 있고 그러니 나오니께 털털 털고 고함을 지르고 나오니께는 놀래가
지고 훌짝 나와버렸는데 인자 그러고 나서는 고 시컴한 거 나오고 나서는 놀래
니 고기 잡으로 일절 안 갔다고 해. (조사자: 그럼, 뭐, 용왕이 노한 거네요?)

〔 진교면 설화 2 〕 T. 1-1. 앞

고룡리 원동마을, 1996. 4. 3., 3조 조사.
정수천, 남 · 76.

장사바위

* 용바위 난 자리는 없냐고 물으니 장사바위를 말씀해 주셨다. *

그기 인자, 장사바우라고, (조사자: 장사바위요?) 응, 장사바위. 장사바위가
있었는데 일본 장사하고 한국 장사하고 이전에 인자 그 힘 자랑 해가지고 한국
장사 던진 거는 돌이 크고, 일본 장사 던진 거는 조금 작은데. 인자 한국 장사
던진 거는 조금 멀리 가가 있고, 일본 사람이 던진 거는 조금 작은데 그기 인자
그것을 해가지고 아해들 발자국도 있고, 아해들 (조사자: 네.) 아해들 발자국도
있고 소 발자국도 있고 이, 뭐, 말 발자죽도 있고 짐승의 발자죽이 지금도 지펴
가 있거든. (조사자: 지금도 있어요?) 응, 지금도 있어. (조사자: 장사 바위는
어디 있는 겁니까?) 요 위에 있어. 수원지 안에. (조사자: 수원지요?) 응, 저수
지, 상수도, 상수도 수원지 안에 있는데 지금도 있어요. 글자가 각자를 해가
글로 새겨놨어. 그래 글씨가 보이지. 전설 이야기하면 그 장사가 소변을 했다
하는데, 소변을 보는디가 바우 위에서부터 밑에까지 돌에 그 이끼가 끼고 지금
하예가 있거든.

〔 진교면 설화 3 〕 T. 1-2. 앞

고룡리 원동마을, 1996. 4. 3., 3조 조사.
정수천, 남 · 76.

정씨 이야기

* 숙소로 안내받을 때 얼핏 들었던 정씨 이야기를 물어보았다. *

(조사자: 여기가 아까 말씀하시기로는 정씨 손들이 많이 산다고?) 마, 지금
도 많데이. (조사자: 처음으로 그 시조 되시는 분이 어떻게 들어오셨다고 합니
까? 우리 나라에. 그 정씨가 저, 중국 정씨 아닙니까?) 중국성이, 아 지백호
후손이니께. (조사자: 지백호요?) 응, 지백호 후손이거든 정씨들이. 그러니께
는 전국에서 서산 정씨가 개화 정씨고, 서산 정씨 이외의 대한민국 정씨는 전
부 지백선생의 후손이거든. (조사자: 그 선생이 어떻게 저, 하셨는지 일화 같은
거, 성격이 강직하셨다면 어떤 정도로, 뭐 일화 같은 거 있지 않습니까?)

전래는 없고 그 전부터 십사 대, 그러니까 신라 때 의병이거든. 지백호가.
(조사자: 예.) 신라 땐데, 십사 대, 십사 대, 십오 대, 십육 대. 십육 대조가 나한
테는 저 오욱공인데, 오욱공판데. 그 할아버지가 인자 호가 우곡이거든. 나한
테는 십구 대조거든. 사헌부 대장의 벼슬이, 사헌부 대장이면 지금 뭐, 감사원
자격이지. (조사자: 그렇지요.) 응, 정이품인데, 정이품 감사원 자격으로 자기
가 열일곱 살에 과거시험, 요즘 고등고시, 급제 해가지고 순조롭게 등극 해가
지고 재상 벼슬로 삼십사 년간 했어.

그래 삼십사 년간 하고 마치는 해가 일흔 한 살, 일흔 한 살 때 그만 뒀는데,
왜 그만뒀느냐 이성계, 이성계가 지금 같으면 그데타(쿠데타)거든. 아무래도
이성계하는 것이 신통찮거든. 그래서 이성계가 등극하기 전에 사표내고 나와
뺀 기라. 그래가지고 저, 동문동 칠십이해, 동문동 칠십이해내 계시다가 하동
군 지리산, 지리산 청학면에 청학동, 청학동에 오래 계시다가 그래가지고 이성

계가 올라간 뒤에, 등극하고 나서 오곡에 가셔가지고, 이성계가 등극하고 나서 좌의정, 우의정, 좌의정 영의정이거든. 영의정이 국무총리거든, 지금. 근데, 좌의정을, 아, 우의정을 해라도 안 가고 좌의정을 내려도 안 가거든, 안 가고 인제 영의정을 내렸거든, 국무총리. 영의정을 내려도 안 가는 기라, 불렀는데. 두 임금은 안 모신다. 불사이군이라. 두 임금은 안 모신다. 그래가지고 등극 안 하고 말았거든. 자기 사우, 경무공, 그 때는 경무공이고 지금은 (청취불능) 자기 사우를 지금 같으면 인자, 특사를 보내가지고 거래를 해봐서 안 되거든. 솔잎 불속을 가지고 동자를 쑤셔봐라, 눈이 어두워서 안 된다 했으니께는 불사이군이라 절대 거절하거든. 눈이 안 뵈서 못한다 그러니께는 그래 인자 동자를 쑤셨는데 그래가지고 어느 정도 쑤셨는거든 모르고, 우리 작은 고모는 피가 낭자했닥허고 작은 고모는 뭔가 팽자 해서 한 얘기지. 그러고, 하여튼 동자를 쑤시긴 쑤신 모양인데 그래서 이 동자가 깜짝 안 하거든. 그래 그 분이 가서는 시를 지어가꼬 왔는데 그러니께는 비록 몸은 그짓이지만은 절개를, 굳은 절개를 우찌 솔잎 불속을 걷느냐. 천리를 두고 빛이 나기락하는 시로 지어놨거든. 지금 액자를 써가지고 지금 가지고 있거든. 그래가지고 지금 저기서 살다가 십대조 할아버지가 진주서 인자, 사천군 온양에서 나오셔가지고 여지 진교로 온 때는 인자 오대조 할아버지가 오셨거든.

〔 진교면 설화 4 〕 T. 1-2. 앞

고룡리 원동마을, 1996. 4. 3., 3조 조사.
정수천, 남 · 76.

'금' 자 산

* 금호산에 왜 '金' 자를 붙였는지를 말씀하시며 해주신 말씀이다. *

이성계가 등극할라고 공을 드리거든. 남해 금산은 승락했닥케이. 승락하고

금호산도 승락했다 그래. 승락한 보답으로써 금으로다 옷을 해 입는다 그래가
지고 남해 금산은 비단 금자거든. 그래 금산이락허고, 남해는. 여기는 금호산
이락했거든. 그러고 나선 지리산에 가서 기도하고 있으니께 지리산 산신이 안
들어준 기라. 그러니께 경상도, 땅이 경상도에 많이 붙어있거든. 저기, 뿌리가.
그래서 전라도로 보내뿐 기라. 그래서 전라도 지리산이락허거든. (제보자 웃음)

〔 진교면 설화 5 〕 T. 1-2. 앞

고룡리 원동마을, 1996. 4. 3., 3조 조사.
정수천, 남 · 76.

옷고름 때문에 들킨 장사

* 효자 이야기가 없냐고 물으니 엉뚱하게 다른 이야기로 넘어가신다. *

　수호산에, 이전에 그, 장사가 살고 있었는데 봉오리가 있는데 동생은 여동
생은 여기 수호산에서 살고 자기 오빠는 거 봉오리가 무슨 봉오리더라, 장사가
사는데. 그 이전에 도술을 했어, 자기 오빠가. 도술을 했는데 그것을 해가지고,
그러니께 강에, 이 섬진강에 저 큰 배가 화개까지 올라가고 화개장터를 그냥
올라가고 했는데, 그때는 상선이 올라가고 하면 불을 질러가지고 (청취불능)
그러니께는 국가에서는 저 놈을 잡을라고 그러니께는 못 잡는 기라. 그러니께
는 그 사람들이 올 때 되면 변장을 해가지고 새가 되었다가 짐승이 되었다가
그리 변장을 하는데, 한 번은 새가 되었는데 옷고름을 못 풀었어. 그래 새가
목아지가 옷고름이 달려 있었단말야. (웃음) 그게 발견이 되가지고 그래가 끝
을 냈다고.

〔 진교면 설화 6 〕 T. 1-1. 뒤

고룡리 원동마을, 1996. 4. 3., 3조 조사.
정수천, 남·76.

오빠보다 힘 센 여동생

* 한 할아버지께서 '조 장군이라는 사람 어디 사람이뇨?'라고 물으시니 대답조로 시작하셨
다. *

조 장군은 하동 정량 통립회골 거기가 사는데 힘이 얼마나 거셌든 간에 살림은 못해도 힘은 장사였던가봐. 그래 하동에 그, 이씨들, 주로 합천 이씨들. 합천 이씨들이 자기 그 사람의 조 장군의 선산 위에다가 쇠돌을 가지고 뫼를 썰거든. 거세가지고 안 되거든, 그러니께는 올라가가지고, 선산 뒤에다가 뒷다리를 거머쥐고 뺑뺑 돌려버렸어. 다 도망가버렸어. 자기 동생이 힘 자랑 운운하니께는 자기 누이가 그 장군보다는, 조 장군보다 힘이 더 셌던 모양이야. 하루 저녁에, 그 마을 앞에 개울이 조그만한 게 있는데 한 아홉 자, 팔·구 자 되지. (조사자: 아, 근 한 삼 미터 되네요.) 응, 그러니까 바위를 갖다가 들어다가 누이가 들어다가 노다리를 놔 놨어. 다리를 놔놨거든. 그래 이상하다고 했는데, 저희 누이가 장군을 불러지고, 장사를 불러가지고,

"니 힘 자랑하면 못 쓴다. 니보다 힘이 센 사람이 있단 말이지. 저 다리 놓은 사람이 없드나? (제보자 웃음) 그래가지고 힘자랑 안 하뻔뜨나?"

그래가지고 그 뒤로 지 누이가 했던 거 알아가지고 일절 힘 자랑 안했다는 기라. 그래 보니께 자기 누이가 그 바위를 들어다가 거 자리에 놓았다니께. (청중 웃음)

〔 진교면 설화 7 〕 T. 1-1. 뒤

고룡리 원동마을, 1996. 4. 3., 3조 조사.
강권수, 남·57.

지네 악발

* 다른 분이 등장하셔서 '마을에 전설이 많이 있다 안 합니까.'라며 이야기를 꺼내셨다. *

모 선비가 서울 가게 간다고 옛날에는 소가 없었더랍니다. 없어갔고, 저, 말이 없어갔고 소를 타고 갔더락 해요. 그래서 저 산을 넘야 하는데 산에 막 가니까 날이 저물어가지고 어차피 오도가도 못 할 형편이라서 불빛을 찾아 갔더라고 그러데예. 그래서 가보니까 조그만한 초당이 되가지고 그래 거여 인 자 소를 세워놓고 안에 들어가서 인자 뭐, 주인을 찾아가꼬 식사 내용을 받고 난 뒤에 보니까 이 난중에 보니까 지네 집으로 변해버렸닥 해요. 큰 지네가 이래가꼬 이래가 자기를 안아들여가지고 잡아먹을락 하는 기라. 그렇께 인자 튀 나오끼라. 튀 나오고 소하고 지네하고 싸웠더라고 예. 소하고 지네하고 막 박고 싸우고 이래가꼬 결국 소가 이기더락해예. 결국 밟아서 이래가꼬, 이기더 라고예. 그래가꼬 주인은 도망가고 없는데 소는 승리를 하고 그런데 주인이 없거든. 집에까지 찾아와서 주인까지도 소가 되받아 죽였다고 해예. 그래서 저거 남아 있는 전설이 지네 악발이라 그런……

〔 진교면 설화 8 〕 T. 1-2. 뒤

고룡리 원동마을, 1996. 4. 3., 3조 조사.
강권수, 남 · 57.

달바위

옛날에 무슨 선생이 고을 그 쪽이 되가지고, 고을 원이 사시고 그래, 내가 확실히 몰라서 얘기를 안 할락 하는긴데, 달이 많아 그 쪽으로 넘어갈락 했더 락 해. (조사자: 아!) 달이 많아 그쪽으로 넘어 가는데 희안한 일이다 싶어가꼬,

우울해가꼬 산을 따라서 능선을 타고 가봤더랍니다. 가니까 그 산 밑에서 한 삼백 미터, 삼사백 미터 거리락했습니다마, 내려가니까 바위가 그렇게 생겨서 달바위라고 그렇게 이름을 졌다고 그러더마요.

〔 진교면 설화 9 〕 T. 1-2. 뒤

고룡리 원동마을, 1996. 4. 3., 3조 조사.
강권수, 남·57.

돌이 많은 이유(마호할매)

* "산신령이 나타나가지고 가난하던 사람이 큰 부자가 됐다거나 뭐 그런 이야기 없습니까?"하고 묻자 "거 있지."하시며 이야기해 주셨다. *

지리산하고 금호산하고 거리가 마, 상당히 멀거든. 그런데 그 예날에 마호할마라고 (조사자: 마오요?) 마호할마니라고. (조사자: 마후?) 응, 할메가 남해까지 거느리게, 남해 금산까지 지리산에서 요리요리 건내가꼬, 걸어데니는데 항시 가면 노란 앞바다에 가면 다리를 거지 가약한다 해예. 물이 좀 깊어던 말인지예. 항상 다리를 거지가꼬 이래가꼬 건내가고, 이 하도 불편해서 지리산을 돌을 한참을 싸아오다가 노랑 딱 삐아가꼬 고만 요래가코 건너데닐끼라고 그래가꼬 왔는데 해필이사 금호산을 가다가 그만 요따다가 그만 싹 부어삔기라. 그래가꼬 돌이 한참 많닥해예. (웃음) 돌이 지금도 상당하데예. 건내가지도 못하고 고만, 그래가꼬, 요기서 금해까지 다리를 못 놓고 말았답니다.

〔 진교면 설화 10 〕 T. 2-2. 앞

고룡리 평당마을, 1996. 4. 4., 3조 조사.
노병환, 남·63.

회남재의 유래

옛날에 조냄명이라는 선생이 있었어. (조사자: 조남명이요?) 어, 조남명은 알지? 조남명 선생의 묘소가 현재 보면은 산천군 시천면 사하리 마을에 있어. 그 선생이 묵계에 다녀가면서 해남재라코 하는 재문덕에 올라 서서 이름을 지었어. 왜 재를 해남재라고 지었냐하면 저쪽을 쳐다보니 남쪽을 쳐다보니 자기가 살 곳이 못데더라. 그래서 그 자리에서 다부 돌아서니 그래서 해남이라.

〔 진교면 설화 11 〕 T. 2-2. 앞

고룡리 평당마을, 1996. 4. 4., 3조 조사.
노병환, 남 · 63.

갓거리의 유래

또 채고운 선생이라고 있지? (조사자: 최고운이요?) 채고운 선생 말이다. 호가 고은이거든. 채고운 선생이 다녀가면서 갓을 벗어놓고 (조사자: 갓이요?) 어, 갓을 벗어놓고 변을 본 자리가 또 있어. (조사자: 변이요?) 하모. 그래가지고 그 선생이 어디로 넘어 갔느냐 하면은 고은동재라코 하는 곳을 넘어가지고 산청으로 가셨어. 그래 고은동재라카는 것이 있는 것이라. (조사자: 그래서 최고운 그 분이 변을 본 자리를 가지고 무엇이라고 하나요?) 갓거리라고 해. 갓거리. 갓을 돌에다 걸어놓고 똥을 놓았어. 그래 갓거리라 해.

〔 진교면 설화 12 〕 T. 3-2. 앞

월운리 마을, 1996. 4. 4., 3조 조사.
이위수, 남·88.

이성계가 한양으로 수도를 정한 이야기

* 이성계가 조선을 건국한 이야기가 나와서 좀 더 자세히 이야기 해 달라고 청하자 해 주
신 것이다. *

　무핵이라는 그 지리에 능통한 분이 있었어, 중인데 그 분이 인자 그 이성계
씨가 어, 암만 해바도 청정개성리였거든 우리 도읍이 그 고려 말에, 고려말에
개성에 있었는디 이 개성이 그 조금 그 이성계씨는 그 비이(비위)에 안 들었던
가 어 무핵이라는 그 중을 시켜가지고 어 우리가 길이 길이, 이전 이성계씨는
인자 욕맹이 무엇이냐 할 것으면 자기의 자손이 만 대를 내려가면서 임금질을
해야되겠다는 그런 인자 포부가 있었지. 그래 해가지고 만 대를 내려가드래도
우리 자손이 임금질로 할 수 있는 도읍지가 어디겠느냐 하는 이걸 갖다가 생각
해가지고 그 자리를 탐색을 했어. 탐색을 하니까 무핵이라 하는 분이 이 한양
도읍이 좋다 이렇게 된 기라. 그래 갖고 인자 한양에다 어 도읍을 허교와 같이
임금이 갖다 풍수하게 그렇김 갖다 생각을 깊이 가지니 말이여 우찌 백성들이
갖다 안 가질 수가 있나 말여.

〔 진교면 설화 13 〕 T. 3-2. 앞

월운리 마을, 1996. 4. 4., 3조 조사.
이위수, 남·88.

월운리 지명 유래

* 마을의 유래에 대해서 묻자 이야기를 시작하셨다. *

인자 우리 월운리 부락의, 인자 연핵을 본다 하면 여그를 월운이라는 이름을 만들었단 말여. 달 월(月)자에 구름 운(雲)자. 이게 뜻이 있는 기요. 와 달 월자를 붙였냐 카면, 앞기여 내일 아침에 보면 여러분들이 뻘로 같으면 그게 안 뵈이도 내 말로 듣고 볼 것 같으면 내일 아침에 참보면 내 말허고 반산 큰 행태가 나올끼요. 여 앞산이 반월이여 반월. (조사자: 아, 그 생긴 모양이요?) 어. 그 반월만큼으로 동구룸하이 요래. 이 앞산이 생깄어. 고 반월행이 있고, 또 인자 운자는 어디서 얻었냐고 할 것으면 저 우에 멜징이라고 하는, 그 갈 것으면 어 거가 어 멜징이라고 이러는디 산이 올통볼통 올통볼통 하니 이래 되가 있어. 구름이 이래 올라오는 것 마냥 그런 행상으로 갖다 산 행태가 그래 되가 있어. 고것이 이 뒤에 있거든 고 땀시로 구름 운자를 하나 딴 기고, 달 월자는 이 앞에 반월이 땀스로 땅이여. 그런 달은 어떤 달이 좋냐 허면 서방 내라 하는 이게 또 좋은 기라. 우리 월운을 갖다가 이 서쪽에 반월이 있는 따스로 이 부락이 좋은 기요. 시방도 우리 젊은이들이 한 사오십 명 있어요. 그리고 어 어른 딸도 어 농촌을 지켜나가는 분들이 안 떨어지고. 그리고 이 동네가 이전부텀서 내려온 동네가 되서 예의 같은 것도 준수하고 또 따라다니고 서로 노소가 또 서로 상업해가이고 어 기분 좋게 잘 사는 동네라고. 그래 진골면래 서도 갖다가 요 월운을 (청취불능) 그런 그 유래와 시방 핸재 사람들이 갖다 이리 어울리가지고 사는 행태가 아 화합하다는 그런 뜻을 가지고 월운, 월운하는 기지. 고 땀시로 요 월운리 되 가지고 있는디 이전에는 월륜이라 이래도 해 봤어. 월운 부락을. (조사자: 예.) 저 부락 이름을 (조사자: 예.) 월륜이라 하는 것은 이 와 운하라고 와 (청중: 수레바꾸 있재.) 어 수레바꾸 있재. (청중: 바꾸요?) 바꾸. (조사자: 아 바퀴요. 아 예예예.) 아 그걸 써 봤는디 그것보다는 말이여 월운이라고 하는 것이 좋다 해가지고 인자 고친 모남이지. 고친 모냥이고.

〔 진교면 설화 14 〕 T. 3-2. 앞

월운리 마을, 1996. 4. 4., 3조 조사.
이위수, 남 · 88.

상사바우

* 마을에 대해 계속 이야기를 하시다가 나온 이야기다. *

여 인자 우에 올라가믄 상사바우라는 큰 바우가 지금 하나 있어. (조사자: 상사바위요?) 응. 상사바우라고 큰 바우가 이 피력이여. 그 게 말 헌다 할 것으면, 이래 우뚝 서가지고 저쪽 그 동편으로 서가 이고 있는게 있는디 고건 고 상사바우라고 이래. 상사바우라 하믄 그거 만큼은 말이여 연애 바우라 하는 요새 말로는 연애여. (조사자: 아, 연애.) 상사라는게 서로 상(相)자, 생각 사(思)자거든. 서로 남자는 이 그 처녀를, 총각은 처녀를 생각하고 처녀는 어 총각을 생각하고 이래. 서로 생각다 생각다 말이여 만나지를 못허고 난중 병이 든 기요 그게. 어제도 제도 그렇게 안 되있다마는 (조사자: 그 얘기 좀 자세하게 해 보시죠.) 응, 고것은 (조사자: 어떤 처녀랑, 어떤 처녀랑 관계가 있었는지.) 응 이름만 갖다가 맹백히 나오지 않았는데 (조사자: 예.) 고런 전설은 틀림이 없는 기요. (조사자: 그 전설 좀 자세하게 얘기 해 주시지요.)

고 전설은 인자 결국 어느 총각 처녀가 말이여 서로 어 그 어 참 서로 상사, 생각을 해가이고 생각다 생각다가 그 성적 간계(관계)를 이루지 못허고 허니까이 (조사자: 예.) 뱅이 들어가지고오 그 죽기 됐어. 그러니까이 이 같이 우쩟든 틈을 탔든 가이 서로 맴이 통하니까이 틈을 타가이 두 분이 같이 올라 가가이고 부모가 사회의 갖다가 용납을 못 받고 허니까이 (청중: 자살했어. 안 돼가지고 자살했어.) 부득이 어 죽는 수배께 엄따 해가이고 어 자기 정사한 기라. 정사를 했어. 거 너도 죽고 나도 죽자 해가이고 겨 선다구에서 떨져가 죽었어.

〔 진교면 설화 15 〕 T. 3-2. 앞

월운리 마을, 1996. 4. 4., 3조 조사.
이위수, 남 · 88.

황진이가 기생이 된 이유

* 위의 이야기에서 자연스럽게 연결되었다. *

　　어 황진이. 황진이 알지요? (조사자: 예.) 황진이는 갖다 그 청산리 벽계수야 저거 지어놓고 오 그 우리 한국으로서는 피둥 무면 절대미인이거든. 절대미인인디, 그 분이 어 (청중: 여자한테 정조 갈치라 그래.) 어느 그 어, 시에서 그 황 진사의 딸이라 그래. 황 진사의 딸인디 첩에서 났어. (조사자: 아.) 첩에서 나가이고 애려서부터 재주가 뛰어나가이고 글도 잘하고 이 악기를 잘 다뤄. 개야금도 잘 타고. (청중: 그 시조도 잘 하고 시창 잘 하고.) 그래해서 어 그걸 인자 어 딸을 갖다가 기를라고 할 자에는 반드시 초당을 쪼그마하이 하나 지놓고 것따가 딸을 거쳐하도록 하고 (조사자: 예.) 오 또 그 인자 (청중의 소란으로 청취 불능) 대개 부인들이 이태기 요새 말로 어 여섯에 (조사자: 예) 여섯에 하나 덧다가 쩸매가이고 줄로 길추고 이래 하는 것이 인자 상롄디 거서 인자 들로이 주고 이래 가 오 처녀 분 나이 이전에는 이팔청춘이라 허는거, 와 이팔청춘 열여섯, 와 이팔청춘 아이가, (조사자: 예, 열여섯.) 하모, 이전에는 열여섯 살 먹은 거 같으면 반드시 여자로서는 꽃다운 방년이라고 이래. 꽃 다운 해라. (조사자: 예.) 이래 해가이고 열여섯 살 같은 충분히 갖다 여생(여성)으로서는, 어 여성 행사를 할 수 있는 시기가 하는 이런 걸 생각하고 있거든.

　　그래서 글로 그래 이러고 있는데 어 정월 보름날이라. 정월 보름날 어 그 동네 어떤 분이 이, 그 연을 띠었어. 연을 띠었는디. 그래서 인자 어 황진이가 글로 이래 있는데에 연을 띠우다 연이 갖다가 줄이 떨져가지고 황진이 비아나 배낭 우에 걸렸어. (조사자: 예.) 연, 연이, 연이 걸렸는디 연이 걸렸는가 그것도 모르고 있는데 황진이가 배껕에 나갔다 말이여. (조사자: 예.) 나가자 저 사람을 여이 황진이 비안에 걸리놈으니까 그놈 찾을라고 담을 넘어가 가이고 (조사자: 예.) 있었고, 황진이는 그 때 바같에 무슨 바람씨기 위하여 나왔단 말여. 보니까이 아주 얼굴이 갖다 미인인데 말여 여러 가지 타입이 근수가 없는 그런 아주 구수(규수)라. 구수라 하는건 처녀라 그 말이제. (조사자: 예.) 어 그런 처녀라. 아 이 사람이 그 뒤로 가가이고 병이 났다 말여. 병이 나가 죽어 뻤는디, 죽어 삐리노니 그 참 상사병이 들어가 요새 말로는 뭐 까따꼬이라 하나 뭐 뭐 뭐 그 호차 연애하는 기라 하는가 까따꼬이라 카는 건 왜말이고 (청중: 우리 말로 짝사랑, 짝사랑.) 어 그 짝사랑이라 말이여, 짝사랑을 하다 그만 아할 수 없어 그 대가집 갖다가 어 그 처녀를 어터게 뭐 도리가 없으니까이 말이여 병이 나가 그마 시들시들해가 죽어 삐었단 말이여. 그 정신적으로 병이니까 죽는 기여. (조사자: 그렇지요, 예.) 우리도 갖다가 어느 갖다 그 요새 말로 그 정신적으로 그 스트레스가 대기 심헐지 겉으면 어, 그 근갱(건강)이라 하는 것이 말이여 그 정신적 건강과 육체적 건강, 정신적으로는 갖다 여러분과 같이 날마덤 그 머리를 갖다가 연마하고 수련하고 이래하면 정신적 건, 건갱, 어, 정신적 건갱이 좋은 기고. 오 우리 마이로 나이 마아가지고, 낮잼이나 자고 말이야 아무 일 안 하고 헐 것으면, 차참차참 고래 못 하부로 되 뿌리고 거, 저 못쓰는 기요. 우리 두뇌에 신경이라는 거는 여러 억습만 개거든 (조사자: 예.) 이 억습만 개가 갖다 서로 말이여, 여 팔랑거려 가이고 갖다 상호 연락을 해서 이게 연마가 되야 머리라는 것이 발달되는 기거든. 그래 해야되고 육체적으로는 우리가 영양공급을 시켜가 육체로 갖다 보존할 수 있게끔 말이야 이래 해야 비로소 두 가지가 합해지가 건갱이라 하는게 하나 되는 기거든. (조사자: 그렇지요.) 그와 같이 이 저 사람도 갖다가 먹는 거 뭐 즈그 집에서 잘 묵지마 서도 정신적으로는 어 스트레스가 쌔여가 있으이 말이야 살 도리가 있나. 죽어 삐렸단 말이여.

죽어 삐리 노이까에 즈그 집에서도 가마이 생각해 보이까 하도 원통허고 허이까네 새이(상여)를 만들어 갖고 황진이 집으로 들어갔어. 거 말은 그런 말이 있재. 황진이 집으로 들어갈 저에는 새이가 잘 들어갔는데 갔다 노으니까 네 말이여 다시 갖다 마 새이가 마 꼼짝시지 않에. (청중 웃음) 다 꺼므따 붙여 가이고, 거 황진이 것다 기 저 말이 안 드갈 턱이 있는가베. (조사자 : 예.) 즈 부모네들랑 모두 그릴 거 같으며 처녀를 갖다가 그냥 큰 일이여. 그, 그러이 온만 걱정을 허고 있다가 있는디 부모가 걱정을 허고 있는디 황진이가 없어졌 드래,

"좋다. 그르믄 내가 속적삼을 벗어가이고 새이를 덮어 줄끼니까네 가도록 해라."

이래 속적삼을 벗어가 것다 덮어주니까네 새이가 북 떨쳐서 마 가 뿌렸어. (조사자: 참.) 그래 이전에 처녀가 속적삼을 벗어가 넘으, 넘으 남자한테 덮어졌다한 것이면, 그만이었거든. 그 뭐 이 요새 약혼보다는 달라는 기요. 요샌 약혼을 해 놓고도 떼 묵는 수가 있지마는, 그 못 떼 묵는 기 이전에는. 그래서 어 지금에 즈그 아베가 또 그 진사고 허니 어 머럴꼬 어 명망있는 집이거든. 처녀도 갖다 크기로 갖다 잘 큰 부이고 또 어 지식도 있고 헌 분인데 노이까니에, 자기 나름대로 다 세상사나 자기 일새이나 자기의 장래나 이걸 생각하고 있었단 말여.

"거, 거, 나는 이제 배린 몸이니까이 나는 기생이 될라요. 징 가지고."

그랬어 (조사자 : 예.)

"나는 기생이 되는 수배께 엄찌. 내가 시집갈 수는 엄는 일이까네. 기생이 되겠습니다."

그래 부모들이 갖다 그걸 뭐 좋아라 헐 턱이 있는가. 뭐 참 죽고 살고 말, 말리도 황진이가 마음에 결정을 해 삐리고 그 때부터 나가 부렀어. 나가 삐렀는데 자기 인자 황진이 소원이 하나 이른 것이 이 빼어난 처녀가 되노니까, 사방서 이 모두 중매가 들어왔다 말여. 중매가 들어왔는데 그 거 김판서 집이 아들헌테서 중매가 들어왔는디 갤국 일이 다 되게 되가이고 있다가 버그러져 뻐렸어. 그건 왜 버그러져 뻣느냐. 서에서 나왔다고 하는 그 흠처를 가지고 집치서 혼인을 안 할라 힜어. 그게 지중 마음에 걸리가 있었다 말여,

'요놈 새끼들, 뭘라 샀더라도 날로 서에 났다고 해가이고 혼인을 안 해준다네 이런 총각헌티 어 얽매이게 되었겠다. 내 신세를 배리뿌렀다.'

이런 걸 갖다 감지 머리 끝가지 꽉 차가 있었어. 그래 인자 기생이 되었다고 해가이고 인자 죽 허이 행상을 허고 댕기는데 뭐 기생이 된다고 해가이고 벌로 한 건 안 해도 어 거

'김 판서 저 영감을 꼬이서 조져야 되겠다.'

이런 야망을 가지고 있었어. 그 얼굴이 잘날, 잘 거서 이제 희락을 갖다 이, 이 악기 잘 다루제, 노래 잘 부르제, 어, 글 좋제 이래이까네. 그래 인자 김 판서를 갖다가 우쩨김 틈을 탔든 간에 한 번 대면을 해가이고 거서 보이 김 판서가 반해 삣제. (조사자: 그렇죠.) 그래가 반해, 반해서 어 허신을 허고

난 다음에 말이여 어. -테이프 사정으로 이야기가 중간에 끊기었다.-

〔 진교면 설화 16 〕 T. 3-2. 뒤

월운리 마을, 1996. 4. 4., 3조 조사.
문덕석, 남·74.

아버지 살린 어린 아들

* 다른 분들이 이야기하시는 것을 꺼려하시자 말씀해 주셨다. *

고기 어(魚)자, 어씨. (조사자: 어씨요.) 어씨. (조사자: 예.) 어씨 집, 어 저 중시존데, 어씨 중시조가 큰 베실도 못허고 고을에 육방에, 육방 나졸인데 말하자믄 육방 중에서 말하자믄 그 중에 좀 나신 베실로 허면서 성방을 허면서 (조사자: 예.) 어쪼다가 국고 돈을 천 양이며는 목금을 바칠 그 땐디. (조사자: 예.) 삼천, 삼천 냥을 포가지고 어 그거는 도저이 갚을 길이 엄서서 나라에 잽혀 올라갔어. 딱 죽기가 됬는디, (조사자: 그렇지요.) 멫 날, 멫 시, 언제는 죽인다 이래갖고 자기 아부지가 명을 받고 올라가게 되는데 탐한 아들이 일곱 살 묵는 아이가 얼마나 뛰고 났던지, 글방 서지가 옆에 있는디, 서지 옆에 살믄서 대상 모서부터 정문으로 글 지리는 청해 그러는디 논석으로 우신제하고 듣고 귀고 듣고 뭐 글 짓는지 이런 걸 아주 야가 뛰어난 천재가 되서 데뤘는디, 지그 아베가 잽혀서 올라가서 사형을 갑수가 있으니까,
　"아부지 제도 같이 갈랍니다."
　"네가 이놈아 뭘라, 애비가 죽을 티이 가는디 니가 뭘라."
　"그라냐 꼭 갈랍니다."
가게 됬는디, (청중의 소란으로 이야기가 잠시 중단됨) 서울에 도착하니까, 기일간 사형을 날자가 메칠 남아 노은께, 죽을 사램이래도 그때끄장 기다리라 갖고 죽지 만중 날자를 바랄께 엄스이,

“니를 십오 일에 직일낀데, 오늘 십 일인데 십 일에 직여주이소.”

그런 사람이 어덨거덩. 오 일동안 묵을 껄 이게 생각도 엄는데 당소로 우째 일찌 가자꼬 심오 일에 도착된 낮에 가서 죽을 요량을 했는데, 그 십 일 쯤 올라 간 기라. 가서, 서울에 자은 안에 가서 쪼께인 요놈이 사바이 이러다가 그 뒤에 요새 같으면 호텔로 이 (조사자: 예.) 좋은 집, 큰 집이 말하자면, 장사, 쉽게 얘기하믄 고관대자들. 글 접촉허고 허는 그런 식당을서 들어가꼬,

“우리 아부지허고 나허고 메칠로 믹여주이소.”

그래,

“네 돈 있냐?”

“아 돈은 뭐 나중에 해결할 낍니다.” (청중: 왈가베.)

그 매일 잘 먹고 있제. 잘 먹고 있는디, 딱 사형장에 들어갈 판에 걸게 채려 갖고 죽을 판인게, 죽일 때는 걸기, 자신인들은 한상 채려 주는 기라. 걸기 채려 논께, 그 옆에 앉아서,

“아부지, 이 모 가시는 건 가시는 기고 많이 자시소, 많이 자시소.”

이해 함소로 이 밥상에다가 밥 우에다가 좋은 반찬을 그리 밥 숟가락에다가 엎어주고 이내 사니께, 직일라고 하는 그 사령 책임자가 보니께 쪼께는 게 즈 그 아베한테 곧 죽을 사람한테 이래 쌍께,

“그래 이놈아, 이리 오너라.”

이래 갖고 옆에 안차 놓고

“네가 몇 살 묵느냐?”

“일곱 살로 묵습니다.”

“일곱 살 묵는 놈이 어찌 그리 어를 지니, 그래 네가 뭘 했니?”

일곱 살 묵은 게 뭐 소물로 낄었나 뭘 했냥께,

“지는 한 네 살 묵음서부터 글방 서지에 가도 안 하고 그저 상박 밖에서 듣고 전문은 또 안에가 듣고 이랬는디, 제가 글은 수타합니다.”

이것은 뭐이가. (조사자: 들어서 안다 이거죠.) 에.

“그래, 그럼 니가 글을 짓거라.”

“아, 예. 짓지요. 글을 지갖고 합격이 되믄 우리 아버지를 살려 줄랍니까?”

“그러제.”

엉겹결에. (청중 웃음) 그래서 글을 운자로 내기로 애래울 난(亂)자로 낸 기라. (조사자: 때릴 난자요?) 애래울 난자. 애랜 거. 그 난처하다고 어 말여. 애랠 난자. (조사자: 아 예, 어려울 난자요?) 어려울 난자. (조사자: 예.) 애래울 난자로 딱 내노니께 말 끝에 난 자를 붙여가 되거든. 그러니께 이 지구상에 많은 사람 사람 중에 건단히 내가 말 하자믄 이, (조사자: 예.)

'돈이 젤 애랩드라. 즈그 아베가 돈 때문에 죽은께. (조사자: 그렇지요.) 돈이 애랩드라. 이리 말했드라 카네. 스, 지금 에레베타 산맥 같은데 넘어가자 하믄 가지는 가고제도 넘어갈 수가 애랩드라. 그 산을 넘어가기가 애랩드라. 칠 세으 자슥을 두고 울 으메가 가부되는게 애랩드라. 내 나 칠 세에 우리 아부지를 잃는 외로움이 고독, 고독한 이 몸도 애랩드라.'

그 글 네 기를 지은 기라. 지서 가만 보인께 살려준다 케 놓고 자기가 그 마음대로 처리를 몬허고 상감한테 갖다 바친 기라. 바쳐서

"그 가를 데꼬 오니라."

"틀림엄시 이걸 니가 진 기라."

"네, 그래 지었습니더."

아 그 난자로 나 논케 천상 울 아부지가 돈 때물로 죽제, 높은 산을 넘어가자니 그것도 어려운 기고, 울 아부, 울 으메가 울 아부지 잃고 나믄 과부되는 과부난이요. 어, 울 아부지가 죽으면 내가 외로운 마 고독한 자식이 되고, 이런께,

"오냐! 네가 내려가그라. 느그 아베 살랴주마. 내려가서 느그 아베 시키는 데로 공부 잘 해서 오 년 후에 네가 열두 살이면 골 관장을 하나 내주마."

그래 갖고 즈그 아베가 살리고 그 어른이 골 관장허고 난 다음에 고기 어자에 어씨에 중시줍니다. (제보자 웃음)

〔 진교면 설화 17 〕 T. 3-2. 뒤

월운리 마을, 1996. 4. 4., 3조 조사.
문덕석, 남 · 74.

호랑이를 잡은 강포수

* 호랑이 이야기 하나만 해달라고 하자 해 주신 이야기다. *

우리 면에 (조사자: 예.) 여지는 중고등학교 있는 호랭이고, 저 짝에 초대 국회의원 난 강당수씨, (조사자: 예.) 제헌 국회의원 난 그 고을은 고이린데, 고이리. (조사자: 예, 예.) 옛 고(古)자, 배 이(梨)라. (조사자: 예, 예, 예.) 고이린 데, 고이리에서 진양 강씨 어른이 계싰는디, (조사자: 예.) 강씨 어른이, 에 엽 총, 총질로 잘 하시갔고 (조사자: 예.) 강 포수 어른이 지금한 강 포수 어른오 대손 났어요. 났는데, 그 어른이 사뇽을 뭐 호랭이를 잡든지 뭘 잡든지, 잡으로 눈 온 뒷날 이리 가니까, 요근에 이 주래고라 하는 동네가 있는디, (조사자: 어디요?) 주래골. (청중: 주래동.) 주래동. 동네 이름. (조사자: 아, 예.) (청중: 동네 이름이 주래동.) 있는디 거그서 염소를 우쨰배가 호랭이가 물어갔다, 이런 말씀을 듣고 눈 온 뒤 발자국을 쫓아서 자 우에 그 먼당에 지리산에서 쿠본을 쭉 들어왔다키는 그 산 요짝 골창이 그 성직골이라는 골짜긴디, (청중: 내가 아까 그 달구봉 바로 밑에.) 카모 카모. 달구봉 밑인데, (청중: 저 가다 보면 달구봉 밑인데.) 거그 가면 호랭이가 산 기라. (조사자: 아.) 살았는디, 사살 쫑가가니까 염소를 잡으다가 묵고 저리 배가 불러 갖고 누우가 있는 기라. 누우가 있는데, 총을 하심불로 대 갖고 총을 탁 싸니까 하심불에 총을 맞아 죽어야 댈긴디, 콱 함서 사람한테 달라 든 기라. 달라드는디 그 어른이 강 포수 어른이 기운이 참 역산데, 호랭이라 하는 것은 애빼가 되가지고 이걸 요리 맘대로 몬돌리기 때믈로 그걸 알고 호랭이를 아둠데, 앞으로 서로 아둠으서로 고개가 자기 머리 우에 상 저짝으로 올라가그로 폭 아듬어 갖고, 이리 검어 잡고, 호랭이 한 바쿠, 자구 한 바쿠. 이래 여러 바쿠를 넘다가 결국은 파뜩 놓음서로 발로 갖고 밑이 기암 절벽이 엄이 있는데, (조사자: 예.) 거기따가 차 비린 기라. 차 비린 게 저 놈이 굼부러지드마. 사람을 보고, 앙성을 허고 획 차고 올라오는디, 멫백 년 댄 모가, 이 어른 산소가 있는데, 산소에 �협돌로 얼른 깨 갖고 호랭이 올라오는 놈을 대가리를 쌔려갖고 (청중 웃음) 그 어른이 호랭이를 잡았는데, 잡아가지고 그 호랭이를 끌고 내려와서, 우리 마을 앞에

(청중: 생걸 갖다, 생걸?) 하모. (청중: 것다 갖다 놓지.) 큰 대궐에 고이리 강
포수가 호랭이를 잡았다 갖다 노닌께 그게 동민이 모여서 호랭이 그 겁난 기라
도 죽었으니까 와 막 모여갖고 이래하는데, 주인이 나 간께, 개 이놈들이 따라
나갔다가 호랭이를 보믄 고마 싹 돌아서고 싹 고마….

〔 진교면 설화 18 〕 T. 3-2. 뒤

월운리 마을, 1996. 4. 4., 3조 조사.
문영기, 남 · 63.

나뭇가지에 걸린 호랑이

　　강 포수가 호랭이를 보고 총을 쐈는데 호랭이가 안 맞았어요. 안 마지고
도망을 치는데, 주위에 사냥꾼들이 있었다 말입니다. 그래 한 노인이 자기 앞
에 호랭이가 뛰어오니께 놀래서 마 얼마나 가암을 질렀는지 모릅니다. 이문산
이 털쪄나게 가암을 질렀뺐다구. 그 가암에 호랭이가 놀래가지고 팍 뛰다가
(청중 웃음) 어디 걸렸냐 하면은 나무가지가 딱 요래 (청중의 웃음소리가 너무
커서 청취 불능) 딱 끼니까 꼼짝 몬헌다고. 그때사 가만 보고 있으니까 어때요.
그 놈이 찡겨가 꼼짝 몬하고 그래 정신을 차리가 뒤따라 딱 가실자고 요런
놈은 요런데다 꼽아 나야 되지요. 그래 가꼬 가암을 질렀어요. (청중 웃음) 그
래 사람들이 와가, 그래가가 잡았다고 합니다. (청중 웃음)

〔 진교면 설화 19 〕 T. 3-2. 뒤

월운리 마을, 1996. 4. 4., 3조 조사.
문영기, 남 · 63.

유씨 할매의 효열비

* 마을 입구에 있는 효열비에 대해서 이야기를 청하자 해 주셨다. *

한 이백 년 됐는가베. 그 할매. 유씨 할매는 인자 버들 류(柳)자, 류씬데 (청중: 문화 유씨지.) 아, 그냥 문화 유씬데, 아 할매가 어 잔잔한 거는 다 안 믿더래도 에 그 할매가 인자 그 때만 해도 모두 다 빈곤하게 산 것도 그렇지마 해도 그 중에서도 그 할바씨가 그 몹씰 병을 지녔어요. (조사자: 시아버님이요?) 아니, 남편이. (조사자: 아, 남편이요.) (청중: 남편되는 분이.) 그래서 (청중 : 나환자.) 인자 (청중: 나환자, 인자 나환자.) 별을 징겨서 그래 머 그때만 혀도 요즘은 좋은 약이 있고 마 여러 가지 있지마는 그 때만 해도 약도 엄꼬 이러기 때미로 베라벨 약 머 좋다는거 다 써바야 호전이 되도 안 하고 그래서 인자, 멍꼬 싶은 거는 많고 (조사자: 예.) 막 가치 앉아 있으닌께, 그 때만 해도 그, 그런 환자들은 밖에 나오도 몬 허고, 몬 허도 족하고 여 외딴 데다가 말이지, 멀 하나 지 놓고 움막을 (청중: 움막을, 움막을.) 지 놓고 그래 했거든. (청중: 움막을 저 천막을 쳐놓고 막을 지 놓고 그래.) 요즘은 으학이 발달 되갖고 그 머 전염병이 아이 다 이러지마는 그때는 전염병이다 하는 식으로 그래 되었 거든.

그래서 인자 이마 녀네가 그 인자 자기 남편이겠지, (조사자: 예.) 부근 에 니께 그 부근이 뭐 고기고 잡시것다 하이까, 고기가 먹고 싶다 이러니까, 돈 엄째, 뭐 어쩔 도리가 엄시니까, 자기, 자기 허벅지 다리를 이 도렸어. (조사자: 예.) 도리가지고 그래가 그걸 구워 드렸다고, 구워 드리는걸. (청중: 나 참 기가 막혀. 그것은.) (조사자: 예.) 그래 인자 자기가 그걸 사실상 그 아내의 그 저 마누라의 (조사자: 예.) 그 허벅지 다린질도 모르고 맛있게 잡쉈다. 그래 그 병이 뭐 좀 안치가 되고 그래 되가지고 그 당시에 이조때 그 판서, 그 나라에서 도장이 지금도 우리 그 증손이 가 있는데 큰 참 무식헌 말로 이전 같으믄 마 말 보재리라 허재. 아주 큰 이 도장을 거세 받아놓고 그리 인자 그 그래서 결과 적으로 그래 부모한테도 그래 또 효도질로 했고 남편에 또 열녀했고, 그래 그 호열비(효열비)가 선 겁니다. (조사자: 아, 예.)

〔 진교면 설화 20 〕 T. 4-2. 앞

월운리 마을, 1996. 4. 4., 3조 조사.
문덕석, 남 · 74.

구렁이를 죽인 열녀

하동 횡천에서 박씨가 밀양 손씨 집안으로 열두 살에 장가를 갔다. 말을
타고 처갓집에 쉬러 가는데 산 밑에 시퍼런 소가, 연못이 있었다. (녹음이 안
되어 조사 중 기록했던 것을 씀.) 하인을 보고 (조사자: 예.)
"하인아, 영감탱이야. 말을 세워라." (조사자 : 예.)
그렁께,
"새서방이 뭘라 그럽니꺼?"
그래서 (조사자: 예.)
"날이 덥구 헌께 내 목욕 좀 헐란다." (조사자 : 예.)
그래서 말에서 딱 내려갖고 열두 살 묵은 새신랑이 뭐 별 거, 고마 홀랑
벗고 물에 톰방톰방통방, 여기저기 댕긴께, 바우 밑에서 큰 구리가 (조사자:
구렁이요?) 구리. 구렁이가 쑤욱 이라 나와갖고 입을 꼴딱 샘켜버린 기라. 고마
콱 잡아먹어 비린 기라. 잡아먹어 비렸는디, 하인이 저짝으로 인자 부인있는데
시집을 안 오고 거기서 한 해, 일 년을 넘겼다가 시집을 오는 기라. 친정에
일 년을 살다가 이전에는 그리 갔다 말이여. 가서 새서방님을 모시고 가다가
아무지게 가다가 목욕헌다케서 목욕을 허러 들어가다 요절을 허니께,
"바위 밑에서 구리가 나와갖고 새서방님을 꼴딱 샘켜버렸십니다."
그러니까 그 신부가 있다가 열두 살 묵은 남편이라도, 농문 열고 삼베 웃적
삼, 새 삼베 (조사자: 예.) 삼베 웃적삼 하나 딱 보따리에 싸고 아버님도 오시지
말고 오빠도 오시지 말고 내 하인이 가자 커는 대로 거 가서 내가 남편을 보기
를 허던지 남편 간 고대로 같이 한 고대로 구렝이 악발에 같이 께이되도록

가던지 끝을 낼 테니께 따라오지 말그라. 그래도 안 따라 올 수 없고 딱 동천에 가갖고 삼베 적삼 고 놈을 딱 펴서 딱 거머잡고,

　“이시마! 이시마! 나오니라.” (조사자: 이시미요?)

　이시미. (조사자: 뱀 말하는 거죠?)

　“나오너라. 우리 남편 잡아 묵었응께, 예필종부라.”

　(조사자: 여필종부요?) 여필종부.

　“부인은 부부를 따라가는 기다. 같이 잡아 묵으라. 나오니라.”

　자꾸 허는디 사방에 사람들이 와서 와 그러냐고, 정신 차리라고. 참으로 안 갈끼냐고. 웃통을 확 벗어비리고 허연 젖탱이를 내놓고 그때는 자 구석에서 막 마 사람들이 저리 먼 밑으로 가갖고 참으로 안 갈끼냐고 마. 아랫도리까지 홀랑 벗어버리고 목욕탕에 들어가는 거 만이로 딱 그리 앉아가지고 사람이 자구싶다 이전 법으로는 (청취 불능) 저 먼 밑에 저리 죽 서가지고 와 저러꼬, 와 저러꼬. 이 정도가 되가 있는디, 구렁이 그 놈이 남편을 먹고 또 맛있는 걸 먹어논께 맛있는 게 뭐 있는가 살쩍 내다본께 허연 (청취 불능) 각시가, 입맛이 짝짝 댕기는 각시가 앉아 있는 걸 봤거든. (청중: 거짓말 같아도 그 비가 있어.) 비가 있어. 실화야. 그래갖고 그 놈이 잡아 묵을라고 혀를 너불너불 함서로 (조사자: 예.) 이리 동천까지 오는 기라. 오는디 그 때 딱 (청취 불능) 삼베 적삼을 저 놈 주둥이에다 콱 둘러 씌워갖고 안아버린 기라. 안아버린 기라. 주둥이를 둘러 씌워 놓은께 아둥바 놓은께 입도 몬벌리고 구랭이도 숨이 가쁘고. 그래갖고 고 둘로 구랭이는 막 입을 물어 뜯는 기라. 원수를 갚는다고. 물어 뜯는디 아 실한 사람 같으면 뭐 몽둥이로 가갖고 구렁이를 고마 죽이던지 해야 될긴디, 구랭이는 (청취 불능) 올라가면 다리가 대롱대롱 해갖고 요리 버치고 요리 버치고. 저런저런 하고 먼디서 (청취 불능) 그래갖고 나중에 잠잠 해서 가보니까 구렁이도 죽고 사람도 죽었어. 그래서 나라에 상소를 해갖고 어사가 내려와서 그래 열녀로 봉해 줘서 지금 그 비가 서 있습니다. (조사자: 어느 동네에서 그 열녀비가 서 있나요?) 저 하동군 횡천면. 횡천 바로 시장터 옆짝에. 시장통 안에.

〔 진교면 설화 21 〕 T. 4-2. 앞

월운리 마을, 1996. 4. 4., 3조 조사.
문덕석, 남·74.

충렬사에 참배 안 해서 죽은 문관(文官)

하동군 북천면 이택환씨라 하는 어른이 급제를 하고, 그때 정원인디 나라
의 정원 벼슬을 하고 있었는데, 그 어른을 요청을 해서 그 정원 어른도 계시고
그런디. 그 정원은 문관이라. 무관이 아니고 잉. (조사자: 예.) 문관인데 노량
앞바다 이순신 장군, 그 말하자면 충렬사 앞에 뱃놀이를 허고 고기를 낚아서
회로 자시고 (조사자: 예.) 이러다가 어떤, 그 중에 한 분이 있다가 이순신 장군
사당에 가서 봉심을 하고 가자고 이러니까, 태환씨 그 어른이 있다가, 정원이
있다가, 저는 무관인디 참 너무했지 무관이고 내가 문관이 그 저기 가서 봉심
을 허다니. 그 몇 분 남은 사람은 폭풍이 불어 갖고 정원도 거기서 수사(水死)
했고 올라와서 봉심한 사람은 다 살았어. 그대 정원도 그래 안 했으면 살았을
긴디. 어찌 그 기후가 폭풍이 되서 그리 됐는데. (청중: 충렬사에 참배를 한
사람은 살았고, 참배를 안 하고 무시한 사람은 죽었다 그 말이여.)

〔 진교면 설화 22 〕 T. 4-2. 앞

월운리 마을, 1996. 4. 4., 3조 조사.
문덕석, 남·74.

이락포(李落浦)와 이순신 장군

이순신 장군, 저그 이락포라고 허는 디가 (조사자: 이락포요?) 외얏 이(李)

자, 떨어질 락(落)자, 개 포(浦)자. 이락포라고 허는 디가 있는디, 이락포가 남해 고해면으로해서 보통 지도상에 배 타고 봐서는 저 삼천포, 강개 바다하고 연한 것 같이 되가 있어요. 되가 있는데 한참 왜놈 군함이 들이밀고 통영 앞바다로 저리 부산에서 밀고 올라오는디 정보로 들으니께 군선 열 척이 있었는데, 군선 열 척을 갖고 도저히 당적을 못하것고 이순신 장군이 열 척을 대도라 허는 한 군데다가 다 숨겨놓고 남해 일군 군민을 받아서 짚을 다 모아 가지고 이락포라 하는 바다가 저리 남해 섬에, 섬이 아니고 터진 곳 같이 되가 있는 데를 가에 다가 짚동을 묶어서 세우고 대나무로 쳐서 짚동 안에 다가 꽂아놓고 댓머리 그 놈이 치며는 소리가 크거든. 그래갖고 강 이짝 저짝에다가 싹 세워놓고 했다가 왜놈들 군함이 들이밀 때 거기다 불을 질렀어. 딱 암시를 해놨다가. 불을 질러 놓응께 저 아래 바다에서 같이 공격해 싸울라고 총 소리가 디리 아기자기 나는디 그렇게 싹 밀고 들어가, 싹 밀고 들어가본께 끝이 나비리자, 그러자 군선 열 척을 뒤를 딱 포위를 해갖고 그래가지고 왜놈을 가구 전멸을 했는디. 그 시에 해필 이락포가 되갖고, 외얏 이자, 떨어질 락자. (조사자: 예.) 이순신이 가가 떨어지는 거기서 적탄에 맞아 돌아가셨는디. 그래서 지금은 충렬사가 상당히 좋게 되가 있지만도 제일 처음에 남해 군민이 초가로 지어갖고 차츰차츰 해 갖고 지금 인자 성역화되서 자체 군에서 강의를 하고 그렇게 합니다.

〔 진교면 설화 23 〕 T. 4-2. 앞.

월운리 마을, 1996. 4. 4., 3조 조사.
문병식, 남 · 77.

구렁이 들어 망한 사람

　　임씨가 죽은 사람 (청취 불능) 줘서, 연락해서 (청취 불능) 그 어른 제삿날 저녁에 (청취 불능) 장방 안에서 뭐 부시럭부시럭거리는 소리가 나서, 이 무슨

소리고 이래서 촛불로 와서 보니께, 장방 터에서 구리가 부글부글해. (조사자:
예?) 구리가. 뱀이가. 장방 위에서 제사 모시는 그 제사 위에서 이리 번쩍, 저리
번쩍, 촛불 위에 뻔질뻔질해. 몇 마린지는 모르겠는데 왔다갔다사. 그러자니께
즈 아부지 제삿날에 그리 하니께 그 사람들이 뭣이 기분이 좋겠네. 울 아부지
가 죽어서 구리가 됐는가, 이 생각뿐이 더하겠느냐고. 그런 참인디 이 사람이
임도깨비라. 도깨비명으로 세운 인간인디, 도깨비명으로 이길로 밤으로 많이
허고 허니께 그렇게 도깨비라, 별명을 그렇게 진 기야. 그래서 임도깨비, 수풀
림자 (청취 불능) 그래서 인자 허는디 아주 부지런히 하지. 부지런히 하고 이러
는디 그 인자 (청취 불능) 장사 비용 다 주었제. 그리고 난 뒤에 그 구리가
드세는 기라. (청취 불능) 저 아부지 제사 지내도 그러는디 이거 사람 환장하겠
다, 안 되겠다. 그 집을 뜯었지요. 그 집을 뜯어 보니께 그 구리가 그 저 머릿돌
밑에서 여러 수십 마리가 나와서 이동해. (조사자: 예.) 이동을 해서 (청취 불
능) 새로 지어서 사는디, 살림해고 사는디 (청취 불능) 뒤에 또 와, 구리가.
그래서 열에 구리를 많은데 구리가 그리 많은 원인은, 사이농은거 조금이라도
홈이 있으면 (청취 불능) 남의 거 시비해 가지고 (청취 불능) (조사자: 남한테
도요?) 남한테도 좁싸리 허고, 저그 마음에 너그러운 것 도저히 몰라. 그렇게
모질게 살았어. 일도 그렇게 모질게 허고. 그래가지고 그리 노니께 그리 모질
더만 결국 구렁이가 들어와 망한다. 그래서 그 집이 구리가 들어서 망했다 이
런 말이 있어.

[진교면 설화 24] T. 4-2. 앞

월운리 마을, 1996. 4. 4., 3조 조사.
문병식, 남·77.

호랑이에게 물려 갔다 살아난 옥 좌수

그 당시가 어떠냐 할 것 같으면 성종 시절, 이조 성종. 이조 성종 아요?

(조사자: 예.) 성종 시절인디, 거제 옥 좌수가 있었는디. 이분이 여름인디 젯밥을 먹고 그만 초상 바람으로 평상에 누어가 있었어, 여름에. (조사자: 누우셨어요?) 누운 기라. 여름에, 더버서. 거제군에 거제도. 그런데 뜻밖에 잠이 들듯 말듯 허는디 뭐이 텁텁해. (청취 불능) 아픈 줄도 모르고 이렇게 가는데 옛날 말이 있어요, 호랭이한티 물려가도 정신 놓지 말라고. 옥 좌수는 정신 안 놔서 살은 기라. 호랑이한테 물려도 정신 차려 이겨버린 기라. 그러면 호랑이 잡아 못 비리리고. 호랑이가 아무리 겁나도 사람의 지혜만 못한 기라. 아무리 급한 일이라도 정신을 잃어선 안돼. 달려가는데 강을, 바다를 건너온 기라. 통영 앞바다를. 범이 헤엄을 해가지고 사람을 앞에 물고. 오는디 그때서 요 육지에 오니까 여름에 더버서 노는 사람들한티 호랑이가 들키거든. 들키는디 자기 마을에 (청취 불능) 말이 안 통해. 옥 좌수가 사람살려 소리가 안 나와. (청취 불능) 배밭으로 지나가는디, 그런디 제일 겁나는 것이 정신을 차려 보니께, 옥 좌수가 살아서 이야기하더라고, 덤불이나 딸갱이나 거기 가는 것이 제일 겁 나. 사람이 찔리던지 째지던지 하거든. 그게 제일 겁 난다 이거야. 그나저나 따겁드라마. 호랑이가 어디로 가느냐면 지리산 잔돌팽이로 가는 기라. 지리산 잔돌팽이라 있는 것이 잔돌이 많고 팽이가 있는디. (청중: 지리산 쇠설평야.) 잔돌평야로 그리로 이놈이 가는디 가만히 생각해 보니까 이놈이 내려놓고 쉬는 기라.

쉬는디, 날이, 동이 트는디 옥 좌수가 가만히 생각해 보니까, 쉬는 게 아니라 없어. 범을 찾아 보니까 없어. 좌수가 (청취 불능) 자기가 먼저 올라가고 올라가는 기라. 한참 있으니까 해가 뜨니께 인가는 없고 새끼는 세 마리, 네 마리 댔고 다녀. 이눔을 갖다 사람들 갈라 멕일라고. 인가가 없거든. 사람이 없단 말이여. (청취 불능) 나무 위에 있는디 새끼가 밑에 있고 자기는 딱 찾아 보니 뛰는데 고마 자기는 이 솔가지 위에 앉아 있는디. 범이 사람보다 높이 뛰어, 범이 뛸 때는. 범이 요짝으로 뛰어 올라 자기는 (청취 불능) 그러자 여름 되면 지리산 굽절에 인가에서 풀 치러 나온 기라, 풀 치러. 지리산에 와서 쳐가지고 모아 놨다가 말려가지고 (청취 불능) 하거든. 풀꾼들이 (청취 불능) 인력이 많이 나고 할 땐데, 그러자 범이 (청취 불능) 나무 사이에 뛰다가 목아지가 탁 걸려. (제보자 웃음) 자, 걸쳐가 있으니 사람이 저놈보고 내려 올 수가 있나.

그래서 밑에 가서 걸쳐 갔으니 자기는 위에 있고 뛰자니 자기 해골 박살쟁이 죽을 기고. 이기 난처하게 된 기야, 옥 좌수가. 그러자 사방서 뭐 (청취 불능) 그까짓거 아픈 건 뒷전이고 살아야 되겠는디 사람 소리가 안 나는디 사람살려가 된데 소리가 나드라. 자기 입에서 소리가 나오드라. 그것이 확실하다 이거다. 우리가 (청취 불능) 내가 가서 봤는데 사람살려 소리가 안 나오드라고, 내가. 이 (청취 불능) 소리가 나더라고. 그래서 욱 좌수가 (청취 불능) 자기 소리가 안 나오드라 이거야. (청취 불능) 그래서 초꾼들이 인자 와서 보니께 그 모양이거든. 범은 자 저리 가있고. 그 옥 좌수를 구해내야 겠느냐. 그때 모두 모여가지고 (청취 불능) 그러니 어떻하냐 이거야. 그럴 때 농부 한 사람이 어찌 말하냐. 그러지 말고 사람을 살릴라면 할 도리 없고 우리가 여 전부 (청취 불능) 풀을 뜯자. 풀을 뜯자 말이여. 풀을 뜯어서 여따 모으자. 모으며는 전부 여 뛰라. 부여 뛸 것 아이가. 뛰면 다치지 않고 사람 살 것 아인가. 우리 그러자. 이리 (청중 : 거 연구를 잘했구만) 된 기라. 풀로 전부 (청취 불능) 내비리고 풀을 베어 모은 기라. 모아서 옥 좌수가 뛰어 내렸어. 어떻게 뛰어 내려 살았거든. 옥 좌수가 그래서 호식에 가도 정신 안 잃으면 사는 기드라. 그런 말이 있어. 성종 시절에 옥 좌수란 사람이 관가에 가가지고 고사를 했어. 고사, 굿을 했어.

〔 진교면 설화 25 〕 T. 4-2. 앞

월운리 마을, 1996. 4. 4., 3조 조사.
문덕석, 남 · 74.

호랑이가 도와준 효자

　고전군 신월이라 하는 디서 청렴 염(廉)자, 염씨가 어머니가 돌아가신 뒤에 어머니가 이 세상에 내한테는 제일 좋은디 어머니가 돌아가셨시니 내가 묘

앞에 가서 한 삼 년을 어머니한테 살아야 겄다. (조사자: 시묘살이 하신다구
요?) 시묘살이로 삼 년동안 허는. 며칠 헌께 천금 대호 호랑이가 와서 막 쳐놓
은디 요리 누으면 그 옆에 호랭이한테 기대서 자면 후끈후끈 따시고, 그 호피
가 제일 따신 기그든. 그래갖고 어연 삼 년이 됬는데, 됬는데 사천시 와룡산이
라는 큰 산이 있는데 그 산에 호랭이가 더러 있고 해서 호랭이를 잡는다고
호랭이 키를 놔 놓은 기라. 염 효자가 새벽녘 된께 꿈이 실걱이는데 삼 년동안
에는 고기도 안 먹고, 얼굴도 안 씻고, 머리도 안 감고, 지리산 삼군도 육푼수가
있지. 그런 세월을 보낸 어른이 꿈을 꾸닌께,
　　“내가 사천 와룡산에 덫에 치여 가 있으니 내 생명을 구해도라.”
고 꿈이 꾸여서 염 효자가 거기 육지로 걸어서 사천 산전 헌디, (청취 불능)
나리선을 타고 건너가는디 바람이 잘 불러가 가는디. 호랭이 덫에 호랭이가
치였다 이래갖고 동네는 막 풍악을 울리고 막 징을 치고 꽹가리 치고 이래
갖고 밀고 올라가는디. 부여소 같은 사람이 막 간 소로. 호랭이는 제금되도
　　“내가 줄 테니께, 호랭이는 값은 (청취 불능) 줄틴께 호랭이만 살려 주이소.”
　　아우성을 치고 가는디 미친 사람인 줄 알았지. 그러자 남안 노석관 어른들
이 있다가,
　　“시묘 살다가 온 분이다. 틀림없이 시묘를 살면 호랭이가 도와주는 기다.
같이 자면 따시고로. 그러며는 확실히 자기 호랭이 같으며는 덫에 치인 호랭이
입에다가 손을 넣어가지고 호랭이 쌔를 거머 쥐고 있으며는 우리가 덫을 들어
주마.”
　　이렇게 약조를 해갖고 가니께, 뭐 자기 호랑이께, 눈물이 그렁그렁 흘리는디,
　　“입 벌리라. 내 살려 주마.”
　　입을 떡 벌리니 속에 쌔를 거머잡고 있으니께 덫을 들어 준께 나오게 됬어.
그래서 호랭이 값은 얼매요, 살려놓고 그러니께, 값이 뭐시 가부냐고. 그 효자
(조사자: 효자라구요?) 효자, 염 효잔디, 그래서 거기서 나라 상소를 해갖고
어사가 내려와서 염 효자 것을 줘서, 지금 염 효자 효자비가 고전면 신월이라
하는 데 있습니다.

〔 진교면 설화 26 〕 T. 4-1. 뒤

월운리 마을, 1996. 4. 4., 3조 조사.
문병식, 남·77.

미친 개에게 물린 남편을 구한 열녀

그집 개가 하필 광구든가 올라비리, 올라서 들어가니께 마 멍멍 물고 있단
말이여. 물린 자체도 광군지도 몰랐고, 주인도 광군지도 몰랐어. 모르고 있다
가 딱 일 년 돌시가 되서 이 병이, 광구가 사람이 광구가 되. 사람이 미쳐버려.
(조사자: 예.) 미친 개한테 물렸는데, 일 년 돌시가 되서 사람이 미쳐버려. (청
중: 요새 영국에서 광우, 광우하는데.) (조사자: 예, 광우병이요.) 광견이라는
것은 겁나는 기야. 그래서 그 당시에 어떻했냐 우리는 에렸고, 그 당시에 조금
에렸고 우리 우에 어른들 그 뭐 김씨에서 (청취 불능) 하는 분인디, 그 분은
광구한테 물려가 도시한 (청취 불능) 목전에서 봤고 완전히 사람이 미쳐부렀
다. 미쳐부렀다. 그런 때 진양 정씨 부인이 단자를 한 기라야, 단자. (조사자:
단자요?) 단자는 뭐이냐. 자기 입으로 칼로 가지고 안 허고 입으로, 손고락을
이 손고락을 이게 보통 약손가락이라. 약지에 있는 손고락이거든. 이걸 입으로
깨물어 가지고 피를 흘린 기라. 그래가지고 (청중: 세상 버릴 때.) 미치고 할
때 지랄을 할 때, 사람마다 잡고 그래가지고 이 피를 여자가 (청취 불능) 물고,
이 피를 들았어. 이 입에다가. 그러니께 이 피를 마셨어. 마시고 난 뒤에 이
미친, 광기하는 게 죽어지드라케. 그 피를 마시고 난 뒤에는. 죽어져 가지고는
잠신가 죽어지고 난 뒤에 뒷날사 완전히 그마 세상을 버렸어. 세상을 버리고
마 그래서 이 작은 마을, 이 부근에 이 우리 면에, 양구면에 우 부근 동니헌티
찾아다니면서 이 (청취 불능) 이라 날인을 받았어. 받아가지고 그런 분이면
비 세울만하다, 열녀할 수 있다. 그래서 이 비문을 저 산청에 가서 어느 유망한
그 역사, 유망 있는 그 김중건씨, 김중건씨라고 우리 (청중: 중재.) 아 중재라고

(청취 불능) 라고서 유명한 분이여. 그 분헌티 글을 받아서 그래야 (조사자: 자손들도 여기 지금 있나요?) 그는 자손들은 여기 지금 객지에 가 있어. (조사자: 객지에요?) 그러니까 남편이 세상 버리고 아들도 못 낳고 그리해도 일평상을 즉 시가에서 (청중: 시가에서 살았지.) 그러다가 세상을 버려 놓응께 수절을 하고 본 남편을 섬기고 살릴라 하고 개가 안 허고 그렇다 해서 인자 어진 열녀라 허고 열녀라 해서 열녀비를 시웠어. (조사자: 그럼 그 저 비문은 중재 선생께서 쓰신?) 어, 그렇지. 글씨는 최우경이라고 (청중: 최우경이라고 하는 이가 있어.) 우리 학교 교장선생님이라고 있는디 (청중: 글 잘 쓰지요.) 그 분이 썼고, 받기는 저 김중재씨에게 글을 받았어요. (박수소리) 누구헌티 받았는지 우리가 이리 오래 되니께 누구헌테 받았는지 그것도 모르지. (청중: 그래 모르지.)

〔 진교면 설화 27 〕 T. 4-1. 뒤

월운리 마을, 1996. 4. 4., 3조 조사.
문덕석, 남 · 74.

주주객반(主酒客飯)

우리가 말이 한 마디가 누가 그 말을 했다, 최초로. 누가 말 한 마디를 긍께 '하룻저녁을 자고 가도 만리성을 쌓아라.' 그런 말이 있지. (조사자: 예.) 있고, 주주객반(主酒客飯)이라고 하는 말이 있어. 반드시 이 생전 모르는 디는 가서 술을 내놓으면, 이런 거 딱 안건낸 거는 모르거니와 건내지 않고 약주나 이런 것을 가 나와서 허면 반드시 주인부터 맛을 보는 거 보고 먹어야지, 주인부터. 술은 변질이 되니까 밥은 약을 탈 수가 없고 주주객반이라 허는 문자는 언제 나왔냐 허며는 우리 나라의 남사고라고 하는 어른이 유명한 어른인데 (조사자: 예.) 지리학자요, 대단한 어른인데. 그래서 그 어른을 어전에서 불러들여 가지고, 상감이,

"선생님, 우리 세대 우리 존망이 어떻게 되것습니꺼?"

말을 허는 게 대대손손이 나갈 수는 없고 그리 되니까 남사고 어른이 답을 해기를,

"주주객반이어늘."

그 소리가 남사고 어른이 입으로 제일 최초에 '술은 주인부터 먼저 묵고 밥은 손님부터 먼저 먹어야 된다.' 나라의 흥하고 망하고 존망을 물으니까 술은 주인 먼저 묵고 밥은…, 그리 답을 하니까 하옥시켜. 남사고 어른이 옥살이를, 종신 옥살이를 했어. 해서 몸이 쇠약해서 돌아가심을 되서 종신 죄수한테다가 자기가 유서를 써 났어. 거기서 유서가 아부지 죽은 뒤에 벼슬을 줘도 전국적으로 보면 동명동성이 많은 기라. 니가 낸중 모르는 기라. 오직 알라며는 자기 조부 명함이니, 아바이 명함이니, 조부 명함이니, 증조부니, 고조부니 사대를 싹 고아 내야 그래야 동명동본이라도 아무개가 진짜다, 이게 알게 되거든. 그래서 남사고 어른이 사대를 딱 고해 났는디 그러자 안동 김씨에서 영의정, 지금 국무총리를 그때 세력이 자기들이 다 세력을 쥘텐데, 임금 (청취 불능) 들어내비리면, 들어버리면 자기들이 다 차지할려 하고, 자기 생신날 생신잔치를 헌께 국무총리가 대통령 생신잔치에 초대를 히면 안 가실 수가 있냐 말이여. 가셨는디 구게 어디라고 술을 독약을 타 갖고 한 잔을 딱 따는디. 남사고 어른이 결국은 그때 옥살이를 허는 참인디. 히미다가 세상을 버렸어. 그때도 깨닫지 못했는디 옥살이 허는 남사고 어른이 '주주객반이라.' 임금의 뒤에 초사가 말 한 마디믄 기록을 허고 있는디, 주주객반이어늘 그랬거든. 그렁께 안 먹을 수는 없고 마시고 확 토헌서로 그만. (청취 불능) 그래갖고 통탄을 허고 옥에 가서 종신 죄수들한테 남사고 어른이 유서 남겼냐고, 그래 내놓응께. 그래서 남사고 어른이 지금 국선생, 대단히 세 계시거든.

〔 진교면 설화 28 〕 T. 4-1. 뒤

월운리 마을, 1996. 4. 4., 3조 조사.
문덕석, 남 · 74.

상여소리 유래

지금 상구로 사람이 죽으면 영구차 말고 상구로 낸단 말이지. 상구로 내면 진짜로 해긴 '어하로, 어하로, 어하로 넘자, 어하로.' 그리 하는 긴디. 열두 명이, 대마군이 그 소리는 언제 났냐 허면 조선조 태조 다음에, 세종대왕 아바니, 방원이 (조사자: 예.) 태종이, 태종 때 중국 명 나라에 바칠, 천자국에 바칠 세금을 못 바쳐서 태종이 잽혀가게 되었을 때 대신 사신을, 버마 아방궁 뭐 사건 그때 전두환이 나딨기로 말이지, (조사자: 예.) 대신들이 가서 맞아서 사체가 돌아온 기라. 사체가 서이 돌아왔는디 인자 국장을 해야 됬어. 허는디 명당자리를 잡아 갖고 좋은 데다가 충신들 자리를 묘를 질라 허는디 여그 질을 그때는 국명으로 질을 싹 닦아 놓고 장원급제 허면 어송화 꽃, (조사자: 예.) 어송화 꽃을 질에 깔아다가 충신들 (청취 불능) 애도허는 마음으로 어송화 꽃을 싹 꽂아 놨는디 그 안에는 앞소리 하는 사람이 쇠북 종(鐘)자, 종을 흔들던지 북을 뚜들던지 종부산디 '자빠질라 조심해라, 이 사람들아 대매군아.' 이 소리 뿐이 안 했는디 행상을 매고, 세 분 행상이 떠난 소로 보니까 어송화 꽃을 꽂아 놨응께 그 어기 어(御)자, 질 로(路)자, 어화꽃 화(花)자, 어화로. 어화 밟지 말고 넘자 (청중, 조사자: 아!) 숨이 가쁜께 질게 못하고 어화 넘자 어화 넘자. 여러 분도 인자 들어보며는 출처가 태종 때 난 깁니다. 세종대왕 아바이때. 그 이야기는.

[진교면 설화 29] T. 4-1. 뒤

월운리 마을, 1996. 4. 4., 3조 조사.
문병식, 남 · 77.

똑똑한 며느리와 바보 사위

바보사위 이야기가 있는데 임란 당시 전에. 김천익씨 (조사자: 김천익씨요?) 천익씨, 김천익씨 아바이가 자부를 봤는데, 자부 아들이 장개를 들었다. (조사자: 예.) 장개를 들었는디 이 자부가 시아바이가 모든 고장 쇠타(고방 열쇠)를 다 가졌는디. 하루는 아무도 없고 자기 시아바이하고 며느리하고 있었다. (조사자: 예.) 그래 시아바이가 심심해서 며느리를 보고 자부를 보고 뭐라고 허니,

"야, 니 저 흑기법 같은 거 둘 줄 아느냐, 장기나 바둑이나 둘 줄 아느냐?"

"아버지, 뭐 바둑 둘 줄 아는만 저 대개 놀 줄은 압니다."

"그래, 그럼 한 번 둬보자, 심심한데 시아바이하고."

그래고 인자 시아바이가 며느리를 얕본 기라.

"네가 흑을 놔라."

바둑은 수가 작은 사람이 흑을 놓고 수가 많은 사람이 백을 놓거든. (조사자: 예.)

"네가 몇 개 놔바라."

이거야.

"아버님 시키는 대로 하지요. 몇 개 놀까요?"

"세 개 한 번 놔바라."

세 개 놨어.

놓고 나니까 자부가 아버지보고 뭐라고 말해냐.

"아버님, 내가 이기며는 아버님이 가지고 있는 그 열쇠, 고방 열쇠 그걸 다 저를 넘겨 줄랍니까?"

"내가 지면 그러자."

이 시아버지가 멋도 모르고 고마 자부한티 준다는 기라. '이제 됐다.' 싶어서 이 자부가 바둑을, 이 시아버지를 이겨버린 기라.

"아버님, 그럼 그 열쇠를 다 주시오."

그때는 살림살이가 수만금 부자다. 여자가 딱 거머쥔 한 달 후에는 착착이 문서를 전부 내준다. 논을 어디어디 주니께 가져 가라. 그 노비 시종을 전부 다 풀어 삐리고 돈과 재산을 다 풀어줘. 풀어 주되 우리집 양반이 누군가 허며는 찾그더컨 마님, 그때 그럼 언제까요. 한 십 년 후일 기다. 그때 전부 찾그더컨 그때 막 모아 두면 안 돼나 (조사자: 막모아라구요?) 막 모아 두라. (청취

불능) 김천익 씨 부인이라. 그래서 그 분이 그리하라 해. 천익씨는 바보인디, 자기 남편을 자기 집에 가면 바보짓을 해. 뭐라고 허니, 아버지가 당신을 보면 처가에 가서 바보짓을 해. 처가에 가서 뭐라고 하니 아버지가 당신을 보면 처가 어쩌면 잘못했냐 물을 기요. 물구다킨 처가 잘못헌께 (청취 불능) 그래 그러면 와그러냐 헌께. 그때 처가가 뭘했냐. 자기 친정 아버지가 무슨 직을 했냐 허면 도청관을 했어 도청관을. 헌디 도청관 친정에 가서 자기 남편을 바보짓을 허라. 그대 그럼 중신을 누가 했느냐. 도청관한테는 당숙되는 사람이, 도청관이 지 당숙을 보고 종숙을 보고 (청취 불능) 저 바보를 와 중신을 했냐고 (청취 불능)

나중에 십 년 후에 임란이 떡 벌어졌어. 그 천익씨 부인이 그 때 소집을 시켰어. 시키되 우찌 되는고 허니 딱 시킬 때 '네는 일등 칼로 대장장이가 되라, 이 돈 가지고' '너는 뭐가 (청취 불능)' 싹 전쟁 준비를 해두라 했어. 난리가 나면 이때 김천익씨는 의병을 설치하는 기라. 임란 당시에. 그래서 지금 진주에 가면 충렬사에, 진주 충렬사에 진평 이씨가 제일 우두머리에 앉아 있어. 그때도 그 부인이 반푼 이씨를 (청중: 창렬사) 창렬사 불러냈다.

〔 진교면 설화 30 〕 T. 4-2. 뒤

월운리 마을, 1996. 4. 4., 3조 조사.
문영기, 남·63.

가짜효자 삼형제

아들 삼 형제인데 효자라고 소문이 났단 말이야. 과연 요놈의 자식들이 얼마나 부모한테 효도를 하나, 효도를 측정하기 위해 실험을 한 기라. 그러마 한 분부터 마 조식을 (청취 불능) 들어갖고 누워만 있는 기라. 할머니하고 약속을 했어. 사방 아들들이 와 가지고 말이지 왜 그러냐고, 어디 아프냐고, 무슨 약이 필요하냐 하고. 묵묵부답인 기라. 그래 갖고 할마니가 아들들한테 하는 말이 아버지가 이상하니까 점을 한 번 해보자. 그래 점쟁이를 찾아 갔어.

점쟁이한테 가서 어떻게 점괘를 빼오냐 허면 '너 아버지 병에는 백약이 무약이다. 단 한 가지 필요한 것은 아들의 불알을 고아 먹어야 낳는다.' (청중 웃음) 고렇게 점쟁이와 입을 맞췄단 말이야. 그래갖고 점쟁이가 와 가지고 아들들, 며느리가 모여가지고 인자 점을 한다. 점괘를 싹 (청중 웃음) 꺼내 놓고 허는 소리가 묵묵무답이라. 말을 안하는 기라. 그러니까 아들들이

"아이구 선생님, 말 좀 해주시오."

"이 말 해봐야 안 되것다."

무슨 일이든지 말을 허면 다 따르겠다 허는 기야 말을 못하니까.

"그렇다면 좋다. 이 불가능한 일인데 어쨌든 너 아부지 병에는 아들들의 불알을 하나 고아먹지 않으면 안 낫는다."

그러니가 큰아들이,

"내 불알까지요."

둘째 아들이 있다가,

"내 불알까지요."

이런단 말이야. 이러니까 큰며느리가 뭐라고 허느냐 허면 안 된다 이거야. (청중 웃음)

"장손인데 손이 안 낳기 때문에 안 된다."

이거야. 그러니까 둘째놈이 있다가,

"그럼 내 불알까지."

이렇게 그러니까 마누라가 말하는 거야.

"아유, 안 됩니다. 우린 아직까지 애도 하나도 없는데 안 된다."

이거야, 안 된다. 막내놈이 하나 남았어. 막내놈이 미혼이라 뭐라고 했어.

"택도 없는 소리 허지 마라. (청중 웃음) 니들은 다 볼 일, 다 보고 재미 다 보고 했는데 나는 (청취 불능) 못했는데 내 불알 딸 기냐."

고 말이지 항의를 했어. 그러니가 영감탱이가 그 소리에 기가 차거든. 효자가 어디 있냐 말이야. 효자가 전부 (청취 불능) 효자란 말이여. 그래서 그 길로 나와가지고 (청취 불능) 떨어져 버렸어.

〔 진교면 설화 31 〕 T. 4-2. 뒤

월운리 마을, 1996. 4. 4., 3조 조사.
문영기, 남 · 63

곽(郭)씨 성의 유래

　곽씨 성이 형성된 것이 정씨하고, 고씨하고, 이씨하고 합작인 기라. 정, 이,
고 합작이 곽씨라. 하룻저녁에 넘의 집에 투숙을 하게 됬는데, 그래 그날 자면
서 같이 그마 공동작업을 해버린 기라. (청중 웃음) 아들 하나 낳단 말이여,
아들을 낳았어. 이눔이 정씨 아들인가, 고씨 아들인가 모르겠단 말이여. 그래
서 높을 고(高)자, 고씨 따가지고, 그 다음에 밑에 아들 자(子)자, 이씨 밑에.
당나귀 옆에 그게. (청중 웃음) 합작을 한게 곽씨라.

〔 진교면 설화 32 〕 T. 4-2. 뒤

월운리 마을, 1996. 4. 4., 3조 조사.
문덕석, 남 · 74.

소방울의 의미

　어떤 사람이 친구가 아닌 데 먹을 게 떨어져서 어느 친구한테 부탁을 해서
곡식이나 좀 가져오라고. (청취 불능) 일자무식인데, 일자무식인데 이를 말하
자면 가마니나 그려갖고, 그려가지고 나락을 여느 (청취 불능) 했갖고 일자무
식 머슴살이, 머슴한테 편지를 보낸 기라. 편지를 보낸께 사람이 딱 보더니

입맛만 짝 다시고,

"하하, 이 편지나 가져 가거라. 이 편지는 놔 두고."

또 편지라고 방에 써갖고 (청취 불능) 오는디 오는 도중에 딱 보니까 소에 달랑달랑하는 방울이라. 소방울이라는 게 있어, 소방울. 소가 저 산에 풀밭에 멕이다가 그 방울소리 나면 찾아가고, 소 메는 사람들이 소를 잊어버리면. 도중에 오다가 그 사람이 그 아가 편지를 보니께 소방울을 하나 그려놓은기라. 기려놓응께 즈이 집 주인한테,

"아, 이 편지 주데요."

"그래, 보자."

똑 떼 보더니

"아이구나, 재도 양식이 떨어져서 달랑달랑 (청중 웃음) 하는구나."

(청중: 종이니까.) 그게 통화가 돼. 해석을 잘 하면.

〔 진교면 설화 33 〕 T. 4-2. 뒤

월운리 마을, 1996. 4. 4., 3조 조사.
문덕석, 남 · 74.

청명(淸明)과 한식(寒食)

청명은 맑을 청(淸)자, 밝을 명(明)자가 청명이고, 청명 뒷날은 한식이거든. 찰 한(寒)자, 밥 식(食)자거든. 한식이디. 청명은 사람 이름이고, 만고충신을 불 때문에 죽였다 해갖고 청명의 제삿날은 불을 못 때고 헌 때문로 제삿날 하루만은 불을 못 때고 헌 때문로 다음날 식은 밥을 묵어야 돼. 그래서 찰 한자에 밥 식자라.

청명이라 하는 분이 중국 사람인디, 중국의 (청취 불능) 천안문 광장 같은 데 천황의 궁실 있는 근방에 와서 있다가, 사람이 (청취 불능) 기운이 세고

헌디, (청취 불능) 조실부모를 허고 어무니 혼자 모시고 있는 참인디, 내란이 일어나지고 천자가 목숨 살라고 도주를 했어. 천자가,

'이모냥 이꼴이 되냐.'

이런 말씀 허심서로 중얼거리면서 쫓아가는 기라. 그래 기운은 생기고 천자를 내 구해야겠다 싶어서 덜렁 업은 기라. 업고 자기가 사는 침실 (청취 불능) 으로 들어간 기라. 들어가서 며칠로 되서 그 뒤에 천자가 (청취 불능) 말하자면 내란이 진압이 됐어. 진압이 되서 천자를 모시게 되서 자기 자리에 앉아 갖고 그래,

'어 아차, 청명이 때문에 내 목숨이 살았는데 청명이를 불러 들여가지고 내가 벼슬을 줘야 되겠다.'

청명이가 아우 골짝에 산 밑에 산, 산저기하고 그래서 그 사람을 불러오니라. 그러자 너의 나이 노쇠한 어머니께서 병환이 되서 임종이 되서 미음으로 하루 몇 숟갈씩 자시며 연명을 구원해가 나오는디, 천상 내만 쳐다보고 우리 어머니가 살아계시는 어머닌데 천자님이 암만 부르셔도 나 못가겠다고. 데불러 온 사람들이 생각해 보니게 그럴쌍 해서 가 천자님께 물어. 참 천자 자리는 앉았지, 천자가 미련키는 그때 굉장히 미련턴 어른인 모양이라.

"내일 또 가그라. 가 데불고 오니라."

천자명을 거하다니. 아 그리 되면 고마 (청취 불능) 뒷날 가니게 어제 데불고 온 게 우리 어머니 구안해야 되는디 어제 구그 사람들이 오는걸 보니게 또 잡으러 오는가 싶어 뒷산으로 튄 기라. 튀달아나는 걸 가는 사람이 봤어. 보니게 아무 죄도 없는 사람을, 부모 어머니 구안하려 하는 사람을 잡을라 허도 안 허고 도로 와버렸어. 천자님한테,

"우리가 데불고 갔더니 산으로 튑디요."

헌게, 또 뒷날 천자님이 뭐이라고 허니,

"산 밑에다가 튀가걸랑 불을 질러라. 불을 질르면 뜨겁고 연개가 나면 들로 나온 기라. 들로 튀나올라면 그놈을 잡아오니라."

그러니까 밑에서 불을 지르는 기라. 그런게 청명이가 하아,

'천자님 거역해 놓은께 나를 죽일려고 불을 질르니 이 뭐 반죽음 해 죽느니 깨끗이 죽는다.'

고 자기 땔나무 비늘로 산에 다가 산같이 재놓은 데, 거그 바짝 올라가 있는 (청취 불능) 올라가 앉은 기라. 불이 확 달은께 고마 만고 들에 안 튀어나온께 이 웬일인고 싶어 불 다 타죽고 올라간 뒤에 가 보니까 위에 서 죽었어. 타져서 죽었는데. 그 천자님께 보고헌께,

　'이런 충신을 내가 볼 때미로 죽였다. 우리 국가에 언제든지 청명의 제삿날은 불 때미로 청명이 죽었으니까는 굴뚝에 연기만 나는 사람은 엄벌에 처한다.'

　국명을 해 놓응께. 그래서 청명 뒷날은 식은 밥 먹는 날이 찰 한자, 밥 식자야. 할 수 없이 굶던 못하고 앞날 밥을 해놔야 돼. 청명의 근본도 그거야.

〔 진교면 설화 34 〕 T. 5-1. 앞

월운리 마을, 1996. 4. 4., 3조 조사.
문덕석, 남 · 74.

가짜 열녀

　* 기생 이야기나, 행실이 나쁜 과부의 이야기를 해달라고 청하자 하신 이야기다. *

　실지 열녀도 아닌 것이 순 잡실인 것이 열녀비가 세워졌구마. (청중 웃음) 그래서 내가 그 이야기를 할께. 응. 저저 현풍 각씨 집에 (조사자: 현풍 각씨요?) 응. 현 각자. 현풍 각씨 집안에서 난 일인디. 이 열녀라고 소문이 났어. 그 집에는 열녀가 선다라고 보장한거거든. 선다는디. 이때 박문수 어사가 지냈고마. 박문수 어사가 지낼 무렵에. 고 아래를 이렇게 보니 각씨를, 그 집 안에 부자집 안에 덥서수름한 하인 딸이 하나 있었어. 이게 뭐라고 묻는 고니, 쪼그리고 앉아서,

　"저 저기 뭐하는 기요?"

　"열녀비 세운다."

　"열녀비는 어떻게 세우는 기요?"

쭈그뜨리고 앉아서 머시매들 보고 지기 하인들끼리,

"니 맹기로 머시매들 말 잘 들어 뿐기면 세워주는 기다."

머시마들 시키는 대로 잘하면 열녀비를 준다고.

"그래. 어찌면 머시마들 말 잘 들어주면 비 세워 주는 기요?"

아. 그래 이래 보니께 비는 세웠다고 잔치를 하고 제사를 지내 주고 막 그래싸크던. 비를 세우고. 짖꿎은 머시마들이 그것을 무시하고 무시하고 팔도 잡년이 되어 뿐 기라. 팔도 잡년이 되어 뿐는다. 이게 어찌 되었는고 허니 뭣도 모르고 어디 딴 데 가서 마 몬된 짓을 허고. 이 각씨 집안에서. 그래 가지구 어디 딴 데 가서 사는디. 거 가서 와 혼자다니냐. 몬된 짓을 해서 그렇다 해서 대우를 안 해죠. 사람이 어떠면 대우를 해주냐 해서 잘 살피는디 행실을 잘하 면 대우를 잘해 준다 이래 되어 있어. 그래가지구 이재 행실을 얌전히 잘 했는 기라.

얌전히 잘 하구 있는디, 나도 얌전히 잘 하고 있으면 열녀비 세워 줄까. 잘 하면 열녀비 세워준다 하니께. 이 처자가 시집을 가게 되었어. 남편에게 가는디. 그 처자니께 이제 형편없는 사람허구 살겠제이. 가는디 이게 술이나 먹고 디리 깽팬이나 허고, 날마다 이리는디. 여자가 잘 이렇게 보니께 행실을 잘 하면 열녀비를 세워준다고 허거든. 그래서 적극 마 좋은 사람 만들어 보자 고 하고. 저그 남편한테. 그러자 이 처자가 자슥을 낳고 사람을 거느리고 있는 디. 그때사 말고 박문수 거 지나다가 그 사람이 그런 사람이 참으로 열녀다 이 말을 들었어. 그래사 그 사람을 집을 이리 멀리 돌아보니께. 살림살이는 형편 없고 남자는 보니께 형편 없어. 깡패짓을 하고 돌아다녀. 그래도 인자 그 여자가 열녀비를 세운다고 하니께 참으로 열녀짓을 해. 애들이 많던 간에. 그래 그러고 말았는데 결국 그러고 살다가 난중에는 동민이 전부 나서서 확실 히 열녀다 이거야. 전부 몰려가지고 열녀비 세워주자. 이 말이 나왔어. 인자 그러자 여자가 점점 살림살이도 나사지고 이런 판에 난중에 결국은 그 여자도 행실을 잘 해가지고 열녀비 세워졌어. 그래 결국 난중에는 열녀비 세워졌어. 남편 살려 먹이구 이러니까. 인자 그러니까 젊어서 철 모를 때는 사람이 아니 라고 보거든.

〔 진교면 설화 35 〕 T. 5-1. 앞

월운리 마을, 1996. 4. 4., 3조 조사.
문영기, 남 · 63.

열녀 만들기

* 옆에 계시던 분이 현풍 각씨에 대한 이야기를 더 자세하게 하겠다고 하셨다. *

현풍에 각씨가 경상북도 대구 돌아서 현풍이라고 있는디, 현풍 각씨 집안
에 효자 열녀문이 열한 개가 있습니다. 지금도 열한 개가 쭉 있는데 열두 개
세우다가 열두 개 차는 불에 소실이 됐재. 현풍 각씨 집안에 집안 처리로 잘
하고 우애끼리 얼매나 종손이 잘 되는데 나라에서도 근방에서도 아주 그만
자기 거치 소중히 여기고 허는 그런 어른 명함이 세상에 깔리게 되는데, 박문
수 어사, 현풍 각씨를 찾아가는데 가는 도중에 현풍마을에 가다가 논을 가는
농부가 있는데,

"여보, 논 가는 이! 여기 현풍 각씨 아무씨가 계시나요?"

그 종손 이름을 들먹이는께 암말도 안 하고 고마 소 세와 놓고 나와서 고
개울에 나가서 얼굴 싹 씻고 나와서

"예. 그 어른 계십니다."
하고 도로 들어가 소를 부리는 기라.

"아, 여보. 소를 도로 부릴 때 왜 얼굴을 씻고 와서 답을 허냐구?"

"아이고. 이 구정물에 소를 부리다가 그 어른 명함을 들먹이는데 어찌 얼굴
을 안 씻고 답을 허것냐고."

아이고 참 어사가 생각할 때, 참 대단한 분이구나. 그래 현풍마을에 갔는데
요만치 높이가 되는데 밑에 미나리, 미나리 심어서 물이 흐렁흐렁허고 위에
질인데. 질 위에 글방 서재 댕기는 서당꾼이야. 그래 되는 사람이 초립을 입고
그리 지나가는디. 그래 또 그래 가지구 말하자면 종손 이름을 명함을 들맥인

기라. 들맥인께. 사정 없이 버선 신발 신은 차 미나리깡으로 내려 가 뿌는 기라. 철벙 내려가가지고 거기 서가지고
"네. 계십니다."
그래 인자 끌어올려 가지고,
"아, 답을 여기서 하지."
"아부님 휘자 자를 들먹이시는데 어찌 동석에서 답을 할 수가 있습니까?"
"그래 아부님인가?"
가서 보니까 참 뒷간이고 뭐이고 대단한데 모든 손님을 접댈해서 손님 접대하는 것도 대단한데 거기에 실로 이게 진짠가 가짠가 이래 쭉 둘러 보는데 이래 허는데, 그러자 이 참 박씨 집안의 종손이고 대대이 운수가 어쩌냐고 이러니께
"나가 지난 겨울에. 내 둘짜 자슥을 장가를 들여 보냈더니만은 삼 개월만에 내 자슥이 죽고 청청과수 내 며느리가."
그런데 마당 한 쪽에 연못이 있는데 연못 옆에 자기 청청과수 며느리가 거취하는 데가 있는데, 거기서 인자 며칠 있다가 밤에 우연히 대변이 보고 싶어서 달은 밝은디 변소 안에 들어 앉아 있으니까, 밖에서 발자국 소리가 쿵쿵쿵쿵 나더니만 홀쩍 뛰는 몸이 있더라. 뛰어 넘어 와서 성큼성큼 머리를 땋고 한 큰 총각이 저 불을 빤한 데다 서 있응께, 문을 살 열어주고 들어가고.
'하! 이 뭐 열녀니 뭐니 해도 이놈의 집구석 이거 보니 요모냥 요꼴이더라.'
(청중 웃음)
요럼 맘을 묵고 잡기는 속으로 잡았다. 잡았는디. 며칠로 드나드는 것을 그걸 딱 보고 있으니까
'내일 아침에는 내가 막 터트리지.'
하고 마음을 먹고 있었제. 시아제들이 밤으로 형수가 행여 범나는 짓을 허는지 형수한테 범나는 놈이 오는가 이래서 술래로 글방 서재에 어떤 놈하고 그리 잘 지내는 기라. 그래서 아무도 모르게 살랑살랑 좀 나오니라. 나오니라. 이래 꺼내가지고 욕 봤다 하고 그만 보내버렸구마. 고만 지희 형수를 가서 칼로 콱 찔러 버렸고마. 찔러 놓은께. 집구석에 그짓 나오면 뭐 열녀 거석도 뭐 다 깨지는 기고. 저 그 사랑방에 들어가 앉아 있는 사람은 믿고 있고. 그 찔러가

코 칼도 않빼도 데려났구마. 뒷날 아침에
 "아버지 계보가 났습니다."
 문 밖에 와서 확 꿇어 엎졌구마.
 "뭐꼬?"
 "엇저녁에 형수 방에 간부가 들어서 형수가 목에 칼까지 맞고 칼도 그놈이
않빼고 갔뿌렸습니다."
 아이고 어째 혼자 했으니 증거도 없고 하니 어사가 열녀 안 줄 수도 없고,
할 수 없이 열녀문을 써 주게 되는데 그래 놓고 나서 자기가 갈라헌시로 어사
가 말하자면 주인에게 문제를 낸 기라. 뭣이라고 냈는고 허모
 "낙동강 철백 리 머나먼 거리에 여름에는 여그 볕이 나도, 십리 밖에는
폭우가 내리서, 큰 물이 내려 올 수도 있고 이런데. 아부지하고 아들하고 그
생변에 무신 보리냐 무어시냐 미루냐 갔다가 널어서 그 갱변 재갈 위에 돌
위에 말루는데 자기 며느리, 자기 말하자면 시아버지하고 냄편하고 둘이 너는
데 위에 동철 위에서 빨래를 하다가 진가짓대로 해 빨래 너는 그 대나무로.
가짓대에다가 그것을 널어놓고 있는데 막 무슨 뭉내기가 팍 내려오는디 내려
오면은 시아버지를 건져야겠는가, 남편을 건져야겠는가? 시아버지는 살만치
살았고 자기 냄편은 천 리, 만 리 같고. 참 남편 챙기자니 불효 막대하고 시아버
지는 몬 건졌은께. 시아버지로 건지면 효자는 되지만 열녀는 안 되갔고."
 음. 이걸 주인에게 좀 해석을 해 보라고. 그렁께 이 답을 이리 붙치봐도
않되갔고 저리 붙치봐도 않되갔고. 그래서 안에 들어가서 아침도 몬자시고 죽
생각해. 그래 연구가 안 나서 딱 방문을 걸어 잠그고 있는데 마침 한 일곱 살
먹은 여식아가 있다가,
 "할아버지, 아침 진지상이 있는데 와 그래?"
 "사랑방에 오신 손님이 낸 문제땀시 그런다."
하니 그러면 할아버지 밥상 가져오시라고. 할아버지가 밥상 두 술만 딱 자시면
내가 그걸 개르쳐 줄 드릴끼니. (청중 웃음) 할아버지가 이래나 저래나 난처한
사정이 되고 그래서 밥 두 술 딱 떠먹으니,
 "할아버지, 입으로 맹그는 거지. 그럴 수도 없고 저럴 수도 없는 긴데. 고런
때는 손님한테 이렇게 말씀하시이소. 시아부지한테나 그 긴 가짓대를 이어서 시

아부지가 그걸 잡고 올라오시면 둥천에다가 뚝 에다가 앉쳐 놓고 남편은 더 저 아래 떠내려가면 남편핸터 같이 고만 치매를 둘러쓰고 물에 뛰어 들고 남편이 같이 죽으면 열녀가 되고, 시아버지 건진 것은 효자가 되고." (청중 웃음)

그래 인자 그런 해석을 그리본 께라.

'아하 완전히 이 각씨 집안에는 이런 것이 있구나.'

그래서 그 간부질을 자기 맘대로 해도 열녀라 해고, 할 수 없이 죽어쓴께 찔려 죽었은께 열녀문을 준비해 가지고 세우고, 잔치를 해고. 그때 그 시아제들이 완전히 지그가 죽인 걸 열녀가 아닌 것 가지고 열녀라 허니께 이걸 어떻게 해야 되겠다 해서 그날 이전에 껍질, 풀뿌랭이 이걸 묵고, 줄인 배로 생명을 구헌 시절에는, 거랭이도 많고, 잔치를 허면 묵으러 오는 사람도 많을 때, 거랭이가 막 모여서 오는디 고만 하인들을 시켜서 몽둥이를 들고,

"야! 거랭이 잔치는 내일 하지 오늘 같이 않헌다."고,

그놈들이 묵고 싶은 재를 막 쪼고, 몽둥이로 패고, 이래 가지고 잔치를 마쳐 놓고 밤에 살짝 지그 시아제한테로 가서 열녀비문에다가 열두 개째 그 비문에다가 열두 개째 그 비문에다가 나무도 막 지름을 뿌래갔고 밤중에 불을 질러 뿌랬다. 그래가지고 마 거랭이 잔치를 한낮하지 거랭이 잔치를 뒷날 한다고 해서 거랭이가 불을 질렀다고. (청중 웃음) 그래가 했다고. 그렁께 사람이 임시로 요래 허면 열녀도 보지요. 지금 현재까장 효재 열녀문이 열한 개가 있어.

하동군 화개면

Ⅰ. 조사 마을 개관

1. 화개면 마을 1 - 화개면 탑리 원탑마을

화개면 탑리는 면소재지 마을이다. 하동읍에서 버스를 타고 북서쪽으로 섬진강변 도로를 따라 30분 정도를 가면 이 마을에 이른다. 화개면은 구례군과의 접경에 위치하여 경상도와 전라도를 잇는 교량 역할을 하는 곳이다. 옛부터 내려오는 유적으로는 쌍계사가 있어 관광지로 유명한 고장이기도 하다.

답사조가 이 곳을 택한 이유는 옛부터 큰 사찰들이 번창했던 곳이며, 경상도와 전라도를 잇는 접경지역으로서 화개장터가 성하는 등 관련자료들이 많으리라는 기대를 했기 때문이었다. 23일에 사전답사를 나와 제보자 확보에 나섰다. 기존의 자료에서 제보를 해주신 분들이 당시 너무 고령이어서 그 분들이 생존해 계실 거라고는 생각지도 못했는데 뜻밖에 원우송 할아버님, 김개봉 할아버님 등 제보자분들을 만날 수 있었다. 그 외에 주재수 할아버님, 양옥례 할머님 등의 제보자들을 확보할 수 있었다.

2. 화개면 마을 2 - 화개면 용강리 용강마을, 신촌마을

면소재지인 탑리에서 십 리 벚꽃길로 유명한 쌍계사 진입로를 따라 동쪽으로 5키로 정도 가면 산간 계곡에 자리잡은 용강리에 이른다. 인접 마을인 운수리에 쌍계사가 있으며 일 년 내내 관광객이 끊이지 않는 곳이기도 하다. 답사조가 이곳을 택한 이유는 지리산 아래에 있는 산간 마을로 쌍계사 외에도 장안사, 용강사 등 큰 사찰이 많이 있었던 곳으로 사찰에 관한 전설과 아울러 많은 자료를 얻을 수 있을 것 같아서였다. 특히 이곳에서 20분쯤 들어가면 있는 칠불사 주지분은 이곳에서 태어나서 지금까지 살아오신 분으로 이 마을에 관해서는 환하다는 탑리 이장님의 소개가 있었기 때문이었다. 그러나 미리 약속을 했음에도 불구하고 갑자기 일이 생기신 탓에 그 분을 만날 수는 없었서 아쉬웠다.

II. 조사기간 및 일정

1. 조사기간 : 1996년 4월 3일 ~ 5일

4월 3일 : 탑리에 답사조를 이끌고 도착하여 마을회관에 여장을 풀었다 사전 답사시 만났던 원우송 할아버지 등을 만났지만 기대와는 달리 할아버지들이 너무 고령인 관계로 제대로 조사가 이루어지지 않았다. 저녁에 화개 미곡상 사장님인 양옥례 할머니를 찾아갔다. 솔직히 그리 기대하지 않았던 제보자였는데 뜻밖에 성과를 얻을 수 있었다. 또 그 분을 통해서 인상적인 제보자인 안성업씨를 다음 날 만날 수 있었다. 밤에 마을회관으로 돌아오는 도중 들른 벚꽃횟집의 사장님으로부터 마을의 유래에 관한 이야기들을 다수 들을 수 있었다.

4월 4일 : 오전 탑리 노인회관에 가서 우리를 위해 모여주신 노인분들에게서 조사를 하였으나 거의 7·80세 이상의 고령이시라 특별한 소득을 얻을 수 없었다. 단지 한용수 할아버지로부터 육자배기를 들을 수 있었다. 노인정에서 나와 어제 약속한 안성업씨와의 만남을 위해 화개 미곡상으로 갔다. 약 50대 중

반인 이분은 기억력이 뛰어 나시고 적극적인 자세를 보여주셔서 많은 수확을 얻게 해 주셨다. 화개 미곡상을 끝으로 용강리로 이동했다.

2시 쯤에 용강리에 도착하여 마을회관에 여장을 풀었다. 일단 노인회관에 찾아 갔으나 마음 아프게도 제보자분들이 모두 남해로 여행을 떠나고 계시지 않았다. 다른 분들은 아쉽지 않았지만 전직 교장선생님이신 주재수 할아버지를 뵙지 못하게 된 것은 정말 가슴이 아플 정도로 아쉬웠다. 물론 남아 계신 분들이 계셨지만 - 그 중엔 기존 자료에서 제보를 해주신 김개봉 할아버지도 계셨다 - 그분들은 거의 의사소통이 안 될 정도의 고령이셨다. 이대로 물러설 수는 없다는 생각에 이리저리 알아보다가 오원식 할아버지에 대한 이야기를 듣게 되었다. 그 분 댁에 찾아갔으나 오원식 할어버지는 계시지 않고 부인되시는 할머니만이 계셨다. 할머니와 6시 쯤으로 약속을 잡고 그 시간에 다시 댁을 방문했다. 6시 30분 쯤에 조사를 시작하여 8시 정도까지 조사를 하였다.

4월 6일 : 칠불사 주지스님을 찾아 뵙기 위해 아침에 전화를 드렸더니 스님이 갑자기 일이 생기셔서 출타하셨다는 이야기를 듣게 되었다. 어제 주제수 할아버지와의 만남이 불발로 끝나고 또 스님도 만나지 못하게 되자 암담한 기분까지 들었다. 할 수 없이 이야기와 관련된 지형들을 직접 돌아보며 우리의 일정을 정리하는 것으로 만족해야 했다.

2. 제보자

[화개면 제보자 1]

원탑리, 양옥례, 여·66.

쌀집을 운영하시며 아흔이 넘으신 시어머니를 모시고 혼자 살아가시는 분이다. 자식들은 모두 타지에 나가 있다고 한다. 장한 어머니상 및 효부상을 수상하시는 등 주위에서 인정을 받고 계시고, 노래를 잘 부르는 것으로도 이름난 분이시다. 처음에는 조금 수줍어 하시다가 나중엔 신이 나실 정도로 쾌활하고 적극적인 태도를 보여 주신 분이다. 우리들 모두가 굉장히 호감을 느낀 매력적인 분이셨다. 특히 발음이 정확하고 기억력이 뛰어나셨다.

설화 : 1, 2, 3.

〔 화개면 제보자 2 〕

원탑리, 김점주, 남·61.

우리가 묵었던 마을회관 바로 뒤의 벗꽃횟집이라는 가게를 운영하시는 분으로 매우 친절하게 대해 주셨다. 저녁에 들러 회까지 대접받을 수 있었다. 처음에는 자기 이야기만을 하셨으나 중간중간 다수의 지명유래에 관한 이야기를 많이 들려 주셨다. 물도 쓰게 해주시고 밥도 주시는 등 신세도 많이 진 분이셨다.

설화 : 4 ~ 20.

〔 화개면 제보자 3 〕

원탑리, 김보현, 남·67.

원탑 노인회장님으로 무척 고운 인상을 주시는 분이었고 제일 차분한 분이셨다. 노인분들이 자기들끼리 이야기하면서 시끄러워지자 주의를 환기시켜주시는 등 우리를 도와주시려 애쓰신 분이셨다.

설화 : 21, 22, 23.

〔 화개면 제보자 4 〕

삼신리, 안성업, 여·57.

양옥례씨가 직접 자신의 가게로 불러 우리를 소개시켜 주신 분으로 굉장히 적극적인 태도를 보여주신 분이다. 대부분이 자신의 은사님인 주재수 할아버지가 어린 시절 들려 주신 것이라며 이야기를 해 주셨다. 기억력이 비상하다 할 정도로 뛰어 나셨으며 말솜씨도 보통이 아닌 분이셨다. 중학교를 졸업하신 분인데 한문 실력도 대단하신 분이셨다. 전에 왔던 학생들에게도 이야기해주신 경험이 있다고도 하셨다. 한 달 쯤 후엔 학교로 전화를 거셔서 자기가 해 준 이야기 중에 고증이 잘못된 게 있다고 정정하실 정도로 적극적이셨다. 수적으로는 그리 많이 이야기해 주신 것은 아니나 무척 인상적인 분이셨다.

설화 : 24, 25, 26.

〔 화개면 제보자 5 〕

신촌리, 오원식, 남 · 62.

말씀 잘 하시기로 인근에 소문이 난 분이셨다. 과연 달변이셨으나 발음은 그다지 정확한 편이 아니셨고 한동안 장황하게 교훈적인 이야기만을 하셔서 우리를 당황하게 하셨다. 그래서 실례를 무릅쓰고 말씀 도중에 마을의 기원에 대한 질문을 하자 말로만 듣던 '화개타령'을 들려 주셨다. 농사만 평생지어 오신 분 답지 않은 박학함이 무척 인상적인 분이셨다.

설화 : 27 ~ 31.

Ⅲ. 설화

〔 화개면 설화 1 〕 T. 1. 앞

탑리 원탑마을, 1996. 4. 3., 4조 조사.
양옥례, 여·66.

바보 신랑

* 신이 나서 노래를 한참 부르신 후에 재미있는 이야기를 청하자 기꺼이 해 주셨다. *

처가집에 가니까 뭐시 뭘 주드라. 콩을 삶아주니깨롱 뭐 콩을 인자 그것을 가먹어야하는디 껍데기채 막 먹드래. 그런깨 각시가 하는 말이,
"아이구 그건 까가지고 먹는건디 그냥 먹느냐."
고 그런께로, 나중에 인자 개피떡을 또 준 께로 그걸 도 싹 까서 내버리고 묵으니까,
"왜 그냥 묵지 까난께로?"
"까묵으라고 안했냐구."
그랬다.

〔 화개면 설화 2 〕 T. 1. 뒤

탑리 원탑마을, 1996. 4. 3., 4조 조사.
양옥례, 여·66.

며느리와 딸

* 노래 하나를 더 부르신 후에 또 이야기를 해 주셨다. *

옛날에 저 뭐이고 인자 밭을 매러가면 밭에 가면 나무가 있어. 풀도 풀나무가 감나무라고 말이 그래. 딸감나무, 며느리감나무, 그런디 옛날에는 그렇게 왜 애들이 며느리를 미워했는지 몰라. 그런께 인자 딸은 해 지면 들어오라 그러구, 며느리는 달 뜨면 들어오라 그랬는디. 아 인자 며느리는 달 뜨면 들어오라고 했는데 며느리가 인자 낮에 밭을 매다보니 달이 떴거든. 그래 집에 들어가버리고 인자 딸은 인자 시킨 대로 밤까지 일하다가 호랑이한테 물려가부렸어. 마음이 고아야 한다.

〔 화개면 설화 3 〕 T. 1. 뒤

탑리 원탑마을, 1996. 4. 3., 4조 조사.
양옥례, 여·66.

시집살이

* 이야기를 더 해달라고 하자 시집살이에 관한 이야기를 해 주셨다. *

시집을 갔는데, 하 시어머니가 어찌 살림을 시키는지 보리밭을 매는데 보리밭이 삼세 골이야 삼세 골. 삼세 골이 몇 골이냐 하면 삼백 골 하고 세 골이야. 삼세 골을 매고 나니 배가 고파 집에 들어간깨 시어매도 호령을 치고, 시누이도 호령을 치고. 너무나 기가 차서 옛날에는 명배 치매로 야달폭을 친대라. 야달폭을 쳐서 한 폭 뜯어서 전대주고 두 폭 뜯어서 바랑주고 그래가지고 인자 중놀이를 갈라고 깎고 깎고, 머리를 깎고 인자 중놀이를 인자 갈려고 그러고 나가련게로 가다가 중간에서 만난 거야. 서방은 말을 타고 오면서, 옛날에는 중이 어른들이 가면 고개를 숙이고 엎드렸다. 서방이 온께로 고개를 든께로 왜 고개를 드냐고 그러면서 집으로 가자고 말귀에 올라 앉으란께 이왕 이리 깎은 머리 석 삼 년만 하고 간다. 집에 가서 탁 보니 너무나도 기가 찬거 아닌가. (청취불능) 집에 가니 며느리 죽었다고 밥을 해다놔. 아침 점심 저녁 의상대를 받으랑께. 삼 년동안을 하거든 서방은 다 알고 왔는데. 그래서 그 쑥대밭이 되었다.

〔 화개면 설화 4 〕 T. 2. 앞

탑리 원탑마을, 1996. 4. 3., 4조 조사.
김점주, 남·61.

칠불사 유래

* 자기 부인이 이야기를 많이 안다면서 저녁에 찾아 오라는 말씀에 찾아 갔으나 이야기는 오히려 당신께서 해주셨다. *

칠불사 앞에 연못이 메워져 있습니다. 연못이 쪼금 밑이요, 인자 그런디 연못 말이자믄 칠 행제, 칠 행제가 칠블에서 공부를 했다 하거든요. 자기 칠 형제패가 연못에서 공부를 했는디 자기 어무니가 한 번 자기 아들을 가파가 칠 형제를 만나보고 싶어 가도 아들을 못 만났어요. 못 만나고 항시 연못에 보면은 자기 어머니가 팍 찾아가믄은 연못을 쳐다보고 있는 기라요. 그 물 속 안만. 그러믄 칠 형제가 물 속 우에서 걸어가믄 물 밑으로 해서 자기 아들을 가파가 칠 남매를 보고 집에 도로 내려오고 그래. 칠 형제가 거그서 간 곳도 없이 사라졌다 하거든요, 조게 지금 말로 하믄 지금 말 들으면 인자 그런 소리 별로 안 하지만 몇 십년 전만 하더라도 하늘로 득천으로 했니 어디로 신선이 되서 갔니 어쨌니 매일 말이 많았었거든요.

〔 화개면 설화 5 〕 T. 2. 앞

탑리 원탑마을, 1996. 4. 3., 4조 조사.
김점주, 남 · 61.

지팡이 나무

* * 계속 경험담 이야기만 해 주셔서 이 마을에 있는 특이한 자연물에 대한 이야기를 청하자
이야기를 해 주셨다. *

신흥 가면은 다리 하나 건너, 신흥 가면은 국민학교 하나 있습니다. 국민핵
교, 국민핵교 한 번 가보믄은 큰 정이나무 하나 있습니다. 살아 있습니다. 안에
가 보듬어 보믄 알제마는 서에서 바듬으면은 손이 다 갑니다. 그 정도 될 낍니
다. (조사자: 그렇게 커요?) 신흥간 지 십 년 이상 되기 때문에 확실히 잘 모르
겠는데, 그것도 또 여그 어떤 선생? 박 뭔 선생…. 박 뭔 선생이라든가. 오래된
게 이름도 잊었다. 하이고. 그 선생이 지리산으로 들어갈 때 그 지팽이를 짚고
가다가 그 나무가 지팽이라 합니다. 그것이. 지팽이를.
우리도 처음에 보면 분명히 보면 그 나무가 거꾸로 섰다구요. 분명히 거꾸
로 선 나무라요. 뿌리부터 커 올라간 나무가 아니라고요. 지금 봐두요. 그래서
가만 보믄 그래요. 거꾸로 섰다, 거꾸로 섰다. 그 얘기만 하지요. 근디 박 무신
선생이 들어갈 때 그것을 시웠답니다. 시워가지고 지팽이를 탁 꽂아놓고
"요것이 살아 있으믄 내가 살아 있는 줄 알고 요거이 죽으몬 죽을 줄 알아라."
그렇게 말하고 들어갔다고 그 내용만 대충 알고 있지요, 근디 그 나무가
그렇게 커요. 지금. (조사자: 칠불사 근처에 있어요?) 신흥 국민학교 바로 앞에
있거든요. 그 보면은 똑띠 보믄은 밑으로 보믄은 보편 보믄은 밑둥쟁이 나무가
크고 올라갈수록 적어지는거 아닙니까? 가지가 벌리고. 그런데 그 나무는 밑은
적고 우가 더 큽니다. 우로 갈수록 커집니다. 근디 가만히 나무 모습을 쳐다보믄은
역시나 지팽이 같애요. 이리 올라가가지고 요우 보믄 꼭 지팽이 같아요.

〔 화개면 설화 6 〕 T. 2. 앞

탑리 원탑마을, 1996. 4. 3., 4조 조사.
김점주, 남 · 61.

게가 없는 이유

* 우리들이 흥미를 보이자 계속 이야기를 해 주셨다. *

문특바위라고 있었습니다. 돌 이름이 있습니다. 문특바구라고 있는디 거그
서 아침에 자고 인자 세수를 요리 하는디 손을 씻고 있는디, 뭐가 손가락을
꽉 물어버렸답니다. 요리 두고 본 게 게가, 게란 놈이 손가락을 꽉 물어버렸답
니다. 꽉 물어갔고, 게를 요놈을 꽉 잡아갔고는,
　"니 앞으로 요 우로는 절대 올라가지 말고."
밑으로 던져 버렸데요, 근디 사금 그랬답니다. 말은, 몇 넌전까지는 그 후로는
게가 없었데요. 고 밑으로는 게가 있어도. (조사자: 그래서 문특바위라고 해요?)
고 밑으로는 있어도 그 우로는 없데요. 고 밑으로는 있어도 그 우로는 없더라 그랬
는디 근데 요즘은 모르겠십니다. 올라가는가, 그 후로는 올라가는지.

〔 화개면 설화 7 〕 T. 2. 앞

탑리 원탑마을, 1996. 4. 3., 4조 조사.
김점주, 남 · 66.

용소 이야기 (1)

* 잠시 당신 이야기를 하시다가 조사자들이 다시 마을에 관한 질문을 하자 이야기를 해 주셨다. *

저어기 쌍계사 가믄은 쌍계사에서 폭포까지 몇 키로더라. 적어놨드마는. 그 폭포 밑에 가믄은 폭포가 몇 단계. 물이 많았을 때는 그 열 두 단계가 됐을까마는. (조사자: 열두 구비요?) 물이 작았을 때는 계속 흐르고 내려오고 그라고 요즘은 많이 고쳤습니다. 옛날에는 절벽을 타고 나무를 잡고 포도기 우리도 가 봤는디 떨어지믄 죽어요. 마 굉장히 깔끄막입니다. 깔크막에 요만한 소나무가 서 있어요. 얼른 소나무를 보듬어야지 안 보듬으면 떨어지빕니다. 거 가 보면은 밑에 내려다 보믄은 인자 어른들은 얘기하지마는 싹 정사각입니다. 정사각형. 돌팽이. 바우알죠? 그래 내려다 보믄은 볼 때는 영 얄차 보이고 내려다 보믄은 물이 시퍼럽니다. 노인들 야그 소리 들오보며는 맹지실, 맹지실 압니까? (조사자: 네.) 맹지실 세 타래가 들어간답니다. 깊이가. 세 꾸리 다 풀어 느야지만 땅에 닿는 기라요. 거가 용소라고 합니다. 용소. (조사자: 용소 얘기 해 주세요.) 그 속에 용이 살았답니다. 저가 용소구나 하고 알았죠. (조사자: 거기 용이 살았다는 얘긴 못 들으셨어요?) 거가 용이 살았다는 얘기 들었죠. 확실히는 몰라도 뜨문뜨문 얘기가 있거든요.

〔 화개면 설화 8 〕 T. 2. 앞

탑리 원탑마을, 1996. 4. 3., 4조 조사.
김점주, 남 · 61.

노루목

* 마을에 있는 명당자리에 관한 이야기를 청하자 기다리셨다는듯이 이야기를 해 주셨다. *

노루목 고개라고 있습니다. 거가 참 진징한 명당자리라고. 자리가 참 좋았답니다. 자리가 참 좋았어요. 그런데 아주머니 하나가 앉아서 빨래를 했데요. 빨래를. 빨래를. 빨래를 팍 팍. 가만히 쳐다보니께는 산이 걸어가드래요. (조사자: 산이 걸어가요?) 산이 걸어 내려 가드래요. 아주머니가 가만히 쳐다보니께

는 대뜸,

"산이 간다."

하고 소리치니까 산이 그 자리에 서 버렸데요. (조사자: 그 산 이름이 뭐예요?) 그 산이 노루목 고개라고 인자 얘기하지요. 그래가지고 그 노루목 고개가 명당자리다. 그래가지고 인자 뫼도 쓰고 그랬는디, 옛날에 인자 일본 시절에 삼십육 년간 일본사람들이 한국 땅에 안 있었습니까? 거그서 인자 조선의 명당자리를 가따가 다 끊었다 쌌지요. 명당자리를. 그 때 그 맥을 탁 끊을 때 그 자리에서 피가 나오드라 합니다. 피가 흘러 나오드라. 핀지 황톳물인지 몰라도. 붉은 물이 흘러 나오드라. (조사자: 그 붉은 물이 흐르는 게 어디에요?) 거그가 노루목 고개라. 노루목을 짤려 버리니까 피가 난 게 아니냐. 노루목을 짤려 버리니까 피가 난 게 아니냐, 하는 소문도 있고.

〔 화개면 설화 9 〕 T. 2. 앞.

탑리 원탑마을, 1996. 4. 3., 4조 조사.
김점주, 남 · 61.

북섬 이야기

* 목이 마르셨는지 물을 한 컵 드시고 계속 이야기를 해 주셨다. *

말하자믄 화천, 전라도 쪽이거든요? 전라도에 씨금도 씨고. 전라도에 산이 있습니다. 뒤로는 마을이고, 앞에는 강이고 뒤로는 뚝심 같이 섬이 하나 있는디 거그는 솔나무도 있고, 거 이름이 북섬이라. 북섬이라 합니다. 내가 이름을 묻는디 북섬이라 한께. 여그서는 아참에 여자가, 여자가 북을 치므는 여그 꽃 갈래가 꽃 갈래 모퉁이 여그서는 남자가 춤을 춘답니다. 대충 그런 얘그만 들었습니다.

〔 화개면 설화 10 〕 T. 2. 앞

탑리 원탑마을, 1996. 4. 3., 4조 조사.
김점주, 남 · 61.

굴둥바위

* 우리가 우연히 들은 굴둥바위에 대해 여쭙자 이야기를 해 주셨다. *

바구 안이 여그 천처럼 드려 있습니다. (조사자: 바위요?) 굴 바구라고, 굴 둥바우라고 있습니다. 와 굴둥바우라고 하나므는, 옛날에 일행사대패요 말하자믄 거그 들어가서 전부 피신을 했답니다. 잡을라고 일본 사람들이 잡을라고 그 난리를 해도 그걸 못 잡았거든요. 근데 그 많은 사람들이 밥을 해 묵을라고 쌀을 안 씻습니까? 싼 뜬 물이 흘러 내려 와가지고는 거가 발견이 되부렸는 기라요. 쌀 뜬 물이 흘러 내려 와갔구 그래서 굴 바위를 발견했다.

〔 화개면 설화 11 〕 T. 2. 앞

탑리 원탑마을, 1996. 4. 3., 4조 조사.
김점주, 남 · 61.

삼천리를 가는 앉은뱅이

* 재미있는 이야기 하나 해 주시겠다며 웃으시면서 이야기를 해 주셨다. *

앉은뱅이가 하루 아침에 삼천 리 간다는 얘그가 있습니다. (조사자: 무슨 뜻이예요?) 여그는 경상도 아닙니까? 지그는 전라도, 여는 구례 전라도 관양, 저그가 전라도, 세 군데를 걸쳐가면 삼천 리 간다는 거 아입니까? 저그가 화천리 아입니까? 화천리길. 화천리를 해서 화안 화천리를 해서 저기 관양 화천리를 해서 구례 화천리를 해서 그래가꼬 세 화천리 삼천리를 간다는 거지요.

〔 화개면 설화 12 〕 T. 2. 앞

탑리 원탑마을, 1996. 4. 3., 4조 조사.
김점주, 남·61.

용소 이야기 (2)

* 용소 이야기가 이제 잘 생각이 난다며 다시 이야기해 주셨다.*

인자 용소라고 용이 한 마리 나왔기 때문에 거가 용소라고 하는디 그랗파는디 용이 나오는 것도, 어떤 노인이, 인자 어떤 노인이 아침에 논 둘러 보러 나왔다가 봤드라요 (조사자: 용을요?) 땅에 해가 팍 뜨니께는 해가 뜨니께는 요놈이 꽁지를 물에 탁 치드래요. 용꽁지를. 그래가꼬 옆에 만치가서 본께,
"용아, 용아. 니 꽁지를 봤든만 니 머리 좀 보여주라."
한께는 그대로 꼬리까지 물 속으로 쏙 들어 가버리다요. 그래서 거가 용소라고 하지요. 용강리에 있어요.

〔 화개면 설화 13 〕 T. 2. 앞

탑리 원탑마을, 1996. 4. 3., 4조 조사.
김점주, 남·61.

사중터와 탑리

* 앞 이야기에 이어서 계속 하셨다. *

탑이 처음에 어떻게 생겼는고 하믄, 옛날에 여가 팍만 절이 들어 앉았다. 이런 얘기가 있거든요. 절 숫자 고암자 절이 여가 있었다. 그래 가지고는 요기서 사중터라고 있십니더. 사중터라고 있십니다. 그래가지고 절 중든 인자 밥을 하는디 석가래를 놓고, 근디 그때 파니까 파도 옛날에 절 이래보면 점재이 물 담아 놓고 요거 그게 나와요. 탁 깨부러요. 숯 꿈장, 재, 인자 밥 해묵고 숯 깜장 같은거 재 같은거. (조사자: 중들은 어디로 갔어요?) 거그서 인자 절 내부에서 있었던 일을 중 너이서, 사중터라 하는 것은 글자 그대로 중 너이서 거가 모여가지고 회의를 했데요. 그래서 사중터라 했데요. 그래서 사중터라 했다. 그라고 탑리는 왜 탑리라 했느냐 그러며는 거그다 탑을 세웠기 때문에 탑리라 그렇게 했고, 저거는 법당을 법화가 지었다 했고 법당을 법화가 지어서 법화라 그렇게 했고.

그래 가지고는 탑리 여그다가 집터로, 신을 삼아 안 심었습니까? 털먹신이라 존 사람말로 털먹신 신는다고, 인자 털먹신 거다 인자 벗어놓고 한 바퀴 돌고 나오면은 털먹신이 썩어 부렀데요. (조사자: 그게 무슨 의미예요?) 절이 워낙 넓다는 얘기죠. (조사자: 근데 절이 다 없어졌어요?) 근데 지금도 보면은 산 꼭대기, 대운산에 가면은 기왓장 쪼그래기가 쌔고 쌔요. 기왓장 쪼그래기가 쌔고 쌔요. 화개는 기왓장 없는 데가 별로 없십니다. 그때는 인자 아주 오래된 일인 것 같아요. 기왓장 쪼가리를 보고 여그가 절이 있다는 걸 알지요.

〔 화개면 설화 14 〕 T. 3. 앞

탑리 원탑마을, 1996. 4. 3., 4조 조사.
김점주, 남 · 61.

쌍계(雙溪)

* 계속 생각이 나는 듯 연이어서 이야기해 주었다. *

    (청취불능) 용소는 물이 깊은 곳이 있어서 용소라 그러고, 쌍계사는 지금…
쌍계사 가 보셨어요? 구룡폭포 가 봤습니까? (조사자: 예. 인제 갈라 그러거든
요.) 구룡폭포 가면은요, 그 폭포 내려오는 계곡에 산봉우리 여, 조그맣게 두
개 있거든요. 그 쌍계사가 뭐냐 하면 두 쌍(雙)자거든요. 계곡, 시내 계(溪)자
하고. 그러니까 백학봉허고 청학봉허고, 쌍계사 불일폭포 가면 양쪽에 청학봉,
백학봉 있어요. 그 두 계곡이 한태 어우러져 이루어졌다고, 그래서 쌍계사라
그런데요. 그 가면 쌍계 석문이 있거든요.

〔 화개면 설화 15 〕 T. 3. 앞

탑리 원탑마을, 1996. 4. 3., 4조 조사.
김점주, 남 · 61.

동지 팥죽

> * 옛날에 어르신들에게 들었던 재미난 이야기 좀 들려 달라고 청하자 다 아는 이야기일 거
> 라면서 이야기해 주셨다. *

    동지 팥죽 이야기 하나 더 할 께요. 그럼. 동지 팥죽 이야기는 그 팥죽을
뿌릴 때는 귀신 못 들어오라고 뿌리는 거 아닙니까. 근디 이 이야기도 아까
그 문자 이야기 해 주신 그 정주석 선생님께서 들려 주셨거든요. 그 선생님이
들려주신 이야기고, 그 배운 교과고 그거 젤로 머리에 남아 있어요. 나한테,
똑똑히 들었기 때문에.
    근데 인자 한 고을에, 원님을 보내면은, 그 때는 (청취불능) 아주 옛날이래
요. 원님을, 고을 원님을 보내놓으면 그 날 저녁에 탁 죽어버리고, 또 한 달이나
지난 뒤에 또 보내놓으면 또 고을 원님 죽어버리고 그러드래요. 그런 고을이
있었대. 귀신이 나와갖고 사람을 그냥, 말하자면 기절을 시키는 기라요. 그런
데 인자 하도 그 선생님, 그 땐 임금님, 무슨 임금님이란 건 안 가르쳐 주고

임금님이 인자 그 선비들, 고을 원님 살러 갈라면 저 과거를 봐고 합격을 되면
원님 보내는 거 아입니까? 원님은 지금 같으면 군수 같은 벼슬이라 그러데요.
그 때 선생님 말씀이. 군수라요. 말하자면 지금의. 그런데 하도 사람이 많이
죽으니까 인저 임금님이 안타까워서 자기, 사람이 많이 죽으니께 자기도 괴로
울 것 아닙니까? 한두 사람도 아니고 여러 사람을 죽여 놓으니까. 그러면 이번
에는 내가 직접 말하자면 명령을 하는게 아니고 자기 그 고을에 가면 사람이
죽고 죽고 하는 고을을 비울 수가 엄스니까 그래서 사람이 살고 있으니까. 이
렇게 비울 수가 없으니까는 자진해서 갈 사람을, 말하자면 손 들으라 그러드래
요. 그 선비들보고. 그래서 그게 자기가 죽으니까 아무도 두려워 갖고 손을
안 들죠, 거 가면 죽는데 아무래도 자기 죽기 좋은 사람 어딨겠어요?

　　그래서 인자 하도 안타까운 의견을 내 놓으니까는 아, 이원송이란 사람이,
이원송이란 사람이요,

　　"임금님, 제가 그 고을에 가 보겠습니다."
하면서 자진해서 손을 들더래요, 그래서 인자 말을 타고 부하들을 거느리고
그 고을에 원을 살라 갔었더라요. 가 갖고는 싹 (청취불능) 허고 사람이 죽어논
께 자기도 아무리 참 강하지만은 좀 아무래도 두렵죠. 암만해도 자기가 자진해
서 오긴 왔는데 그래서 인자 이사 간 날 저녁 밥을 해 먹고 한 열두 시가, 자정
이 넘으니까 딱 그날 낮에 가보니까, 그 뒤에 가보니까 큰 묘가 있더래요. 굉장
히 큰, 좀 지금 임금님 같은 릉이. 그런 묘가 있는데 그 앞에 오동나무가 하나
섰더라네요. 그걸 똑똑히 봐 놨어요. 그날 낮에 가갔고, 으째서 사람이 죽는가
해갖고 자기 미리사 봐 놨는데 자정이 지나니까 '쿵쿵' 소리가 나더래요. 그래서,

　　'옳다, 이 소리 땜새 먼저 온 원님들이 죽었구나.'
하고 자기가 알아챘어요. 인제 쿵쿵 소리가 귀신 소리거든요. 각이 네모로 되
가지고 쿵 하면 땅이 울려서 쿵 소리가 나고, 또 한번 하면 쿵 하면 또 소리가
나고, 탁탁 각이 굴러오는 소리가 나더래요. 그래서 자기가 탁 기강을 세워가
지고 앉아 있으면서

　　'아, 이 소리 때문에 죽었구나.'
하고 무슨 귀신이 오는가 보자 하고 탁 (청취불능) 앉아 있었거든요. 그 분이.
그래서 근께 아이, 마당으로 쿵쿵 소리가 나더만은 (청취불능) 떨빵 끈이 그

각에 탁 오더만은 문 여는 소리가 짝 나더래요. 이건 전설이지요. 아까 목서방 이야기는 그건 진짜고. 탁 나더만은 문을 착 열고 들어오더래요. 딱 보니까 빨간 홍선. 부채 선(扇)자고 다음에 붉을 홍(紅)자. 빨간 부채를 얼굴에 딱 걸어 쥐면서 키가 큰 귀신이 하나 들어오더래요. 귀신이 하나 들어와서 인자 인사를 했대요. 어서 오시라고 인사를 탁 극진히 하면서 산 사람처럼 하면서 앉으시라 고 하면서 정중히 인사를 하니까,

"참, 자네같은 원님이 오기를 나는 고대고대허고 기다렸는데, 얼마나 그런 사람들 약해가지고 내가 이 고을에 오면은 이 고을 어떤 고을이니까 원님을 하려면 어떻게 어떻게 해라. 이렇게 다 그 말을 알려주고 할라고 내가 이렇게 오면은 그 사람들 다 약해가지고 다 죽어버리고 내가 그 사람들 목숨을 많이 했다."

고 참 그렇다고 그러드래요. 그래 죄를 많이 졌다고 그러면서,

"자네같은 사람이 오기를 바랬네."

하며 이야기를 하더래요. 그러면서 자기는 옛날 옛적에 임금이 죽은 넋이라고 하더래요, 임금이. 그래서 인자 그 이원송이란 사람허고 이렇게 산 사람처럼 대화를 주고받고 했거든요. 하다가 또 허면 또 한두 시간동안 이야기하다가 또 자기는 가요, 귀신은. 자기 무덤 속으로 들어가야 될 거 아닌가. 또 각을 탁 내려기고 자기가 들어가고 쿵쿵하고 가서 인자 있다 오고, 밤을 새우고 하 는데, 이 너무나 심하게 오는 기요 같은 사람끼리면 괜찮은데. 사람이고, 귀신 이고 허니까 아무래도 좀 않좋죠. 불편허고. 그래서 인자 하도하도 자주 오고 허니까, 이 사람 꾀를 냈는 기라요. 그 원님이 어떻게 꾀를 냈느냐면 대화는 허고 하지만 그 임금님 얼굴이 한 번 보고 싶은 기라요. 이원송이란 사람이. 아주 참 위대한 분이래요, 그래서 보고 싶은디 꾀를 어떻게 냈냐하면, 진수성 찬을 차렸어. 음식을 많이 부하들보곤 인자 시켜가지고는 (청취불능) 제삿상 차린 것메로 이렇게 상을 차려놓고는. 저 옆방에 차려 (청취불능) 그 날 저녁에 오시 (청취불능) 이야기를 좋은 이야기를 주고받고 하다가,

"임금님, 제가 오늘은 너무나 임금님에게 좋은 이야기를 많이 듣고 그래서 변변치 않은 것이래도 음식을 차려놨으니 이것 좀 드셔 보시라."

고 그러니까 임금님이 좋아하드래. 그 귀신이,

"아니, 나히고 이렇게 대화해 주는 것만도 참 고맙게 (청취불능) 음식까지 나를 대접하다니 참 고맙다."
고 그러면서, 실은 그 임금님한테 음식을 잡수라 그러는거보다도 자기는 그 얼굴이 한 번 보고 싶어서 음식을 차린 거그든요. 근데 귀신이 나와서 이 사람이 너무 영리하니께 그 꾀를 몰라보고 넘겨 갔는가봐요. 그래서 인자 딱 저 방으로 가 가지고 이렇게 잡수라고 한께로, 홍선, 거 사람잡는 채 안 있습며. 그것만 요리 딱 떼고는 (청취불능) 요리키 떼 먹고 떠 먹고 이랬데요. 그러니까 인자 임금님만 좋으니 이원송이란 사람 완전히 실패한거지. 임금님 얼굴 한 번 볼랬는데. 그 이튿날 쿵쿵 맨날 시간은 자정 넘어서 오거든. 귀신이라서. 그래 오니까,
"임금님, 저는 소원이 임금님 용안 한 번 보기가 소원입니다."
이랬데요. 그래 되고 바로 대고 엊저녁에는 음식을 제공하면 볼 줄 알고 그럼 이걸 딱 벗어놓고 잡술 줄 알고 그랬는데 이걸 잡아 놓고 있어 못 봤어요. 그래서 인자 임금님 보기가 소원이라 그러니까 안 된데요.
"이 얼굴을 자네가 보면 않되네. 대화를 이렇게 주고 나눴지만은 산 사람이 보면은 얼굴이 너무 검에 가지고 안 된다."
고 그러니까,
"꼭 괜찮타꼬 다른 사람들은 임금님, 마, 오는 소리만 듣고도 기절해 삐려, 나는 이렇게 매달을 이렇게 대화를 하는데 기절 안 할께 꼭 보여주라."
그래. 꼭 안 보여준다니까,
"그러면 임금님, 우리 집에 저허도 인자, 다, 다음부턴 저허고 대화도 안 허고 인자 그럴 끼니까 오시지 말라."
고 이런 말까지 나왔대요. 그러니까 할 수 없다고 인자 자기를 오시지 말라고 그랑께 인자 오고 싶어서 얼굴을 보여준 기라요. 그래 여그서 이렇게 딱 뜯은께 아이고 여그서 여그만치 내려왔대요. 눈썹 요만치 내려오니까 그만 검고 푸리고 푸리고 그냥 형형색색이라서 귀신, 오래된 귀신이라는께 너무너무 무서워 갖고 마 이원송이가 기절해버렸대요. 죽어버렸대요. 그러니까 이 임금님 얼마나 애통합니까.
"어이구 그 보잘 것 없는 얼굴을 안 보여준다니까 기어이 보여달라해서

나를 오지 말라해서 보여준 게 이렇게 내가 실패를 했다.”
고 그러믄서 무슨 그런 귀신들이 주문이 있답니다. 주문을 읽으니까 이 사람이
깨어나드래요. 깨어나고 난께로 인자 그냥 이 이원송이란 사람이 귀신을 무,
무서워헐 것 아닙니까. 이때곰 얼굴을 모르고 그리 대화를 많이 해 왔는데 이
리케 얼굴을 보니까. (청취불능) 싫은 기라 귀신이. 그니, 그 이튿날 또 오는
기야. 여전히 와서 인자 그러믄,
　　“임금님께서 제일 좋은 시간은 무엇이며, 제일 싫어하는 것이 무엇입니
까?”
　　이렇게 물어봤대요. 물어보니까,
　　“제일 좋은 시간은 내가 이거 황천 와서 제일 좋은 시간은 자네하고 이렇게
대화하는 시간이 제일 좋았고, 나는 제일 싫어하는 것이 백말 피다. 백말 피만
보면은 나는 질석을 하고 이 말하자면 땅 밖에는 못 나온다.”
이러드래요. 그러니 이 사람이 너무 영리하니까 임금님도 (청취불능) 귀신을.
그래서 인자 임금님, 말하자면 그러고 가 버렸어요. 그날 저녁 새벽에 인자
가버렸는데 그 이튿날 막 날 새기가 바쁘게 종들을 싹 불러갖고 제주도 가서
말 열 필만 데리고 오니라 이랬데요. 원님 명령인데 종들이 뭘 안 구해오겠소.
호랭이 잡아 오래면 호랭이 잡아와야 되고 옛날에는 그래 않습니까. 그래 배를
타고 제주도로 건너갔대요. 그래 백마를 열 필을 가지고 잡아다가, 근데 며칠
걸렸죠. 옛날은 지금 비행기도 없고 그냥 배로, 배로 가갖고 이렇게 백말을
가지고 와서 잡아가지고 그냥 싹 그 묘 잔디에 다 싹 뿌렸는기라요. 그래 가지
고 짝 벌어져가지고 올랑케 피가 (청취불능) 도로 딱 아물려 갖고 다시는 못
나왔대요. 그날이 지금의 바로 동짓날. 동짓날이래요. 그래서 인자 그 백말 피
대신 이 동지 죽을 뿌리는 기라 그래요. 그리고 내가 아까 중간에 이야기 하나
빠져 묶었는데 그 오동나무 이슬을 받아먹고 삼았는데 오동나무를 베가니까
그 귀신이 그 오동나무 이슬을 못 받아먹으니까 이렇게 나온다고 그래요. 그래
가지고 그 오동나무 자기 이슬을 받아먹는 걸 배가 아파가꼬 귀신이 수를 부리
니까 오동나무, 그거 쫓다가 그 사람이 다리를 탁 쫓겨갖고 죽었다 그래요,
근데 옛날에 그 동요가 있거든요
　　“딸아 딸아 낭낭 딸아, 많이 먹고 많이 커라. 오동나무 장롱에다 국화 장석

걸어주마."
그랬대요. 그 오동나무 장롱 해 주다가 자기가 죽어버렸다고 그래요, 그래 그
날을 동짓날이라 해요.

〔 화개면 설화 16 〕 T. 3. 앞

탑리 원탑마을, 1996. 4. 3., 4조 조사.
김점주, 남·61.

쎄이암(洗耳岩)

　저 저 신흥에 가면 그 세이암이라는 바위가 있거든, 냇가에. 그 옛날에 최
고운 선생님이 지리산을 등지고 이리 수도하시다가 거기 오셔가지고 지팽이
를 왕성 궁문 앞에 앞에다가 이렇게 꼽아 놓은 그거이 살아가지고 지금 천
년이 넘는다는 그거 백나무가 있고요. 그 그거 최고훈 선생님, 귀를 씻었대가
지고 씻을 세(洗)자, 귀 이(耳)자, 바위 암(岩)자, 세이암이라고 그렇게 불러준
다고 그래요.

〔 화개면 설화 17 〕 T. 3. 앞

탑리 원탑마을, 1996. 4. 3., 4조 조사.
김점주, 남·61.

칠불암과 영지(影池)

* 양옥례씨에게 잠깐 들었던 아짜방에 관한 이야기를 여쭙자 이야기를 해주셨다. *

　그래 아짜방이 그리 유명하고 저기 저 (청취 불능) 타버렸거든요. 그라꼬 새로 복원해가지고 옛날에는 칠불암이었는데, 지금 칠불사로 됐잖아요. 그래가지고 그 김수로왕 그 임금님하고 왕후하고 자기 아늘네들이 보고 싶어가지고 보망에 오셨다가 인자 칠불암으로 그 때는 칠불암인데 어머님 아버님 오셨다고 좀 만나보자고 아들네들 보고 인제 전갈이 갔어요. 사람을 부렸은께로 우리는 수도 성불허는 이 시기니까 볼 수 없다고 그만 돌아가라고 그랬거든요. 그 보망 마을 밑에 가면 그걸 지금 대궐터 식당이란 게 있거든요. 그래서 그 김수로왕하고 왕후라고 거기서 주무시고 가셨다는 그거를 대궐토라 그런데요. 그래가지고 거기서 주무시고 칠불암에 올라가 가지고 칠불암 거 가면은 영지 못이란 게 있거든요. 비칠 영(影)자, 못 지(池)자. 거 일곱 왕자가 비쳤다고 그래서 정 보고 싶으면,

　"우리는 우에 칠불암에 있을거니까 그림자락도 보고가십쇼."
해갖꼬 그래서 그 일곱 왕자가 못에 비치자 그 그림자만 보고 가셨다는 그런 전설이 있죠. (청중: 그래가지고 뭐 그 분께서 보고 극찬을 하셨다고 들었거든요, 일곱 형제가.) 예 그랬대요. 생불됐다 그러죠. 그래가지고 아짜방에 가면 그거 맞자가면 딱 있거든요, 근디 그 절이 동양에서 제일 가는 터래요. 동국제일선행이라고 한문으로 간판이 딱 걸려 있거든요, 칠불사 가면 (조사자: 그 터가요?) 예, 터가 (조사자: 명당자리라고요?) 예, 그른께 저, 명당인거보다도 잘타기 최고 좋은데 일본, 중국, 우리 나라 삼국, 동국, 동쪽에 있는 나라에서 제일 가는 터라 그래요. 그 기와도 (청취 불능) 딱 되갖고 그렇게 공기도 좋고 그른께 그래서 지금 그 동서남북 다 칠성별이 다 있다고 그 배웠죠 책에서(조사자: 예.) 동서남북 다 칠성인데 그거 북두칠성은 안 변한다고 그래 않습니까, 근디 칠불사 위에가 북두칠성이 딱 떴는 기라요. (조사자: 우와.) 칠불사 위로 바로 거가 북두칠성이어서다. (조사자: 그러니까 바로 그 일곱 형제?) 예. 근게 김수로왕 왕자, 일곱 왕자가… (청중: 올라가서 북두칠성이 된 거예요?) 모르겠어요, 됐다 그러는데 그거야… (조사자: 웃음.) 북두철성이 있다고요.

〔 화개면 설화 18 〕 T. 3. 뒤

탑리 원탑마을, 1996. 4. 3., 4조 조사.
김점주, 남·61.

장보러 나온 더덕

* 재미있고 우스운 옛날 이야기를 청하자 웃으시면서 이야기를 해 주셨다. 완전히 이야기
홍에 빠지신 듯 했다. *

이렇게 해야 되는디 지금 내에 서골이 있고 동골이 있고. 그리가면은 참으
로 눈이 많이 옵니다. 참으로 옛날에는 눈이 많이 오면은 아침에 일찍 가보면
은 거기 인자 밭에서 나와 살아서 걸어옵니다. 처음엔 그것도 몰랐답니다. 그
런데 옛날에 지금인께 지금도 물론 인자 지금은 인자 과학적으로 해갔고 참
머 우주선도 맨들고 멋도 맨 들고 이게 과학자 아닙니까? 옛날로 말하자면
인자 관상도 보고 탁 보면 저 사람이 뭐하는 사람이다, 아 저 사람이 사람이
아니다. 인자마 인자 옛날로 보면 인자 인자 인자 사람인자다. 그러고는 한
번 하동장에를 딱 가보면 인자 그 더덕 그놈이 장을 보러 옵니다. (조사자:
더덕이요?) 더덕이 장을 보러 와요. (조사자 웃음) 사람이 돼가지고, 사람이
돼가지고 인자 딱 찾아보니께는 사람이 아니드라 이거요. 더덕이라 이거요.
자 저 더덕이 나왔는디 지가 잡아야 되겠드라 인자 그 생각을 했었드레요. 참
그 얘기를 듣고 저도 웃었습니다. (조사자 웃음) 그래가지고 딱 본께 역시 똑
사람같이 행동하드레요. 그래가지고 이놈을 갖다가 인자 밑에 아랫도리를 밑
에 다리 여를 보듬아부렀으면 될 것인디 그 몸체를 위를 딱 보듬아버린 것이
여. 허리를 딱 보듬아버린 것이여. 딱 보듬어보니께론 머리는 도망가 버리고
이파리만 싹 다 이파리만 보듬어 있는 것이래요. (조사자: 잡으니까 그렇게
변해버린 거예요?) 예. 이파리만 똑 떼고 몸뚱아리만 가버린거요. 그래 그 더덕
이 숨었다는 거죠. 그래 그 뒤로 못봤다는 거죠. (조사자 웃음)

〔 화개면 설화 19 〕 T. 3. 뒤

탑리 원탑마을, 1996. 4. 3., 4조 조사.
김점주, 남 · 61.

섯바우

** 한바탕 웃은 조사자들이 재미있는 이야기를 더 청하자 계속 이야기를 해 주셨다. **

섯바우라는 데는 거그는 가면은 인자 거 거 신선대라 그럽니다. (조사자: 신선대요?) 예. 신선대가 있습니다. 신선대라고. 지금은 신선대라 그렇게 말하고 있습니다. 그런데 이병(의병) 때요, 이병날일 때 거기서 지금 가만히 생각할 때 말하자면 그 석죽담을 싹 쌓았습니다. 담을 담을 말하자면 저 싸울 때 말하자면 담을 담을 쌓지 않습니까? 담을 (조사자: 예, 아 담을 쌓았다구요?) 예, 돌, 돌담을 (조사자: 예, 돌담을요?) 예, 돌담을 진주 진양원에서 거기서 담을 싹 쌓아났다고. 그래 그 에 돌, 돌담을 누가 쌓았는고 허니 여자가 쌌다고 그래요. (조사자: 그 긴 담을 다 여자가 쌌대요?) 예, 여자가 여자가 쌓는디 그 담은 인자 여자가 치마로 가지고 치마폭을 치마에다가 돌을 담아다가 담을 쌓았다. 그렇게 해다가 담을 싸다가 담을 인자 돌이 모재라 가지고 모재라가지고 그 돌을 가지러 밑에 있는 강가에 있는 돌을 갔다가 그 여자가 매를 들고는 쫓어버렸답니다. 올라가라고. (조사자: 아, 올라가라구요?) (일동 웃음) 예, 그래가지고는 길 밑에서 보통 보면은 이 돌이 밑을 내려다보고 있습니다이. 분명히 내려다보고 있습니다. 딴 데 가보면 돌이 밑을 예 또 또 (조사자: 이렇게 끌려가서요?) 산이 요렇게 되면은 돌아 옆으로 차있지 요리 차고 요 요렇게 에 요렇게 되있지 요렇게 된 돌은 없습니다. 대부분이 다 아 다 산에 등산에 많이 해봤죠. 당장 여 섯바우 가 보시라고. 전부 돌이 이렇게 해갔고 하늘을 저 산꼭지를 쳐다보고 이랗고 서갔고 있지. (조사자: 아 그래서 석바우예요?) 예. 그래 돌이 돌이 저 이렇게 서 있습니다. (조사자: 석이 아니고 섯이요?) 예. 섯바우요. 돌이 섰다구요. (조사자 웃음) 그래 섯바우요.

〔 화개면 설화 20 〕 T. 3. 뒤

탑리 원탑마을, 1996. 4. 3., 4조 조사.
김점주, 남 · 61.

숯가마의 금덩이

* 조사자들이 차를 타고 이동하다 언뜻 들었던 숯가마 이야기가 생각나 여쭈어 보았다. *

인자 인자 이 숯을 굽는데 한 정성(정승)의, 한 정성의 딸이 인자 말하자면
이 외동딸이 하녀들을 데꼬는 인자 가마를 타고는 안 갑니까? 옛날만이라도
그래갔고 말하자면 한 인자 한 지역을 인자 순회를 그러니까 다녀 봤데요. (조
사자: 가마 타고요?) 예. 가마를 타고 딱 다녀본께는 딱 보니까는 총각인디
자기 어머니를 모시고 홀어머니를 모시고 숯을 굽고 있드라 이겁니다. (조사
자: 숯을 굽고 있다구요?) 예. 그래서 하녀를 보고,
　"날 내려달라."
그런께는 내릴 꺼 아닙니까. 그래 숯가마를 한 번 슥 다 돌아다 보니께는 딱
한 군데를 딱 쳐다보니께는 한 군데 눈이 딱 가는 데가 있드래요. 정승의 딸이
그래서,
　'저굿이 나 복이구나.'
인자 그렇게 생각했답니다. 그러면 인자 하인을 보고 가마를 돌리라 그래갔고
는 자기 집으로 갔드래요. 자기 집으로 가가지고는 자기 부모한테는 아무한테
도 말 한 마디도 없이, 말 한 마디도 없이 자기 혼채 집을 나와버린 겁니다.
가출을 해 버린 겁니다.
　가출을 해갔고는 어디로 갔는고 하니 마로 숯가마로 돌아왔다는 겁니다.
그래 인자 뭘 보고는 딱 인자 가보니께는 참 홀어머니를 모시고 총각이 그
산골 안에서 숯을 굽고 있은께 그렇게 이쁜 처녀가 가가 있은께 얼매나 반가울
겁니까 총각이. 그래 인자 방으로 들어 가시자고 그러면서 거기서 소매를 딱

걷어붙이더니 그 정승의 딸이 밥을 짓드래요. 밥을 짓드래요. 하도 이 무이 구신도 같고 사람도 같고 이 도저히 총각이 분간을 몬하겠드래요. 그래서 가만히 생각해 본께는 인자 할무니가
    "어디서 온 아가씨냐고 체님이냐?"
고 인자 물어쌌드래요. 인마 그건 나중에 알게 될 끼라고 이러면서 무냐면 그 이틀 아침에 총각보고 숯불을 인자 숯이 인자마 숯이, 숯이 불이 안 탑니까? 딱 숯불을 막았는디
    "숯이 언제 되면 다 되느냐?"
고 묻드래요. 그래서,
    "내일 한 이삼일 걸릴끼라."고,
    "아 그러냐고."
    한 이삼 일 날 묵었드랍니다. 거기서 묵다가 한 삼 일만에 숯 밑에 인자 숯불을 싹 막아여 되거든요. 싹 굽고 숯을 내고 난 뒤에 인자 그 앞에 숯여 인자 불 때는 부엌 요래되며는 여 우에가 엊는 돌이 하나 있습니다. 돌이. 그 부분을 인자 마 부뚜막이라 그러지요. 부뚜막이라고 촌에 부엌에 부뚜막이라고. 부뚜막 돌을 나두거든요. 그래가 거리 인자 거리 돌을 빼드래요. (조사자: 그 부뚜막 돌을요?) 예. 아가씨가요. 쭉 빼드래요.
    "요걸 가저 가가지고 시장에 가서 팔아오시오."
그르드래요. (조사자: 그냥 돌이예요 아니면 뭐 다른거예요?) 인자 마 그건 모르지요. 총각이 모르는 거지요. 거래 인자 총각이 이 돌을 누가 살 것이냐고 산가 보시라고. 이 누가 살끼냐고. 이 가져가면 사잔 사람이 있을 거인께 가서 지고 나가라고. 그래서 인자 요 근처에 시장에 지고 나가도 사잔 사람이 없고 또 젊어지고, 또 그 다음 장 지고 나가면 또 살 사람도 없고 나중엔 총각이 인자 안 지고 나갈라는 거요. 그래 갔고 인자 이 아가씨가 또 와가지고는 장에 가 꼭 지고 나가고.
    "언제고 꼭 한 사람이 살 사람이 생기니 나가라."
고, 그래 참 억지로 지고 나가고 또 지고 나가고. 근대 며칠 만에 한 칠팔 일 딱 인자 나갔는디, 한 노인이 뜩 나타나가지고,
    "이거 얼마를 받을 거냐?"

고 그드래요. 그 시커먼 돌을 갔다가 이거 얼마를 받을 거냐고 그래,

  '처음 말할 때는 돈을 암만 달라 소리를 하지 말아라. 주는 대로만 받아오
니라.' (조사자: 아, 부인이 그랬어요?) 부인이. 그런께는 아가씨가 그드래요.

  '주는 대로만 받아오라.'

고 인자 인제 이 사람이 무식하다본께

  "당신 주고 싶은 대로 주시오."

아마 이랬거든가봐요.

  "당신 주고 싶은 대로 주시오."

그랬든가 봐요. 그런께는 요리 둘러보고 저리 둘러보고

  "이 다음 장에 내일이나 모레나 또 나올 수가 있겠느냐?"

고 묻드래요.

  "아, 또 나오지요. 나 매일 댕긴다."

고 여기 지금. 그래 오겠다고. 그래 인자 역시나 그 이튿날 딱 나와보니께는
그 영감님이 하인을 하인을 떡 데꼬 오더니 돈을 가지고 하인한테다 돈을 지게
에다 지어가지고 왔드래요. 요만큼. 옛날에는 지금이께 여기 담아갔고 댕기지
마는 옛날에는 여 은전같은 것들을 갔다가 여그 다 이래 담아가지고 땅에 넣었
답니다. 돈 따문에요. 강도 이런 따문에 다 묻었답니다. 묻어놓고 내쓰고 이랬
답니다. 그런디 인자 그래 돈을 딱 지고는

  "요, 요, 요, 요 돈 가지며는 마 될 것이냐?"고,

  "아, 요 기양 거 아니냐?"

고. 여 받아온 데로 가 그러쟈고. 그놈 쥐뿌리고 아이고 비로거 그놈 잘 쥐뻐렸
다. 몸조바치 마침 귀찮았다, 이거야. 그때는 그래 딱 가갔고는 돈 요것 주더라.
그렇디야고. 근게 이 그때야 그 여자 아주머니가 말하는거라.

  "그것이 딴 게 아니고 그게 금이다. 금, 금이였었다. 금이었기 때문에 당신
이 불을 그렇게 때도 족아뻐리지 않았지 딴 돌 겉으며는 당신이 그 많은 나무
를 땐디 그 돌이 안 깨질 타서 달아질 이 열을 받아서 깨져버린다."

  그런데 아무리 때도 안 깨진 이유가 그 금이다. 그래서 그 영감이 금을
볼 줄 아는 거야. 그 사람이 인자 그래서 아이 금덩어리란 거이, 그래서 인자
그 숯불쟁이 그 사람이 사갔다 이거요. 그래서 인자 그 뒤로부터서는 자기 말

따나 그 뒤로부터는 숯을 못굽게 하고 아무 것도 못하고 자기가 익혀놓았던거 자기가 궁술도 갤치고 공부를 개르치고 인자 계속 개르치는 거요. (조사자: 가르치는 거예요?) 인자 그래서 인자 그 돈, 그 놈을 가지고 그 돈이 떨어질 때까지 그래갔고 참 선비를 맨든거요. 선비를 맨들어 가지고는 서울에 한양에 가 과거를 보고 인자 벼슬자리를 앉힌 사람이라고 그런 전설 얘기가 있지요. (조사자 : 웃음)

〔 화개면 설화 21 〕T. 4. 앞

탑리 원탑마을, 1996. 4. 3., 4조 조사.
김보현, 남·67.

탑리 이야기

* 우리가 약소하게 준비해간 술과 약간의 안주를 드시면서 이야기를 해 주셨다. *

여가 탑리거든. 저 뒤에 탑이 있어서 탑리라. 그르구 (청중: 형님, 법화는 법화가 있어서 법화라 그런다믄서….) 법화라고 여 가믄 큰들이라는 디가 있는디, 논이 네 마지기씩 있는디 두 개가 나란히 있는디 밑에 있고 우에 있고 돌무더기 두 개가 방 모양이야. 가마를 뜯어내니 기왓장이 꽉 깔려있어 거가 절터라.

〔 화개면 설화 22 〕T. 4. 앞

탑리 삼신마을, 1996. 4. 3., 4조 조사.
김보현, 남·67.

법화 유래

* 이분 저분 두서없이 이야기들을 하시자 노인회장님이 제지를 하셨다. *

화개가 옛날에 화개가 순전 절이그든. 그 논 안에 큰 가마가 걸린 거이 그 가마가 말하자면 절에서 밥 해묵는 솥이라. 그러니까 옛날에 거가 큰 법당이 있었던 모양이지. 그르니까 그들 이름이 큰 뜰이라. 큰 들이고 그 사는 동네는 법화라. 그리 되야 있는디 그가 큰 법당이 있어나서 큰 솥이 걸려 있어서 큰 들이라고 들 이름이 그렇게 했드라고.

〔 화개면 설화 23 〕 T. 4. 앞

탑리 삼신마을, 1996. 4. 3., 4조 조사.
김보현, 남 · 67.

물에 빠져 죽은 처녀와 결혼한 총각

* 계속 어수선한 분위기 속에서 조사가 진행되었다. *

거북등이라는 동네가 있는데, 큰 물이 들었다가 빠져뿌리고 큰 물이 졌다가 빠져 뿌리고 그런데 처녀가 하나 떠내려 와가지고 거기 있어. 처녀가 죽었어도 얼굴도 좋고, 그래갖고 처녀가 그래 있어니까, 총객이 처녀를 (청취불능) 해 뿌린 기라. 그래 갖고 그 처녀를 묻어 줬는디 그 총객이 큰 부자가 되뻐렸어.

〔 화개면 설화 24 〕 T. 3. 뒤

탑리 삼신마을, 1996. 4. 3., 4조 조사.
안성업, 여 · 57.

문자 쓰기 좋아하는 목서방

* 양옥례씨께서 우리를 위해 직접 자신의 가게로 모시고 와 두 분이서 우리들을 기다리고

계셨다. 안성업씨 자신이 해 줄 이야기를 대충 정리하고 계셨다. 이 이야기는 국민학교 선
생님께서 해 주신 이야기라며 해 주셨다. *

이거 녹음되지요? (조사자: 예.) 그런데 목서방이라는 사람이 옛날에 글을
많이 배와가지고 참 유식한 학자였드래요. 근데 처가집에 옛날에는 결혼을 하
면은 한 해 농사 지어가지고 그 이듬해 가을 농사 지어가지고 이박이를 해
가지고 해필 그날 그날 날짜에 참 먼 산에서 호랑이가 내려와서 자기 장인을
물고가는 그런 지경에 이르렀대요. 그런데 이 목서방이라는 사람이 너무나 참
유식한 사람이 돼가지고 촌에 가면은 호랑이가 오면 호랑이가 오며는,
　　'호랑이가 왔습니다. 사람 살리시오.'
이래 말을 해야 될 건데 유식하게 뒷산에 올라가서 문자를 읊었거든요. 뭐라고
했느냐 하면은 '원산지호(遠山之虎)'가 먼 산의 호랑이가 그 말이거든요. '작은
산래'하야 작은 산으로 내려와서, 말하자면 낮은 산에 내려와서 그런 말이거든
요. 근데 '오지장인'을 '착거'하니 나의 장인을 물고가니 부딪힐 착(捉), 갈 거
(去). 딱 물고 가요. 근디 뭐라 했느냐 하며는 옛날에는 호랑이가 오면은 활도
준비해놓고 창도 준비해놓고 막 막대기도 준비해놓고 하는 그런 시절이었대
요. 그런데 이 문자를 쓰는 목서방이 하는 말이 '유궁자는 지궁이래.'하고 활이
있는 사람은 가질 지(持)자 거든요. 지궁자는 활 궁(弓)자고 가질 지(持)자. 활
을 가지고 나오고 '유창자'는 활, 저 창이 있는 사람은 '지창이출'하고 가질 지
(持), 창을 가지고 나오고 '무궁무창자'는 활도 창도 없는 사람은 몽둥이를 가
지고 나오라고 해서 '지창이추'라. 그래노니까 뭐 동민들은 무식해가지고 그런
말을 알아들을 수가 없거든요. 자꾸 그냥 반복을 했어요.
　　"원산지호가 작은산래하야 오지장인을 착거하니 유궁자는 지궁이래하고
유창자는 유창이 지칭이출하고 무궁무창자는 지창이출하라."
해논께 아무도 몰라가지고 그만 호랑이가 물고 가버렸어요. 자기 장인을 그러
니까 그때는 그 시절에 우리 나라에 실재로 있었던 일이래요. 거짓말을 옛날
얘기는 거짓말을 하지마는 실재로 있었던 이야긴데 동민들이 무식해가지고
그냥 장인을 물고 가 벼렸거든요. 그 사실을 안 관가에서는
　　'국법으로 문자쓰기를 참 금하고 있을 때에 니가 왜 문자를 쓸, 알아들을

만한 그런 장소에 가서 문자를 써야 될 건데 알아듣지도 못하는 그런 무식한 동네에 가서 이렇게 문자를 써가지고 하 호랑이에 장인이 물려 갔으니까 니는 국법을 어겼다.'

해가지고 막 가닸어요. 관가에다가 가다노니까는 인자 그 옥사가 그 저기 그 법을 다스리는 그 옥사가 안 있습니까?

"근디 이놈 왜 문자쓰기를 국법으로 금해가 있는데 이렇게 문자를 써가지고 장인을 호랑이에게 물려가 버렸느냐?"

하면서 때려팼어요. 막 몽둥이로 때려 패니까 문자 썼다가 옥에 갇힌 사람이 또 문자를 썼어요. 그 왜냐하면은 (조사자 웃음)

"별난산지 초목하여 난타오니 비눈하니 비둔하니 아야두니야 아야두니야."

그랬어요. 벌목을 해가지고 내 앞산에 그 나무를 베가지고 자기 살찐 볼기를 살찔 비(肥)자, 볼기 둔(臀)자거든요. 그 둔자가 볼기 둔자라요. 그를 몰라가지고 그랬는디 그런데 볼기를 치니, 아야두니야 아야두니야 했어요. 그런께 형사가 기가 막혀서

"이놈, 또 문자쓴다."

고 또 문자쓴다고

"갇힌 이놈이 또 문자를 쓰냐?" (조사자 웃음)

허니까 또 그렇게 문자를 써서 맞았거든요.

또 그러자 인자 자기 부인이 사식을 제공하려고 밥을 가지고 왔어요. 근디 그 옛날 감옥에 갇혀있을 때는 밥을 받아노라고 창호지 문을 발라놨대요. 이렇게 그래 문을 이렇게 뚫버놨는데 그 구멍으로 밥을 들이줄라 하니까 팔이 짤라서 몬 받아 먹는 기라요. 그 헌단 말이 뭐라 했는가면은,

"오수(吾手)가 단(短)거든 여수(汝手)가 장(長)거나." (조사자 웃음)

이 말이 먼 말이냐 하며는

'내 팔이 짧거든 네 팔이 길거나.'

너 여자거든요. 또,

"여수(汝手)가 단(短)거든 오수(吾手)가 장(長)하지."

'네 팔이 짤으면 내 팔이 길거나.'

내 팔이 짤으면 네 팔이 길거나 하면 밥을 받아 먹을 것인데 둘이 다 똑같

이 짤라노니까 밥을 못받아 먹겠다, 이러니까 형기가 그만 기가 막혀서 또 대를 때리는 기라요. (조사자: 또?) 그러니까는,

"수왈수왈."

했거든요. 누구 수(誰)자거든 그 가로 왈(曰)자고.

'이게 누구의 말이냐.'

누구 때문에 이렇게 내가 감옥을 이렇게 어 문자를 써갔고 자기 탓을 하는 기라요. 그래서 인자 그런께논 이놈 자식 또 문자 또 쓴다고 또 볼기를 치니까,

"갱용불문자 하리라."

다시 갱(更)자 (조사자 웃음) 쓸 용(用)자, 아니 불(不)자.

'다시는 문자를 아니쓰겠습니다.'

한께 내줬어요. 그래가지고 그 이야기가 아주 유명한 이야기라고. 내가 음 5학년 시절에 배왔지마는 나는 여 우기를 하고 수차 다니면서 주가 이야기 해주세요 하면 이런 말을 많이 해줬거든요. 그래가지고 있기 때문에 이래 했어요.

〔 화개면 설화 25 〕 T. 3. 뒤

탑리 삼신마을, 1996. 4. 3., 4조 조사.
안성업, 여·57.

암행어사 박문수

그분이 옛날에 참 그때 이씨 조선 몇 대 임금 때이니라? 하여튼 칠 대 임금인가 그때에 몇 대는 잊어버렸네요. 그때 임금님때 일인데 그 암행어사 박문수라는 그 분이 저기 어사 자격을 받아가지고 그 임금님 저기 명령을 받아가지고 우리 나라 수령방백을 돌 때에 그런 일이래요.

그래가지고 저 문경세재를 가면은 그 노래가 안 있습니까? 세재에 가니까 김첨지라는 영감님이 원두막을 지어놓고 그 수박이나 참외 그것을 많이 벌어서 팔았대요. 그래서 인자 그 분이 헌 남루한 옷을 입고 거지처럼 꾸며가지고 그 문경세재를 가니까 아주 개꿀같은 그런 참외가 아주 맛있는 참외가 있드래요. 그래서 인자 그 김첨지 영감보고는

"저 참외를 내가 하나 먹고 싶으니까 그걸 좀 달라."

그랬대요. 그러니까는 참외를 밭에서 따오더니마는 원두막 밑에 이렇게 옹달샘이 있는데 그따가 담갔다가 주더래요. 근께 이 박문수 그 분이 뭐라했냐면,

"내가 시장기가 아주 매우 급허니까 물에 담굴 필요없이 빨리 달라."

고 그러니까는,

"저기 그렇게 급하게 헐 필요 없고 이 때볕을 팔아야 할 거 아닙니까? 그때 그 참외다 수박을 자시게 되면은 더위를 먹을까봐 그러니까 아무리 시장하시라도 쪼끔 참았다가 완전히 식은 뒤에 드시는게 좋다."

그러드래요. 그래서인자 대체 그러고 먹었는데 그러고 먹었는데 다 식어주길래 먹었는데 인자 대차 돈을 줄라 허니까,

"돈은 한 푼도 안받겠다."

그 그랬드래요. 7월 중순쯤 될 때 인자 음력으론 그때 됐겠죠. 근데 그래가지고 인자 저렇게 경상북도로 경상남도로 전라도로 이렇게 싹 수령을 돌고 또 다 보고 올라갈 때는 한 8월 중순쯤 되었더라 그래요. 그때 가서는 인자 대체 수박을 달라 하니까 또 묵었대래요. 참외와 수박을. 그러면서,

"내가, 그러면 내가 15년동안 이 동안이나 문경세재에서 참 원두막을 지키고 살아왔지만은 걸인 같은 분은 고사하고 아무리 돈 많은 사람이라도 돈을 한 푼도 받아 본 적이 없는데 걸인 같은 그런 이런 분들한테 내가 당신 같은 걸인한테 이 돈을 받을 수가 없다."

고 그랬대요. 그러면 자기는 늦오면 걸인이지마는 그런께 지식이 많이 싸아들어 있는 분이거든요. 지식이. 그래서 그래 왜 그래 물으니까는 그분의 헌단 말씀이 김첨지가,

"나는 평상의 소원이 임금님이 되기가 소원인데, 나는 소원성취를 이루기 위해 이렇게 십오 년동안이나 이렇게 문경세재 오고가는 사람한테 적선을 한다."

그러더래요. 그래 듣기는 자기는 적선을 한다고 그렇게 했는디 암행어사 박문수가 듣기는 분명히,

'우리 저기 임금님이 살아 계시는데 이 사람이 어, 하찮은 농부가 임금님이 될라고 헌 꿈을 꾸고 있는 사람은 반드시 우리 임금님에게는 역적이다.'

그래 생각했는 기라요. 생각해가지고 자기 허리에 차고 있던 마패를 갔다가 오른쪽 어깨를 탁 쳐버렸대요. 마패를 가지고, 그래 그 사람이 그 자리에서 죽었대요. 김첨지가 죽었는데 죽어 노니까 인자 뭐 원두막 밑이니까 꿩이 있고 뭐 다 도구가 있거든요. 근데 그 원두막 옆에다가 묻어 버렸대요. 그 시체를. 시체를 묻어버리고 와노니까 자기는 임금님한테는 충성을 했지마는 그 김첨지 영감한테는 역적 아닙니까. 사람을 죽였으니까 살인이죠. 살인자니까 인자 그 수령방백을 돌고 온 뒤에는 아 아무리봐도 이거 이 임금님께서 보기에 그 암행어사 박문수 얼굴에 수심이 가득했어요.

그래 하루는 그 성종 임금입니다. 아마 성종 임금이라재. 그래서 그 임금이 불러가지고 자기가 말을 했거든요. 임금님이. 임금님이 말씀 허실 때는 이 제 자들을 짐이라고 안하지 않습니까. 높임말로,

"내가 보아하니 짐의 얼굴에는 수심이 수령방백, 우리 나라 수령방백을 돌고 온 뒤로는 얼굴에 수심이 가한데 무슨 일인고?"

이렇게 물었드래요. 그래 그 물으니까 암행어사 박문수 헌단 말이 내 그때사 자기가 실토를 하는 기라요.

"에에, 이렇게 방백을 돌고 올 때 문경세재에 오니까 김첨지라는 사람이 있어가지고, 거기서 참 참외와 수막을 사 먹으면서 돈을 줄라 하니까는 안 받는다 그러면서, 15년 동안이나 아 이 문경세제에서 참 원두막을 지키고 왔지만 돈 한 푼 받아본 적이 없는데 당신같은 걸인한테 돈을 받을 수가 없다고. 에 말을 하길래 어째서 십오 년 동안이나 적선을 하느냐 물었더니마는 아까 말한 바와 같이 자기는 임금님 되기가 소원이었는데 임금님 되기를 소원성취 하려고 이렇게 좋은 일한다 이러더래요. 그래서 자기가 그냥 임금님을 위해서 그 사람을 죽였다."

그러고 나니까는 자기 얼굴이 싹 풀리드래요. 그래서 인자 그 성종, 성종 임금이 맞습니다. 성종 임금께서 온쪽 무릎을 오른팔로 탁 치시면서 허신단 말씀이

뭐라 했냐면,

　"적선지가에는 필여경이요, 적악지가에는 필여악이라."

하셨데요. 그런데 김 첨지가 죽든 그날 그 시각에 그 성종 임금 왕자가 태어났드래요. 그래서 왕자가 태어났는데 오른쪽 어깨에 마패자국이 있길래 이거 무슨일인고 했더니만 틀림없다는 기라요. 그래가지고 그때부터 그 성종의 말씀이 적선지가(積善之家)에는 필여경(必餘慶)이요 적악지가(積惡之家)에는 필여악(必餘惡)이라는 말씀을 한 거요. 그래서 좋은 일을 하면은 좋은 일이 생기고 적악지가에는 필여경이요. 아 적선지가에는 필여경이요 적악지가에는 필여악이란 그 말씀이 그 말씀이디 좋은 일을 쌓으면 반드시 그 집안에 경사가 있고 적악을 해노면은 반드시 재앙이 따라온다는 그거는 필수적으로 그거는 맞는 이치라고 생각해요.

〔 화개면 설화 26 〕 T. 3. 뒤

탑리 삼신마을, 1996. 4. 3., 4조 조사.
안성업, 여·57.

화개의 유래

　* 국민학교 졸업식 때 교장선생님이 졸업선물이라며 해 주신 이야기라고 하시면서 말씀을
　해 주셨다. *

　어떤 화개의 유래가 있는가 하면은 화개하면 꽃 화(花)자, 열 개(開)자. 과연 와서 보면은 꽃이 많지요. (조사자: 네.) 과연 벚꽃이 많아서 화갠가보다 그리 생각하지요? (조사자: 예.) 틀림없죠? (조사자: 예.) 오는 손님들이 그래요. 그게 아니고 옛날 옛날에 우리 나라에서 세 번째 가는 스님이 운명하실 때에 자기들 성자 열두 성자를 보고 유언을 남기셨대요 뭐라고 남기셨냐 하면은,

　"내가 죽으면 시신은 그 곳까지 가지고 갈 수 없으니까 내가 숨이 지걸랑

이 시체는 이곳에다 묻어주고 두골만 떼가지고 지리산 어디 고을에 가면은 꽃이 피어있을 거니까 그 곳에다가 내 두골을 묻어다고.”

이렇게 유언을 남기셨대요. 그때가 언제냐면은 그때는 옛날 옛날 어떻게 춥고 눈도 많이 오고 얼음이 꽁꽁 얼고 그런 시절이었대요. 겨울에 한 겨울에 그런데 열두 성자가 듣기에는

‘아무리 참 큰 스님이지만은 이 엄동설한에 어디가 꽃이 피어있을 것이라고 우리들 보고 세상에 자기 두골을 그 꽃핀 장소에까지 모시고 가라는가.’ 싶어서 참 애도 태우고 원망도 허는 성자가 있었드래요. 그런데 할 수 없이 마지막 유언이니까 꽃이 있던 없던 우리가 한번 모시고 가보자고 열두 성자들이 짚신을 신고 그 때는 뭐 길도 없고 산길로 산길로 왔드래요. 와가지고 인자 이 화개골을 들어서보니까 대체 골이 좀 따뜻하거든. 겨울에 따뜻해요. 여 꽃이 핍니다. 지금도 동백꽃이 같은 거 저거 진달래꽃도 피는데도 있어요. 따슨데 그래가지고 보니까 과연 지금 쌍계사 가면은 고성당이라는 데가 있거든. 큰 절 법당은 여깄고 요짝 왼편으로 올라가면은 고성당이 있어요. 그러면 해질 무렵 되면 여 섬진강 여 백운산 바라보면은 여 온 만데가 거기가 칡꽃이 폈더래요. 칡. (조사자: 칡?) 칡. 칡넝쿨에 꽃이 피어있어서,

“과연 우리 스님이 참 도사님이다. 이렇게 있는 곳을 알고 자기 두골을 여기다 묻더두라 했는가부다.”

그때는 참 그 도사님을 존경하면서 거따가 두골을 묻었더래요. 그래서 거기가 시방 쌍계사 절이 지어졌다고 그런 전설이 있거든요. (조사자: 아.) 그래가지고 그때는 우리 나라가 뭐 화개면이고 경상도다, 서울에 오면 지명이 전혀 정해지기 전에 그러니까 얼마나 옛날입니까? 근데 여그는 엄동설한에 꽃이 피어있으니까 여기는 우리가 꽃 화자, 열 개자 화개동이라고 이름을 지어주자 (조사자: 아.) 하고 그 때는 화개동이었다고 그래요. 화개, 그래서 인자 이렇게 변천이 되고 마 이러니까 머 화개면이 되었는데 그래서 꽃이 피어가지고 화개가 됐다는 그런 전설이 있지요.

그런데 인자 그러닥 임진 한 몇년 지난 뒨가는 몰라도 연도는 잘 몰라도 임진왜란이 안 들어왔습니까? 우리 나라에. (조사자: 예.) 그래가지고 인자 여기는 화개동이다, 해논께론 왜인들이 와가지고 여 벚꽃나무를 여 쌍계사 절에

지어진 뒤에 임진왜란이 일어났거든요. 신라 선덕여왕에 지어졌어요. 선덕여왕 때. 그런데 이 화개면이니까 이 도로를 다시 하면서 일본 사람들이 와서 이렇게 도로를 많이 안 닦아놨습니까? 옛날에 우리 나라에는 아직 그러지도 못했는데. 벚꽃나무 천, 이 천 종류하고 홍도과에 빨간 홍도꽃 (조사자: 예.) 그 한 이백 그룬가 군데군데 심어졌었어요. 그래서 인자 삼십육 년 동안인가? 우리들이 선조들이 다 쫓겨 들어 갔거든요. 쫓겨들어갔는디 우리 화개 우리 그 할머니 할아버지 그 선조들이 어떻게 머리가 영리했는가 하면은 사람은 밉지마는 꽃나무는 미울 필요가 없다. 꽃나무는 우리가 알뜰이 가꽈서 우리 장래를 그때는 표어를 갔다가 우리 나무 목조 속에다가 목걸이로 '면 장래를 사랑하라.' 그렇게 써 붙였대요. 군데군데 그래갔고 학생들이 이렇게 보호를 허고 우리 면민들도 보호를 허고 키웠는데 그 면장님 김진호 면장님이거든요. 우리 화개면 초대 면장님이. 김진호 면장님이 지나가면은 옛날 옛적에도 맹랑한 학생들이 있었다고요. 면장님 지나가면 '면장네를 사랑하라' 그러고 면장님을 놀리고 그랬죠. (조사자 웃음) 면 장래를.

〔 화개면 설화 27 〕 T. 5. 앞

용강리 신촌마을, 1996. 4. 3., 4조 조사.
오원식, 남 · 62.

칠불사 이야기

* 독실한 불교신자이신 듯 불교와 그와 관련된 설교만을 하시자 조사자들이 절에 관련된 전설을 여쭈어 보았다. *

김수로왕자 칠 형제가 그대로 인자 부인이 허씨 부인인디, 김수로 왕자 칠 형제가 여기에 공부하러 들어와가지고 그대로 생불이 되었는데. 그래서 아무리 기다리고 기다려도 돌아오지 않으니까, 인자 어머니가 아들이 보고 싶어서 인자

칠불을 찾아왔어. 찾아와서 인자 아무리 둘러보고 둘러봐도 보이지가 않아. 그러
니까 지쳐서 거기서 가만히 잠이들었어. 허씨 부인이 꿈에서 선몽을 해.
　“어머니, 어머니 우리를 보려거든 연못 밑에 거기에 연못이 있어.”
　꿈을 딱 깨고나니 비몽사몽 기억이 나드래. 그래 연못을 딱 보니 아들이
생불이 되어 그림자만 보이드래. 그래서 직접 형상을 보지 못하고 그래서 지금
거기를 칠불이라고 불러.

〔 화개면 설화 28 〕 T. 5. 앞

용강리 신촌마을, 1996. 4. 3., 4조 조사.
오원식, 남 · 62.

장수바위

* 마을의 지형물과 연관된 이야기를 해 주셨다. *

　거가 화개면 악양면 경계라고 거기가 (조사자 : 사연이 있어요?) 장수바우
라고, 옛날에 장수가 거기에 머물렀던가 어쨌던가. 장수바우라고. 거 가면 고
소성이 있거든 고소성. 고소성은 옛날에 고소장군이 신라 때 살고, 고소성을
쌓았다고. 고소성 올라가보면 돌이 쌓여져 있는데 어떻게 사람의 재주로 저런
돌을 쌓았을까, 도저히 이해가 안 가. 완전히 자연석을 줏어다가 벽을 딱딱
맞춰 쌓아두었는데 거기다 국경을 두고 이제 삼국시대 때에 화개는 백제땅이
고 그 밑으로 신라땅인데 신라가 삼국통일을 해 가지고 이제 여기가 신라 땅이
되어서 경상남도가 되었지.

〔 화개면 설화 29 〕 T. 5. 뒤

용강리 신촌마을, 1996. 4. 3., 4조 조사.
오원식, 남 · 62.

옥포대 이야기

* 조사자들이 옥포대에 관해 여쭙자 간단하게 이야기를 해 주셨다. *

옥포대는 인자 옥포대가 왜 그러냐면 불일폭포 올라가는데 옥포대가 있는데, 불일폭포는 보조국사가 옛날에 거그서 옥퉁소를 불고 해서 그래서 옥포대가 되었지.

〔 화개면 설화 30 〕 T. 5. 뒤

용강리 신촌마을, 1996. 4. 3., 4조 조사.
오원식, 남 · 62.

하동 이야기

* 자꾸 설교만 하시려고 하셔서 조사자들이 마을의 근원에 대한 질문을 계속하였다. *

신석기 시대에는 모래몰이라고 그러다가 타살청이라고 그러다가 서기 750년 12월 달에 그때 쯤에 인자 하동이라고 그랬는데, 전라북도에서 흘러흘러 내려오는 물이 갈 데가 없어 그대로 흘러오는데 동쪽에 여기가 있어. 그래서 하동이지. 그리고 중국에 가면 중국장성 만리장성이 있는데 가면 하동이라는 데가 있어 여기랑 똑같아. (조사자: 지형이 닮았어요?) 그래 지형이 닮고 그래서 인자 똑같이 하동이지.

〔 화개면 설화 31 〕 T. 5. 뒤

용강리 신촌마을, 1996. 4. 3., 4조 조사.
오원식, 남 · 62.

용소 이야기

* 마을의 전설에 관한 이야기를 청하자 이 이야기를 해 주셨다. *

용이 살았다는 아주 깊은 소가 있는데 옛날에 용이 거기서 툭 튀어나오고 그랬데. 지금 거기 물이 얼마나 깊은 지 알 지를 못해 명주실을 넣으면 끝도 없이 돌아가. (조사자: 옛날에 거기에 용이 살았데요?) 그럼그럼, 옛날에 스님들이 그 근처에 살다가 다들 흩어지고 뭐 그랬다지.

하동군 악양면

I. 조사 마을 개관

1. 악양면 마을 1 - 악양면 신대리 하신대마을

하동읍에서 버스를 타고 15분 쯤 들어오면 몇 개의 부락이 나타나는 데 그 중 중간에 있는 신대리는 상신대 마을과 하신대 마을 두 부락으로 이루어져 있고, 두 마을이 떨어져 군락을 이루고 있다. 두 마을 다 원형 군락을 이루고 있으며 도로를 경계로 논이 위치해 있다. 마을 대부분이 악양면의 특산물인 감이나 특용작물보다는 농사를 짓고 있다. 하신대 마을은 50여호로 이루어져 있고, 청년층보다는 노년청과 장년층이 많다. 다른 마을보다는 덜 현대적이었으나 마을 인심은 아주 좋았다.

마을 이장님께서 많이 신경을 써 주셨고, 처음에는 마을 회관에 상주하시는 할아버지 몇 분만 계셔서 조사가 힘들었으나 늦게 쯤 많이 오셔서 많은 이야기들을 해 주셨다. 할아버지들께서 전설보다 민담을 많이 이야기하셨다.

2. 악양면 마을 2 - 악양면 정동리 정동마을

정동리는 위의 신대리에서 5분 정도 버스를 타고 더 들어오면 악양면의 면 소재지인 정서리가 있고 바로 그 위에 있다. 세 마을로 이루어져 있고, 그 중

정동마을은 도로를 사이에 두고 따로 떨어져 있다. 면소재지 근처이지만 가옥들은 그리 현대적이지 않고 70년대 가옥의 형태를 유지하고 있었다. 이곳도 거의 농사를 위주로 하고 있으며 마을 뒤 쪽의 산에 농경지가 주로 있었다. 마을 곳곳에 대나무 밭이 있어 바람이 불면 그 바람 소리가 듣기 좋았다.

악양초등학교에서 악양면 유지분들에게 악양에 대한 유래와 전설들을 들은 후 약속 시간보다 일찍 찾아가게 되었다. 이장님께서 문상을 가서서 숙소를 정하지 못해서 이후 조사를 걱정하였으나 마을회관에 계시던 할머니들께서 들어오라고 하시며 짐을 풀 수 있도록 해주셨다. 지은 지 얼마 안 된 마을회관은 깨끗하고 사용하기에 편했다. 이 마을에서는 할머니와 아주머니들에게 많은 민요를 들을 수 있었다.

II. 조사 기간 및 일정

1. 조사기간 : 1996년 4월 3일 ~ 5일

4월 3일 : 오전 10시에 남부터미널에 모여 하동으로 출발하였다. 오후에 하동읍에 도착하여 하동읍 마을로 들어가는 1조와 화계면으로 가는 4조와 같이 버스를 타고 악양면으로 들어갔다. 우선 악양면사무소에 들려 부면장님께 인사를 드린 후에 첫 조사지인 신대리 하신대 마을로 들어갔다. 하신대 마을에 도착하여 이장님댁을 찾아 갔으나 이장님이 안 계셔서 마을 회관 앞에서 한 시간여 기다리다가 할아버지들께서 들어오라고 하셔서 마을회관에 짐을 풀 수 있었다.

마을회관에 계신 할아버지들께 조사를 하려 했으나 아는 것이 없다고 안 해주셨으나 이장님께서 오셔서 마을 어른 분들을 불러오시고 이야기를 많이 이끌어 주셔서 조사를 할 수 있었다. 마을분들께서 대접받은 음식이 맛있다고 하시며 음식값을 하려면 이야기를 많이 해야 한다며 많은 이야기를 해 주셨다. 11시경 조사를 끝내고 약간의 이야기들을 정리하고 다음 일정을 상의하고 잠을 청하였다.

4월 4일 : 아침 일찍 일어나 전날 조사한 것을 정리하고 아침식사를 한 뒤 이장님께 인사를 드리고 사전 답사시 하동 문화원장님께 소개를 받았던 박화봉 선생님에게 연락을 하여 악양초등학교로 향하였다. 악양초등학교에서 악양 유지분들을 뵙고 악양의 유래와 전설들을 조사하였다. 하지만 모두 공부를 많이 하신 분들이어서 우리가 원하는 자료보다는 문헌에 의존한 이야기들을 해 주셔서 아쉬웠다.

악양초등학교에서 나온 뒤 정동마을로 찾아갔다. 그러나 이장님께서 문상을 가셔서 안 계셨으나 마을 분들께서 친절히 대해 주셨다. 약속 시간보다 일찍 찾아갔기 때문에 저녁 식사 전에 조사를 많이 할 수 있었다. 전부 여자분들이었고 민요를 주로 해 주셨다. 분위기가 화기애애했고 잘 안 하시려 했으나 제보자들이 자꾸 권하자 해 주셨다. 그래서 저녁 식사 후에 더 많은 조사를 할 수 있으리라 기대를 했으나 마을 분들께서 약장수 굿거리에 놀러 가셔 몇 분만 마을회관으로 오셔서 조사에 어려움을 겪었다. 그래서 일찍 조사를 마치고 잠자리에 들었다.

4월 5일 : 아침에 일어나 회관 청소를 하고 아침을 먹고 노인분들이 많이 계신다는 노인정으로 갔다. 조사가 미진한 것 같아 오전에 서둘러서 갔다. 노인정에 많은 분들이 계셔서 조사 목적을 말씀드린 후 조사를 시작했다. 그 곳에는 여러 부락 분들이 오셔서 이야기를 해 주셨다. 하신대 마을에서 뵈었던 손순대 할아버지가 계셔서 중간에 이야기가 끊기면 어수선한 분위기 속에서도 이야기를 해 주셔서 고마웠다. 손순대 할아버지께서 이야기하시자 다른 분들도 더 해 주셨다. 노인정에서 조사를 마치고 간단히 답사 일정을 정리하고 하동읍 숙소에 도착했다.

2. 제보자

〔 악양면 제보자 1 〕

신대리, 이재우, 남·75.

조사 첫날 제보자로 조사자들이 경상도 사투리에 익숙하지 않아서 말을 알아듣기가 상당히 어려웠다. 목청이 크고 구술 속도가 빠른 편이며 흥분을 잘 하셨다. 상당히 정정하신 할아버지였다.

설화 : 1.

〔 악양면 제보자 2 〕

신대리, 김영곤, 남·73.

다른 제보자들의 이야기를 듣다가 자청해서 하신다고 하며 이야기를 시작하였다. 연세가 비교적 많으신 편이어서 발음이 불분명해서 조사하는데 어려움이 있었다. 이야기의 구성은 재미있게 잘 하시는 편으로 시종 청중들을 집중시켰고 웃음을 자아내게 하기도 했다.

설화 : 2.

〔 악양면 제보자 3 〕

신대리, 손순대, 남·82.

자신이 있다는 듯이 자진해서 계속 이야기를 해주셨다. 발음도 분명하고 이야기를 이끌어가는 솜씨나 민요를 부르시는 솜씨가 너무 좋았다. 조사자들이 악양면에서 조사하는데 아주 큰 도움을 주신 분이다. 아마도 이야기를 하시는 것을 즐기시는 듯 했다.

설화 : 3, 6, 7, 10, 26, 28, 29, 31, 37, 38.

〔 악양면 제보자 3 〕

신대리, 최상진, 남·58.

발음이 잘 들리고 사투리가 심하지 않으며 구술 속도도 적당하여 조사하기
쉬웠다. 이야기 속의 마을 배경까지도 상세하게 설명을 해주시고, 또 이야기를
하실 때에도 설명하듯 하셔서 큰 도움이 된 제보자였다.

설화 : 4, 8, 9.

〔 악양면 제보자 4 〕

신대리, 서옥례, 여·61.

중간에 들어오셔서 재밌는 농담을 한다는 듯 이야기를 해주셨다. 목소리가
걸걸하신 편이었으며 손자가 선생님에게 들은 이야기를 하는 거라고 하셨다.

설화 : 5.

〔 악양면 제보자 5 〕

신대리, 김용재, 남·76.

이야기판이 벌어지고 나서 한참 뒤에 오셨다. 들어오시자 마자 청중의 요청
으로 즉석에서 이야기를 해주시는 등의 열성을 보여주셨다. 고령이라서 발음이
불분명했지만 제보자들에게 도움을 많이 주셨다.

설화 : 11.

〔 악양면 제보자 6 〕

악양초등학교, 구제승, 남·67.

　악양면 지명 유래에 대하여 이야기를 하셨다. 조사자들이 설화나 민요에 대하여 여쭈어 보았으나 아시는 바가 없는 것 같았다. 설명조의 이야기로 시종 엄숙한 분위기였다.
　설화 : 12, 13, 16.

〔 악양면 제보자 7 〕

악양초등학교, 손상현, 남·66.

　한산사의 주지승으로 설화나 민요의 구술이 아니라 그저 지명 유래나 자신의 고장 출신 인물에 대해서만 이야기하셨다. 양은 많지만 자료로 적당한 것은 아니었다. 제보하는 동안 조사자들을 당혹하게 했다.
　설화 : 14, 15.

〔 악양면 제보자 8 〕

정동리, 김정래, 남·62.

　조용하게 다른 할머니들의 노랫가락을 들으며 박수를 치시고 좋아하시다가 소주를 몇 잔 드시더니 용기를 내셔서 한 자락 해주셨다.
　설화 : 17.

〔 악양면 제보자 9 〕

정동리, 정만순, 여·67.

마을회관에 할머니들이 여러분 모여 계셨는데 그 중에서 가장 제보를 많이 해 주셨다. 민요를 아주 많이 알고 계셨다. 목소리가 구성지고 박수까지 쳐가시며 흥을 돋우셨다. 옆의 할머니들에게도 노래를 권하셔서 조사자들이 조사하는데 많은 힘이 되어주셨다.

설화 : 18, 20, 21.

〔 악양면 제보자 10 〕

정동리, 이남순, 여 · 65.

저녁 쯤에 오셔서 민요보다는 예전에 자신이 겪었던 도깨비 이야기를 해주셨다. 옛날에는 도깨비가 있었다고 주장하셨다. 자신이 겪었던 이야기지만 지루하지 않았고 설화 같은 느낌이 들었다.

설화 : 19, 22.

〔 악양면 제보자 11 〕

노인정, 박만우, 남 · 80.

노인회장님으로서 노인정에 계신 분들 중 가장 점잖은 분으로 양약의 지명에 대한 이야기를 들려 주셨는데 침착하게 말씀하셨다. 다른 분들에게 이야기를 하도록 청하셨고 조사자에게 각 부락에서 오신 노인분들이니 잘 들어보라고 말씀하셨다.

설화 : 23, 25, 35.

〔 악양면 제보자 12 〕

노인정, 손도중, 남 · 75.

노인정에서 만난 분으로 지명이나 풍수지리에 대한 이야기를 하셨다. 큰 소리로 이야기를 해주셨으나 사투리가 심하고 억양으로 인해 잘 알아들을 수가 없었다.

설화 : 24.

〔 악양면 제보자 13 〕

노인정, 허천석, 남·80.

노인정에서 만난 분으로 다른 분들이 이야기하시는 것을 조용히 듣고 계시다가 이야기를 하시려는 기색이 보이자 조사자가 바로 이야기를 청하니 침착한 말씨로, 때로는 재미있는 어투로 이야기를 들려 주셨다. 지치시지도 않고 이야기를 해 주셔서 큰 도움이 되었다.

설화 : 27, 30, 34, 36.

〔 악양면 제보자 14 〕

노인정, 남송회, 남·78.

노인정에서 만난 분으로 조사자와 멀리 떨어져 앉아 계셨는데, 이야기를 해준다고 부르시더니, 이야기를 잘 할 줄 모른다며 쑥스러워 하셨는데 침착한 말씨로 이야기를 들려주셨다.

설화 : 32.

〔 악양면 제보자 15 〕

노인정, 서한수, 남·75.

노인정에서 만난 분으로 조용히 앉아 계시다가 이야기를 해주겠다며 하시더니 들려 주셨다. 점잖은 말씨였고 사투리를 그리 심하게 쓰지 않았고 또박또박 말씀하셨다.

설화 : 33.

Ⅲ. 설화

〔 악양면 설화 1 〕 T. 1. 앞, T. 2. 앞

신대리 하신대마을, 1996. 4. 3., 5조 조사.
이재우, 남·75.

누명을 벗은 가난한 아이

* 다른 사람들이 이야기를 미루자 이장님이 자꾸 권하시자 이야기를 해주셨다. *

서당에 닛(넷)이 공부를 하러 다니고 있능 기라. 그런데 세 놈이 부잣집놈이고 한 놈이 가난뱅인 기라. 부잣집 애들은 옷을 잘 입고, 잘 먹고, 다니고 가난한 집 애는 못 입고 못 먹고 다닌 기라. 아들이 이만큼 가며는 갸는 저만큼 떨어져 다니는 기라. 근데 가난한 애는 공부를 잘해. 그래 가지고 선생님이 좋았는데 이것 때문에 부잣집 아들이 갸를 더 미워해서 하루는 공모하기를 갸를 두들겨 패자.

하루는 갸가 서당에서 끝나고 집을 가는데 시커먼 기와집이 있고 그 옆에 샘이 있는 기라. 근데 한 스무 살 처녀가 갸가 지나가면 항상 지나가는 기라. (청중: 갸가 가난한 애지?) 그런데 하루는 처녀가 지나가면서 봉투를 하나 줬어. 근데 그 봉투에 똥그라미 하나가 딸랑 있고 안에 십자가가 그려져 있는 기라. 애는 이걸 해석을 못해. 몇 날을 지나고 해서 애는 생각을 못해. 선생님 몰래 고민을 해며 생각을 해도 그 답을 찾지 못했서. 며칠 날 밤 자다가 생각을 해보니 이것이 초 열흘 저녁 열 시에 오니라. 그런데 동무는 그걸 해석을 했어.
동무가 먼져 가 버려. (청중: 그 동무가 부잣집 아들이야.) 종놈 보고 문을 살짜
기 열어보니 비린내가 나는 거야. 그리 됐음니다. 애씨 밥묵으로 나오니라 해
도 고시라 해도 꼭 안 나오거든. 종놈이 가가지고 그르케 됐그든 죽웃거던 목
에다 칼을 찔르가지고,

"아 그리 됐습니다."

하고 요래 됐느디,

"이게 어쩐 일이고. 호래비래도 뭐 전부 잡아들이라."

하니게로 전부 파리고 모기고 다 잡아 왔는데, 이런 왠 신짝이 한 짝 거기 떡
있어. 와 그러고 보닝게, 아 어누무 자슥이 옆엔 눔이 갖다 해석을 얼렁 해가지
고 갔거든, 문을 열고 보니까 아니거덩 처녀가 그거는 반대를 했어. 반대를
행게 억지로 들어가가지고 말을 안 들으닝게 칼로 여자 목을 칵 찔러 그만들고
가버리고 없어. 가버리고 없단 말이게 그래 신을 인자 조사를 하닝게로 서당에
가 안 온 것이 공부 잘한 놈 신이다. 보이 뭐 전부 알거덩. 인자 둘러씨그로
인자 참 비가 오자는 인자, 인자 경찰서로 잽혀가가지고,

"와 그랬니? 어쩐니 죽였니?"

하며 혹 안 했다해도 그는 할 수 없게 됐어. 이자 재판날, 인자 며칠 안 남았어.
어떡해 했는고 해이면 오늘부텀은 내일부텀은 판결이 날끼라. 갑자기 마 사형
을 시킬 껀가. 어쩔 낀가. 요래 되 부링기라. 아이 판사가 아속에 일어나닝게
자고 나닝게로 밥을 묵고 오늘 판결을 할끼다 말이재. 아니 눈이 펄펄펄펄 날
아오는디 세수를 해닝게로 세숫물에가 난데 없는 새파란 버드나무 잎사구가
하나가 똑 떨어지거던. 하늘에서 눈 함께 떨어져 잽혀 내려 와가지고, 판사가
생각하기를,

'아따, 야 이거 뭐 오늘 무슨 경고가 있것다. 이럴 때가 아이다.'

"그 서당에 버들 유자 아이가 있느냐?"

이렇게 조사를 했거든, 판사가 인자 그러게 조사를 했단 말야. 있다거덩

"마 그놈을 잡아다가 바른 대로 해라."

하닝게로 된 대로 얘기하라 항께,

"아 그런 것이 아니라만 똑 된 대로 그렇습니다. 저녁이머로 꼭 우리 네

우린 모르그로 뭘 내놓고 해석을 해도 할려고 해도 못허고 내가 해석을 해기를 '열흘 날 열 시에 오니라'하는 그렇게 해석을 허고 내가 가가지고 말을 안 들으니 내가 그랬습니다."

그래 그때 딱 때려 붓드래. 이 아이는 마 아능 기라. 아이가 가서 열어주고 가가 갔으믄 마 좋게 끝날낀디. 열흘을 붓고 잘 살드라하는 얘기다.

[악양면 설화 2] T. 1. 앞

신대리 하신대마을, 1996. 4. 3., 5조 조사.
김영곤, 남 · 75.

구렁이의 한

* 서당이야기가 나오니 생각이 나신다며 이야기를 해 주셨다. *

옛날에 아이들이 한문 서당에 다녔는데 담 너머 담 밑으로 그 길로 요래 지나다 댕기는디 집이 부잣집 처녀가 과년 찬 처녀가 있는디. (청중: 과년한 처녀가?) 이 공부를 잘 하는 아이가 있는데, 아 이거만 가면 그 시간 되면 담을 넘어다 보고, 담을 넘어다 보고. 아 그만 처녀가 상사가 되서 마 아 그마 죽었네. 죽어가지고. 가 하모 그래 그렇게 총각은 당연히 차강께 상사가 되가지고 마 가 죽은 건디. 총각 아버지 꿈에 선몽을,

'내가 아무 날 자기 아들 원수를 갚을 긴께, 그리 알아라.'

그거라. 그래 그날 그 시간이 딱 되니께 큰 구리가 와서 저거 아버지 총각 아버지 방문 앞에 와서 대가리를 탁 걸치고 그래 상재 자석을 그날 씨가 죽었븐디 감출 디가 없어. 부잣집의 큰 도가지 장 담그는 도가지 고기다가 아들을 주여놓고 뚜껑을 딱 덮어 나가지고 거기다 구리가 와서 그리간다 말이야. (청중: 처녀가 죽은 게 아니야?) 남의 마 처녀가 상사가 걸리니까 죽어부렸어. (청중: 나이 어린 처녀가, 나이 에리고). 그러니까 이자 그 독 안에 가면 원

풀으러 가거라. 구리가 가거던 독을 착착 감고 (에헴) 몇 날을 있다가 실 가버리네. 가버린께 물만 남아있었어. 딱 그러니까 그게 옛날 옛적에 구레가 화나면 독 안에 들어도 못 면한다는 그런 역사가 있재.

〔 악양면 설화 3 〕 T. 2. 앞

신대리 하신대마을, 1996. 4. 3., 6조 조사.
손순대, 남 · 82.

사람 목숨 구해 복받은 이야기

* 좋은 일해서 부자된 이야기를 해주시겠다며 학생들은 새겨들어야 한다고 강조하셨다. *

옛날 사람이, 사람이 참 곤란이 살던가배. 사는디 하루는 애기를 들으니께 부락에, 여 동사무소 같은디 상쟁이가 왔다 갔다 그래. 상쟁이가, 상보는 사람이. (청중: 관상쟁이?) 그래 지금 마누라가 해기를 우리 영감 아니껴 그러니께 남자지. 그땐 영감이라 했재.

"아무데 사람 상쟁이가 왔는데 우리는 평상을 이렇게 곤란하게 살 긴가 상을 한 번 보고 오라."
고 보내났그든. 그래 영갬이 가서 보니까 상쟁이를 보고,
"'내 좀 봐달라?"
고 하니까.
"당신 상 내가 볼써 봤소."
그러거든, 아이고 영 우습다 말이야.
"아이구 그게 뭔 소리여. 그게 좀 봐주세요?"
"당신, 당신 당대에 천 석을 얻었다."
고 그러거든. 아무 것도 없는 사람이 당대에 천 석을 얻는다니 그건 거짓말쟁이지. 거짓말쟁이다. 그래 뭐 저녁에 보니까 즈그 마누라가 물어.

"아이 이 사람아. 나 상을 보드만 당대에 천 석을 얻을 끼라 하더 아이가. 그거 순 거짓말이야."

즈그 마누라도 거짓말이거든 (청중: 그거 공갈이다.) 그래서 즈그 마누라가 가만이 생각해 본께,

"아, 아 없는 사람들이 당대에 천 석이 뭐이고. 이래갖고 당대에 천 석이 아니라 백 석도 업슨께, 우리가 이런 식으로 하자. 갈리 서자."
이 말이야. '갈리서자' 그럼 어떡해. 어쨌건 지금 오늘 나가가지고 천 냥을 못버리면 집에 오지 말라고 했어. 그래 인자 서약을 했어. 남자하고 여자하고,

"내가 자슥들은 어찌 어더다 멕일 테니까 굶이지는 않을 끼니까."

그래 남자가 옷을 질머지고 나갔다 이거 아니가. 나갔어. 가가지고 어찌 벌었던지 돈 천 냥을 벌었다 이그야. 어찌 벌었던지 이전에 천 냥을 큰 돈이라. 그리가지고 벌어가지고 오는디 즈그 집으로 좋다고 돌아오는디, 돌아오는디, 돌아오는디. 우리 여그 마을 앞에 냇물이 이렇게 있는디, 그래가지고 노대루가 있는디 홀짝홀짝 건너뛰는 노대루가 있는디, 그걸 오니까 저쪽 가에서 오니까 이쪽 가에서 부인이 두 개가 둘이서 부인이 말이야. 하나 물에 빠질라고 하면, 하나 건질라 그러고, 하나 물에 빠질러허면 또 하나 건질러 그러고 그러더래. 그 사람이 오면서 보니까. 그래 인자 건너 가가지고 그 사람들이 물에 나오라 해가지고,

"당신들이 어째서 이거 이런 짓거리를 하느냐?"
하고 물으니까

"아이, 손님 집에나 가이소."

아이 그게 아니라 내가 지금 똑똑히 말을 못해서. 그래 인자 하나는 시어마니고 하나는 며느리라. 그 왜 죽을라 물은께, 하나는 남편이고 하나는 즈그 아들이거든. 즈그 아들이 전에 채를 져가지고 전부 채를 져가지고 전을 즈기드래. (청중: 옛날에 천 냥 이상 빚을 지면 죽였어.) 사약을 받아뿐께 사약을.

"내일 모레 사약을 받아뿐께 이 사람은 내 며느리고 나는 시어민디 그래서 우리가 죽을라고 작정입니다."

그러거든 그 서서 가만히 생각해본께,

"아니 그러지 말고 당신네 집으로 가자 내가 돈 천 냥 준다."

고 그래. 십 일을 벌어가지고 번 그런 돈을 준다 이거야. '준다고 갑시다.' 이러
케. 그래 그래가지고 데꼬 자기 집으로 온다 이기야. 와가지고 그래 돈 천 냥을
쥐어주고. 아 그기도 이제 일신촌리가 아니가. 거 즈그 집으로 왔드레. 즈그
집으로 오니까 즈그 마누라는 천 냥 벌어갖고 벌었다 싶어서 재미가 난다 이그
야. 재미가 나는디 (제보자 웃음) 아 돈 천 냥 내놋도 안 하고 잠만 쿨쿨 자거든,
잠만 자. 그 옷 속에다 여 났난가 하니 까보니까 까봐도 아무 것도 없어. 그래
그 이튿날 아츰에,

"아 여보, 돈 천 냥 벌으면 집에 오고 그러안으면 안 오기로 했는데 왜
왔냐?"

고 말이여.

"뭐하러 왔냐?"

고 그래. 그래가지고 그렇게 된 경위를 얘기했어.

"그게 아니라 이 사람아, 내가 돈 천 냥을 벌었기는 벌었는데 아무 순간
오니까 그 어떤 사람이 그런 짓거리가 있었어. 그래 내 그 사람을, 천 냥 돈
천 냥 그냥 천 냥 살리려고 돈 천냥 주고 왔다 이기야."

그러거든 그런 께 우리 같으면 뭐 하러 줬느냐 헬끼라 이기야. (청중: 다
그러지.) 다 그런데,

"잘 줬다고 마. 잘 했다고. 사람이 살아야 안 되겠냐."

고 그러거든. 즈그 부인 말이. 그래 기분이 좋지. 기분이 좋다 이 말이여. 그래
그 얼메큼 지나니까 하루는 있은께 하루는 왠 사람이 하나 그 집에 와요. 왠
사람이. 도사 두 명이. 하나 중이다. 하나 와 가지고 동냥 좀 주라 그러거든.
그래서,

"아이 동냥은 안 된다."

이랬어.

"우리가 없으니까."

"아니 동냥은 안 주되 좀 자고 갑시다."

그러거든.

"자고 가지. 어찌 못 자겄소."

근데 연료가 다 됐다 이 말이야. 그래서,

"잠자리가 누추하요."
이러나까,
"누추해도 괜찮소."
그래서 들어 갔어. 밥을 즈그 먹는 데로 주고 재웠는디 사흘째 된기로,
"저 당신들 그 부친 신의주를 잡아놨냐?"
고 물어.
"사람 죽으면 묻은 디 신의주를 잡아 놨냐?"
고 그러드래. 그리 묻거든. 그렇다면 이상하게,
"아이, 그거 못 잡아놨냐?"
고 그러니께,
"그러믄 당신 오늘 도시락 싸가지고 나하고 같이 가자. 산에 유람을 한
번 가자."
고 그러거든. 그래 참 그럴 법 하거든. 이전부터 묘자리를 잘 잡았으면 자슥이
자손이 잘 된다는 말은 있거든 말이제. 그래서 참 둘이서 점심을 싸 가지고
따라갔어. 따라갔더니 사방을 댕끼 인자 저 산으로 빙빙 댕기드래. 저물도록
따라 댕겼어. 저물도록 따라 댕겨도 아무 소식이 없어. 그래 인자 일모가 다
됐는디 여기서부텀은 백간도 같은 뒤에 같은 산이 있드라네. 그런 산을 갔다
앉드라네. 해가 다 됐는디 앉아. 그래 갖고,
"여 좀 앉으시다."
들에 같이 앉았어. 앉았는데,
"여보시오. 저 재 아래에 기와집이 있지요. 저 집은 참 부자집이요. 부잣집
이니께 거기서 자고 가세요."
그러드래. 그래 갔고 자고 가라 그 소리만 해놓고 그래 가자 그래 갔고
일어서는데 서너 걸음만에 잃어뿌린 기라. 그 사람이 안 보이. (청중: 도사가
되노니께.) 도사님이 않보이. 그래서 인자 그 사람을 떨궈 버리고 인자 보니께
해는 다 됐고 저리 돌아 내려 갔어. 기와집을 찾아 갔더라 이기야. 자러 가서
가니께,
"좀 재워달라."
이러니께 못들어 오게 하는 기라. 그래 자꾸 사정을 하니께 그 안에 주인이

들고는 들어와라 이기야. 그래 들어와서 들어와서 자는디 머슴들은 저녁 묵고
나서 얘기를 자꾸 하라드래. 얘기를. 얘기를 자꾸 하라드래. 그래서 얘기를 하
라 싸서 얘기를 만구에 할 기 없고 제 얘기라 이기야.

"내가 이러이러 해가지고 상제에서 상을 본께 당대에 천 석을 한다해서
그래가 돈 천 냥을 벌어 가지고 우리집에 돌아오는 도중에 어떤 일이 있었다.
그래가 돈 천 냥을 주고 왔습니다."

그래 그래 그 얘기를 했더라 말이야. 했는디 그 이튿날 아침에 자고 난께
그 쪽 옆 방에 그 머슴방이 여기 있고 주인 방이 여그 있다 이기야. 문간방에
있었는데 주인이 그 예기를 들었다 이기야. 그래가 눈치를 챘다. 주인이 그
얘기를 들었단 말이야. 듣고 그 이튿날 아침에 그 하인을 시키가지고,

"그 방 손님, 사랑방 잔 손님, 내 방으로 좀 오라 해라."

그랬단 말이다. 오라 끌어 오라 한 기라. 겁이 나는 기라. 아무 헐 말도
없는데 그래 갔드라 이기야. 가니께,

"손님, 어저녁에 한 얘기 한 번 더 해보이소."

"아이 난 어제 아무 얘기도 아무 얘기도 않했습니다."

제 예기 했는디예 아무 얘기두 안했던 기라.

"아따 내가 들었는데 왜, 왜 안 하는겨. 다시 한 번 해보라니께."

그래 내 허라니께네 주인 보고 지 얘기를 개인적으로 했지. 살살 그런 얘기
를 쭉 하니까 하 한숨을 한 번 쉬더니,

"손님, 그 여 조금만 계시죠."

그러고서 나가더라 이기야. 주인이 나가. 나가더니 웃방으로 올라가더라
이기야. 가만히 보니까 우에로 올라가더라 이기야. 올라가서 즈그 에메하고
마누라한테 그 얘기를 했어. 얘기를 했든가베. 얘기를 허니까 거기서 나왔다
이기야. 나오고 여 인자 나와보니께 그 때 그 집에 돈 준 부인이랑게 둘이다.
그리 문을 여이. 탁 열어 본께 확실이 기거든. 그래논께 하나는 나오믄서,

"동생 언제 왔오."

하고 막 울고 또 하나는 오빠라고 뭣이라 하더라. 그만 마당서 서이서 붙잡고
울음이 낭자가 된 기라. 그러니까 아니 가그 그리 안 되겠는가. 그래서 인자
그래가지고 참 확실 그렇다는 걸 알고 그기서 여러 날 쉬갔고 여자들 얘기를,

"당신을 만날라고 내가 저 밑에 저 기와집 지어 논께 있다고 있다네. 저 기와집 저거들 당신을 만날라고 초원당을 지어 논 기요."

그러더라.

"당신을 만날라고 (청중: 만나면 줄려고.) 저가 그 집이요. 만나면 초원당을 줄려고. 그 마침 잘 만났다."

그래가지고 살림을 천 석을 딱 갈라주고 그래 딱 거서 천 석을 했어. 그 상제가 똑바로 안 봤나.

〔 악양면 설화 4 〕 T. 2. 앞

신대리 하신대마을, 1996. 4. 3., 5조 조사.
최상진, 남 · 58.

비까리(하신대)와 새모(상신대)

* 학생들이 와서 설화 · 거짓말 대회를 한다고 이장님께서 말씀하시자 이야기 해주셨다. *

하신대 사는 최상진입니다. 최상진. 있는 대로 애기할 끼라. 그러니까 신대. 지금은가 옛날 구 이름으로 해서는 이부락이 비까리요, 비까리. 아 지금은 신대리라 그러거든, 신대리라 하는디. 지금 내가. 신대 육 번지에서, 육 번지에서 삼 대차 살고 있어. 이 부락 요 고장에서 나머지 사람이 팔십 마기 모여 계시지마는 삼 대차까지 산 사람은 드물어. 몇 집 안 되. 몇 집 안되는데. 옛날에 집가에서 내가 대여섯 살 됐을 때 들은 애기거든, 애긴디.

옛날에 지금 여 벼가리라는 데가 이 부락에는 없고 옛날에 사모라는 데가 있어. 저 위에 가서 상신대가, 새몬이라는 데가 있어 (조사자: 새몬요?) 새모. 새마을이 아니고 새몬이라는 데가 있는데, 거 인자 옛날에, 고려 때는 석호라는 데가, 옛날에 사는 동네가 있었는데 덕호라는 데 저가, 저 지금도 그 논을 개간을 해서 땅을 파보면 옛날 토기왓장이 나와. 토기왓장이. 기왓장이 나와. 거기서 기왓집에

살던 이럿등한 부자집이 한가치 살았대. 덕호라는 데가. 여 옆에 가면 있어. 거
부자는 되지마는 오래 장기적으로 이 대, 삼 대를 못 살더라네. 못 사는데 인자
부자되고 그러케 살다가, 형제봉이 저기 앞에. 마을 앞에 형제봉이라는 데가 있어.
인자. 형제봉에서 인자 서기 비쳐가지고 동네 싹 불이 나 비리다고. 그래갖고 인자
　　"생님, 성니임."
하고 그 거 일 동네 사람들은, 새모라는 대로 집을 지가 이사를 갖버리고, 동생하
고 또한 그 뭐이고 동네 사람들은 벼가라는 대로 요래 이사를 오더레 집을 겨서
살았대. 그래가지고 인자 새몬라는 요기로 집을 새로 지었다고 동네를 지었다고
새모라 하고, 요오 비까를 비까라 하거든, 요요 덕호에서 비끼 앉았다고 비까라고
전설을 들었어. 그래서 인자 내가 전설을 들었거든, 쪼깐해서 들었는디, 그러고
나서 인자 비까리고 전설이 나고, 새몰은 인자 새로 동네 생겼다고 새모라고. 그래
되가지고 인자 지금 면에서 인자 편지나 주소로 하는 부락 이름이 뭐냐면 저긴
'상신대'고 여긴 '하신대'라. 상신대고 하신대. (청중: 신대리에서.) 신대리에서, 한
리에서 상신대하고 하신대 하고 그건 그렇게 되고.

〔 악양면 설화 5 〕 T. 2. 뒤

신대리 하신대마을, 1996. 4. 3., 5조 조사.
서옥례, 여 · 61.

사형제와 촛불

*어수선한 가운데 이야기를 들어보라며 청중을 집중시키시고 이야기해 주셨다. *

　　딸이 바깥에서, 처가에 딸이 그 듣고. 아버지 돌아가시기 전에 '우리 시아버
지가 돌아가시면 그때 갖가 써야지' 생각으루 하고 있어. 근께 처가의 딸자식
이다. 그런데, 그래 그러고 있는데, 마침, 즈그 친정아버지가 얼른 돌아가시더
라네. 그래 인자 가서, 가서 뫼를 판 께로. 아바이 세상 떠서 뫼를 판 께로 뫼자

리 밑에 가서 구들장 같이 고마 머가 있더라케. 그런데 제일 막댕이가
　"형님, 이거 뭔지 들쳐봅시다."
　"들치지 마라. 아버지가 이거 묏자리 잡아논긴께 들치면 안 된다. 안 된다."
　"형님 그럼 내만 들쳐보면 안 되요?"
한께로
　"들쳐보지 마라."
한께 언제 즈그 형님들 몰래 막댕이 그거 요걸 들쳐본 께 촛불이 요래 네 개가
딱 서져 있다는 기라. 그 구들장 밑에. 네 개가 딱 서져 있는디, 들쳐보는 그
사람 불이, 그 사람불인가 아닌가. 불 한 개가 딱 꺼져버리고 세 개만 딱 있어.
있는데 아바이 뫼 써 놓고 그리 저 삼 형제가 그리 잘 되갖고 잘 사는디, 그
들쳐본 그 사람은 꼭 몬살고 그러더라네. 그래, 그래서 꿈을 꾼께롬
　"니가 그 뭘라고 구들장 그 들쳐봤니?"
　그러드라네. 그래서 그
　"아버지 그 하도 희한해서 아버지 들쳐봤는데 아버지 왜 그러냐?"
니케롬.
　"니 불이 꺼졌다."
　그러더라카네. 그래서 아이 제삿날 저녁에 아 그때는 그 꿈에는 부탁도
모르고, 제삿날 저녁에,
　"아이 형님 내가 구들장 들쳐보지 말라싸는 것을 내가 들쳤는디, 이만 제가
꿈을 꾼께, 아버지가 네 불이, 꺼져갖고 너기 형님들은 잘 사는디 네 불이 꺼져
갖고 네는 그렇다."
　그런께 불이 꺼졌으니 어쩔씨고 그러드라네. 그래서 그날 저녁에 부탁을
모르고 제삿날 저녁에 와갖고,
　"참 아버지도 한 개만 있어도 그 불이 세 개나 되는디 써붙이면 되지."
　그러드라네. 제삿날 저녁에 써붙일 자신이 있는지 와갖고,
　'아 그차 내차 내가 죽어도 참 한 대만 있어도 써붙이면 될 긴데, 세 개나
있어 저리로 써붙일 수 있는데, 그 한 대 꺼졌다고 그 못 살고로 놔둬서 되겠나'
싶어서, 그날 저녁에 제삿밥 잘 언어 자시고 가갖고 그 불로 꽉 짓다 써붙였다
고 해. 써붙여갖고 그리 그 사 형제가 그리 잘 살더라네요.

〔 악양면 설화 6 〕 T. 2. 뒤

신대리 하신대마을, 1996. 4. 3., 5조 조사
손순대, 남 · 82.

명당자리와 매 가진 과부

* 지부장이 오셨다. 서로 술 권하시다가 이야기해 달라고 조르니 이야기 해주셨다. 이야기
도중에 다른 분께서 악양팔경 이야기를 하셨는데 잠깐 다투시다가 손순대 할아버님께서
계속하셨다. *

옛날 한 사람이 넘의 집에 살고 있는데, 그런데 그 즈그 아버지가 있던가배.
즈그 아버지가 섣달 그믐날 밤에 즈그 아버지가, 들어왔어. 즈그 아버지 왔다
고 가서 밥도 더 달라고 할 수도 없고. 그래가서, 암말도 않고 제 밥만 가져가서
즈그 아버지랑 갈라 먹었던가배. 갈라 먹고나서, 그날 저녁 즈그 아버지가 죽
어 버렸어. 그믐날 서녁에. 죽었는데, 그서 큰 일이시. 서 참 얘기라 그렇시
그거 큰 일 아니가. 그 지 혼자서 어떻게 할기야? 그래 참, 넘의 집에 살아도
또 부락에 친한 친구가 있던가배. 그래 즈기 친구를 찾아가가지고,
"아, 이 사람아. 이러이러하다 하니께 천상 자네가 좀 봐줘야 되겠네."
그래 그래 할 수 없어. 즈그 친구랑 둘이서 거마 선거지기 하나 눕혀놓고
똘똘 말아가지고 질머지고 올라갔어. 질머지고 가다가 친구가 반풍수던가배.
그래 내가 아 무덤에서 뭐가 나오더니 그 얘길하니까,
"나는 그래 가서 봐 둬라. 아무개 동리 사는 사람집 뒤에 밭이 있더라. 동구
밭 뒤에. 아무개 그 밭 언덕머리 그 어디가서 둘이서 있거라. 내 올라갈께."
즈그 아부지가 그러더라케. 그래 둘이서 올라가서 즈그 아부지가 시킨 대
로 가서 있더라. 즈그 아버지 시킨 대로. 올라와서 올라와갖고 딱 저 처음에
한다는 소리가,
"아. 이거 매를 한 마리 갖고 와야 되겠는데."
매를. 그건 사람이 (청취불능) 그런 얘기라.

"매를, 매를 한 마리 구해야 쓰것는데."

꿩 잡는 매 말이야. 그래 구해야 되겄는디. 그걸 어떡게 해야 되냐. 그래 그 영감이 생각을 해 보니까. 그 부락에 부자 부인이 하나, 매를 한 마리 기르더래. 영감이 생각을 해보니까.

"가서 매, 아무 각시집에 저기 매가 있다. 가 매를 좀 달래라."

그래 갔었어. 가가지고 참 과부집이라 말하자면, 과부집이라고 그래서

"아모 각시씨?"

부르니까, 대답을 하거든. 그래 갖고서 인자 얘기를 하니까, 준다더래. 주는디. 매를 그 바깥에 선반, 바깥에 선반이 이르키 높은디 그 위에다가 매를 담아가지고 그릇에 담아갖고 엎어놨던가배. 그래 이눔이 재나는건 삶아다가 먹고 그마 팍 뒤집어치어든 그래갖고 낼름 일어나서 껴다나버렸어. 껴안아버린 거야. (청중 웃음) 껴안아버리고 또 이리 꺼낼려고 한께 또 껴안아버렸다 이리해. 그래, 혼자 사는 부인이 마음이 심란했어. 그래서

"야야. 애. 매 거 거기 놔두고 이리 좀 들어오라."

그러더래. 그래갖고 그 잠깐 재미난 일을 봐드렸거든, 그게 그 죽여준다 이 말이야. 그래서 인자 내나 매를 가지고 올라가서 그 밭 언저머리에다가 (조사자: 아이 좋네요.) 뫼를 썼다. 이리다 뫼를 썼는데, 써놓고 인자 내려왔는데. 그 뒤에, 그 마을에, 어떤 사람이 하나 궁산을 볼려고, 뫼자리를 잡을려고, 풍수를 준비해가지고 하나 데리고 이부락 같으면 저 동네께로 돌아댕기다가 저어 여우리부락으로 가면 농바위라고 있어, 저어 해오름판에 내려와 가지고 딱 쉼서로 보니까 보고는, 이미 거 뫼 쓸 데는 거 밖에 없는 기라 이기라. 저기서 내려단본께. 그래 아이고 아무개집 우리 부락 아무개집에 그 뭔 집 사는 사람 논이라. 거기다가 썼는가보다. 아이 참 몰라 그 누군가가 뫼를 썼는데, 밭은 자기 밭이거든, 거 참 좋단 말이다. 풍수 말이 좋다고 그래, 이 사람이 내려와 가지고는 성질을 부린 기다. 저 뫼 좋다하는 소리 듣고는 파 낼라고, 파 낼라고 인자 거기 용을 썼던가배. 용을 써도 되도 안 하고, 밭임자는 조사를 해야 누가 썼는지 모르고 그래 그러고 있는데, 아, 그 뒤에 그 누가 하나 보니까, 그 뫼 쓴 그 위에 묏바닥에서 한 누가 앉았더래. 가보니까 중이더라네, 중. 중이더라네. 중인데 옷에 이를 잡고 앉았더라케. 이를, 이를 잡고 있어서, 그래서 그

옆에 앉았어.

　“아이 도사님?”

　전에 중을 도사라고 해.

　“도사님. 어디 계십니까?”

그런께,

　“그냥 아무 데나 산다.”

그래,

　“중님 이 뫼가 누구 뫼니까?”

이르니까 ‘모른다’ 이 말이야. 모른다 하니까,

　“여참 여기가 대명집니다.”

이러드래 그러고 가더라네. 조금 가더니 사람이 안 보이더래. 안 보여. 그래 인자 그러고 있는디, 있는디. 그 뒤에 밭임자가 그런 소문을 듣고는 그 뫼를 파내어 즈그가 쓸려고 심술을 부린 기라. 왜 그러냐 하면 거기가 계서면이라 하거든 거기 저어 내호로 해서 저 냇가에서 부뚜랑을 쳐갖고, 파낼라고, 부뚜랑을 쳤더라네. 쳤는데 거기도 뭐 뫼 임자를 모르니께 어찌 파낼라고 몬 파내고 있더라네. 몬 파내고 있는데, 그 뒤에 또 어떤 사람이 풍수지리허는 사람이 저 위산 돌아다니다 와갖고 저 위에서 내려다 보니껭 거길 또 말하더래. 그래 가보니까, 그 사람도 와 보니까, 풍수가 여기가 계서리라 하더래. 계서리면 더욱 더 조은 거니까. 계가 물이 있어서란 말 아이가. 물이. 아이 이 놈이 하 할 수 없다 하고 견뎠지. 견뎠는데.

　그 뒤에 이 사람이 과부 그게 잉태를 해가지고 아를 뱄단 말이여. 아를 뱄더래요. 아를 배 가지고, 아구마 (청취 불능) 배가 부러가지고 아그 이거 큰 일이지. 과부 혼자서 집안 일을 못하고 이거 큰 일이라. 가만히 생각을 해 보니께 이거 안 되겠다 해. 과부가, 그래서 날을 받아가지고 술을 몇 섬 해였고 소를 잡았던가 개를 잡았던가 뭘 잡고, (청중: 개를 낳았다고요?) 아니 개를 낳았다는 게 아니고, 집안 사람들한테 알릴라고 알릴라고 아를 뱄으니까 알려야지 어떡해. 그래가지고 날을 받아가지고 집안 사람들한테, 처가댁, 처있는데, 그래 모두 건장한 사람도 오고, 젊은 사람도 오고 다 와. 아 그마 왔던기라. 와가지고 그 애길 쭉 했어. 애기를 허니까, 애길 하니까. 고마 젊은 사람들은

쫓아내라 그러더라케. 쫓아내지 그간 과부가 뭐 그거. 그러고 나이가 많은 사람은

"거 그거 그럴 일이 아니지. 고마, 그 뭐 그 천상 그것도 허는 수 없는 일인께, 허는 수 없지. 혼자 사는 사람인께 인자 자동적으로 죽을끼라."

놔두라고. 영감들이 뭐 놔두라고. 그래갖고 놔놓더래. 그래서 놔논께 또 아들을 낳았더래. 아들을 났어. 당장 그마 그래갖고 부자가 됐어. (웃음) 그 그거 냅따 그 친구 즈그 아배가 영혼이라. 어째 그 매를 갖고 가면 된다고 격이 맞는다고 말이야. 격이 맞는다고, 매를 구해오라 한 바 가서 껴안아가지고 (청중: 옷이 버젓 내려가서?) 그게 인자 인연이 그래된 기라. 그래갖고 잘 살더래. 오만게 다 그게 때가 되야 되지. 때가 안되면 그게 안 되는 기라.

〔 악양면 설화 7 〕 T. 2. 뒤

신대리 하신대마을, 1996. 4. 3., 5조 조사.
손순대, 남 · 82.

'신주 개물림만 못하다'의 유래

전에 그 한 아가 공부를 하러 댕기는디, 그래 인자 공부를 하고 댕기는디. 아이 열두 살 먹음 전에 같으면 결혼을 했거든, 이 아이롬시로 장가를 가면, 어떡해야 하는고 참말로 몰라. 훈장을 보고 물었거든, (청중: 장가간다는 말 쪼께만 크게 하시소.) 훈장을 보고 아이

"결혼을 해가면 어떡해 해야 하나?"

훈장한테 물은 기라.

"그러면 니 내일 장가 걸테면 오늘 저녁에 오니라."

그래서 인자 선생이, 가니까로, 생콩을 물에다 담갔다가 과아 가지고 신랑을 한 그릇 멕일, 장가 갈긴데, 한 그릇 멕임시름,

"네는 장가를 갔다 올 때까정, 대변을 안 봐야, 누야 백년해로 살지, 안 그러면 못 산다."

접장이 이러거든. 아 그래 인자 그러면 생콩을 한 그릇 먹여놨으니 배가 우글우글한디, 장가를 가가지고 저녁에 인자, 예를 지내고 앉아 놀라 하는디 거 인자 처남들은 가져가는디 아 마 똥이 나올라고 죽겠는디, 얼굴이 인자 막 새까매지제, 자 이자 평상을 해서 쪼그리고 앉자서, 앉자 가지고 무릎팍을 궁둥이에 딱 공구고 쪼그리고 앉았는디. 신부가 아 들어와서 본께 인자 신랑이 생이 곧 죽을 생이거든, 그러고 넘들 보고 아무 소리도 말라해. 그래서 꼭 물으니께,

"당신 알 일이 아닌께."

아니라면서 꼭 안 가르쳐줘. 그래가꼬 신부가 하는 말이,

"당신이 속에 있는 말을 나한테 몬하고, 내 속에 있는 말을 당신께 몬하게 되면 이게 평상 부부라 할 것이 뭐 있소."

하모. 속에 있는 말하라 그랬대.

"선생님이 우리가 생콩을 한 그릇, 콩을 한 그릇 먹고 결혼하고 여기와 신랑하고 돌아올 때까지 대변을 안 봐야 우리가 백년해로 한다는디, 그래서 그렇다."

이 말이야.

"그럼 좋은 방법이 있소."

신부가 바깥에 나가 전에 왜 술 거르는 채 있제? 채하고 사구 하나 가져와서, 딱 사구에다 채를 얼어놓고 신랑을 보고 거기다 대변을 보라 그래. 그런데 사람이 욕심이 무서운 거라. 대변을 보면 우리가 백년해로 하고 못 산다고 하니까 대변을 안 볼라거든, 그래 신부가 하는 말이,

"이거는 방편인께, 대변을 해도 우리가 백년해로하고 살 수 있으니께 한번 걱정말고 대변을 보라케."

하, 대차 올라안즈니께 대변이 마 한사구 나왔거든, (청중 웃음) 그래가지고 신부가 마 소매를 동동 거지고 딱 술을 해가지고, 걸러가지고 즈그 집에 술병이 요만한 게 있는데 거기다가 딱 한 병 봐너가지고, (조사자: 똥물 그걸요?) 콩독을 가지와서 딱 막았어.

거 인자 이전에는 제자가 장가를 가면, 선생한테다 이바지를 해줬다고, 떡이랑 술이랑 해서, 그래 인자 접장한테다가 이바지해 보낼 걸 딱 해놓고, 신랑을 잡으면서, 접장 인자 전에 접장은, 한문 접장은 가진 게 별로 없거든, 그래서 신주 이걸 인자 옆에다 갖다 놓고, 그리 살 때지. 그래 인자 제자한테 결혼 이바지 받은 기라고 신주 앞에다가 잔을 부어놓고, (청취 불능) 잔을 부어놓고 있는데, 하. 구리한 내가 난께로 개가 와서 끙끙끙끙 돌아대니고, 접장 신주를 마 물고 달아나버리대. 아, 이 잡을려고 요리요리하면 자꾸 달아나대. 요 앞에 나가니까, 저기 강물이 있던가. 강물에 개가 마 풍떡 뛰 들어가버리대. 아그마 휘이적휘이적 달아나부리더래. 아, 강물에서 똥떰뱅이가 하나 떠내려온께, 개가 똥떰뱅이 먹을라고 신주를 마 물에다 놔부리는 기라. 그래서 신주 이놈이 동동 떠내려간께, 뱃놈들이 뫼를 젓고 오다가, 뫼 젓는거. 요래요래 돌리는거 안 있소. 아 꼬쟁기가 뿌지러졌는디 막여 떠내려 오는기 꼬쟁이거든요. 마침 꼬쟁이가 하나 동동 떠내려 온께, 탁 채가까서 뫼 꼬쟁이를 가가지고, 뫼를 젓고 팽팽이 달아나버리더래.

아 근데, 그마, 신주. 이제는 '신주 개 물림만 못했다는 말.' 다 역사가 안 있소. 그래 신주 개 물려 보내 부렸다니께 (청중 웃음) 그런께, 넘을 속여가져 널라면 내가 먼저 드러간다고 (청중: 하모.) 절대 제자를 그랬으면 좋게 타일러 해서 해야했을텐데 (청중: 기냥 콩죽을 먹고 가도 잘못 먹으면 설사를 할낀데, 쌩콩죽을 먹고 가서 어찌 살게라. 아코 참말로.) 그런께 신랑도 나이를 멕으면서 그 결심이 무서운 기지. 그러케 대변이 나와 죽겄다도 백년해로하고 살라고 대변을 꼭 안 볼라고 (청중: 그런께 여자가 여자가 영 꾀를 참 잘 냈구만.) 여자가 인자 그거 참 큰 사람이지. 그럼 꾀를 냈건, 적장이 그런 줄 알고.

[악양면 설화 8] T. 2. 뒤

신대리 하신대마을, 1996. 4. 3., 5조 조사.
최상진, 남 · 58.

불효자를 길들인 각시

* 이야기 하나 더 하시라 하니 '내가 또 거 한 자리 더 할까.' 하시며 말씀해 주셨다. *

옛날에 한 놈이 즈그 아버지가 혼자 계시고, 즈그 어마니가 세상 별리고, 아 이랬는디. 저어기 바닥에, 그때 그 옛날에 (청취불능) 하, 그때 그럼시로, 집에 오면 괴기를 갖고 온다 이 말이다. 갖고 오면, 고기를 해가지고 즈그 아버지하고 즈그 어마니하고 둘이만 먹지 않고, 왜 꼬박 각시는,

"아, 부모 안 주는 괴기를 뭣을 갖고 와. 부모 안 먹으면 우리도 안 먹는다고."

그제 고마 내버리고 내버리고, 또 그래고 그라다가, 인자, 해산기가 있어가지고, 애기를 뱄는디. 아 산고달이 돌아왔는가배. 인자, 배 혼자 그러고 대니다가, 집을 비우고 댕기다가, 인자 산고달이 된게 집에 와 있는 기라. 아 있는디. 마 인자 마침 산고를 했는디, 인자 마 각시가 아를 낳아놓고 젖을 안 먹여. 자꾸 울어도 젖을 안 먹이고, 남편 어디 나가고 없으면 쬐께 멕이고, 남편 있을 때는 마 죽어라고 울어도 젖을 안 먹여. 그런께 인자 남자가,

"아를 와 젖을 안 먹이노?"

"아이 당신도 아버지 고기 갖고와 해주지 말라고 소원인디, 우리가 이 자식 이거 키워가지고 나중에 우리도, 우리도 그럴낀디, 함부로 그러면 죽어부릴라고 없애부릴라 부다."

아 그래, 꼭 젖을 안 먹여. 아 인자 그 뒤로는 나가서 고기를 가져오면 '아버지 많이 해 주라고, 많이 해주라'고 그래가지고 (청중: 즈 얻어묵을라고?) 그래갖고 자슥이 저도 그리 안 할라고 그러는지. 즈그 각시 말이 옳거든, 우리도 저른 자슥을 나오노면 나중에는 우리도 저그 자슥을 받을거니, 저거 자슥 차라리 죽어부리는게 안 낫겠냐. 그래 남편 보는 데는 젖을 안 멕이고, 안 볼 때는 쬐께쬐께 멕이고. 그래가지고 인자 질을 잡아갖고 부모한테 효도를 하고 잘 살았거든.

〔악양면 설화 9〕 T. 2. 뒤

신대리 하신대마을, 1996. 4. 3., 5조 조사.
최상진, 남 · 58.

불효는 대를 잇는다

* 청중들이 위의 이야기를 마치자 부모 팬 이야기를 하라고 자꾸 권하자 해 주셨다. *

아이, 옛날에, 아니 옛날이 아니고 종전에는 그런 얘기 많이 있지. 술을 먹고 즈그 아버지를 뚜드려 패고, 아 그놈 아들이 술을 나가지고 장성을 했는데, 아 이놈이 술을 먹고 그마 어떻게 됐냐면은, 즈그 아버지를 그어 버리고, 네놈이 어떤 놈이 애비를 패, 그어버리고, 마 그런 놈이 있더래. (청중 웃음) 그런께 효자는 효자를 놓는 법이고, 불효는 불효자를 놓는 뱁이라. 젊은 사람들은 그런 걸 알아야 해. 내가 부모헌티 효자를 했으면, 나도 효자를 놓지만, 내가 부모한테 불효한 놈은, 나도 불효한 자슥을 보는 기라.

〔 악양면 설화 10 〕 T. 4. 앞

신대리 하신대마을, 1996. 4. 3., 5조 조사.
손순대, 남 · 82.

소장사 이야기(남편 원수 갚은 아내)

* 이야기를 하나 해주시겠다며 이야기를 하셨다. *

나 소장사 이야기 한 자리 할께, 들어봐. (청중 끼어듦) 들어봐. 나가 인자 소장사 이야기 참으로 할께 인자. (청중 끼어듦, 웃음) 전에, 아 그건 참말로 이야그 아니라. 전에 이 사람이 없이 살아가지고 한 버락에 사는 사람이 소장사를 했던가베. 그 소장사 돈을 벌었단 이거 말이야. 그 사람 돈을 버는디 그래 그 뭐, 친구는 좀 없이 사는 사람이, 여자가,

"아 당신은 아무게 즈그 아버지는 소장사를 해가지고 돈을 벌어가지고 잘 사는디, 당신은 와 그른 재주도 없소?"

이르그든. 웅, 부인이 말이야. 그래서 그 소리를 듣고 부예가 나거든 이자가. 그래 인자 즈그 친구, 소장사하는 친구한테 가가지고,

"괜찮으면 자네 따라 내 소장사 한 번 해 볼까?"

이래.

"한 번 해보소."

이래 둘이, 그래 그 둘이 했더라케, 둘이 소장사를. 어느 정도하다가, 내가 너무 이를 해논께 요좀 말이 안돼. 너무 이가 되노니까. 내가 나이 팔십 두 살인데. 근대, 그래서, 소장사 한참 한 몇 개월 했겄지. 그러다가 하나 장을 갔다, 둘이 가가지고 저 장을 갔다가 객기 장을 갔다가 오는 도중에 재가 있었던가베, 재가. 큰 재가 있어 높은 재가 있었는디, 그거바 이놈이서 그마, 그 나중 친구를 갖고 때리쥑있다 말이여. (제보자 웃음) 때리 쥑이서마 돌무더기를 해놨다 말이여. (청중 끼어듬) 때리 직이서 돌무더기를 해 놓고 왔거든. 제 혼자 인자. 그래 인자 부인 하나는, 그 그 그 사람 남편이 안 오거든. 같이 갔는 디 안 온다 이 말이어. 하 이거. (청중 끼어듬) 그 딴다리가 아니고, 그 얘기 그러대면 싱거버, 싱거버 어쩔른가. (제보자 웃음) 그래서, 하참 별 일이다 싶어서 그래, 다음날 갔어.

"아, 아무개 즈그 아버지, 아무개 즈그 아버지 왜 안 오요?"

이 그래,

"자아 갔고 해졌단 기라."

핑계가 여가 때리 쥑이놓고 자아 갔고 해졌다 이른 기라. 그런 게 그르 알지 어쩔끼요. 그래가지고 아무리 기다려도 한 달이 가도 안 오고, 두 달이 가도 안 오고, 안 오거든. 죽었는디 뭐 오찌 와비요. 안 와. (청중 끼어듬) 그래서 인자 아 요년이 속으로,

'이놈이 인자 남편을 쥑있구나.'

속으로 인자 그러고 있어. 그르고 있는디, 만 그러고 있는데 요님이 그래놓고 가만 눈치를 본께 젤 욕심을 내거든. (청중 탄성) 웅, 욕심을 내더래. 그래 이 여자가 가만히 생각을 해본께 조님이 틀림없이 자기, 자기 세기를, 어랑에,

마음에 말이여

'저놈이 우리 남편을 쥑있는디, 마 죽였는데, 내가 저놈의, 이 놈이 날 욕심을 내. 요놈을 내 얻어야 되겠다.'

안, 자기 혼자 마음으로 얻어갔고,

'내 남편의 하며 유처를 알아야 되겠구나.'

그래서 인자 얻었드란 거여. 얼라가, 크단 얼라가 두 개가 있고, 그래 인자 얻었어. 얻어가꼬 사는디, 그러자니가 그 년은 알라고 (청중 맞장구) 똥누고마 똥 똑고, 울며 딱아 돌아올라 해도 다 따라 돌아다닐라 했어. 비우 맞추니라고 잉.

그리하고 사는디 하루는 여름인데 비가 오드라케. 비가 많이 오는디 전에 왜 짚털가지 집, 그 집은 비가 오면 마 물발이 '하'하고 떨어지거든. 떨어지는데 짚이랑 물 떨어지믄 와 버킴 부글부글 안튼. 그래 하루는 그래 비가 오는디 누우서 머리에 이를 잡아달래. 전에 이는 성투서 성투 올리고 머리에 이를 잡아도라 그러드래. 그래서 이를 잡아주고 무릎팍을 베고 이를 잡아주고 있는디, 비가 와도 마당에 문 열어놓고 있는디, 그 물에 물벽충이 부글부글 떠오르거든. 근데 차라믄 이놈이서 있어서, 있더라케, 있었거든. 그래 여자가 본께 딱 눈치만 보는디 말이지.

"아이 누구 즈그 아버지, 왜 왜 있소. 미는 민데 있지, 뭐요, 뭐요?"

자꼬 그르자 물은께 안 가르쳐 주제. 안 가리쳐 주고, 안 가리쳐 주고, 그래 꼭 가텨 물었으믄. 꼭 파고 물으니까

"아이 그 알아 뭣해?"

"아니요, 인자 당신하고 나하고 이리 됐는데 못하런 말 뭐 있소."

그런게 그 땀시 인자 여자가 한테 인자 못 할 말은 가베라 들어가도 안 되야 되는기라. 내가 데꼬 자식을 얻고 사는 여자인데도 안 해야 된다고 하는기라. 그런데,

"그럼, 갤쳐줄까."

이러거든.

"아이, 갈쳐주쇼. 인자 뭐 이런 뭐 갈쳐 줘봐야 아무 일 없소."

이러거든. 근데 자.

"아무리 즈그 아베를 인제, 칼 가꼬 모가지를 폭 찌른께 버킴 포글포글

오르드라.”

　　육반 그 껍질, 뭐, 보끔, 뻐끔 같은게 보글보글 올라가, 올르드라. 좋다, 인자 알고 있었지. 속으로 하, 그래. (기침) 그래 아앗다 이말, 알았다 이말이여. 인재 알았다. 잡은기라. 그래가지고

　　“그나저나 그 자식들 두 개 있고 그러니까 그 무덤이나 파 보라. 알고 가서 데꼬가서 갈쳐가꼬 파 봐라.”

　　“그 나중에 같이 내 무덤이나 알키줘야 안 돼겄소. 같이 좀 갑시다.”

　　그랬거든.

　　“그래, 가자.”

　　그 인자 애들 둘을 데꼬 갔어. 가니께 저 여같은 남루당 같은 그밖에다 같은 넘어오다가 그기다 쥑이놓고 돌주다가 무데기를 잡아놓케, 무데기를 파가꼬 아들 보고 파가지고 왔다. 즈그 집 근치, 집 근쳐에다 써놓고 요놈을 일찍 죽여야 쓰겄다 생각해. 그래 하루는 날 받아가지고 술을 해 빚고 아주 찹쌀로 가지고 술을 마 해 빚고 말이여 그래 이 하루는 청했어. 저녁때 온다께. 그래가 지고마 술을 잔뜩 먹였어. 그런께 뭐 찹쌀값 내랴, 술먹는 놈이 얼마나 맛있어, 마음데로 집어 묵은 기라. 그런께 그래 술이 취해가꼬 자빠진 뒤에다 금마 칼 로 가고 팍 찔러부렀어. 목을 팍 찔러놓고, 아가 둘이나 됬거든. 팍 찔러, (청취 불능). 아 에 애 둘을 쥑이놓고, 그거 거기서 난 자식이다 쥑이놓고, 그래 마 지가 탁. 그거는 거짓말도 아니고 이가 예 지네 갈라 치면 비가 있어. (청중: 자기도 죽어삣네.) 그래 죽어삣어. 그래, 그거는 거짓말 아니고 지네강 옆에 가면 비가 있어.

〔 악양면 설화 11 〕 T. 3. 뒤

신대리 하신대마을, 1996. 4. 3., 5조 조사.
김용제, 남·76.

주(朱)씨의 유래

* 어수선한 분위기가 이어지다 다시 이야기를 시작하셨다. *

옛날에 그 사람이 (청취불능) 채여하는 사람이라. (청취불능) 가서 보니께 약을 캐러 가서 보니께 그만 날이 져물었어. (청취불능) 그런께 거기에 내려가기엔 (청취불능) 올라가지를 못해. 내려가기는 내려갔는데 죽게 됐단 말이지. 배가 고프고 인제 죽게 됐는데, 며칠을 가만히 아침에 보니께 해가 불그레 올라와 올라오니께로 상구 이만한 구리가 입을 딱딱 벌린단 말야. 그래서 (청취불능) 입을 똑똑 벌리 (청취불능) 그만 들어가 부렸어. 그러니께 또 그 이튿날 못 올라가니께 그래 또 이튿날 아침에 또 올라와서 입을 딱딱 세 번 벌려. 쏙 들어가.

'나도 저놈을 받아먹어야겠다.'

그래 아침에 또 딱 앉았응께로 해가 불그레 (청취불능) 저놈 나오기 전에 마 딱딱 세 번 받아먹었어. 그이 서기라. 그렇게 세 번을 받아먹은 기라. 그러더니 이놈이 쫄래쫄래하더니만 들어가버린 기라. 없으니까. 그래 그 이튿날 나오기 전에 또 받아먹은 기라. 그런데 요놈이 또 들어가는 기라. 허양을 두 번하고, 또 그 이튿날 아침에 또 받아먹었어. 미리 나오기 전에 세 번 받아먹었어. 받아먹고나니께 요 나오더만 뚤레뚤레 와. 와서,

"할 수 없이 잡아묵어야겠다. 내 묵을 걸 니가 먹었으니."

"그러면 아 내 잡아묵는 거는 좋지만은 한 번은 니가 배가 부를끼다. 한 번은 그러니께 그러지 말고 내 잡아먹는니 이름을 내라."

이랬거든.

"그린 뭘 어처캐해서 이름을 내일거냐. 응."

그리 물으니가 이 사람이 한단 말이

"내가 죽어갔고 대북 천자를 해라. 천자가 되라."

이기야. 그러니가 이 구리가 해는 말이

"온개 올라 앉으란기라."

딱 올라앉으니께 (청취불능) 올라와가지고 평전에 올려놓고 올라와갔고

구리가 한단 말이

　"인저 내가 죽을 거이니께 네가 그 비늘을, 암기 비늘을 빼들고 (청취불능)
그럼 내가 죽는다."

　그러거든 그래 인자 비늘을 탁 세 번 떼니께 죽은 기라. 죽은 게 새파란
새가 한 마리 펄럭인다. 그 새를 따라서 어디께지라도 따라간 기라. 짐생이면
짐승, 막 그만 따라갔거든 괜히 몬다라 붙 게로하고 짐승은 짐승 몬 붙게하고
쫓고 거 죽는디 그래 인자 날이 져물어서 산은 져물었단 말이야. 그래 물방아
소리가 똑 나더라. 그래 인자 이튿날 아침에 자고는 거 거 인자 아가씨랑 잔
기라. 영감 할멈이 하모 잤는데 그 이튿날 아침에 그 사람이 한단 말이,

　"당신들이 아무 날 아무 시에는 아들을 날 꺼이다. 그리면 그 아들을 나를 도."

　이랬거든 응 그래 인자. 그러니께로 대처 준다고 하거든, 안 주면 안 주면
소용 없인께. 팽계를 대서 그렇게 했기라. 아닌 게 아니라 인자 이것을 그 이튿
날 인자 난 시간을 알고 아들을 보듬는 기라. 그래 이것을 어쨌든 길러낸 기라.
길러내 가지고 길러냈는디 이 아가 오른손에 주먹을 언제든지 주먹을 지고
안 패(펴). 절대로 안 패. 그래서 주먹을 안 패고 놔두고 그래 인자 양아씨 그러
니까 한 백 명 몰아댕기는게 있어 백 명 몰아 모이 댕기는게 되는데 이 아들놈
이 어른 노릇을 해. 시키는 대로 하고 그 나이 많거나 한 사람들이 똑 시키는대
로 해. 그래 인자 너는 한 열댓 살 먹었단 말이여. 먹었는디 잠을 자는 기라.
잠을 자. 잠을 자는디 살짜이 까본께로 있다봉게로 대북 주천자자라고 딱딱
대북천자. 이름은 주전능이라. 주전능이라 이렇게 인자 자고 나서 할 수 없이
이 사람을 죽여야 되겠거든,

　"누설이 되니께로 할 수 없이 즉어야하겠소. 소문 나니 죽어삐리. 그러니가
할 수 없이 죽어야지 죽어야 되겄소."

　죽이고 나서는 인자 그때 인저 때를 맞춰갖고 이 사람이 중국에 들어가갔
고 대북 주천자로 주씨가 바로만 주천자라, 주전능이 주천자라 이렇게 했거든
천자를 해묵었어. 그래 이사람이 시방 주가들이 그래서 양반이라.

〔 악양면 설화 12 〕 T. 4. 뒤

악양초등학교, 1996. 4. 4., 5조 조사.
구제승, 남·67.

악양의 지명유래

지리한 분위기에서 문득 생각난 듯 해주셨다.

　　그런데 거 오면 신선대라는 거 대가 아주 참 웅장한 산이 있어. 와 요리 오면 고소성이라는 사, 성이 있는디, 이 성은 신라 때 쌓았다는 것을, 무릇 전설로 대가 있어서, 그 이 액양에 그 신라 때 부죽국가 때 여그가 낙로국이라 하는 그런 나라던 모냥이라. 정서라 여그 가면은 궁터라 되갔고 거 옥실, 혹은 창촌 그러거든. 옛날 그 이, 이 소리가들 지금 남아, 지명이 남아 있고. 그래가꼬 그 당시에 나·당, 그 신, 이 신라 때, 여 여그가 신라고 저 말하자면 그 당나라 하고 연합을 해가지고, 그때는 우리가 그 중국허고 조약해서 당나라 때에 임금과 역사가 이루어졌어. 그란데 그, 이 근방을 당장이 와서, 말하자믄 에 통제를 했어. 백제를 쳐수릴라 할 때. 응 그때 말하자믄 쌴 성이다라고 우린 짐작을 하고 있고. 에 그래서 이 당장이 지냄느서 악양을 과연 중국에 똑같다 말이지. 과본 액양이 있고, 액양루가 있고, 고소성이 있고, 한산사가 있고, 동정호가 있고, 기타 등 명소가 중국에 (청취불능) 대보라. 그랬기 때문에 하, 여글 지내믄서 비록 소국이지만 성역중화로다. 와 중화보다 더 컸다. 이러한 말을 했다는 기야.

〔 악양면 설화 13 〕 T. 4. 뒤

악양초등학교, 1996. 4. 4., 5조 조사.
구제승, 남·67.

은혜 갚은 꿩

에 우리가 인자 전설로 아주 말하믄 한산사, 아 옛날에 그 고소성과 한산사
리, 한산사가 그, 그 무우메리 통해가꼬 있거든. 고소성에 한산사 야반종성도
해청이라. 그 인자 그 당나라 때 당지기가, 그 시인이 맨든 글이고. 쓴 글은.
모두 역사가 또 그 우리가 신라, 당나라 때 보고 그른 글귀가 나와있어. 그런
에는 그걸 참 그 문구를 신라때 문구다. 우리 고향에 글너 좋은 역사다 해가지
고, 글을 참고로 해가지고 어른들이 명승고적으로, 한산사도 역시 명승고적에
하나였지. 야밤종성이라. 한산사 그, 그거는 인자 전설로 말한다면 말이제.

에 참 그기 하나에 그 오재산이란, 중국에 오재산이란 산이 있어, 오재산.
아 오재산. 오재산이 말하근 산일나 산이 있어서 그때가 뭐 삼짓이던가. 그때
워, 월낙, 달은 떨어지고, 오재산에 달은 떨어지는디 월낙오재에 상망천 하니
강풍이하가 대승이라. 거 강풍어하, 그 고기불이 수심을 흔든다는 그런 글인디
거참 뜻이 너무 깊어논께, 하치란 되는 것도, 옛날 고도 고시에 모두 있는 소리
거던. 따라서 그기 따라서 전설로 말하면은 에, 참, 꿩이 화를 품고 에 참 새끼
를 치든 할라믄, 왠 배암. 구래가 와서 그걸 잡아멕으려고 가만히 보니까 구렁
이가 꿩을 마 삼을라고 칠라고 하는디, 그라꼬 지내다가 거기인자 구렁이를
쫓아버리고 꿩을 구해줬어. 그런데 그 꿩이 무사허니 거기서 새끼를 치슨가
해가지고 참 어찌어찌 해가지고 잘 새끼를 치셨어. 근데 구이야 인자, 에, 구렁
이가 앙믈하는 짐승하닌가베.

"어느 그다무 모를 지나무 아무데 느가 아넜으믄 내가 밥을 묵었지 너 때만
에 밥을 몬 묵어으니 오늘 널 내가 참 묵어야 되겄다. 그러나 단, 한산사 종
소리가 밤에 세 번 나믄은 (청취불능)."

아이 아 이놈은 그만 근심되가지고 공부 못해가지고 참 밤잠을 못 잤는디
이 종 소리라는 거는 정성인디 밤중에 웬 또 종을 칠 수가 칠 수가 없단 말이다.
그래 참 희안하기도 아 기다리던 종소리가 '짱그랑' 소리가 난 기라. 하 이제
사는 기지. 또 소리가 뭐 '짱그랑' 소리가 나는 기라. 오질게 있다가 한 번 쿵
찛게 소리가 크게 나뿌렀어. (청취불능) 하도 이기 기이하고 해서 한산사로

가보니까 새깨 두 마리를 모고 에미가 와서 종을 치고, 대가리에 피를 흘리고 거기서 죽었다는 얘기라. 그래서 그건 인자 전설이야. 이 그래서 그것을 야밤 종성은 대밤은성이라, 셋의 은성이라. 은혜를 갚은 소리다라고도 인자 전히고.

〔 악양면 설화 14 〕 T. 6. 앞

악양초등학교, 1996. 4. 4., 5조 조사.
손상현, 남·66.

고소산성과 마고 할멈

* 앞의 이야기를 하신 후에 또 생각 나신다며 이야기해 주었다. *

고소산성에 대한 유래 한번 잠깐 해 보겠소. (청취 불능) 신라 이십구대왕 (청취 불능) 천오백 년 전에 말이지. 그때 지금은 섬진강 (청취 불능) 여 그땐 순 지퍼가지고 (청취 불능) 소상팔경 있는디서 (청취 불능) 안는 기라. 저 섬진 강에 쭉 올라와가지고 (청취 불능) 거기서 질렀다 가가지고 (청취 불능) 하나 있어. (청취 불능) 저걸 생각해 볼 때 신라하고 당나라하고 일본하고 백제하고 저 여거 국경인 기라. 섬진강이 국경인 기라. 여쪽은 신라, 저쪽은 백제. 저 지금 섬진강 저쪽은 사람이 살지 않는기이고 그러니까 나눠서 여 (청취 불능) 이랬단 말이여. 거기서 올라오면 아까 또 이야기 했듯이 점네 (청취 불능) 멀리 까지 다 잘 보이는 그런 지점인데. 그래갔고 그짝에 (청취 불능) 고소성이라고 도 하고 노적대라고도 해. 노적대, 노적대라고 하든 전쟁할 때, 전쟁 식량이 필요해. 그때가 난리를 생각해서 곡식을 채워놓는 그런 생겼단 말이지. 노적 대. 고소산성을 고소성이라고 하는데 노적대라고 하는 사람이 있어. 그래서 그만 국경지대라서 이제 그만 전설에 의하면 (청취 불능) 맞는 말인데 유일하 게 우리 나라 산신령은 전부 다 남잔데 유일하게 지리산 산신령만 여자라. 지 리산 산신령, 그 거 마고 할멈이라 하는데, 마고 할멈 그 산신령이 와서 돌

하즘에 와서 가운데다 빙 섰다 이런 전설이 있고 저 그런 말이 있고, 또 마고 할멈이 인저 성을 쌓을려고 하니께 돌을 옮길라하니까 저 사방에 모이들었다 이거야. 모이라 하니께 올라온 돌이 전부 딱 딱 올라가 보인 (청취 불능) 돌이 전체가 성을 딱 보인다.

〔 악양면 설화 15 〕 T. 6. 앞

악양초등학교, 1996. 4. 4., 5조 조사.
손상현, 남 · 66.

고소산성 쌓은 내력

시어머니 고(姑)자, 계집녀 변에 할미 고자. 소자는 진양 소가들 소(蘇)자. 그래서 그 소장군이 쌓다 그래서 성 이름을 소자를 여었다 소장방이가 나난 몰라도 (청취불능) (청중: 고소성 싼 전설이 뭔가?) (청취불능) 역사가 정리되면 그러면 또 야사에 (청취불능) 불통사에서 나온 소리라고도 하고. 이게 또 인자 소정방 장군은 당나라하고 연합을 해갖고 백제와 싸우고 있었기 때문에 쌓을 시간이 없었을 기라. (청취불능) 소장군이 쌓기는 했을 기라. 계집 녀 변에다가 (청취 불능) 그 소씨가 자식이 없었다. 자식이 없어가지고 어떤 문인에 물어보니까 당신은 여기서 살믄 안 디요 지금 같으면 저 전주, 문산 같은데 가서 살미는 삼대선행이 나되 성인이 나면은 낙로국을 도울 것이다. (청취 불능) 살았는디 장군이 하나 나온 기라. 그 장군 이름은 저… 소송이 장군이라. 소송이. 솔 송자에 이 입변에 저 있잖아? 기 어머니가 거인인 기라 어마니가 갱주 김씬디, 갱주 김씬디 그 어머니 월력이 참 쎘다. 그 어마니 그 월력으로써 소장군이 성을 쌓다 그저 낙로국을 도울 것이니라. 그 예언, 그 인자 또 성을 쌓은 유래는 (청취불능) 저 마고선녀 (청취불능) 마고할매가 세치매로 하고 쌓고 또 돌리 남았다.

〔 악양면 설화 16 〕 T. 6. 앞

악양초등학교, 1996. 4. 4., 5조 조사.
구제승, 남·67.

도깨비 이야기

* 어렸을 적 보신 이야기라며 들려 주셨다. *

들어봐요. 우리가 열댓 살 먹은 그 당시만 하드래도 저 둠벙 자체가 섬진강 수위보다 아주 낮기 때문에 그래서 땅 속으로 물이 스며들어 와가지고, 물이 그렇기 때문에 침수가 지문은 그 고기 때가 많이 들어온다고. 그면 도채비들이 밤에 거기 나와가지고 고기 잡는다고. (청취 불능) 그리면 그 뒷날 아침에 (청취 불능) 수백 마리 무진장으로 잡아서 나와 모아놨어. 이 양반들이 줏어다가 삶아먹었고 그런 예가 허다히 많았거든. 많았는데 경지정리를 맞아 정리해 버리고 그걸 전부 농토로 없어졌다. (청취 불능) 좌우의 댐 말일시 그 댐이 (청취 불능) 말을 말인데 무슨 말인지 알아들을 수 없어 (청취 불능) 이백 미터 전방에 도깨비불이 수백 개, 수천 개가 확 켜이져가지고 뭐이라 하는데 저기 한 번 가보자 이 얘기 딱 나오니께 싹 없어져버리고 없어.

〔 악양면 설화 17 〕 T. 8. 앞

정동리 정동마을, 1996. 4. 4., 5조 조사.
김정래, 남·62.

열녀각의 유래

* 마을 이장님이신데 문상 갔다오셔서 우선 마을의 알려진 것을 이야기 해주신다며 해 주

섰다. *

우리 정동 마을에는 삼호일렬(三孝一烈)이라고 있어. 삼호일렬이라 뭐냐 하면 삼 대에다가 효자를 하고 일 대에는 인자 열녀를 하는 것이 삼호일려이라. 열여비가 있다고 아, 열녀각이 있어 열녀각. 옛날에 거 전설을 들어보면은 인자 그 삼대에서 효자가 잤는데 호자를 해갖고 다 생을 벗는대. 그 밑에 자손이 임금이, 음…, 아이 다 잘모 했는갑다.

길이 없어 그래서 한 번은 징을 치고 행위했는데, 마침 그때 임금님이 지나가다가 그걸 봤다케. 그래가지고,

"저, 뭣 때문에 징을 치고 하느냐?"

인제 물으니까

"거창 유씨 부부가 삼 대에 호자라고 일 대에 열여를 해 가지고 그를 갖다가 누각을 짓기 위해서 이런다."

이러니까는

"그래 가보자."

그래서 인자 임금님이 와 가지고 해결을 보고 하사를 허기를 집을 지조라 그래가지고 임금님이 집을 하사를 해 가지고, 저 집이 하동군 내에서는 세차도 가는 집이라. 아 군 문화재에 등록이 되 있는 집이라. 지 집을 한 오 년전에 서울 무슨 대학교 교수가 와 가지고 답사도 하고 그분이 싹 적어 갔어. 답은 없두만. (조사자: 어떻게 해서 열녀가 된 그런거는 없구요?) 열녀가 되게 된 거는 아 자기 남편이 세상을 떴는데, 옛날에 인자 삼 년상을 인자 치거든. 삼 년상을 치룬 그 마지막 날 딱 자결했어. 그래해서 열녀라.

삼 대에 효자는 자기 아버님이 또 아버진대 아들이 홍자 귀자라. 아버지한테 그래 효자를 했어. 그래 전설에 보면은 뭐어 있나 하면은 그 자기 아버지 인제 병환이 나셨는데 깊은 산능이데 잉어가 먹고 그랬거던. 진주 가면 남강이 있는데 그 강변에 얼음이 꽉 차 있는데 얼음으르 다 인자 깽깨는 인자 잉어가 한 마리 푹 솟아가지고 그래서 글 갖다가 아버지를 드린 전설이 기록이 되아 있고.

〔 악양면 설화 18 〕 T. 8. 앞

정동리 정동마을, 1996. 4. 4., 5조 조사.
정만순, 여 · 67.

최씨의 묘자리 이야기

* 열녀와 효자 이야기를 들으시더니 묘자리 이야기가 낫다고 하시며 해 주셨다. *

저 최씨들이 오면서 생인은 저저 청암으로 송장은 청암으로 올라오고 생인은 삔새이가 욜로 올라오고 그래갖고 살짝 알만 써부렸다대 옛날에. 그래갖고 써갖고 여 답산이 (청중: 민란이 일어 나이께내.) 어, 엽전 그눔을 막 자꾸 동네다 집어 던지고 그랬다케. 그래갖고 부자가 됬는디, 그래갖고 동틀에 그 양반이 저 밑에다 뫼를 써가지고, 그래 인자 샘이, 물이 여어이 써은자 물메로 그래 나와 가지고 인자 뫼도 그걸 무지 버렸는갑데. 없에 버렸는갑데. 뫼를 파다가 물에 띠여 버리고 새로 인자 가만히 했는데 그 집에서 인자 부자가 싹 망했데. (청중: 마자 그렇다고 최씨들은.) 이제 역사 이야기하는 사람은 책을 보고 잘 알지.

〔 악양면 설화 19 〕 T. 8. 앞

정동리 정동마을, 1996. 4. 4., 5조 조사.
이남순, 여 · 65.

도깨비와 씨름한 이야기

* 이야기를 생각하고 계셨던 듯 바로 해 주셨다. *

물 때문에 싸우고 이러이깨로, 그날 저녁은 인자 봉황대로 가는대 무섭고 심심해서 콩을 좀 볶아 돌라 그르라케 그래. 콩을 볶아서 호주머니에 놓고 보니 키가 팔대장성 그른 놈이 (조사자: 도깨비가요?) 응, 도깨비가 저 키 씨름을 하자해. 그눔 콩 좀 주먼 으째부리고 또 씨름하자 그고 결국 콩을 싹 다 내줬는디 나중엔 안 되겠는지 그눔 도깨비를 마 잡아가지고 꽁꽁 쪼매갖고 왔는데 내일 아즉에 자고 인나 가봉께 대나무가 하나 딱 버드남기에 홀게 갖고 있드라케. 그래가 대나무를 한 줌기 뿌르주먼 콩이 한 줌이 나오고 또 뿌를주먼 콩이 한 줌 나오고 그래드라케. 그래 그 대나무가 여자 손에서 놀던기는 도깨비가 되.

[악양면 설화 20] T. 8. 앞

정동리 정동마을, 1996. 4. 4., 5조 조사.
정만순, 여 · 67.

도깨비불

* 도깨비 이야기가 나오자 아는 이야기가 있다며 해 주셨다. *

옛날에 우리 악이는 젊어서 밤중 되서 신작로루 이래 내려온께로 또랑서 막 불이 반짝반짝 그는기 개 잡는 불인 줄 알았다케. 저 감나무 그래갖고 뭐라고 궁시렁 궁시렁 해 싸서 냇가 쭉 있는데로 올러가드라케. 그때 혼이 빠진 줄 알았는데 혼도 안 빠지고 우에 올러와 가지고 세상을 떠 부랬어. 근데 그 도깨비가 회안타드래이.

[악양면 설화 21] T. 8. 앞

정동리 정동마을, 1996. 4. 4., 5조 조사.
정만순, 여 · 67.

소금장수 귀신 만난 이야기

* 이야기가 없고 분위기가 지루해지자 다시 이야기 하나를 해 주셨다. *

소금장수가 질 때가 없어서 뫼 밑에 누 자는데 밤이나 되이께 한가운데서,
"자네 질 때 없어서 내 따라 가세."
그러드라케. 그래,
"나는 오늘 저녁 손님이 있어서 못 가네."
그래 갔다 와서 잘 갔다와서 자 묵엇냐고 그러니께 아이고 막 걸게 헌다고
했는디 구리를 삶아서 줘서 손도 안 댔다 그드란다. 그래 인자 손도 안 댔는디
이웃집이 딸이 이웃에 사는디 미역은 나시랭이를 싰거서 길어 났는디 그 눔을
잘 먹고 왔네 그래 그래 이튿날 참말로 소금을 지고 가보이께네 그 집에 가서
미역을 한거 얻어 먹고 또 가보이께네 거기는 머리카락이 들어 있는 기라. 옛
날에는 그런거도 있었어.

〔 악양면 설화 22 〕 T. 7. 뒤

정동리 정동마을, 1996. 4. 4., 5조 조사.
이남순, 여 · 65.

악양의 유래

* 이야기를 그만 하시겠다며 악양에 왔는데 악양에 대해 한 마디 듣고 가야한다고 하시며
해 주셨다 .*

옛날에 (청취불능) 댕기고을 지리산 귀라 해가지고 (조사자: 귀?) 귀라 해
갔고. 댕기고을 많이 (청취 불능) 다아가 있는 곳으로 해안골로 왔는데. 고향에
서 올 적에는 마 저 참 아버지 그분이 청학동을 찾는다고. 그래 싹 살림살이를
꺼내갔고는 요리 온 것이라. 요리 그래 청학동이라 옛날에는 (청취 불능) 몽뚱

이만 온 사람은 요 고을이 욕심이 많아가지고 부자가 되요, 부자가 되는디 막 논밭 팔아가지고 온 사람은 가난뱅이가 되서 나가요. 가난 없어요. (청중: 돈을 못 벌어.) 돈을 못 벌어. 근데 여기서 들어올 때 없이 들어온 사람은 다 돈 모아가지고 살고. 그래 여기가 액양골이라는 데가 욕심이 참 많은 고을이라고 해. (청중 웃음)

〔 악양면 설화 23 〕 T. 7. 뒤

노인정, 1996. 4. 5., 5조 조사.
박만우, 남 · 80.

아기장수 – 용산의 컨설 (1)

* 노인정의 대표같이 조사자들을 맞아 주시고 악양의 유래에 대하여 말씀하시다 조사자들
   이 들었다고 하자 다른 이야기 하나를 해주셨다. *

내 이 아랫마을에 사는데 그 어 현재 관할구역은 악양면 신성리라이라 하는데 신성리에 성두 마을이라는 것이 그 마을 (청취 불능) 하나 있소. 거기 가면 앞으로 죽 허니 내려오는디 그 산이 용산, 용의 행이다 해갔고 지리, 풍수학적으로 저 위서 질지 내려와갔고 그 용산이 이리 내려왔는데. 거기에 지금 맨 밑에 집을 하나 짓고 살았는데 그 현재는 지금 똑똑히 모르겠지 지금. 그러나 지험은 거기다 대강이 짐작된단 말이제. 우리 클 때 들은 소리고 뭐 문헌에 나오는게 아니 이것은 참 전설이라는게 문헌에 나온는게 아니거든. (조사자: 예.) 그런 구전으로 쭉 내려오는디. 그 마을이 생긴 지도 상당히 지석이 있었으니까 오래 됐을 것이야. 오래 됐는데 (청중: 아니 점심을 자실라면 밥안치준다 했응께 밥안치 도라 해야 한다네. 그래 도라 해. 얘기할께.) 그래 그 용산이라 하는 그 산 끄트머리에 나오고 맨 끝에 거가 있지 용두겠지 그라든지 용머리겠 었는지. 에 마구 떨어진디 고게 가면 어 저쪽, 이쪽으로 산이 요리요리 요쪽

마을이 있고 그러는디. 거기에 우리다 인다 어릴 때부터 듣는 소리가 민가가 있었거든.

민가가 있었는디. 그 사는 부인이 애기를 하나 나았어 아기를. 아기를 하나 나았느디 애기를 놓고서 옛날 사람들은 요새 맹이로 뭐 산파있고 이리 안허고 그래 놓고 우물에 물 길러 갔거든 애기나러. 물 기러 갔는디 와서 보니까, 물길러 와서, 물 길러 갔다와서 보니까 금방 논 애기가 없거든. 없는디 보니까 그 어린 아이, 아기가 (조사자: 예.) 벌수록 쭉지어 나와가지고서 여러분들과 같이 요새 사람 쭉지어 나온 것 같은 옛날 만화 같은디 가 있지요. (조사자: 예.) 이와같이 해서 천장에 올라가 부렸어. (청중 웃음) 그 애기가 천장에.

'아차, 이거 큰일 났구나.'

그러믄 그분이 상당히 머리가 있다든지 이런 사람 같으믄 특이하게 뭣이라 요새 세상안 같고 이렇께. 옛날에는 이건 남한테 창피스러울 뿐만 아니라 만일에 이런 사람이 있다하며는 세상에 (청취 불능) 박해가 오지 않겠느냐. 이런 두렴감으로서 그 앨 막 죽였다 이거야. 죽이부리고 나니 얼마 안 되 날이 새려고하니 (조사자: 예.) 말 한 필 몰고 온 사람이 있어 말을. (조사자: 말을요?) 어, 말을 한 마리 몰고 왔는디. (청중: 백마라고 하던디.) 그 분이 용마제 이거는. (청중: 용마.) 그 분이 와갔고 어메 가갔고

"여기에 장군님을 모시러 왔습니다."

이렇게 됐는데 이미 죽어삐렀거든. 그런게 그래 죽인 사연은 그래 거시기인고 이러닝까는 그 소리 떨어지자 백마 울거든 용마가. (조사자: 예.) 용마가 울고 허양으로 가는 것 아이겠소. 그 걸음으로 간디가 사마 지금은 삼화라 이르지만도 사마실 쪽을 보고 그리로 갔다. 이러한 전설이 있는 그 용산이 유명한 산이 하나 있어. (청중 웃음)

〔 악양면 설화 24 〕 T. 7. 뒤

노인정, 1996. 4. 5., 5조 조사.
손도중, 남 · 75.

용산의 컨설 (2)

*위의 용산 이야기를 듣고 생각나신 듯 해 주셨다. *

나는 저 이웃집 사는 이웃 성동부락 이웃에 사는 사람인디, 그에 이어서 그 소릴 듣고 용산대가 어떤고 싶어서 그를 가는 걸음에 거게 우리 선산이 있어요. 가서 보니 아 그래 어떤 소릴 들었는고는 중국 여생이가 우리 대한민국에 그때 정장 때 와갔고 아이 본께. 중국보담도, 그땐 대궉이지 장난하고 반도 우리 조선 나온께. 하이 명산이 마 쌔갖고 (청취 불능) 사람이 또또한 사람이 많이 나겄다 했어. 붓을 갖고 요 또또똑 이래해서 저저 좋은 디를 짤렀다 이러는디.

용산대 저 가면 지금 붓으마 착 해갖고 거 물이 품 나와요. 그런 수리를 내듣고 거 한 열 번은 가봤심니다. 가인께 확실히 마 물을 끊어서 딱해서 물이 저리 나가는디 (청중: 그래 물이 넘어와야지.) 아이 세상에 이렀구나. 그런 굄이 들데. (청중: 하, 그래.) 그런 소릴 내 들었서요.

〔 악양면 설화 25 〕 T. 7. 뒤

노인정, 1996. 4. 5., 5조 조사.
박만우, 남 · 80.

용산의 컨설 (3)

*손도중 할아버지 이야기 중간에 끼어드셔서 이야기하셨다. *

그랬는데 그 얘기는 방금에 그 용산인데, 용산인데 내가 그 마을에 사니까 소상히 알게 되지. 그런디 그 어, 얘기가 어떻게 됐는고. 그 고증이 학실히지, 역으로 봐선 그렇지만 신이 인자 말이 그런 말이 있는디 그게 뭐 오늘날 우리가 전설이니까. (청취 불능) 조선이 명장이 많이 난다. 유명한 장군이, 권율 장군 같은, 머 이순신 장군이든지, 정장군이든 모두, 정이룡이든지 유명한 장군이 많이 나는 것은 큰 대지가 있어서 명산이 (조사자: 예.) 있어서 많이 난다. 이것을 알고서는 중국에서 인자 이여생이란 사람니 조선지리를 알거든. 이여생이 대종 아니요. (조사자: 예.) 이리 했는디 이 명산 그려는디. 여그여 지도같이 그려논디 여기를 붓으로 갖고 거기를 딱 요래 짜르면 거가 저절로 끊어진다는 거야. 그 소리여 지금.

    요래 하는디 여기에는 가만 보니까 현실적으로 우리가 생각할 때에 내가 거그 어릴 때아니라도 소, 소 몰고서 방목하고 할 때 가 본 사실이 있는디. 실제는 거기 몇 해를 지냈느고 모르지만 지금은 메워났소. 거기를 에, 이쪽 고장물이 비식해니 내려 가갔고 이럼 물이 내려가니까 우리가 현실 과학적으로 생각할 때에는 물이 내려 가닌가. 논산이 거가 조금 내려오다가 요리 조금 옴빡한데 요리 넘어갔는디. 그물을 저쪽에 관계수를 하기 위해서, 농삿물을 대어가기 위해서 저쪽들이 권허니까, 거기 냉기면서 이눔이 죽허니 시나브로 시니브로가니까 거기 약 다섯 질, 다섯 질이믄 약, 한 어 웃쪽으로 하며는 열 질 가까이 되고 밑으로 하면 한 다섯 질 정도 요래 됐는기라. 여가 딱 끊켰단 마이죠. (조사자: 예.) 그러니 이 끊키기 귀식허니 이리 끊긴 산이 많아도 내저 안으로 들어가면 딱 우로 치달베리 요것빼끼 안 끊기고 물만 풀 내려 가벼렸소. 그러니 이물이 사미사시로 내려가는게 아니라 물이 조금 여름에 농업용수로 댈 때 싹 그리 끊켰거든. 그래 이것이 영산 땜에 시로 아까 그도 관련이 되는가 그리 끊어 삐린된가 몰라도 애 (청중: 그런 전설이 있다고.) 그기 아까 그 용산 장군난니 말이죠. (조사자: 예.) 죽은 장수 죽었다는디. 거기에 전설하고 관련이 있지 않느냐 하는 그 소린디. 뭐 전설이라는게 뭐 확증을 잡을 수가 없는 거, 그런 이러는디. 그래서 그 용이 엄서서 그러냐. (청중: 용이 그래서 죽었다.) 그래서 일시적으로 거그를 용사당이라 했거든. (청중: 그전엔 용소당이라고 했지.) 용소당이라 이래 했는데 인다 말을 용소당이라고도 하고 용사당이라 했는데. (청중: 분명히 했지.) 그래서 내가 약 40년전기에 내가 여 그 그 마을에 있는 참 (청취 불능) 이런 사람인디 그분들하고 서이서 어 고 내려오면 바이가 바우가 아주 웅장한 바우가 있어. 여기다가 글을 새겼어. 용산대다. 석

대 대라고 해거 어 지금 거기다가 할변 크게 글한자가 신문 한 장, 한 장정도 될 만치 용자 한자 씨고, 뫼산 자도 그리 크기 씨고 용산대 이래 놓고 그밑에 부락에 있는 (청취 불능) 어르신들 이름을 조르르 써놓고 나도 거기 발기인이라 해서 내 이름이 들어가도 이렇게 해갔고 매년 동넹서 매년 용산계라 해갔고 그걸하고 있어. 에 이러는디, 아까 그거는 관련된 소리이다. 용산에 대한 것은.

〔 악양면 설화 26 〕 T. 7. 뒤

노인정, 1996. 4. 5., 5조 조사.
손순대, 남 · 80.

어사에게 잘 보인 깍쟁이

* 이야기가 안 나오자 이리 와 보라고 하시며 이야기는 이렇게 해야 한다며 해 주셨다. *

예전에 그 성이 박가인 사람이 살았데. 어느 마을에 살았는디. 그 사람이 아마 순 깍쟁이구마. 순깍쟁이 (청취 불능) 순 깍재이 짓을 해. 그러고 있는데 (청취 불능) 박 깍쟁이라고 (청취 불능) 사방 벌어졌다 이 말이야 벌어졌는데. 그전에 그전에는 어사라고 있어. 어사. (조사자: 예.) 지금 같으면 뭐이 될꼬 어사라는 사람이 말이야. 그전에 어사가 있었다. 어사가 잘 모르는 사람하고 가갔고 살림도 팍 치배리고, 그런 사람이 그런 선사를 들었단 말이야. 깍쟁이 란 사람집을 말이야. 선소를 듣고 이 사람이 얼마나 깍쟁이이길래 깍쟁이라 소문이 났느냐 싶어서 그래 그 집을 한번 찾아 갈끼라고 찾아 왔더래. 찾아아 가지고 그집 와가지고. 박깍쟁이란 사람에게 와가지고,
“조금 자고 갑시다.”
그런께
“그래 자고 가라.”
하는 거여. 어사 생각에 이 사람이 얼마나 깍재이 짓을 하는고 보자 하고는

인다 사랑 그 집 주인방에 들어가서 잤다. 자서 얼마나 깍쟁이 짓을 하는가
보자 보고 있는데 한밤중이 됐느데 어사가 들으니까 그 이웃에서 누가 와서
대문을 뚜들기드래. 어사가 들으니까 그래 그 집이 물론 그 집이 하인 있었든
가 하인이 있어 자 나갔다오니까

"누구냐?"

이러니께 아 그 이웃에 일가라 일가집에서 아를 냈는디. 얼른 알아듣겠지.
아를 낳는디. 아를 낳다고 그래 왔습니다. 이래 있는 사람이 뭐든지 잘 안다.
(청취 불능) 있는 사람이 모든 일이든지 어찌 된다는지걸 알고 있다 말이여.
이 사람이 어사인 줄 알았어. 어사라고 티를 안 냈는디 어사인 줄 알았던다베.
그래 하인을 보고

"나가서 가거라. 아무댁 창고에 가며는 그 쌀 한 가마니하고, 미역 한 단하
고 져다줘라, 져다줘라."

그리 시켰거든. 그래 쌀 한 가마니하고 미역 한 단 져다 줬다 이거라. 그
일가드란께. 그러고 있그러그든 어사가 가만히 보니 그러그든. 참 깍쟁이는
어사 생각으로,

'깍쟁이는 아닌디 깍쟁이라고 소문이 났느냐.'

그래 인자 속으로만 생각하고 있인께, 한밤중이 되리서 그 있는 사람이
부자들이 순양을 돈다네. 감시를 말이야. (조사자: 예.) 감시를 하는데, 그 집이
학을 두 마리 키우더래 학을. 학이라고 있어. 집이 키우는 학이랑고 날아 뎅기
는 학이 있어. 키우는 있어. 전에 많이 키웠어. 어 이 학이 순양 돌러 나오니께
학이 두 마리가 공중으로 폭 속히 올라갔거든. 속히 올라가갔고 내려논 딱 꺽
어져 (청취 불능) 주인이 볼 때 자기 학이 말이야 그러니 딱 죽어 비리거든.
그러니까 그 마 뒷 날부텀은 에 그때 어산 줄 알았어. 그런께 알아, 알아노니까
쌀 한 가마니 뭐 미역 한 단 줬단 말이지. 주고 있는데 그러고 나서 그 뒤에
어사가 갈란다니까 갈란께 못가고로 했어. 못가고로 해니까,

'저 놈이 어쨌고 보자.'

하고 있는디 못가고로 하는디 좋아할꺼 아이라. (조사자: 예.) 그 있다. 있은께
그마 날을 받아가지고는 마 술을 술을 몇 동아리를 했어. 해가지고는 자기 논
부치는거, 지기 논 부치는 제간들을 싹 소래했어. 소래했어. 편지를 했거나 연

락을 했거나. 싹 소래를 했던가 한 적어도 며칠 걸릴꺼지 열흘 걸릴껬제. (청취 불능) 그래 모으라 모이드란께. 오라 소래 해갔고 모아 놓고 주아 놓고는 그 잔치를 하기로 했다 말이야. 잔치를 하면서 막, 그 올라타는거 올라타는거 있잖아. 그걸 딱 갔다놓고는 다 술을 먹고 있는데 오더니 딱 거 올라타가지고는 자기 논 부치는 사람 이름을 작게 부르더래. 서 마지기 부치는 사람은 서 마지기 그만 문서를 줘삐리고, 반 마지기 부치는 사람은 반 마지기 내 줘삐리고 싹 (청취 불능) 싹 허니 줘부리더란게. 줘비렸는데 아이 어사가 볼 때는

　　'저이 깍재이 같으면 저리 안 할낀데. 저이 저 어쩐 일이고?'

　　어사가 생각하고 있는데 싹 허천히 줘버렸다 이거야. 허천히 줘버리고 나서 그 뒷 날 자고 나서는 어사 앞에 가서,

　　"살려 주시오."

하는게 고마 (청취 불능) 살려주라고. 알았다 이 말이여. 그리 안 했으면 그날 저녁에 싹 어사가 어피푸렸구마 살림을 말이야. 그래가지고는 그 어사가 한 쪽 (청취 불능) 고을 살아 먹으라고. 그게 낫지. 논 몇 백보다 그게 훨씬 낫지. 그리 고을 살아 얻어 가지고 잘 살았드라.

〔 악양면 설화 27 〕 T. 8. 뒤

노인정, 1996. 4. 5., 5조 조사.
허천석, 남 · 80.

심술궂은 형 고친 형수

　* 노인정 이곳 저곳에서 할아버지들끼리 이야기하고 들락날락 하셔서 조사 내내 소란스러 워 가까이 오라고 하시며 해 주셨다. *

　　큰아들은 글을 안 갈치고 작은아들은 공부를 시깄어. 그래 가지고 얼매나 있었든가. 인자 한 오십 마지기 주고 한 삼십 마지기 주고 살림을 부모가, 아부

지가 돌아가실 때 인재 살림은 나놔 줬어. 인제 사는데 큰아들은 일만 죽죽 하고 작은 아들은 공부를 좀 시기논께 이 누무 주막 가서 술도 잘 마시고 노래도 잘 부루고 행께, 부모한테 살림을 살림살이를 싹 없어 뿟서. 없어 버리고 곤란허게 산단 말이야. 그래 사니께, 큰애기가 가만 보니께 자기는 일만 궁궁하고 쓸 줄도 모르고 하이께네 살림이 불어나고 동생은 부모 주머니 싹 없어버리께 형이가 차려 봄셔 안 되니께 자기 몫어치를 동생에게 또 줬어.

얼마큼 갈라주고 그래가지고 한 삼 년 되이께네 자기가 갈라준 그것도 싹 날래삐고 아무 것도 없는 기라. 인제 걸뱅이가 됐어. 고 아랫집에 사는디, 그래 인자 그래해도 행이가 더 돌봐줄 생각 없어. 말날 줘 봐야 시루대 깔열기 없이 버리니께 줘 봐야 소용이 없는 기라. 그르니께 형제 간이라도 넘보다 새이가 더 나빠. 말도 안 해고, 오고 가지도 안 허고. 그래 이자 부모 밑에 잘 크든 사람이 걸뱅이가 되논께 비럭질도 못하고 굶기가 일수로 사는기 형편이 없이 사는디, 그나저나 뭐 바로 죽지도 몬하고, 곤란을 당허고 사는, 인제 세월이 흘러서 몇 해가 간 기라.

인자 작은 동생 마누래가 참 시집올 때는 부자집에서 시집을 와서 이런 곤란을 겪은께, 남편을 잘못 만나가지고 그 뭐 어쩔 수도 없고 곤란을 당허고 있는디, 그리도 뭐 흐르고 나서 없이 살아도 남편 생일 돌아왔어. 생일이 돌아왔는디, 부인이 남편 생일에 뱁이나 해주겠다고 이삭을 주가, 들판에 나락 이삭을 주 가지고 그냥 욱에 널어놓고 장에 품 팔러 가는디, 이웃에 댁이 다 널고 있어 못 널고 한날 본께 우에 큰 집이 욱켈 많이 널어 널어서, 한쪽 구석에 놓고 덕석을 피워서 그 눔을 다 널어 놨다. 그 널어 놓으면 그 욱에 동서가 봐줄끼라 하고서 일깄뿌릿는디. 그 이랙 아부지는 세상을 베리고 어머니는 아직 살아있어. 살어 있는디, 못 사는 자식이 에간해서 욱케 그 눔을 해 말리는가 해 주고 널어주고 하면서, 그 날은 그 할마이가 닭을 참 잘 봐. 특별히 잘 봐. 우째 그러는기카먼 자기 곡식을 작은 아들 덕석에다가 언질라고 잘 보는 기라. 이리 갈면서 닭도 없는걸 훠- 훠- 하고 한 주먹 집어다가 작은 아들 덕석에다 내빌고 (이때 다른 할아버지 들어와서 더욱 소란. 할아버지 언짢은 듯 잠시 이야기를 멈췄다.) 아 이리 감서 던지고 저리 감서 던지고 하이께로 시나브로 약 넌지께네 약간 불었다 말이가. 그래 이제 그 큰집에 댁이 되는 사람이 가마

이 보니께 자기 시어마이가 정무 없는 짓을 해 없이 사는 아들을 좀 도와 줄라
고 헌다 싶어서 도데체 그면 닭도 없는디 닭 쫓는 소리를 함서 요 갖다 던지고
조 갖다 던지고 하이 나락이 좀 불어가 있제. 그래 시어마이가 하는 걸 가마이
보고 있었제. 없이 사는 자기 아들을 좀 도와 줄라고 헌다 싶어서 안 보는 체
하고 대끼 닭도 없는데 그런 소리를 하믄성 요 갖다 던지고 조 갖다 던지고
난중에 밑에 동서가 어째 하는가를 보고 있었제. 그래 일을 하고 와서 묵을
해가 담는단 말이제. 담은께 자기가 올 때 요랑허먼 배나 불어가 있어. 뭐 연
욕심 나쁜 나쁜 사람 글으면 그냥 갖고 가긴데 그릇에다 담아가지고 오리 담물
고 조리 담물고 해갖고 표가 있어 한 말 되까 두 말 되까 조갬한걸 한 짝 놔두
고 아무도 안 보는디 나머지 나락을 두고 머리에 이고 간다 이 말이야. 큰동서
가 봐 부랬어.
　"니가 남편을 잘못 만나서 지금 고생을 하고 있어도 니 마음만은 참 천심이
고 양심이다."
하고 감동이 됐어. 그래 다라이 그 때,
　"말로 한 되 한대 가 오게?"
　"뭘라고요?"
　"아 와 봐!"
아 그래 우에 동서가 전에는 말도 잘 안하고 참 도독실히 인사나 좀하고
있는디 아 갖다놓고 한 되나 갖고 오라는데 시키는데로 갈고 올라가 봤제. 이
집 큰 집은 부자거던. 아 진고방 문을 확 열디만은 쌀을 고마 하남 뒤 퍼주더란
말이제.
　"아 그래 형님 와 이래 쌀을 줍니까?"
　"아 이 사람아 낼 모래 시숙 생일이 아닌가? 그른게 이것 가 가서 밥하고
술도 해야 안되것나?"
　뭐 자꾸 가 가라고 더 맺기 그래. 이고 갔제. 이고 가니께네 가다 놓고 또
오라는 기야. 그래 인제 두 번째 간께 찹쌀을 하남 뒤 퍼주는 기라. 퍼주면서
하는 말이
　"이번 시숙 생일에는 우리 식가 다 갈긴께네. 이거 가 가서 술도 하고 밥도
하고 좀 맛있는 것도 장만하노라고 줌성 시긴다."

말이지. 참 부인이 남편을 잘못 만나 욕을 봐도 솜씨는 좋아. 그래 인제 받은 걸 갖고 술도 허고 밥도 허고 떡도 하고 장만해 놓고 생일날 아적에 아들 보고,
"저 우에 큰아버지랑 모시고 오너라."
시킨다 말이야 아들이 인제 가서,
"큰아부지랑 큰어머니랑 아버지 생일이라고 오라데요."
하는데 저 큰아부지 되는 사람이 에에 가설.
"너 생일날 뭐 먹은 게 있다고 부르냐?"
하고 동상이 하도 밉거든 막 꽤씸해 죽겠지. 그래 그 부인이 옆에 있다. 영감을 부른다.
"참 당신 말도 어찌 그래요. 없다고 먹으로 안 가고 있다고 그래 가끼요? 어쨌거나 나라가 보시오."
우쨌거나 할 수 없이 따라갔제. 따라간께 자기는 부자로 살아도 그런 대접을 몬 받아봤어. 어떻게 걸게 했는지 아 이눔의 영감이 술을 좋아해 술도 주먼 죽어도 먹는 기라. 아 글쎄 형수라는 사람이 시동생한테,
"아제 형 술 좋아 안 하도. 자꾸 술을 줬다."
하고 자꾸 술을 권하는 기야. 그래 동생이 술을 권하니께 술을 홈신 먹어 부랬다 이기야. 그래 술이 취해갔고 고 자리에 딱 앉아서 배실 배실 드러누비했어. 그른께, 고 부인이 어진 사람이라 동생을 또 보고,
"술 취했어 업고 집으로 갑시다."
그래 동생이 업고 형 집으로 갔단 말이야. 그래 방에다 내리논께 고마 자빠져 자드랑께. 그래 그 웃목에 궤짝이 있는디 집문서하고 돈만 너 놓은기라. 그래 그 형순가 열쇠를 빼 가지고 논문서 좀 하고 돈 열 뭉뎅이하고 좀 너 놓고 문을 떡 열어논 채 저 있다가 형이 조금있음 술이 깰낀게 집에 가서 술 좀 더 가 오소. 형님 깨거든 한 잔 더 하그러 그래 술을 안주하고 좀 갖다 놓고 있은께 잠을 좀 깨일거 아이가. 나와 있고 돈도 좀 나와 있고 하이께네 형이 이상해서,
"뭘 하이고 있니?"
하고 물었단 말이여.

"아 당신이 해 논거 아니요! 참 술 자시는 분은 그 마음을 믿을 수가 없다고 말이지. 당신이 아까 동생집에서 술 마시고 기분이 좋아갖고 하이고 내만 살면 될까 보냐하고 문서하고 돈을 동생한테 자꾸 맺긴께 동생이 지금 안 가고 있는 거 아니요."

아 그래 마누라가,

"내 눈으로 봤는데 안 그리오?"

하니 형은 꼼쭉을 못허내. 헐 수 없단 말이라. 그를 보고 동생이 돌래 줄라고 그러는디,

"아이다 고마 해라."

하고 다시 돌려주니까내 형수가 재빨리,

"받기요! 형님 성질에 한번 주면은 주니께네."

하고 막 떠넘겨서 보내내. 그날부터 동생이 거 사람이 됐네. 허탕질 안하고 형수 말이가 그면 그냥 듣고 해 가지고 영흥 심씨 중시조가 됐드라데. (조사자 : 야, 야. 너무 재밌다.)

〔 악양면 설화 28 〕 T. 8. 뒤

노인정, 1996년 4월 5일, 6조 조사
손순대, 남 · 80.

소가 된 아들 이야기

* 양심적으로 살라고 말씀하시면서 양심에 관한 이야기 한 자리를 하신다고 하면서, 원래 이야기를 못하는데 태어나서 주먹을 아낄 땐 아끼고 쓸 때는 써야 된다며 이야기를 알고 있으면 해야 겠다며 들려 주셨다 .*

한 사람이 과거를 가게 됐어. 그래보니 마누래가 둘이었던가베. 과거를 가는데 작은마누래를 불러 갔고

"내가 과거를 해 가 오면 님 뭘 해줄래?"

하고 물으니까 좋은 의복을 해준다 해. (조사자: 의복이요?) 또 큰마누래를 불

러 물어본께,

"옥동자를 낳서 바치겠스니다."

그기 젤 크거든 그래 그래고는 과거를 보러 올라 갔는디 그래 인자 과거를 보고 아직 안 내려 왔는디 (제보자 기침) 옥동자를 바친다는 그 큰어마이가 아들 낳든가베. 아들 날놓고 도랑에 걸레 빨러 간 뒤에 큰어마이가 와 가지고 아를 돌라다가 쉬 마구에 다가 던지 뿌렸어. 그르이 쇠가 널름 주 먹겠제. 아를 주 먹었는데, (청중 웃음) 그래 그 마을에 대감이 하나 살드라해.

대감에 딸이 어떻게나 고운 딸이 있드라케. 하도 고와서 이거 참 어쩔 줄 모르고 생각하고 있는데 좋은 사람을 고를라고 북을 하나 맹글어 갖고 대문간에 걸어놓고 그 북을 소리내는 사람이 있이먼 사우를 삼는다 하고 광고를 써 붙였다 그래. 그래 만고에 대감 딸이니께 밸 사람이 와서 북을 두드래 봐. 소리가 안 나거든. 안 나는데 하루는 있으니까 북소리가 '정그렁' 나거든. 그래 쫓아 나가 보니까 아 왠 송아지가 와 가지고 뿔로 들이받았거든. 아 그래 북소리 나는 사람을 사우로 삼는다고 했는데 송아지나 뭐나 사우를 삼아야 될께 아닌가. (조사자: 이를 어째.) 그래 보더니 대감이 송아지한테 구혼을 했다 말이야. 그래서 혼사를 하는데 응 가짢체, 응. 일을 마치고 지금으로 치면 신랑하고 신부하고 한 바 잔다 말이여, 자게 되는데 한밤중에 되는데 송아지가 신부를 이래이래 (뿔로 받치는 듯이 연기) 하면서 자꾸 발로 갖고 째달라고 자꾸 그래는 기여. 그래 부엌에 가서 칼로 가지고 와서 입을 쨌다 이 말이여. 입을 째니까 고마 허물을 홀렁 벗는디 아 거서 제 보다 더 이쁜 신랑이 나오는 기라. 아 그래 그 놈 옷을 벗겨 놓고 참 둘이서 잤드라 이 말이야. 그래 이 대감이 그 이튿날 하인을 시게서,

"아 그 방에 한 번 둘러 봐."

하고 대감은 둘러 볼 정도 없어. (제보자 웃음) 아 그래서 아 그 하인이 오더니,

"아이고 대감님 방에 한 번 가 보시오."

"그래 와?"

이래이께네. 아 어뜬 아주 고운 신랑하고 누었드라 말이지. 그래서 쫓아가서 문을 살짜기 열어본께 아주 고와 옥동자하고 저그 딸하고 고마 나라이 눴거든. 그래 좋은 수 없제.

‘그러믄 그렇제.’

무르팍을 탁 치면서, 그 때 사우가 되고 그 다음에 저그 아버지가 과거를 하고 내려왔다 이기야. 내려와 본 즉은 작은어마이는 옷을 좋은 거 해다 바치는디 큰어마이란 사람은 아무 것도 않주거든.

"그래 니는 와 아무 것도 않주느냐?"

이래니까 할 말이 없제. 인응 그래,

"그 도굴에 가돠라."

그래 가둬 놓고 있다 있는데. 송아치가 사람된 저그 아들이 아버지 찾아와 고했어.

"아버지 사실은 이러이러한 해가 그리 됐습니다."

그래. 글걸 다시 큰어마이한테 물었어.

"사실 아들 낳는디 어찌된 건지 모르겠습니다."

그러는 기야. 그래 저그 아들 말이 맞다 그기지. 그래 그래 막 빨리 저그 본마누래를 데리고 나오라고 말이지. 그래 전에는 좋은 옷 입던 사람이 가마를 준비해 갖고 가마에 밤송이를 한거 여갖고 또 코를 뀌갖고 부산, 서울 같은 데를 뺑뺑이를 돌렸단 말이지. (제보자 웃음) 그래 그걜 갖고 잘 살았다게.

〔 악양면 설화 29 〕 T. 8. 뒤, T. 9. 앞

노인정, 1996. 4. 5., 5조 조사.
손순대, 男 · 80.

양심으로 귀신 도와준 선비

전에 한 사람이 과거를 가는데, 서울로 걸어가는데 지와집이 있더래. 도중

에 해는 다 지고 그래서 거를 들어갔어. 가서 자꾸 주인을 찾으니께네 큰애기가 하나 나오드라케, 그래

"지나가다 날이 저물어서 자고 갈라고 그럽니다."
그러니까
"안 됩니다."
그래. 그래 와 안 되냐고 물으니까네,
"저, 저 당신이 올 여서 자면 죽습니다."
그래 아 죽는다 그거든, 아 그래 외 그르냐고 물은께. 저 집 뒤에 가로 가면 절이 있는데 (소란스러워서 잠시 중단) 절이 있는데. 절이 있는데 절에 중놈이 큰애기를 욕심을 냈다이기야. 절의 중놈이. 큰애기를 욕심을 내고 저그 부모가 승낙을 안 해주니까 즈그매 즈그 딸 중놈이 죽여 버렸어. 죽였든가베. 다 죽어 버리고 지 혼자 산단 말이야. 참 이런 일 깊이 들어야해. 그래서,
"당신 여기서 자면 참 죽습니다. 그래 안 됩니다."
그러고 그놈이 그래요.
"내가 처리하겠다. 내가 처리할끼니까 (청취 불능) 처리를 할끼니까 재워 주세요."
"그럼 자고 가시오."
그럼 됐네. 그래 저녁을 잘 먹었네. 저녁을 잘 먹고 즈그는 처음이지만 그래 (청취 불능) 다. (청취 불능)다. 마루 밑에다가 딱 엎져 있었어. (청취 불능) 가는 사람이 엎져 갔고 있으니 중놈이 오드라 이기라. 날이 어스름 하니까 중놈이 오드라 이기라. 대문을 똑똑 두들기니 큰애기가 나가드라네. 나가니까 아 그래 내가 애기를 하지. 큰애기가,
"즈그 부모 삼년상이나 되고 결혼을 합시다. 즈그 뭐 결혼이가. 결혼을 합시다."
그러하고 있는디, 그래서 그래서 인자 (청취 불능) 큰애기 그 큰애기가 그 중놈을 데리고 드러간다 이 말이야. 데리고 드러가는데 문구멍을 뚫어 놓고 문구멍을 보고 따야 되것는디 중놈을 겁이 나 못싸웠어. 겁이 나 못 싸우고 도망을 쳤단 말이야. 도망을 쳐 버리고 그래서 서울로 올라갔어. 올라가서 가니까 (청취 불능) 마당에서 (청취 불능) 애기를 한 자리씩 했다 이기야. (청취

불능)

　"한 잔 해라."

　그러더래. 그래서 별 할 얘기도 없고 하도 원통해서 제가 겪은 얘기를 했드라 이거라. 얘기를 했던가봐. 얘기를 했어. 얘기를 하나까 했는디. 그래 인자 그 가그 백담 이야기 끝나고 끝나고 그 옆에 옆에 한 사람이 그 얘기를 들었든가베. 듣고 보니 내도 그 얘기를 듣고 본께 원통한디 원통한 일이란 말이여. 그만 싸웠으면 어찌 된기 모르는데.

　"그래 아까 한 얘기 다시 한 번 해 보시오."

　이러니깐 그 참 얘기를 쭉 했어 쭉 혀니깐 해니깐 듣고는 격분해서 그 사람이 마,

　"어느 순간에 오니깐 그러드나?"

　그래 그 지역을 물어보니까 그래서 그 사람이 짚어 내려 왔어. (청취 불능) 내려 와 가지고 잠 자고 가자니까 자면 안 된데. 그럼 왜 그러냐니까 또 그 얘기를 하거든 아까와 같은 얘기를 한단 이 말이야. 큰애기가. 그래서 아이 내가 처리 하것당께,

　"아이고, 안 됩니다. 어그저께 어떤 분도 와서 처리한다고 해서 재워 줬는데 그만 도망을 치고 없더라. 도망을 쳐버린기라. 안 됩니다. 가세요. 당신 자면 죽습니다."

　이러거든.

　"사람이면 다 같은 사람이냐고 말이지 재워만 주라."

　이러거든. 그래 인자,

　"한 번 들어 갑시다."

　들어가보니깐 (청취 불능) 저녁을 먹고 있으니 같은 중놈이 또 와요. 즈그 부모 삼년상 되고 결혼을 하자 해논께 지는 마음만 달아가지고 이자 큰애기 건들어 보도 못하는 거야. 그래 맨날 오는 거야. 그래 큰애기가 자꾸 들어가 있으라고 하니까 뎃고 들어갔어. 뎃고 들어가고 있는데 그 이 사람 마루 밑에 와 있다가 문구멍을 뚫고 활촉을 봐가지고 딱 대고 문구멍을 대고 딱 쌌는가베. 담대해. 그 사람은. 딱 싸는께 자빠지거든 자빠진 걸 둘이 가서 막 큰애와 둘이서 방망이로 막 떼리고 막막 둘이서 자빠진 놈 떼리고 죽이고 뭐냐 죽어갔

고 그만 대문에 대문에 끌어다가 중놈을 내뿌렸어. 그래 올라가서 내가 올라갔다가 올라가서 큰애기보고,

"내가 과거를 보러 올라가는데 갔다가 들리겠다."

내가 한 번 들리거란 말이야. 그러고 인자 그마 서울로 올라갔다 이기야. 올라가가지고 과거시험을 봤는데 맨 처음 갔던 그 사람은 떨어지고 (청취 불능) 쭉 떨어지고 그 사람은 당선이 됐더라. 과거에 당선이 돼가지고 당선해가지고 내려 왔드란 말이야. 내려 오다 그 집 갔어. 우찌 됐는가 찾아가니까 큰애기가 반가와 하거든. 자고,

"이제 나는 가야 되것다."

하니께,

"내가 다른 은혜는 할 수 없고."

큰애기 말이,

"내가 당신의 당신하고 백년을 가약을 맺어야 되것다."

큰애기가 그러거든. 큰애기가 그러 안 카나. 그래,

"안 된다."

이랬어. 안 된다고.

"정 안 되것니?"

"정 안 된다."

이러니까 대문 앞에 딱 나왔는데 뒤에서 큰애기가 고함을 지르거든.

"저기가는 도련님, 한 번만 더 돌아보고 가시오."

이러거든. 그래 돌아본께 죽어버려. 큰애기가 죽어 버렸단 말이야. 그래 인자 죽거나 말거나 이제 그마 즈그 집으로 온 기라. 즈그 집으로 와서 막 총각이 병이 나서 병이, 병이 나 (청취 불능) 즈그 부모들이 지금 같으면 점쟁이 점하는 사람한테가서 점을 한 모양이라. 점릉 하니까 거기에 나타나 큰애기가 거기 나타나 나타나면서 원한이 됐단 말이야. 그 큰애기가 원한이 되어 가지고 그 사람 몸에 와 해친단 이 말이야. 잘 한다 한 것이 해친단 이 말이야. 그래서 그러거든.

"그러지말고 당신 아들을 보따리 싸서 보따리 싸서 객지로 내보내세요."

지체없이 내보내라고 그러더래. 점쟁이가, 그래 점을 보고 와 가지고,

"점 보니까 그렇더라. 네가 지체없이 객지로 나가냐 된다 하더라."

그래서 옷을 싸갖고 객지로 내보냈어. 점쟁이 말대로 내보냈더래. 내보내 간다고 간 거시 산골로 가더래. 산골로 산골로 올라갔는데 산골로 올라갔는데 산골에 가는 도중에 숲속에 움막이 하나 있더래. 숲속에 움막이 하나 있는데 그래 그 잘 데가 없어 가지고 살짝 들어가니까 노구 할머니가 울목에 있더래. 울목에 있어래.

"할머니, 좀 자구 갑시다?"

"자구 가라."

그래. 자고 그 뒷날 또 올라 간다. 올라 간께 아주 큰 바위가 있어요. 바위가 있는데 거기 가 비스듬이 드러 누었는데 잠이 들었다 이 말이여. 총각이 잠이 들었어. 잠이 들었는데 꿈길에 제 머리에서 뭐이 막 '휘이 휘이' 그 막 휘파람 소리 굉장한 소리가 나면서로 제 귀에 들리기를,

"아 요망한 년아."

공중에서,

"아 요망한 년아 네 원수를 갚아 줬으면 됐지 네가 어쩐다고 그 사람을 괴롭히냐? 네 같은 년은 천상으로 잡아 가야 된다."

그러더래. 그래 깨어보니 꿈이라. 그래 그 소리를 듣고 인자 움막에 내려 왔어. 내려 와 가지고 할머니한테 애기를 하니까 그것이 그럴 것이라고 그래. 우리 셋째 딸이라 하더래. 할머니.

"그것이 우리 셋째 딸이요."

그러더래. 아이구 그래 할머니 그러냐고 말이여. 그러냐고 인사를 극진히 하고 아이구 할머니 참 감사하다면서 그래 그러니까 할머니기 잘 가리고 말이 여. 잘 가서 잘 살아 보라고. 뒤돌아 본께 숫께 아무 것도 없어. 하는 내려 온께 천신인 기라. 그래 그런깬 그저 그것은 그마 할머니 셋째 딸이 와서 잡아 하늘 로 올라가 귀신을 잡아갔고 말이여. 그래 와 가지고는 몸이 났고 그래 과거를 해왔으니 편히 잘 살았지. 그래 끝나브렸어.

[악양면 설화 30] T. 9. 뒤, T. 10. 앞

노인정, 1996. 4. 5., 5조 조사.
허천석, 남·80.

장인 혼낸 장사 이야기

* 장기를 두시다가 먹을 것을 대접하니 보답을 해야겠다며 이야기를 해주셨다. *

옛날 예긴디, 옛날에 우리 나라 광주에 우리 나라 국선생이 있었어. 기묘사
라고 성은 기가고 우리 나라 국선생을 하니께 그 양반은 명성니 높아. 기묘사
가 아들 하나를 키웠는디 아들 하나를 키워가지고 장가 갈 데가 됐어. 그런께
살림도 몇천 석 하고 한 삼백 석하고 이제 나라의 국선생인께 (청취 불능) 국선
생을 하고 있은께 아들 하나를 키워서 장가 갈 데가 됐어. 장가를 보낼라고
매파를 요새 쉽게 말하면 중신애비를 한 두세 명 내가,
"전국 어디든지 가서 처녀 좋은 놈만 있으면 중신을 해라."
그래 중신애비를 돌려 놨거든. 사방을 당겨봐야 별 처자가 뭐든 보통 그러
고 특별히 잘 난 처자가 없어. 그래 그래 하문께 그러 한께 이 진사 집이, 이
진사 딸이 참 좋은 처자가 있다 소문 듣고 이 진사 집을 찾아간께 뭐 별당에
처자가 공부를 하고 있는기가 참으로 과연 미인이라. 그래서 이제 매파가 이
진사 보고 해서,
"나는 저 광주 기묘사 집에서 혼담이 있어서 처자를 구하려고 방방곡곡을
당겨본께 이 집에 온께 처자가 좋은 처자가 있어서 그 중신을 하러 왔는디
어떻게 하냐?"
이 진사가 (큰 소리로 해달라고 옆에 계신 할아버지께서 청하셨다.) 광주
기묘사라고 하면 국사를 한께 우리 나라 사람 모르는 사람이 없어. 우리 나라
국사 아들이라 한게 국선생이 좋으니 아들도 좋겠다 싶어서 그래 허자고 허혼
을 했어. 허혼을 해서 인자 뭐 사신하고 날까지 가고 이러면 아 계기가 나는
긴디. 하고 인자 그리 말길을 하고 혼인을 하것다고 허락을 했는디 그래 이
진사, 저 놈이 못된 게 하나 있어. 사람이 얼굴이 잘 나면 지금도 (청취 불능)
사람마다 다른 게 남녀간의 얼굴 보고 보면 어느 정도 (청취 불능) 마음을 짐작

한다는 거야. 진사 처남이 어찌된 큰고하니 어렵게 없이 살아. 어렵게 없이
사니께 (청취 불능) 진사 처남으로 낳은 생길 딸이거든 그래 아느냐 즈그 누님
딸인께 생길 딸인지 생길 딸이 형님 큰께 (청취 불능) 저걸 어디 돈 많이 있는
집에 중신을 해가지고 중채를 좀 많이 받아 묵을라고 그런 욕심이 있었네. 없
이 산게. 한 번은 애기를 들은께 저 묵은 생각과 달리 저 장인이 광주 기묘사하
고 혼인을 하기로 했다 이런께 기대했던 바와는 틀리게 됐다 말이야. 심술을
죽여야 되겄네. 사람이 못 돼 놓으면 심술을 나쁜 심술이 나오는 기라. 그래
저 장인한테 찾아갔다.
　“아이 그런데 광주 기묘사하고 혼인을 하기로 했다면서요?”
　“어 그래 했네. 거 국선생이 존경이 좋다해서 했네.”
　“어디 할 때가 없어 그리 해요?”
　“야, 어쩐 소린고?”
　“기묘사 아들이 안깝꼽사점냥장이요.”
　안깝꼽사점냥장이라는게 곱사가 (제보자가 손짓으로) 요리 꼬꾸라지고 요
리 꼬꾸라지고 한게 점냥장 이야. 그 소리를 들은께 진사가 나도 삼만 석 살림
을 하고 삼만석 꾼이라. 삼만석꾼인게 진사 벼슬을 했제. 촌에서 진사 벼슬이
면 큰 벼슬이여. 옛날. 아 그런디 그 소리를 들은께 (청취 불능) 설렁하단 말이
지. 야 내가 잘못했나 봐서,
　“아, 이 사람아 자네가 잘 아는가?”
　“남매간인께 처남 남매간인께 내가 잘 아요.”
　“어찌 그리 잘 안단 말인가?”
　“내가 뭐 소생이 알요.”
　그 소리를 들은께 큰일 났다 말이여.
　‘내는 혼인 잘 한다고 했는디 아니 안깝꼽사점냥장이를 돈이고 뭐고 필요
있는가?’
　(청취불능) 두 번 세 번 다시 물었지.
　“참으로 그런가?”
　아 그일이 어떤 일이라고 거짓말을 하냐고 (청취 불능) 그런께 진사가 생
각다 생각다 못해서 광주 기묘사 집에다 파혼 편지를 냈지. 뭐냐 혼인을 하기

로 했다가 순간에 그만 내 맴이 변해갔고 혼인 안 하것다. 파혼 편지를 해버렸어. 그래 기묘사가 받아든께 파혼 편지가 왔거든, 그 참 시골서 살림이 삼만 석 있고 진사 벼슬까지 한 사람이 조잡시리 언제는 또 혼인을 하자고 해놓고 그 다음에 파혼 편지를 내 혼인 말라면 말지. 그래 치워 버렸지. 아무 말도 안 하고 치워버렸는디. 엄비천이라고 엄비천이라 말 아냐? 발 없는 말이 천리간다라는 말이 엄비천이라. 그 말이 장가갈 총각 귀에 들렸단 말이여. 그래 그래,

'이 진사 딸이 참으로 미인인디 널 갔다가 안깝꼽사점냥장이라 해가지고 혼인 파계가 됐다.'

총각 젊은 사람 생각에 (청취 불능)

'이 놈의 자식 내가 왜 (청취 불능)'

말을 타고 광주에서 구례가 멀거든. 말을 타고 나온께 즈그 아버지가,

"어디 갈라고 하냐?"

한께,

"여 어디 소풍 좀 하고 올랍니다."

속이고 이 진사 집이 대문가로 말 내릴 것도 없이 말을 타고 한마당으로 들어왔어. 한마당으로 탁 들어와. 요란한 소리가 나서 사랑에 진사가 있다가 말발굽 소리가 나서 내다본께 키가 후리후리 큰 총각이 눈이 중말댕이같이 눈이 (청취 불능) 진사 눈에 뭐 딱 맘에 들어. 저런 놈을 어디 사위로 들어야겄다 싶은 생각이 든다 말이여. (청취 불능) 총각이 싹 돌아서서 이 댁이 진사 댁이냐고 한께 가라고 한께.

"딴게 아니라 진사님 처남을 좀 만나려 왔는디 어디로 가면 만나겠습니까요?"

아까 밑에 본께 진사한테 인사하고 즈 장인집에 와가지고 즈그 누그한테 안에 내당에 즈그 누님 방에 간 기라.

"아까 요 처넘이 (청취 불능) 요 어디 있을 거요. 내 찾아보지요."

안에 간께 있거든.

"이 사람 좀 나오게. 어느 청년이 와서 자네를 만나자 하네."

요 이놈이 영문도 모르고 나갔지. 나간께 키가 후리후리한 청년이 탁 청년

이 와서 서가 있단 말이여. 그 나오니께,
 "당신이 진사 처남 아무개씨냐?"
 이랬다고. 그렇다고 이런께 총각이,
 "날 좀 두 눈 높이 좀 보라."
 저놈은 저놈은 영문도 모르제. 총각이 날 좀 단단이 보란 이런 말이여. 안깝꼽사점냥장인가 아닌가 단단이 보라 그 소리라. 단단이 보라는디.
 "그런 식으로 단단이 봤느냐?"
그런께
 "봤다."
이 말이여. 그러자 멱살을 그만 그 힘쎈 장사가 멱살을 조르니,
 "니가 나를 안깝꼽사점냥장이라 해가지고 혼인 파혼한 일이 있지."
 진사 거기 서 가지고 있는디 진사도 거기 있으니까 이래 진사가 이제 그때 말을 하는거야.
 "즈그 입으로 그러났는데, 안깝꼽사점냥장이로 해났으니까 (청취 불능) 시키라."
 창고 밑에서 방망이를 내갔고 대갈뱅이를 그만 (청취 불능) 이런 죽여 버리라 한 기지. 어 멀쩡한 놈을 안깝꼽사점냥장이로 해서 혼인을 파괴시켰났으니 (청취 불능) 죽이라고 말이지. 방망이로 대갈뱅이를 내려치가지고 대갈박이가 터져갔고 피투성이가 되가 개골개골 죽는디 그 됐기라. 진사가 말릴라 해본께 기둥나무 잡고 흔드는 게지 되겠는가. 언간 잘못했다 말이지. 처남이. 요것이 꼼짝없이 죽는다 말이야. 이 청년한테 죽는 기라. 살릴 재주가 어쩌해 가지고 살릴까 싶어서 생각한께 후원에 그만 별당까지 쫓아가,
 "아야, 너 외삼촌이 말 잘못했갔고 어느 청년하테 곧 죽어간다. 얼른 니가 나오니라."
 처자가 뭐 언제 옷단장하고 뭐 얼굴 치장 할 겨를이 있냐? 즈 외삼촌이 곧 죽어가는디 맨발로 신발도 못 신고 쫓아 나오니께 (청취 불능) 청년한테 즈 외삼촌이 피가 피투성이가 되어 개골개골한다 말이여. 그만 처자가 그만 다급해서 총각을 안았네. 아이구 좀 살려달라고 총각이 두들겨 패가가 힐끗 본께 참으로 미안이라. 처자가. 아 이놈의 방망이를 들라치면 방망이를 제가

맞는다. 처자가. 외삼촌을 곧 때리면 죽는께 그건 못 때리고 방망이가 요리 가면 요리 가고 조리 가면 조리 가고. 아까운 것 이것 떼릴까 싶어서 결국 못 때리네. 아이구 하나 때리면 처자 상하거든. (청취 불능) 빌어 싸니께 그만 방망이를 집어 내뿌렸지. 순간적 분이 좀 풀렸다 마다. 저놈도 마 대갈박이 터져 마 죽게 됐고 그런께 진사가 그만 팔목을 잡고 (청취 불능)

"전부 내 잘못이다. 용서해라. 못된 저 처남 말 듣고 내가 파혼시켰으니 내가 잘못이다. 그런 소리를 내가 안 들어서야 될 긴인데. 남매간이고 한께 거짓말 할라나 싶어서 내가 파혼 편지 내가 나쁘께 죄를 줄라면 나를 주라."

처남 용서하고 (청취 불능) 죽고 살고 빌었지. 진사가 죽고 살고 빌었네. 빌고 나서 총각놈도 성이 풀리고 나니께 하는 말이 (청취 불능) 전에는 시집가고 장가가도 서로 얼굴을 못보고 혼인을 했어. 느그 아차 안 봤냐. 그리고 바로 안 만나. 마음에 그리하면 다시 혼인하자 했네. 혼인해서 장개가고 시집갔는데 그 때는 장개오면 신혼을 바로 안해. 일 년이고 이치고 친정집에 있고 가끔 신랑이 왔다 갔다 그리하고. 일 년이나 이태나 지내고 나면 다시 신혼난 맡아 신혼을 하고 그래. 삼 일씩 이틀씩 그런 신혼여행이 없어. 그런께 없어.

한 진사가 있어. 아들 생각난게, 살림도 부자고 진사 벼슬까지 했다던 어른이 조잡스러이 파혼했다 어쨌다 하니까 기분이 안 좋거든. 처가집 살림을 좀 뺄아먹을려고 꺽구라미 마음이 들었다. 광주에서 말 타고 광주에서 참 구례 조마 본께 밤중이나 될까 아닌가 해. 이놈의 영감 집에서 부자집으로 대문 탁 닫아버리면 새도 그리 날 수 없어. 이 놈이 힘이 장사라 키도 크고. 저기 처가집에서 담장 월장을 했지. 저기 마누라 별장을 가니까 문을 당겨받기다. 문으로 가니께 밤중이라. 저기 남내니께 말씀 들으니 알겠다.

"어쩐 일이야 아닌 밤에 큰 일났다."

"광주에서 나와 같은 동네 사람을 싸움을 해서 죽인 일이 있는데 오늘 밤으로 멀리 도망을 가야되는데. 부부간에 어디 이 애기 안 할 수가 있느냐. 그러니까 내가 어디 간다는 애기는 하고 갈려고 왔다."

그러니께,

"따로 간다고."

저 마누라가,

"곧 갈 기다."

"따라올긴가 곧 따라올려면 내가 시킨대로 해야한다."

"어떻게 해야하나."

"옷도 하나도 입지 말고, 힘도 하나도 쓰지말고, 이불밑에 있다가 쪽 빠져나와라."

저기 남자가 오니깨 옷도 하나도 안 입고 잠옷 입은 그래로 신도 못 신고 그래 갔다. 그래도 따라간다 하니깨 나오라고. 밤에 홈빡 깨이더만. 배끝에 이 놈을 내려주고 발랑 들어올려 갖고 잡으려다 광주로 따라갔다. 즈그 둘이만 알지. 가 버렸는데 그날 자고 밥 때가 되면 전에는 세숫물 대야갖고 갖다바치고 세수하고 나면 나와서 밥묵 고 그러는데 그 날은, 뭐 가버렸으니 올게 있는가 날이 그만 해가 올라오도록 정씨애가 물데워갖고 가니깨 아무 사람도 없어. 신은 그대로 있고, 옷도 가만히 있는데 사람만 없어 이런께 와서 상 좀 보고 사람이 없다. 이런께 찾아봐야 광주로 간 사람이 있을 택이 있는가. 산이고, 들이고 다 찾았어 동네사람을 다대. 다대 찾아봐야 소용없어 면사람을 댔어, 있을 택이 있냐 말이야. 출가한 여자니께 광주 사촌집에다 자고 나닉개 사람이 없어졌다. 지발로 통과하던지 사람이 가서 애기하던지 편질하던지 했으면 합긴데. 아 이 옛날 사람이 대문에 들어섰다가 사돈집에다 부고 편지를 했다. '죽었다고 사람은 없어졌고. 어쩔 수 없이 급한 마음에 죽었다고' 부고편지를 해놓으니깨 사우가 오더래. 출상하는 날 안 와, 안 오고 뒷날 왔다가네. 사우가. 젠장하는 말이,

"가가 그만 급히 나가지고 급히 그만 써 아프지도 않은 사람을 부고편지로 죽었다고 했더니 출상하는날 와서 죽은 것 보면 그거 뭣해요. 그래서 그만 안 왔다."

고 이러다이 그래서 매장을 바로 안 하고 죽으면 가게 들에다 집을 갖다놓고, 집을 지어서 비 못들어가라고 집을 저 살이 썩어서 물이 빠진 뒤에 갖다가 붓는 그런 방법이 있었어. 인재 늙은이를 갖다 해놓거든.

"내가 왔다가 여기 그냥 갈 수 있습니까?"

그냥 잔이나 한 잔 드리고 간다고. 하녀를 시켜서 술상 채려갖고, 저의 손님을 주었는데 이 놈 속으로는 굼심있는 놈이거든. 사람이 제 집에 있으니까

가서,

　'내가 여기 왔다가 너 얼굴이라도 보고 가야지 그냥 갈 수 있냐.'
고 하고 잡아 쥐뜯는 단 말이야 젠장 뭐 간이 콩 내려앉지 그러나 뭐 할 수
있나 너 들어 내가 밧장주니 세상 이런 일이 어디 이런 법이 어디 있어. 죽지
않았던 사람을 죽었다고 사람을 속이고 꼼작없이 당하였다. 뭐 젠장 그 사람
어쩼다고 나무 사람이 되면 어쩔기가 큰 일 났다. 그래 진사가

　"저 놈을 데고와라. 내 살림이 한 삼만 한데 반을 널 쪼개주마 반 쪼개주고
내가 어디 좋은 규수 골라 가지고 장개비용을 준긴깨 어디 좋게 하자."

　사정사정 해가지고 홍정을 끝냈네. 그래 그저 저놈이 장개 들었네. 그래
저놈이 차로 장가를 왔네 진사가 금방 좋은 가문에 처자한테 중신을 해서 장개
를 왔네. 그러니께 즈그 아버지 처자집에 상감 가야지 뭐 진사가 상감가야지
상객이 둘 있다고. 인제 시집가는날 상객이 둘 앉았으니께. 그래서 여분족한
상객이야 맴이 좋겠지만 진사 생각한 사람은 맴이 안좋아. 내 딸 자식은 어디
가서 죽었는가 살았는가 흔적도 없고 내가 살림방 줬지. 장개비용 다 썻지 인
자 따라간다보니깨 맴이 좋을 택이 없는디 이놈의 집에 내려갔다. 이 놈의 집
에 잔치마당에 그만 여러 수, 수백명이 법썩이는데 저 먼 방에 알론 알론 댕기
는게 똑 그 딸 비슷해뵈여. 저 먼 방에 다니는에 딸 모양같으나마 왔는디 그런
생각은 조금도 없지.

　'우리 딸은 어디로 가버리고 내가 비용 다 대주고 나는 딸 흔적도 못보고.'
　한심한 생각이 있는디 정대팔까지 오는데 보니깨 그 앞에 오는게 보니 딸
이 팬둥팬둥 놀고 있다고. 아이고 이놈이 시킨 줄 알고 난깨 그만 진사 눈에
눈물만 추렁추렁거린단 말이지 하 그것 참 살림살이 반쯤 갈라주었지 장가
비용이 얼마나 난단 말이야 그런데 다 썼지 저 딸에게. 댁에다가 작은 여자를
하나 얻어주었지. 이 저 편으로 기가 막힌 일이야 진사가 생각해도 아 그래야
사는디 인자 물을 수도 없고. 옛날에 곤란한 사람, 굶어죽는 사람 양식도 대주
고 애기를 낳고 뭐 잡곡밥도 못해먹는 사람에게 쌀 한단, 미역 한 단 해서 어느
사람이든지 곤란한 사람은 가서 이야기 하면 안 들어주는 집이 없어. 양식도
대 주고 돈도 주고 자기 살게 돼서 갚으면 받고 그렇지 않으면 내가 가서 돈
달라 하지 않아. 그러니까 덕을 베풀고 사는 집이라 진사가 그러니까 살림도

반 갈라 장개비용 진사 벼슬시키고 나니까 살림살이가 영 볼게 없지. 그러니께 전에 내돈 갖다 많이 쓰고 저기 논도 사고 밭도 사고 살만치 부자가 됐어 됐으면 그 본전이라도 갚아야 할텐데 안 갚는 사람이 많아 많으니께 살림살이 돈 받아서 두 내외가 다 써 버려. 그리고나서 돈 빚 갚을 사람은 싹 오라고 했어. 뭐 음식도 장만해 놓고 그래서 청해놓고,

"내 돈 갖다 자네들이 재미보아서 그 자연스럽게 살만큼됐으니께 내 돈 본전이라도 갚아줘라. 나는 사우 때문에 살림살이 절단내서 나 좀 받아야 겠다."

이러니께 모든 양심있는 사람은 그 돈 갖다쓰고 자기 살만 되었으니께 본전 아니라 이자도 주고 본전도 주고 그런 사람이 있는데, 한 사람이 그 돈 갖다 쓰고 부자로 잘 살고 있으면서도 본전도 안 주려해. 안 주려니까 하인시켜

"저 놈 좀 두드려 패라."

고 이랬다. 두드려 패라 했어. 이자 진사가 시골벼슬로 큰 벼슬이니라 진사 권력도 부자권력으로가고 하인을 시켜,

"전 놈 좀 두드려 패라."

이런께 납작 죽어버린다. 그러니까 살림 아무 것도 못 살게되는 기라. 살림 도 뭐고 안 남아 몬 살게 되었는데 큰일났어. 큰일났어 아무리 생각해봐야 그래서 진사가 생각해봤다. 아들이 여럿인데 진사가 고놈을 시켜갖고 광주로 가서 아버지가 돈 받을려고 이러고 살림하나 줘라 애기해라 그러고 오너라 달래 갖고 광주로 가니깬 하여 갔더니

"내가 어찌왔시 어찌왔냐니까?"

"내가 돈 받을려고 왔다."

이 사람이 돈 안 줄려고 하니께 하인을 시켜서 사람을 그 놈을 두들겨패라 하니 죽어버렸어. 그래서 기별을 했어. 사람 그 재산이라는게 그런 기다 그 인자 본인도 된다하는 기라. 방에도 못 들어가고 저기 누구만나보도 못하고 쫓겨내려왔지 막 울고 얼른가 진사가 인재 사람도 친척도 있고 동네사람도 있고 저희 형에 가서 뭐라 하니께 뭐라대니 아버지 시키는대로 사람을 때리니까 사람이 죽어버리고 자연이 구걸을 해서왔지. 한 번 더 해봐라라고 해놓으니간 재창했어. 그 놈 괘씸한 놈 그 놈이 와서 내일 좀 봐주면 좀 도움이 될텐데 내 살림만 털어놓고 가서 그 놈 괘씸하다고 그러지 사우가 와서 일좀 봐주면

큰 도움이 될 기라 생각했는데 마 으름장을 놓는다. 그래 느그 집에 특히 닭 키우는게 얼마나 있니 하니 오십내지 육십 마리 있다. 닭 육십 마리 구해 놨어. 고 거 한 마리도 남기지 말고 몽땅잡아 잡아갖고 닭죽을 쑤어 닭죽을 쒀야 이 사람이 갈라 먹을게 아닌가 닭죽을 쑤어갖고 동네 밖에 나가면 회관이 있어. 그런데 거기가서 '갈라먹으라고 해라.' 고 거 저 아버지한데 가서 아무개가 있는디 이러라 시키더라 한다고 그러니께 다짜고짜로 닭을 몽땅잡아 닭죽을 쑨다 이러니께 집에선 한 방울도 못 뜨고 저 장소로 가야 얻어 먹는다 이러니까 그래 .저 처남에게 물었거든

　"죽은 사람 어디있니?"

　이러니께

　"문간방에 있다."

　이랬거든. 문간방에 문 열어봐 죽을 퍼갖고 그 장소에 가서 갈라 먹은디 싹 즈 가족만 다 나가고 없는데 이 문간방에 들어온거야. 베개 한개 들고 나오는데 힘이 장사라 이 총각이 그 저 십 리밖에 큰 솥이 있어. 여러 수십평 쌓았는데 큰 돌을 하나달아 칭칭감아 감아갖고 뒷날 마을에다 방울을 여럿이 더 많이 달아서 막 채질해서 오는께로 그러니까 국선생 아들이니께 권리가 크게 있는 기라. 저기 동네사람들이 가는데로 나와갔고 허 이 집 사우온다고 경찰 군수들이 마중을 나가 마중을 가서 영접해왔더라만 눈이 벌개벌개 한 놈이 썩 들어와 들어와서

　"이 집 살림 당했다더니 어떻게 된 일이냐고 해"

　"빚 좀 내라고 하니까 얼굴이 안좋아 몇대 때린게 맞아서 사람이 죽었네."

　"그래 죽은 시체가 어디에 있소."

　이런게 그런데 그 아녀자들이 그 문간방에 들어가본게 아무 것도 없단 말이야. 아무 것도 없어. 그런데 그 요새 같으면 경찰서장 같은 사람을 낙시채 온다.

　"에이 도둑놈들 그 자식이 빚내라고 하니게 빚 안줄려고 자빠졌다가 도망 간 놈을 죽었다고 해."

　"밤이 된께 도망가 버렸다. 그 놈을 죽었다고 해. 에이 도둑놈들 살림 뺏아 먹을려고. 이 놈의 자식들 꼼짝할 수 있냐."

시체가 없으면 살림이 안되는기라. 시체가 없으면 그 거 채벌이라 할 수 있는가 시체가 있어야지. 요새법도 그래 꼼짝 없이 당했지. 뭐 살인죄로 죽어.

"이 집의 살림살이를 다 절단했으니까. 네 놈이 물어라."

안 물어낸다면 인자 관직에 있는 사람들 전부 모가지라. 꼬박꼬박 물었지 살림살이를 물겐 백 원이나 소비가 나는 것은 천 원이나 만 원이나 물어주었지. '안 물어주면 모가지라 물어 줄기다.' 그런게 싹 물었다. 물리고 난 후에 진사가와 즈 가존끼리 앉아서 그 놈이 내 살림도 많이도 물었지만 해도 물을만 하다 하나도 안깝다 하더라네 안 아깝지 도로 살림 찾고 그 똑똑한 사우하나 봤으니께 좋지.

〔 악양면 설화 31 〕 T. 10. 앞, T. 9. 뒤

노인정, 1996. 4. 5., 5조 조사.
손순대, 남 · 82.

칠 형제를 낳은 사람

* 사주팔자대로 살아야 되고 사람이 착하게 살아야 된다며 이야기를 들려주셨다. *

한 사람이 어째 사는데. 참 곤란히 살앗어. 곤란히 삼새로 아들을 칠 형제 두었네. 곤란히 살면서, 아들을 삼 형제 낳았어. 그만 칠 형제를 낳아놓고, 살 길이 없는디. 하루는 소문을 들으니께 즈그 마을에 누구 부자집 사람의 상쟁이가 왔다고 그러거든. 그래서, 한 놈이 들어와선,

"아, 영감님. 저 상쟁이가 왔는데. 상 보는 사람이 왔다고 하는데, 그 한 번 가보세요."

우리가 평상 이리 곤란히 사는 건지 한 번 상을 보고 오라고 그러거든. 그래. 그 이튿날 아침에 갔어. 사람을 찾아가니까 마 상 본다고 여러 사람이 구루마에 앉았네. 그래 문을 썩 열고 들어 가니까, 참 상쟁이를 딱 쳐다보고서

다른 사람 상보고서
　"상을 좀 봐 달라?"
이러니께,
　"당신 상 봤다."
고 그래.
　"내 상을 당신이 언제 봤나?"
고 그러니께,
　"당신 상 내가 들어올 때 봤다."
고 이러니께. 그래서,
　"그래, 본게 어때요. 내가 곤란히 사는데 아들이 칠 형제요, 평상을 이렇게
곤란히 살겠소?"
하니까, 상쟁이 말이,
　"인제 더 곤란히 살겠소. 칠 형제는 더 낳겠소."
　아이고 간이 콩 내려앉더래. 그런데 즈그 집에 가니까, 즈그 할멈이
　"아, 뭐라고 하더냐."
이런께,
　"이 사람 말할 것도 없소. 와, 와, 말할 것도 없네. 인제 칠 형제를 더 낳겠대."
　그래서, 할멈이 가만히 듣고 생각해 보니, 이거 큰 일이거든 아들 칠 형제
를 더 낳겠다고 하니 이거 어떻게 하면 좋겠는가. 그래서, 할멈이 하루는,
　"영감, 마냥 멍하니 그렇게 아니라 내 하자는 대로 합시다."
　"그럼 말해보라."
고 하니께,
　"당신하고 나하고 갈립시다."
　영감을 내쫓았네. 그래서 아들을 안 낳았지. 안 갈랐으면 자꾸 낳겠지 어쩌
겠나. (일동 웃음) 그래서 보따리 싸서 남자를 내보냈네. 내보냈는데 그래 옷보
따리 짊어지고 지체없이 간다. 어느 산거리를 가는데, 어디로 가니까, 해가 다
됐어. 그래서 재워줄 집을 찾는데, 전에는 부자집 아니면 재워줄 집이 없거든.
이 전에 말이야. 재워줄 집을 찾아 가니까, 문지기가 깨어나. 전에 부자는 문지
기가 있고 하인이 있고 그랬는데, 문지기가

“아 자고 갑시다.”
하니께,
“안 된다고.”
아무리 사정해도 안 된대. 그래 주인이 가만히 들으니까, 무슨 소리가 나거든.그래서 인자 하인을 불러,
“여봐라, 뭘 그러냐.”
그런께.
“어떤 행인이 와서 자고 가고자 하는데 안 된다고 했습니다.”
이러니께,
“저, 그래 말고 사랑으로 들라해라.”
그래서 주인이 들어오라 그런께, 사랑으로 들어갔어. 사랑으로 들어가니까, 머슴이 두세 명되고 부자집이라 여긴 머슴 방이고, 저기는 주인 방이더래 저녁을 먹고 나니까 머슴들이,
“아이, 손님 이왕 얘기나 하시오.”
“아이 나가 무슨 얘기 있냐고.”
하니께 꼭 오늘 보고도, 내일 보고도 하니께 예기 하나 하시오. 하니께
“그래 내가 사실 어대에 사는데 이러이러 해서 상을 보고, 자식 일곱을 더 낳겠다고 해서 그래 내가 자식 그만 낳으려고, 할멈하고 이별하고 왔읍니다.”
그런 얘길했지. 머슴들을 보고 그랬어. 그래, 이놈의 주인이 저쪽방에서 주인이 자식이 없었어. 마누라는 일곱인데, 마누라는 한 개도 몬나. 그래 주인이 영감의 얘기를 가만히 들으니깨, 어 욕심이 나. 그래 못자고, 그 이튿날 아침에 하인을 시켜서, 저쪽 방으로 오라고 그러거든,
“어제 사랑방 손님 좀 오래라.”
아무 한 일도 없는데 겁이 난단 말이지. (청중 잠시 소란) 그래서 갔다. 가니께 아침밥을 잘 채려 주었더래. 아침밥을 먹고 그래 인자
“손님, 어제 한 얘기 한 번 더 해보이소.”
그러거든. 주인이,
“아무 할 말 없어요.”
“아이 한 번 해 보라고.”

내가 들었는데, 왜 거짓말 하냐고 해보라고 자꾸 그러니께, 그래서 인자 그 애기했어.

"내 사정이 이러이러 한 사람인데, 이러이러 해서 지체없이 나온 사람이라고 말이야."

그래서 한 며칠을 잘 먹이더라 며칠을 잘 먹여 옷 싹 갈아입히고 말이여. 그래서 한 일 개월 지난 후에, 주인이

"오늘 저녁, 당신 내가 요구하는 말을 한 번 들어주게."

그래 뭐냐고 이러니께

"내가 아닌 게 아니라 마누라가 일곱이요. 일곱인데 자식이 없단 말이요. 자식이 하나도 없단 말이오."

"그럼 내가 어떻게 하란 말이오."

그러니게

"날 따라오란 말이오."

따라가니께,

"날 따라오면 우리 큰 마누라 방에 갈 깨니께 불 켜놓고 있어요. 내가 들어가면 불을 탁 꺼버릴 건게 들어오라고 할 때 들어와 가지고 탁 꺼버리고 내 뒤에 섰다가 내 나오고 나면 당신이 어떠헤 하든지, 당신 알아서 해요."

말하거든. 그래 따라가서, 따라가니까

"방에 있는가?"

"아이, 들어오세요."

마누라가 그래. 들어가서 불을 끄니께

"아니, 왜 불을 꺼오?"

"어 괜찮아."

그래 그리고 그만 나와버렸어. 그래 그만 하루종일 자고, 또 그 이튿날도 하루밤 자고 며칠 쉬다가 간다고 하니까,

"여봐라?"

그래 주인이 하인을 부르더니, 가만히 들으니께

"작은 마누래, 제일 작은 마누래 바에, 역적이 들었으니 처치해라."

그러더래 그래 하인이 칼을 쓱쓱 갈아싸

"처치해라."

그래 하인이 막 칼을 쓱쓱 갈아싸. 자기 귀에 들리니까 자기가 듣기에는 칼을 갈아 갔고 칼을 갈아 갔고 그래 인자 갔다. 가니. 가자네. 즈그 집으로. 제일 작은 한 놈이 애기하는 것을 꿰뱄었거든. (청중: 깨웠거든.) 애기를 두들 겨 꿰뱄어. 꿰베가지고 꿰베께니,

"당신 빨리 일어나시오."

빨리 일어나 다 가라고.

"다 가요."

그래 왜 그러냐니까,

"안돼, 가야돼요."

그래 조금 있으니께 뭐 일곱 요만 주먹덩이만한 게 요걸로 한 무더기 싸가 지고 싸 갖고 일곱 뭉텅이 아닌가. 요걸 인자 딱 싸들고 가지고 빨리 가야 된대 이말이야. 그럼 인자 도망은 어찌 됐는고하니까 나는 새도 (청취 불능) 더 크고 담장 높여 싸니께 말이야.

"그래 어떻게 넘어 갈꺼고?"

이러니께 끝터리 많은 애가 꾀가 많더라. 그게 아니고

"우리가 일곱에서 무등을 섞이니까 엎진단 이말이야. 그래 하나갖고 (청취 불능) 담장을 타고 담장을 넘어가라."

이기라.

"그럼 배에다가 돛을 달아 갖고 담장에다 던져 놓고 던져 놓고 우리가 잡고 있으니께 배를 타고 담장으 넘어가거라."

인자 (청취 불능) 넘어갈 때는 정말 타고 넘어가고 저쪽에는 배를 갖고 넘어 가고 이러거든. 그래갔고 마 할튼,

"대로로 가면 안되니까 소로로 가라."

그래 가버렸는디. 인자 주인 영감은 인자 죽이려 보냈단 말이여. 가니까 없거든.

"어다 갔느냐?"

"방금 있었는데 화장실에 갔다가 갔습니다."

그래.

"화장실에 간다고 갔습니다."

그 하인을 부르더니 막판에 가가지고 말 가장 날란 놈 한 마리 타고 잡아오너라 이랬거든. 그마 더 가봐야 소로로 갔는디 뭐 잡을 수 있는가? 인자 그 못잡고 어찌 하다보니 집 돌아왔어. 돌아와 가지고 전부 다 (청취 불능) 보물이야 보물인디 마 (청취 불능) 지금 같으면 금덩어리인데 그래 그리 됐는디 그리 됐는인자 하여튼 그리 됐는데 그 뒤에 영감이 죽었단 말이야. 영감이 죽었어. 영감이 죽었는디. 그 뒤에 아들이 일곱씩 낳아. 진짜. 하루에 하나씩 낳았단 말이야. 낳는디 낳은 후에 영감이 죽었단 말이야. 영감이 죽었는디. 아이들 전부 울음이 안 나온단 말이지. 울음이 안 나와. 즈그 아버지 죽었는데 울음이 안 나오드라. 그래가지고 이제는 큰댁이라는 사람이 (청취 불능)

"니 아버지인데 아버지 죽었는디 나더냐?"

"안 나더라."

(청취 불능) 전부 다 안 나더래 그마 일곱이.

"이간 우리가 (청취 불능) 알 조건이 있다."

그래. 하루 종일 즈그 애들 일곱을 모아 놓고 탁 그만 회의를 하게 됐다. (청취 불능) 알아봐야 할 조건이 있다. 그리 이놈들 일곱 칼을 하나씩 갖다 놓고 탁 (청취 불능) 그러니 할 수 없이 (청취 불능) 그래서 사실은 이제 참 제일 큰형 큰 할머님이 큰할머니가,

"사실은 내 느그 말 내 말 들어 봐라. 사실은 이러이러해서 언제 어느 (청취 불능) 그런 일 있었다. 그래 느그 아베가 한 일이지. 우리는 그리 나쁜 일 한 게 아니라 아니다라고 생각한다."

하니께. 그렇게 된 일이다 이란께.

"그러면 그렇지 왜 왜. 그래 우리 아버지 죽었는데 왜 눈물이 안 나. 됐다고 마. (제보자 웃음) 됐다. 사실이지 말이지. 자 그러면 우리 엄마 찾아 가야 된다. (청취 불능)"

그래 싹 판 하나 짊어지고 판 하나 짊어지고 (청취 불능) 그래 갔는디. 그래 그 순간에 이 영감님이 인자 보물들을 갖고 와가지고 부자가 됐어. 부자가 돼 갖고 매일 술만 먹고 댕기는디 하루는 즈그 동네 동네에서 술을 받아 먹고 있는디 웬 말 탄 사람이, 말이 일곱 마리 올라타 있는가. 즈그 동네 부근에

주막을 찾아본께. 그래 살살 나갔어. 살살 나가니까 말이 일곱 마리이고 사람이 열넷이라 (청취 불능) 열넷아니가. 그래

"영감님, 어르신 말 좀 물읍시다?"

무슨 말이냐고 그래 사람을 찾는디 내내 제각기라. 제 명을 찾는다 말이여. 제 명함을 찾아.

"아이 그래 내가 기라고."

인제 이렇거든. 내가 기라고. 그래 인자 뎃고 들어갔어. 뎃고 들어가가지고 요리 밀고 저리 밀고 하고 열넷아닌가? 열넷해가지고 그 마을에 집을 짓고 해 가지고 잘 살아드라네. (제보자 웃음) 나쁜 일이건 좋은 일이건 사주팔자에 마련해 놓은 것은 다 당한단 말이야. 당한다 이랬거든. 그래서 잘 돼도 사주팔자 못 돼도 사주팔자라고 생각하고 살아야지 그리안하면 넘은 잘 사는데 내는 못사나해서 하루도 못 살아.

〔 악양면 설화 32 〕 T. 9. 뒤

노인정, 1996. 4. 5., 5조 조사.
남송희, 남 · 78.

선을 베풀어 잘 산 사람

* 내가 이야기 한 번 해줄까 하시더니 들려 준 이야기이다. *

전라도 가면 담양이라고 담양. 담양군 내려가면은 그 이씨라고 전주 이간데, 그 사람이 아주 곤란하게 아주 곤란하게 살았어. 아주 곤란하게 사는 사람인데 한날에 봄에 날씨가 이제 점심을 도시락 싸다 놓고 길가에 인자 허지 땅 그것을 (청취 불능) 팠단 말이야. 그래 인자 파고 있는데 가만 보니까 웬 중이 하니 웬 도사가 하나 지나가는 데 보니까 아주 기운 없이 지나가 배가 고파서. 아니 이 사람이 그 댁의 점심 가방, 도시락 그것을 줬어. 묵으라고.

자기는 (청취 불능) 그래서 보니께 이제 중이 고맙다고 인사허고 당신 따라가
잔 말이지 그래 따라가니까, 그 고을에 가면 가면 국채의라는 사람이 국가,
국가인데 국채의라는 사람 선산인데 그 산 꼭지에 (청취 불능) 부잣집이제.
  "내가 그건 택도 안되는 일이다."
말이지. 도저히 안된다. 그래 인자 사람이 중이 내말대로 하라고 그러니까 이
사람이 그만 중 말 듣고 가서 팠지. (청취 불능) 어찌 됬는고 하면 즈그 혼자
못하니까 친구 한 사람 안가라고, 안씨라고 그 사람을 데리고 갔어. (청취 불
능) 해노니까 제가 알고 그 친구가 모두 알거든. 아는데 인자 그래 해가지고
놓으니까, (청취 불능) 그래 하는데 안가 이기 같이 간 그 사람이 그래인자
설날 대목 그믐 때만 되면 찾아오는 기라. 찾아와 가지고 뭐 좀 주라고 인자
만일 제가 그걸 서럽게 놓으면 저걸 인자 저걸 (청취 불능) 자꾸 주거든. 그래
인자 친구간인께 남자들은 뭐 그걸 예사라 돈 좀 주고 안에 부인들은 그게
아니란 말이야. 귀찮거든. (청취 불능) 그래 속으로 하고 있었는디도 남자가
하는 일이니까 벼 몇 섬 주고 있었는디. 하루는 하루 그믐께가 됐는데 이 남자
어디 가고 볼 일 보러 가고 집에 없는 새 이게 왔다는 거야. 안씨가. 그래 와
놓으니까 안에서 그만 아주 불쾌, 불쾌하게 해버렸단 말이야. 그래 해논께 그
만 갔어. 가가지고 그만 국채의라는 부잣집에 간 기라. 가가지고 인자 아무개
씨가 당신네 선산에 (청취 불능) 인제 폭로했거든. 그래 놓으니께 국채의라는
사람이 가만 생각해 보니까,
  '그래 그래해드라도 몇십 년 거의 흘겼는데 세월이. 우리한테 아무 이상이
없단 말이여. 지장이 없다 이말이여. 지장이 없으니까 진짜 우리 산이 아닌가
보다. 그 사람만의 산인가 보다.'
  이리 생각을 하고 그래 인자 이 사람들이 저 산을 딴 데로 옮기고 거기다가
(청취 불능) 그 산도 좀 떼주고 그 사람이 본께 해놓고 알지. 국채의라는 사람
이 이씨라는 사람을 불렀어. 불러놓으니까 이제 막 큰일났다 싶거든. 그래 인
자 갔다. 가가지고 가니까 안씨 그것도 같이 따라가. 그래 인자 이웃집 친구들
모두 많이 여럿이 몇을 모았는데 가보니께 그래 인자 점심을 준비해 놓고 그
사람을 불렀어. 안가 그 사람 같이 들어가기로 했어. 그 주인이,
  "저런 사람 같이 동행해서는 안 된다. 인간이 아니니까 말이지. 자가를 도

와주기 위해서 (청취 불능) 심성은 나쁘니까 상대할 사람이 아니다."

　이 말이거든. 그래 인자 부잣집 그 사람이 이씨를 불러가지고 그 자리를 만들어 놓고 인자 뭐이 선산까지 (청취불능) 떼서 주고 그래가지고 잘 살드라고 그런 말이 있어.

〔 악양면 설화 33 〕 T. 9. 뒤

노인정, 1996. 4. 5., 5조 조사.
서한주, 남 · 75.

조남명 선생 탄생 이야기

　　* 조남명 선생 이야기를 아나며 들려 주셨다. *

　뭐 몇백 년 됐는가는 모르되 조씨 집안에는 총각이 있었고 해천 이씨 집안에는 딸이 있었어. 그런데 그때 조씨 집안하고 해천 이씨 집안하고 서로 딸은 해천 이씨 집안이고 신랑 될 사람은 창녕 조씨 집안인디 그래 인자 결혼을 하게 되었어. 결혼을 해가지고 인자 참 그때는 지금은 자네들이 잘 모르지만은 시집을 가면 그 년에 가가지고 이듬해 농사 지가지고 시가댁 집에서 농사지가지고 도로 친정에 가가지고 일 년도 있다가 시가댁 집으로 오고 삼 년도 있다가 오고 그래 가지고 했는디. 그때마 하더래도 그 해천 이씨 집안 그 따님이 시집에 갔다 친정에 와가지고 있으면서 임신기가 가지골란서 (청취 불능) 친정에 와서 있는디 아이 하루 저녁에는 자기 인자 저 친정아버지 방에 거 가서 인자 문안도 드리고 이러는디 아이 뜻밖에 잘 때나 돼서 방문이 방문이 훤해서 문을 열고 보니께랑은 (청취 불능) 불덩이가 둥글거든 불덩이가 그만 두글두글 둥글어 (청취 불능) 거기서 웬 일로 이런 일이 있는가 싶어서 그 너므 방에 머슴이 자는디 머슴을 깨워가지고설랑은,

　"아이고 거기서 사립밖에 불덩이가 둥글러 싸니 그것 좀 나가 보게."

이러거든. 그런게 머슴이 주인 영감이 시키니게 일어나서 본께 불덩이가 둥글어 싸고 이러는데 자기도 좀 나가기가 주저하지마는 저 영감님하고는 쳐다보고 있고 자기가 가서 가서 본게 어디 보면 사람도 같고 어디 보면 짐승도 같은디 손을 못대고 자꾸 이리 쳐다보고 있으리깨랑은 어찌어찌보니 사람 같거든. 그런게 고로 와가지고 그 주인 영감한테 와 가지고 머슴이 한다는 말이,

"아이 그 사람같이도 뵈고 짐승같이도 뵈는디 나는 그 손을 못되것네요."

그래서 인자 그 말을 듣고 그 영감님이 나가서 머슴하고 같이 나가 본께 과연 사람은 사람인디 그래서 인자 뭐이고 영감님이 서가지고락큰,

"이 아닌 밤에 어때 사립밖에 와서 이런 둥글르냐?"

그때사 그 불덩이가 사람으로 뵈가지고

"내가 딴 사람이 아니고 하늘에 천상에서 죄를 짓고 옥황상제 따님인디 놀러갔다가 누덕을 입고 내가 여 지하에 떨어졌습니다."

이러거든. 그 불덩이가 사람, 처자가 되가지고 뭐 처자가 이러니께 아 그러면서 영감이 인도를 한 기라. 그 처녀를 어디로 인도를 하는고면은 그 처녀를 자기방으로 인도를 해서 인도를 해가 아랫방에 겨울이 되가지고 추웠든가 모양인데 뭐 활딱 벗고 떨어 싸거든. 떨어 싼게 그 머슴은 제 방으로 가고 위에 그 영감님이 할멈이 울목방에 있는디 할멈을 불렀어. 불러가지고 아이 함멈 내려와 보라고. 그래서 어쩐 일인가 싶어서 내려 가니께 아이 문을 열고 들어간께 뜻밖에 참 처녀가 하나 부뚜막에 앉혀 났는데 벌벌 떨어 싸거든. 그 영감 보고 물어서 물은께,

"아니 어떤 처녀가 저 어쩌자고 벗고 저 와서 있느냐?"

"그게 아니고 방금 니 사립밖에 불덩이가 떨어져서 머슴을 보냈더니 머슴은 보걸랑은 사람도 같고 짐승도 같다해서 그래서 내가 하도 기이해서 내가 나가 보니께 과연 사람이고 처녀, 선녀라. 그래서 내가 내 방에 가 인도를 해 났는디 암말도 말고 할망구 입성 저 깨끗한 입성 입었던 깨끗한 옷 한 벌 가져오라."

이러거든. 영감님이 이러니께 그 할멈이 보니께 불쌍기도 하고 얼른 올라 가가지고랑은 제가 입던 입성을 한 벌 가지고 내려 왔어. 내려 와 가가지고 옷을 입으라하라겔랑은 뭐 사양을 어떻게 하다가 옷을 입을 입혔단 말이야.

입히고 입고 이리됬는디. 그래서 가만히 뭐 애기나 하는가 말이라도 할까 싶어서 물어봐 말을 도저히 안 하는 기라. 그래서 지금 시간으로부터 약 한 시간 이상 두 시간이나 됐던 모양이야. 가만히 눈을 감고 앉았다가 그때사 그 영감님을 보고 한다는 소리가,

"내가 이제 시간이 되서 갈랍니다."

이러거든. 그 처녀가. 그래서,

"아닌 밤에 어디를 갈라느냐?"

이리 묻걸랑.

"내가 시간이 되서 이제는 지상에서 지하로 내려 왔다가 시간이 되서 도로 내가 올라갈랍니다."

이러거든. 그러면서 그 영감님을 보고,

"내가 이 지하에 떨어져 가지고 저 내가 딴 은혜를 갚지 못하것고 이런께 내가 입었던 입성을."

그 며느리가 또 임신기가 있었던 모양이지.

"아무 때든지 그 상고할 때 되거든 얼 때 되거든 내 입성을 입었던 것을 가만히 놔두었다가 상고할 그 시에 며느리를 옷을 입혀서 상고를 시키시오."

이러거든. 이러하면서 터를 어따가 잡아 주는소 하면 그 인자 몸체에서 그 동쪽이던가 남쪽이던가 그 장고방이 있는디 거기에 울막을 쳐놓고 어찌거나 상고를 거기서 시키라고 이러거든. 상고를. 거기서 시키라고 이러는디. 그래서 문을 열고 인사를 하고 나가 나가더니 펄떡펄떡하더니 그만 올라 가버렸어. 올라가버리고 나서 참 서글픈 일이제. 펄떡펄떡하더니 올라 가뿌렸단 말이야. 그래서 할마니를 내려 오라 해가지고저 그 입성을 벗어 논 것을 딱딱 개가지고락큰 단단히 보관해 놔두었다가 며느리 상고할 때 내가 저 장고방 있는디 그 저 움막을 쳐 줄긴데 거기에 요대로 갔다가 펴놓고 상고를 보라 그래. 이리 시켰어. 시키니께 할머니가 (청취 불능) 입성을 가져가서 그 뭐이고 갔다 놓고 그때마 하더라도 항상 지금도 애기는 마 친정 딸을 좋아하지. 며느리를 저 사랑기 없는 사람이었어. 하필 그 며느리보다 딸이 아를 먼저 낳게 됐던 모양이라. 이래 그때사말고 그 딸이 친정으로 상고할 시기가 됐어. 이래가꼬 아이이 할머니가 그 옷을 며느리 저 상고할 때 손자 놀 그때 입혔으면 할긴디 딸

상고할 때 외손자 놀 때 그때 그 딸을 입혀가지고설랑은 그 자리에 움막을
쳐 놓고랑은 상고를 치비렸단말이야 이래가지고. (청취 불능) 창녕 조씨 집안
에 조남명 선생을 낳았다고 그래가지고 그 집안.

〔 악양면 설화 34 〕 T. 10. 뒤

노인정, 1996. 4. 5., 5조 조사.
허천석, 남·80.

지혜로운 며느리

* 여학생들에게 교훈을 주신다며 이야기해 주셨다. *

　옛날에, 강산(광산) 김씨 집안이 있는디, 아들 하나 키워갔고, 아들이 독신
인데 장개를 보낼랑께, 그 총각 즈그 어머니가 어쩜 좀 싸나워. 실속은 그리
사납지 않은데. 냄이 보기로 싸납다고 그리 소문이 나기로, 아들 장개를 들으
랑께 아무도 상대를 안 해. 시어머니가 싸납다고 그래. 시어머니 될 사람이
싸나우면 그 딸을 줘 어쩔 기리. 시집도 못 살고 나오고. 그래 인자 총각은
그만 자꾸 나이 들어가지 장개갈 시기는 넘어가지. 그래 어머니는 뭔 탈이 있
어 그러지만 죄 없는 아버지는 며느리도 못 보고 그만, 자식이 자꾸 늙어가니
게 걱정이 돼서, 친구들 집에 다니면서, 딸 있는 친구들이 있거든. 같은 친구들
간에 인자 일단은 친구한테 가서 애길 했어.
　"자네 딸하고, 우리 사돈하면 어떠겠냐?"
고 얘기 하니까, 그 친구가 적당히 친한 친구던가,
　"아 글씨, 그리 해보면 싶어도 딸자식은 어머니 맘대로 해줘야 하니까 일단
은 할멈에게 의논을 해 보고."
　그래 안에 들어가서, 할멈에게,
　"저 아래 사는 강산 김씨 종가집인데 서른살된 아들이 있어서 우리하고
사돈하자는 데 그래 어떻게 할꼬?"

이러니께, 할머니가,

"그럼 무신 동네요?"

그러니께. 아무개 아무마을 이라고 이러니께,

"아이가, 그럼 시어머니 싸납다던 그 호남 집안 그 집 아니요?"

이러더래. 그래 가만히 생각해보니께 대저 글썽 싶으더군. 영갬이,

"아이 그러지만 해도 뱀이 무서워도 제 새끼 잡아먹는건 아닐진대 무슨 짐승 싸나워도 제새끼 한테야 싸납다고 할까 그래도 종가집이고, 나는 그리 하면 싶다."

이런께 할머니는,

"안 된다."

한다.

"아이고 그런데다 자식, 그 사나운 시어머니 밑에 어찌 시집살릴려고요."

안 된다고. 둘이 꽁따꽁따 한다 싶으니께 그때 딸이 마침 부엌에서 보리를 삶고 있었어. 삶다가 그만 들어보니께 저를 두고 어머닌 마다하고 아버지는 그러라 하 거든 할머니가 자꾸 반대를 한께, 처자가 샛문을 열고 빼그시 디다봄서,

"엄니, 그만 웬간히 해두소. 아버지가 뭐 괜히 알고 그러겠소."

이런단 말이지. 그래 본인이 그런께 할 수 있는가 그 어머니 반대 했어도,

"아이고 저 놈의 새끼가 어찌가 시집살려고."

"시집은 내가 살지 어매더러 살라 안 하니까 놔두라."

그러거든. 처자가 맴이 쏠리니 어쩔 기라. 헐 수 없이 혼인을 했어. 혼인하고 시집갔는데 그 때 몸종을 불러서,

"니가 나를 함께 따라가서, 내가 시킨 대로 해야된다."

큰 밥상이 오걸랑 상에 오른 대로 싹 다 챙기라. 내 한테가 요거는 숟가락 이고 젖가락 요거는 밥그릇이고, 그릇이고 쟁이고 요거는 뭔 반찬 뭔 괴기고 한 몇십 가지 큰 밥상에 한 것 요새는 그런 것 없지만 옛날 시집 장개가고 요새도 시집가면 큰 밥상 차려주고 하는디. 총각도 신랑도 큰 밥상 차려주고 하는데 몇십 가지 돼. 한 삼십에서 사십 가지 되는 걸 일일히 다 나한데 바치라. 몸종을 시켜놨거든. 시집을 가서 큰 밥상을 차리고 동네 부인들이 집안 부인들 이 다 쫙 앉아 있는데 밥그릇을 신부 앞에다 딱 내다놓고 몸종이 딱 붙어 앉아

이것은 숟구럭이고 젓이고 밥그릇이고 뭔 괴기 뭔 괴기고 한 삼십 가지되는 걸 일일히 새 넘기니께 새 악시가 아무 소리도 안 하고, 멍청히 앉아 있으니께. 방안에 앉은 사람들이,

'전부 새아기 반평인가 봬 그러니 몸종이 와서 일일히 챙기지 그럼 챙길 택이 있나.'

속으로 말을 안 해도 전부 눈이 새댁한테로 가는 기라. 또 재차 챙긴다. 계속 챙기니깨 새악시 눈이 얇아지더만은 그만 몸중의 멱삭을 착 휘두르고 사람이 많은데 몸종을 저 함문 밖에다 갖다놓고선,

"요년. 요망한 년 내가 반평이라고 이년. 나를 시켜놓고."

옛날 종은 평생 시키는 대로 해 상전이. 그걸 종이라 하는데. 함 문밖에 딱 갖다놓고선,

"요년 날 반평인 줄 알고, 국그릇이나 밥그릇을 시켰다."

고 대갈벵이를 그만 머리 끄더기를 잡아당겨 머리가 싹 빠져. 옷도 발기발기 찢어져.

"이년, 요망한 년이라고."

아 이런깨 동네 사람들 친척들이 본깨 정나미 떨어진단 말이야.

'시집온 새댁이 저리 괘히 악한 여자가 어디 있는고.'

시어머니 된 사람이 한쪽 뒷방에 앉았다가 손개락으로 문구녁으로 살째기 내다보니까 막 죽은 소리를 해 쏴서 대저 인저 새며느리가 종의 옷을 발기발기 찢어서 껍데기를 홀랑 버겨놓고 대갈박이를 쥐뜯어 놓았는데,

"아이고 저 놈의 며느리를 내가 어찌 부리고 살겠니."

그래서 그만 정신이 하나도 없어 며느리가 사납다. 그 며느리가 동네 사람들 친척분들은 인자 말해기로,

"아이고 저 시어머니 사납다고 하더만 옳게 붙었구만" (일동 웃음)

이젠 옳게 만났다고 사나운 며느리 만나서 옳게 붙었다고. 아 그런디 그만 시어머니 된 사람은 정신이 하나도 없네. 저 놈의 며느리를 어찌 부리고 살꼬 싶어서. 그래 인자 하루 지내고 이틀 지내도 며느리가 아무 것도 싸나운지 몰라. 모른데 얼매 지내고 나니께 지부모 내외, 저 남편, 머슴, 몸종 그런께 다섯, 자기까지 여섯이 앉아서 가족회의를 한 번 열었다.

"내가 이 집에 와서 시집온 반에는 나도 이집 식구가 돼서 같이 어찌해서 농사지어 먹고 살아야 하는데 가족회의를 한 번 하려고 모이라 했습니다. 아버님 어머님은 이제 내일부터 일이라면 손 대지 마시고 절대 가만히 계시고 주는 밥이나 자시고 놀고 이러시고 우리가 인자 벌어서 봉양하고 살긴께 절대 하지 말라."

고 하고 머슴하고 남편하고는 농사일에 대해서 어떻게 하고,

"내하고, 점기애는 집안 일과 음식 전부는 도맡아 이렇게 체계있게 살아봅시다."

이제 그래 놓은 께로 대저 부모내외는 그만 할 일이 있어도 며느리가 못하게 해서 가만히 있었는데, 언젠가 며느리가 제 방에 찾아왔단 말이야. 찾아와보니,

"내가 이집 시집올 때, 이 집 종가집이란거 알고 왔읍니다. 종가집이 되다보니 일 년에 제사가 많은 줄 압니다."

종가집이 제사를 맡는 기거든. 어떤 제사가 제일 크니. 모르지. (조사자: 모르겠는데요.) 제사는 아버지, 어머니, 할범, 증조, 고조 순으로가 제일 큰 제사 아버지 순이다.

"제사가 많은 줄 아는 디 어느때 제사가 제일 큰 제사입니까?"

그래 인자 영감이 가족 순으르 다 대니라. 그런께

"예 알겠읍니다."

인제 큰 제사에 술상 얼매하고, 기타 장보기는 얼마라 해.

"세가 적고 살림이 적으니까."

라는 말은 못하고. 제사가 동시에 돌아왔다. 돌아온께 요새 같으면 도랑꽤이지만, 그때는 도랑뺑이가 없어. 목수도 데리고 와서 쇠각을 베어 나무를 쪼개서 쇠각을 갖다놓고 솥 안에 물을 가득 채워놨어. 채워놓고 있는디 그때 제삿날 저녁이 딱 닿은게 몇십 명 모여드는데. 그 때는 잘 살고 할 때는 처음에 모아서 시간될 때 재물 다 재놓고 음식 갖다묵고 놀다가 시간되면 제사모시고 이러는 기라. 이 뜻있는 애기구마. 그런데 재간이 모이니까 하녀를 부르더니,

"아무 것아?"

한깨,

"오늘 저녁에 각 댁 서방님들이 제사에 참여 하려고 모두 오신 모양인디. 제사 참여할 양반은 저기 물은 많이 길어다 놨으니께. 목욕제계하고 제사에 참여하시게 하라."

그런께 하녀가 나와서,

"각 댁 서방님들 제사 참배하실 양반은 저물에 목욕재배하고 제사 참여하소서."

이런다고. 아이고 그놈의 소리 들으니껜 이 놈의 자식들이 어느 놈이 제사에 정신이 있어서 온 게 아니라 먹을려고 온 기라. 아이고 저 놈의 찬물에다 목욕하고 제사 못지내겠다 싶으다마다. 그러나 찬물에 서로 목욕 못하고 제사 하겠다는 소리는 못하고 소변을 보러 나가가지고 집에 가 있고. 배가 아프다 머리가 아프다 하며 반쯤은 다 가버리고 실로 남은 사람은 제사에 정신이 있어서 온 사람이라. 가서 낯이라도 씨면 되는 거거든. 낯이라도 씨면 정신이 드는 것이거든. 정신있는 사람은 낯이라도 씻고 집안에서 기다리고 있다가 제간이 많으니껜 그냥 쭉 늘어섯다.

"아무 것아?"

하니께,

"예."

"보니 제간(제관)들이 도복을 안 입었다? 어떻게 양반의 집안에 도복을 안입고 제사를 모신다냐."

각 도복을 있는 대로 싹 걷어오라. 하녀가 등불을 들고 어두운 밤에 한 집, 두 집 몇십 집 돌아다녀보니께 마당에 선 사람은 추운데 발발 떨고 서 있고 그런께 불은 쪼차다닌다냐 몇십 집 가면 시간이 걸릴 것 아냐. 발발 떨고 있다 가 인자 제사를 지내고 나니까 음석도 못 먹었지. 발발 떨고 나고 나서 즈그 집으로 쪼차가서 구들방에 들어 누워야지 그 생각밖에 없어. 떨고 나니까 먹을 생각도 없어. 그래 인자 뒷날로 그만 인자 그 소문이 동네 퍼진 것이야 그 집안에

"아이고 야 큰 일난거 본게 인자 뒷날 우리 가봐야 묵을 것도 없고."

그런게 제사 오시기 위해서 목욕재배하고 제사모셔야지. 제사 오시는데 도복 입고 모셔야 된다 이거 탈 잡을 데 있나. 꼼짝도 못하고 뒷날은 인자 딴 집안 사람들이 동네 잔치를 하거든. 음식이 남아 그런게 과거에 소비하라 하면

만 원이나 쓸 걸, 단 천 원도 안 들고 음식은 남아진다 말이야. 집안 옳은 일만 하니 정말 나쁘다 할 수도 없어. 그래서 인자 며칠토록 차반잡고 살림하고 난 께 살림이 바짝바짝 늘어 가계부자보다도 퍽 올라갔단 말이야 살림이. 부모님 모시고 참 부모님한테 내가 죄송한 애기해야겠다고.

"내가 이 집에 시집이라 와본께. 종가인 줄 알앗스나마 과거에 잘 살던 풍도는 남아가 있고 실제 살림살이는 없지. 양반의 집안에서 바가지 들고 구걸은 못 하고 남의 살림방에서 내가 살림을 하다가 할 것이지 딴 이유는 없고 인자 양반의 집안에서 살림이 요만치 불어났으니 아버지 어머니는 살림을 다시 잡고 저는 시키면 시키는 대로 많이 하라 하면 많이 하고 적게 하라 하면 적게 하고 시키는 대로 하겠습니다."
하니까 영감 할머니가,

"아이고 아야 우리보다 몇십 배 있는 며느리를 뭐라 할 것인가. 아이고 우리 늙어가꼬 니 알아서 하라고."

며느리는 시킨 대로 해서 그 부인이 강산 김씨가 됐어. 부인들이 어디 가면 살림 잘 살아서 그 살림 잘하고 자식 잘 키워주면 부인들의 임무는 다하는 기라.

〔 악양면 설화 35 〕 T. 10. 뒤

노인정, 1996. 4. 5., 5조 조사.
박만우, 남 · 80.

첫날밤 신랑 길들인 색시

* 다른 분들의 이야기를 듣고 계시다가 재미있는 이야기를 아신다며 해 주셨다. *

장갈 갔다 말이야. 갔는데 어째 이놈이 수작을 했냐하면 처녀가 어디서 노니까 저 술 한 잔 좀 먹이고, 저도 한 잔 먹었나봐. 이제 보니까 저기 동방을 하는대 들어왔는디 히히히 저도 먹었고 말이다. 일부러 뱃속이 좀 안좋고 그리해 술을 먹고 누워쟜는디 히히히 앞에서 실례를 했다 말이지. 실례를 했는데 세상에 이 무신 짓이냐고 첫날 저녁에 이래놓은께 일평생 꼼작도 못하고 허허허. 그 기를 잡아서 살았다 이거여. 하하하. 그 첫날밤 그런 거지.

〔 악양면 설화 36 〕T. 10. 뒤, T. 11. 앞

노인정, 1996. 4. 5., 5조 조사.
허천석, 남 · 80.

남편을 지혜롭게 만든 아내

* 장기를 다시 두시다가 조사자들이 계속 권하자 해 주셨다. *

옛날에 우리 나라가 금강이 좋아쟜고 백성이 다 잘 살고 농사도 잘 짓고 이런께. 나랏님이 태평연(太平宴)을 열었어. (조사자: 태평년이요?) 태평년을 열어서 그래 요새 말로 말하면 저 노래부르는 가수나 음악하는 음악가로 모든 사람을 불러서 굿을 여라고 해놔도 굿이 어째 잘 안 째인단 말이여. 그래서 모인 기생들 보고,
"오늘이 좋은 태평연인데 이 굿판이 어째 잘 안 어울리냐?"
이런께,
"그 아무 이한영이 없어서 그렇습니다."
이러거든
"이한영이 어디 갔느냐?"
"아디가는 골짝을 몰라 찾다 못 찾았습니다."
"그 이한영이 와야 굿이 째이지 안 째인다."
이런 기라. 그래 인자 이한영을 찾으러 가니께 저가 우리 나라에 있는데 안 나올 수 있냐. 이한영이 오기 전에 노름판이 아주 재미 없었는데, 아 이한영이

오니깨 굿이 잘 돼서 즐겁게 참 태평년이 열렸단 말이여.

정승이 한 분 있는데 김 정승이란 분이 한 분 있는데 과녀한 처자가 있는데 사윗감을 고르려해. 오늘 이한영을 보니 그 놈을 사우 삼고 싶으다마다. 이한영을 사우로 삼을 때 노래부르고, 춤추고 하는 걸 보니깬 학식도 있으신 김 대감은 벼슬이라도 하나 놓으면 저 그래도 잘 살지 않을까 이런 생각으로 대감이 사우 삼았는데 삼아놓고 보니 아무 것도 아니네. 이 놈 망태기네 글이란 한 개도 모르는 기라. 춤 추고 노래 부르는 건 어디서 배웠는지 세상에서 일류데. 이래 놨으니 벼슬 한 개도 못 씌우고,

'내 딸 신세는 영 끝났다.'

처갓집에서 와 부쳐갖고, 얻어 쳐 먹고 있다. 김 대감이 가만히 생각해보니 시킨데기거던 저놈을 꼬라지 보고 춤 추고 노래 부르는 거보고 불러 사우 삼았다가 딸 신세만 조지났다. 그래서 인자 어느 날 저 놈이 사람도 안 되겠다. 그만 대감 눈에 번났다 말야. 번났다 놓으니께,

"당장 나가거라. 빌어먹던지 얻어먹던지 나가라."

고 그럼 안 나갈 수 있냐. 쪼겨나가지고 저 너머 절방에 있으니까 장모 되는 사람이 딸자식이 애쓰러워서 음으로 양으로 갔다가 멀리 돌려다가 갖다 줘. 쇠밑에 갈린깔이 뽀족한게 없거든 가만히 마누라되는 사람이 생각하니께 이 남편따라 살다가 평생 고생을 면치 못 하겠어. 그래 한 번은 인자 저 내외한테 다짐을 받았지.

"그래도 우리 아버지가 당신을 사우로 삼을 때는 당신이 그래도 글이라도 읽었으면 벼슬 한 가지라도 줄 텐데 당신이 춤 추고 노래 부르고, 굿하고 거 가지고 살 수가 있냐. 그러니 우리 앞으로 고생길이 훤히 열렸는데 어떻게 해야 될 긴가 하니 내 시킨 대로 할래요? 마 오늘 저녁으로 내하고 갈릴래요?"

내 시킨 대로 할 것 같으면 더 살아볼 기고 그렇지 못한다면 오늘 저녁에 서로 짐 싸자고 다짐을 하라고 시켰거든.

'간도 유전사 뒤에 가면 무슨 암자가 있는디, 전에 우리 아버지가 그 암자에 가서 공부하다 지금 대감님이 된 거 아니냐. 이러니께 당신이 그 절에 가서 십 년을 결심하고 공부하라. 내가 뭘 먹고 내가 어찌 되는지 공부 밑천 대줄께. 십년 전에 안 만나줄낀게, 절대 십 년을 공부마치고 돌아오니라.'

굳게 약속을 했다. 그러가지고 밤에 집을 떠나버리니께 동네 사람이 이웃 사람이 모르지. 그 절에 가서 공부를 마치고 밤에 찾아왔거든. 밤에 와서 인제 보깬 저희 처가집도 모르고 이웃 사람도 아무도 모르지. 공부를 한 줄 모르고 있는데 그래 인자 과거를 보니께 대강 한 생각이 나. 공부를 너무 잘해놨으깬 과거를 보니까 평양감사가 제수가 딱 되어 있다. 저 장인도 모르지 저 공부했느냐 안 했냐 몰라. 저의 내외 밖에 몰라. 팔도감사가 딱 되고난깨 저의 아버지가, 저의 장인이,

'이놈이 글도 아무 것도 못 배우고, 이놈이 어쩌던지.'

감사가 되었으면 감사할려면 백성들까지 다 조직이 된 기라. 그런게 감사는 하인을 시켜버렸지. 하인을 한두 명 시켜버렸지. 저 장인은 그러러면 이놈이 공부를 잘 해갖고 저 과거라는 것은 인재를 뽑으려고 있는건데 이런 인재를 안 써줄 수 있냐 국가에서 당장 파견시키는 평양감사를 나갔더라.

나갔는디 대감 아들이 서이라. 대감이 가만히 생각한게 저 아들이 하나 어사가 있어. 큰아들이 어사했는디 우연히 대감이 그 놈 한 번을 밉게 봐는께 평양감사로 있는 것도 미워서 못주는데 심술이 어찌했든지.

'아 그래 인자 평양감사 저 놈을 봉급파직시켜라.'

아 그래 즈그 아버지가 즈그 아들을 봉급파직시키는게 처음에 와 들었네. 사우 자식이 모처럼 잘 돼갖고 우리 딸이 호강받고 있는데 영감재이 아들을 봉급파직시키니 얼마나 억을한 일이냐고. 얼른 편지를 써서 평양감사한테 쫓아났지. 어사로 내려가기 전에, 평양감사가 지방 유지를 모아놓고, 점잖은 유지를 모아놓고, 뭘 귀에 대고 소근소근 해. 뭘 소근거리는 줄 모르지. 그런디 그 어사가 평양으로 간다고 내려갔다. 내려가는데 어느 주가 가서 술을 먹고 있는깨 어떤 촌티기가 말이 어째 잘 먹여서 지름이 자르르해. 살이 찌고 말을 타고 술 먹은 어사 앞에 말을 타고 요리갔다 저리갔다 이래 쌌는데 이 놈이 평소에 말 타기 좋아하는 성질이 있어. 어사로 가는 사람이 그 놈의 말도 좋고 한 번 타 봤으면 하는 생각이 간절하다만 체면에 타 보자 할 수도 없고. 그 청년이 탁 내리더만 그 주모 보고 술 한 잔 달라고 그걸 기회 타 말을 보며,

"이 보시오? 나도 평소에 말 타길 좋아하는데 그 말 한 번 타보면 어떻겠소?"
이런께,

"당신 처음보는 사람인데 말 타고 도망이나 가면 어쩔려고 그럽니까."
"아이고 그럴 염려는 없소이다."
자꾸 사정을 하니께 이놈이 못 이기는데 그러라 그런다. 그런디,
"요리 가면 평양이고, 요리 가면 서울이라 저 모퉁이가 나오는데 저기 산모퉁이 저만치 갔다가 한 번 와 보소? 젊은 기분에 한번 타보지 않겠소."
그래서 말을 빌려준다 말야. 그래서 말을 탔지. 책을 하나 탁 씌우니까 말이 참 잘가거든. 저 산모퉁이 갔고 그만치 가라 이랬으니게. 여기서 말머리 착 돌리고 있는데, 어디서 뱀이 쫓아나온께 말이 굽을 내뛴갠 아이 저놈도 따라서 굽을 내뛰네 같이같이 따라온다. 말이여 그런데 말이 인자 주막 앞에 있는 저놈뱀이 돌진하는데까지 온다. 저기 서울가는데 막 새러치기하여 올라가다가 말이 가다가, 가다가 탁 엎어져버렸어. 엎어져가지고 말도 공그러지고 사람도 공그라지고 이런깨로 동네사람들이 나와가지고 이런 촌티기가 말을 타다가 이러했다고 동네를 떠밀고 가서 마을을 뒤로 해서 재깨놨어. 며칠 치료를 받았네. 치료를 받고 서울을 그만 얼쭉 올라가니게 말이야. 그래가지고 그만 정신이 돌아가니게 가족들이 보니 얼굴이 죽은 것 같아. 그래 되 가지고 저 가따 오라 헐 적에 많이 노띠기 있다가 말 새끼에다가 보래 그 망아지 딴 새끼 말이그든. 망아진가 새끼에다가 허랑이 가죽을 딱 둘러 씨 노문 같고 오늘 이여가서 말 타오고 이무 딱 돌아가 나올 쪽에 새끼 하나 와 놨으니 저 새끼가 에미 따라가지 죽고 살고 이끼 뱀이 나오는가 새끼에 다가 호랑이 가죽을 세워논께 호랑이 내미 이누마 에미가 따나간께 에미 따라온께 같이 가지 저는 인제 쫓아보내비린 기라.
아 그리 인지 즈 가족들이 본께 평양감시 저 보기 본래 뻐린다고 이래 감시 아주 배가 돌아온다 이 말이야. 그래 감시 평양감사, 마 그 밑에 놈이 맡아 이리 받아 갔꼬 또 나갔다 오고 말이야. 저그 어무니도 이제 이리 헐긴데 자식이 보닝게로 꽉 큰일이 났다 이 말이야. 얼굴 평양감사가 있따가 인자 소곤소곤 해 쌌다. 모르지 인저 이놈이 인자 둘쨋 처남 놈이 슨생되길 좋아해. 평생에 슨생되길 좋아허여. 그래 인자 그런 생각을 평소에 가지고 있는디 그래 이래 보고 파닝게로 내려가닝게 시냇가에 우무가 인개가 이리 꽉 껴가 있어 거우에 우무처가 있어 사장말이가 처 자 있어 그래 이제 내려가닝게 농부가 인자 밭을

갈고 있다 이말이야 그래 농부도
　"아 여보시오, 농부?"
　"와 그라요."
　"저게 장부처가 와 쌌는디 저게 뭔 장부치요?"
　"저 사람인자 미쳤능가베 장군차는 뭔 장군차리요 저게는 무이 장부 아니
쌌소 무가 난 이리 장부차는 안 들어봤소."
　"우짜시 시드릏께 장구차란 내가 몬 들어봤소. 여고 아호 신선도가 있는지
신선도가 있는디 신선이 되 갈 사람은 외끼고 신선이 안 될 사람은 장부차리가
안 될끼구마."
　"전해 내 오늘 마을이 그릏소. 그 사람이 긍께 마을이 관찰인 가부소."
　이르케 반갑다 말이야. 그른고 가 어딨소 나는 이누마 요그 위로 올라가문
올라가닝께로 태자 굉장히 나이 많은 노인이 한 서넛 여섯이 앉았으. 삼삼사오
가 앉았으. 그 다음 밑에 가스 인자 여불허고 있응께 슨생의 되논게 알기는
알긴 말이다. 서울에 가스 대학 헌기로 우리를 아리 이 사람아 서울 아무 것
이 이 사람이 거시 우리를 차아보긋다고 대기허고 있는 모양인디 이리 오라
허까 어쩌까 아이리 정식으루 허문 오라 허문 안되것는가 이릏게 안 돈잘씨노
문 아이래허는께
　"어느 젊은이가 와 있습디."
이리 와스
　"서울 그 대감 아무개 자슥이냐?"
고 물어봤스.
　"긜 모시고 오니라."
　동자가 와스 와서 이 환히 알고 와스 와 말혔는디 진승이다 싶프단 말이지.
그리 올러거고 나서 인사허고 낭께 술판이 벌어지는디, 막 이 세상에 자기 보
두 모헌 안주가 나와 어이 맛을 봉께 기가 막히고 이리 술을 몇 잔 마시고
낭께 어이 술을 이리 있는데 우리가 권하는 술은 몇 잔 마셔도 안 취헌다고
자꾸 이리 돌아간냥 마 맥이기는당 말이야. 시 먹꼬 낭께 이리 쉬 사그라들어
꼭꾸라 져 뿌렀씨요. 이마 그런 그런 어다댕기는지도 몰라 어디댕기는지도 모
르고 그마 사날 나달 떨어져가 있어. 아 그래 같꼬 한 사날만에 술이 개가 있어.

우에 덤티기 산만허게 나 있는디 그래 인 나서 정신차려 본께 이리 바우 우에 있는디 신선허고 같이 놀았다는 생각이 들었단 말이여. 정신이 드는디 신선도 뭐 우리 한평생이 신선 하리 사다두마 하리사다 같다두마는 하두고 반드시 술을 먹었는디 댕이 흘러 갔기에 찌끄러기 사가 사가 지끄러기 사기 갔기에 허기 해가 태산같이 몰렸응께 한 몇백 년 지나간 기 싶으거등 내 생각이 그랬단 마다 일어나서 들고 일어났써. 요는 평양가는 데고, 요는 서울가는 딘디 평양가는 디로 몇 발짝 걸어갔서 내 생각해 본께 이거 한평생이 치로 하리 힌끼 그래 다 사기지고 검부대기 이리 씨 있을 때는 이리 몇 백년아 흘러 갔는디 이 자손 자손이 몇 대 났을낀데 어떤 마을인기 싶어서 서울 올라 왔네. 서울을 올라 왔냉께 죽을 상을 해가 들어가닝께 즈그 아부지기고 어무이허고 채리고 평양간단 하는 자식이 마 죽을 상을 허고 들어 가닝께,

"어이고 아부지 늘껏겼습니다."

세째 놈이 보닝께 이 가디가 평양간디고 내려 가니까 다 죽을 상을 해가지고 돌아오닝께 마 김이 팍 난단 말이여. 이누마 단짝으루마 보따리 짊어 지고 큰일이다. 저그 어무이가 봉께 요행이 달렸는디 끄트머리 이놈은 막내 아들눔이 이눔은 그만 승질이 괴꽉혀가지고 이눔이 내려 가문 단박에 봉구팔이 치가문 특별히 인자 평양감시가 날 날랐가무디야 팽양감사 뭐 (청취 불능) 신선놈이랑 으논했끄등. 요번에는 인자 또 뭣을 의논 했는지 세째놈은 색을 그리 좋아해. 각시를 좋아해. 승질이 즈는 신선되기 좋아허고, 하나는 말타기 좋아허고, 하나는 또 각시 좋아해.

이 마차 쥐고 내려 가는디 어느 마을 앞에 내려간께 봄샌디 버들 이파리가 파들파들피고 이럴땐디 시냇가에 어느 색시가 와서 물을 긷는디 이래 본께 마 이쁜 기라. 참 예쁜 처자가 물을 길어 물도 이리 싣는걸 말 붙일라고 이래 같지 첨에는,

"미안하지만 서도 거 물한모금 청합시다."

한께 그 처자가 횏딱 쳐다 보두마는 물을 도가치고 여려 같꼬 샘에다 막 횡횡 돌려 같꼬 이래 좋은 물 뜬다고 이리 가에 있는 버들나무 팡팡 핀 버들나무 잎사기를 평평피 훑어가 도왓줄에 끼갔고 서울 총각헌테 갔따 준단 말이여 이리 받아가 갔꼬 별 시답지 않은 걸 마시고,

"아주 참 물을 줘서 감사히 참 잘 먹었는디 그 버들 잎사구를 띄워 주무는 어떤 뜻입니까?"

이래 물었끄등,

"마음이 성분에미 매우 간거 갔에 냉수를 급히 자시문 속에 병이 되는 골로 천천히 자시기 위해서 버들 잎사구를 띄어 드렸습니다."

어이 이기 대노모 일색뿐 아니라 속은 더 일색이라. 그 여잘 낫뚜고 갈 수가 없어서 그만큼 절대 판인디 그 만킴 저리 가서 드려다 봉께 아주 처자가 물을 이고 동네로 안 들어가고 동네로 저 돌아서 저그 외딴길루 돌아간단 이 말이여. (청취 불능) 허고 어떡히든 기다리고 있따가 그 집이 인자 어두워 가 주인을 찾아 간디 여자가 나오그등. 그 인자 행인이 날은 저물고 저 있따 어디 하룻밤 재워 가까 싶어서 하니까네 아이 그럼 이리 들어오시라고 주인이 하수 바름 좋다 그래 이리 들어갔지 겸양을 이리 해가와서 수미까네 겸상을 이리 해가와서 애글 했서

"이래 남편이 어디 갔나?"

하니,

"내는 남편이 없소."

인자 구리 애길 헌단 말이여. 참 절세 미인인디,

"이 촌구석에서 어찌 살겄느냐?"

"아이고 임자 허달라는 사람이 있어야 서울로 가지사."

인자 그런단 말이여. 아 그래 니자 저녁을 묵고 놀다가 이제 그만 지고 가라 이래 싸서 금침을 펴 넣고 누워 자기래 인자 청을 허는디 의복을 벗고 빤스만 입고 있는디. (일동 웃음) 아이 그러고 있는디 저그 옷 인자 의복을 벗고 빤스만 입고 인자 이불 밑에 막 누울랴고 허고 있는디. 누가 와서 대문을 콩콩 뚜두린다 이 말이야 하고,

"우리 본 서방인가 보요."

아니 이 서방이 없단 여자가 본 서방이 있단 말이다 붙방에 들어가닝께 붙박에 큰 궤짝이 하나 있드라고 그 궤가 어찌 봐사 존 궤가 하나 있는디 본서 방이 와서,

"야 나가요."

    이래 여자가 (청취 불능) 아이 여자가 궤짝을 피 연단 말이여. 우선 급한께 들어가라고. 가서 누운께 딱 맞아. 좀 크두 마는 아 이래서 궤짝문을 탁 열고 바껠에선 문 안 연다고 고함을 지르고 혀서,

    "에 나가겄습니다."

허고 문을 연께 인자 남자가 들우와서 음 남자가 어디 갔다 오문 여자가 담박 나와서 문을 열 것이지 뭐 어쩌고 여자가 몇 마디 허두마는 여자는 암상시리 허등께 마 여자가 아무 소리 안 허고 있다가 찰캉소리난께 여자가,

    "아이고 날 죽이라."

    마 둘이 쌤이 붙네. 쌤이 붙어가막 '이놈, 이년'이러고 이러두마는,

    "에이 살살 갈라막 집을 나가든지 해야지."

    (청취 불능) 내가 허고, 안비꺼. 안비꺼는 네가 허고, 안비까 안삐꺼는 내가 하마. 또 인자 논 밭 다 갈라 놓고 인자 살림살이를 갈라히 노는디, 안비꺼 안비꺼는 네가 허구, 궤짝허고 뭐 허고는 내가 허고. 아이 따을 여자가 더주니 덜주니 말 안 하두마는 궤짝은 남자가 헌당께. 안 된다구 한다는 것이여. 이말 또 그런,

    "내가 죽었음 죽넜지 안 되지. 저번 주부텀 궤짝은 재 논긴디. 어으 안되, 전에 진작 때부텀 궤짝은 내가 해 논긴데 어그 궤짝."

    나보단 궤짝만 같꼬 뭐 식별루 한단 시 헐라고, 아 그래서 그문 여 궤짝 어떤 놈이 하나 대기 허고 있따가 에 헌께 이 궤짝 담박 온겨야 헌게 어 마 두 놈으서 끄내다러니께 여자가 죽어 살어 이를 그래. 남자 둘이서 십게 내비리고 님이 짊어 지고 말이지. 아이 궤짝 안에 들어 앉았응께 이내버리문 죽는다 물에가 났따 내비리고 내비리문 이마 평양인가 대동강 대동강 이누문 강 한가운디가 뺑내다 비린다 이 말이여. 뺑 떨어지문서 내 비링께내 아이 이 누무 물이 많이도 않들어오고 물이 쪼끔씩 쪼끔씩 들어온단 이 말이여. 물이 차 올라 오그등 차 올라 온게 물이 요만침 오드니 '인자 꼼짝읍시 각시 좋아허다 죽었다.' 어쩻든 간객끼 고기 낚시 허다 거 오갔꼬 가위로 이래 해 가지고 가위로 꺼냈어 꺼내 가지고 다행히 죽기는 면했다 이했따 거래 짊어지고 거래 간다 이말이여 어대 쳐박아 났따가 즈그 마누라를 댔꼬 나와서 이자 마 보구

    "어제 마 내가 괴기 잡으러 갔따가 꽤를 하나 건졌는디 대동강에 떠내려가

는걸 내가 건졌는디 여가 좋탄 말일세. 이그 보통 서민이 이런 괘를 가졌다카문 큰일 나능기라 그리고 보통 평양감사 자리에다가 올려 야지 이런 걸러 가지구 있따가는 큰 바지기 나니께 평양감사에게 보내야 되겠꾸만."

그따 함 요새말로 미수꾸리 해가 마 꼬라표를 달아가지구 마 평양감사 아무지 전이라 딱 이리 해 논께 딱 인자,

"당신이 알아서 해 하이소."

이래 인자 꼬리표를 딱 띠 삐어 놓고 제일 성문을 주서 쫙 써서 고래가 붙여 논께 쇠통을 채와 가지고 이래 열쇠까지 딱 채워나서 그래 처가집이 가논께 뭐 선물이 왔따고, 평양감사이기서 선물이 왔따고 온 가족이 즐겁다고 좋다고 마루서 싹 나와서 괘짝을 놓고 거 쇠통을 놔났는디 열쇠까지 놔났어 열쇠를 같꼬 탁 괴문을 여 논께 딱 여시니

"아이고 아부지 나 더 세껴 습니더."

하닝께 서울 자식이거든 평양감시가 수단이 그르케 좋았어. 인자 아들 셋허고 저허고 아부지 앉아 의논을 했어 인자 최초에

"어쨋허고 욕을 보고 왔니 그르케 어니."

"난 말타기 좋아허다 그랬습니더."

"너는"

"난 신선 좋아허다 그랬습니더."

허고,

"저는 새악시가 젛아서 그랬습니더."

"평양감시 그놈이 난 놈이다 그놈이 사부자 중에 한 놈이라도 까딱하문 죽을 판이라. 한 번에 그눔 어떤 짓을 해도 한 번에 건졌삐리다 사람이 나 노문 그눔을 데리고 살라문 큰 일을 당하는 기다."

이그 유래 아는 사람이 몇 분이나 되요.

〔 악양면 설화 37 〕 T. 11. 앞

노인정, 1996. 4. 5., 6조 조사.

손순대, 남 · 82.

귀신과 결혼한 이야기

* 좀 쉬시는가 싶더니 계속해서 이야기를 해 주셨다. *

　전에 그 아 일본 사람들이 얼른 이 사람이 와서 하닝께,
　"나는 여가서 좀 자고 가자."
하닝께,
　"나는 여그짜가 아니고 그래서 좀 자고 가자."
하니까,
　"그래 으 못자고 간다."
　그래 못 자고 간다고.
　"그르 왜 몬자고 가냐?"
하니까 아이 그래 인자 기어이,
　"자고 가자."
하니까,
　"그럼 한 번 자고 가라고 그래."
　말 하자문 인자 사랑으루 들으가, 사랑으루 들으가 앉았응께 한참 있으니
까 우에서 이리 '탕탕' 소리가 나드라 이 말이야. 이리 '탕탕' 소리가 나는데
이래 들어보닝께 이래 뭣이 쫓는 소리라. 그래서 (청취 불능) 논께 독신 아들이
죽었는데, 독신 아들이 죽었는데, 원수랑 원수가 내 이 태 났다 해 가지고 저그
아부지가 쫓아서 이만 마 말하자믄 이만 쏘았는데 그래 그토록 인자 자고 돌심
아드라케 나가 그 자기 아들 씨는 자리를 하나 잡아 준다 이 말이야. 따라가자
그래. 그래 따라가니까 길 가에 어디다기 자리를 잡아 줘. 길 가에다가 자리를
잡아 주는데 그마 이마 매를 씨드라 이 말이여. 그 무슨 대감으 집이서 아들
결혼을 시키는디 인자 장개라. 장개를 보내 가지고 신랑을 보게 됫는디 신랑을
이 신부가 그 냇슨 앞으로 왔든가배 냇슨 앞으로 바로 앞으로 오게 됫든가베.
오다가 데리고 오는 사람들 보고

"여그 시라 그르드라."

이 말이야 그래 싯드라 이 말이야. 그르고 한참 있다가 인자 자기 시집으, 시집으로 가게 됐는디 근데 거그서 보태기가 됐으. 택이를 택이가 됐으. 내 앞에서 시 놓고 간 순간에 그래 이눔으 아가 택이가 되가지고 아기를 잉태해 가지고 하니께 그 시집을 그 며느리보는 그 집에서는 이 달수를 따져 보니까 저그 아들 아는 아닌가 이 말이지. 아니라 그 아들 아이고 아들 아니라서 인자 헬로가 놔게 됐드라 이 말이야. 한 번 잡히니까 잡히니까 갔드라 이 말이야.

"사실은 그런 일 밖에 없습니다. 그른 총각 니승 앞에 쪼사갔꼬 거그서 신 일 밖에 없습니다."

"그래 거기서 서 갔꼬 어떡해 했느냐."

거그서 신부 눈에 내일 같꾸 설라문 그 사람이 전에 엽전 천 냥을 띠 같꾸 낼 섰드라 이 말이야.

"그 어떠한 촌결이 나소 가지고 어떠한 한 일밖에 없습니다."

허구 답변을 그리 했다 이 말이야. 그리 낼 같다. 스지 그 사람을 어떡해 엽전 천 냥을 그리 낸 사람이 긎비 아들이가 말이라. 그래서 그 집이다가 통과를 혔서. 이런 일이 있으니 이 사람은 자기 자식이니까 데려 가그라. 이리 그랬서. 그러니까 이 사람이 가만 생각 해보닌까 매를 썻는디 이게 웬 일인가 싶어서 아니다. 아들이 탕탕 쏯아가지고 아들이 아니다 이 말이다. 그게 아이고 자기 아들 메를 갔다 쑬 적에 어떡헤 쒔느냐 허니께 아니 내 봇에는 엽전 천 냥을 꿰가지고 어깨를 매 갔꼬 가서 갔다가 메 쒔다 급하는 수밖에 없다.

"그래 그 사람이 내 사실은 그런 일이 있습니다."

그러니께 천상 나는 이집으 당신으 며느리가 되야 겠다고 말이야. 그래 인자 죽은 총각 각시가 되었다 이 말이지. 아가 되었다 이 말이야. 그래서 그래 그르 와서 나한테 아들 났다 그 말이야. 아들 났다. 아들 났는데 누가 말 하드래도 이 죽은 자식이 그 한사람으로 상대해 가지고 아가 됐다능게 안 믿어진다 그 말이야. 그 그래그래 인자 놔서 인자 키우는데 얼마쯤 지난 뒤에 그 자리 잡아주는 부모가 왔었어. 그리구 갔두란 말이야. 그집을 가니께 그 집으로 왔드라 이 말이야. 그 집으로 왔는데 그래 일곱 살인가 여덟 살 묵어서 서당에 가 글을 배우는디 이거 뭐 알 수가 없그등. 그래 가 그 말하자믄 거 할악시가

"에 이거는 이렇게, 이렇게 된 일입니다."
헌게,
"그 흔적을 알 수 없습니까?"
그른께
"알 수가 있다."
이 말이여
"그 어찌 할 껍니까."
이르니께 저니가 서당을 가보라고 이 말이여. 서당을 가무는 사람을 보고 상
대로 가 앉았으며는 이래 뒤에 그림자가 되잇는데 이래 앉았으며는 그림자가 보
이는데 구신이 성장해가 앉았으며는 그림자가 안 보인단 이 말이여. 그른디 그림
자가 없다두만. 그리 인자 가서 보니께 그리 성장이 가스 앉은 뒤에는 그림자가
다 있는데 그는 그림자가 없다 이 말이여. 음드라 이 말이여 그리서 확실히 저
그래 가지고 참 매누리는 그마 (청취 불능) 그래 있어 가지고 (청취 불능)

〔 악양면 설화 38 〕 T. 12. 앞

노인정, 1996. 4. 5., 6조 조사.
손순대, 남·82.

일곱 살 난 아이의 지혜

* 이야기는 나처럼 해야한다고 다른 분들에게 말씀하시며 해 주셨다. *

아들 하나를 키우고 사는디, 살림은 있어. 있는 살림에 사는디, 참, 하루는
중이 왔더래, 중. 전엔 중을 대사라 그랬거든. 중이 와가지고 그랬더래,
"동냥 좀 주시오."
그런께 즈그 아버지는 어디 가서 없고 즈그 어메하고 그 애하고 둘리 있는
디, 애가 열멫 살인가 먹었는데 말이야. 지금 내가 동냥을 줘가지고 인자 애를

내보냈어. 보낸께 동냥을 딱 받아갖고 돌아섬시로 뭐라고 하는 고이면,

"아는 좋다마는…."

그러거든, 중이 하는 말이. 즈그 어메가 밖에서 들으니까, '아는 좋다마는.' 그러거든. '아는 좋다마는.' 이러구 군담을 하고 가거든, 즈그 어메가 들으니까 이래. 인자 그래 즈그 머스마를 보고 물으니까 아들 보고 물으니까,

"니 아까 동냥 준 대사가 뭐라드니?"

이런께.

"뭐 다름 말 아는 좋다마는 그러대."

"음, 저 가서 대사 좀 불러오니라, 데꼬 오너라."

그래 애를 보내가지고 대사를 즈그 집에 도로 데꼬 왔었어. 데꼬 왔는데, 못 가게 했지. 꽉 붙잡아서 못 가게 했지. 자고 가라고, 그 재워 놓고 즈그 아버지가 왔다 이 말이자. 그래 즈그 아버지한테 영감한테 그런 얘길 다 했다 이말이제. 아랫방에 중이 왔는데 중이 어떤 얘길 '아는 좋다마는' 그러고 동냥을 받아온께 한 번 물어보라고 말이지. 즈그 영감한테 시켰지. 이제 즈그 영감이 그런 야길하니까, 처음에는 잡아 떼더래. 아이 뻔 허이 암서 말이지. 물으니께까잡아 물으니께,

"개가 몇 살 묵으면은 호식을 하겠네. 호식을 하겠네,"

호식을 해간다. 그 애가 팔자가 그렇다 이 말이제, 그러거든. 그럼 어떻게야 하나 어떻게 해야 되나 그러니까, 음 (청중: 이날 이적에 큰 산 밑에, 큰 인물 난다 말 안 하나.) 개가 방제를 할려면은 한 날 한 시에 난 큰애기하고 결혼을 해야 된다. 그게 되요? 그게 어려운 일 아이가. 어찌 한 날 한 시에 난 큰애기가 어딨을꼬. 없다 이말이야. 그런데, 그래 저그 아버지가 방을 써붙였어. '한 날 한 시에 난 큰애기면은 그 어 결혼을 한다. 결혼을 한다.' 고 방을 써붙여 놔야 어디 뭐 그런 사람이 있는가. 어디 모두 왔는디 다 틀리고 안 되서, 그만 호식한다는 날은 뽀득뽀득 돌아오고, 돌아오고, 기가 찰 일이 아니라. 그래서 고마 내 안 보는 데 가서 살던지 말던지, '니 어서 나가거라.' 나가서 죽으라 이 말이지. 그래 옷보따리 싸가지고, 시켜가지고. 아를 내보냈어. 아, 열몇 살 먹은 걸, 내보냈다 이 말이야.

내보낸께, 야가 어디로 간는가. 거마 어디로 가가지고, 뭐, 어느 서당에,

이전엔 서당이 있거든, 한문 가르치는 서당이 있었어. 이전에, 그 서당을 찾아 갔더란다. 서당을. 서당을 찾아 가가지고, 거기서 뭐 참 애들이 밥을 해가지고 서로 해주고 밥을 해다주고 먹고 그래. 그러고 있는데 그 마을에 조그만 아이 가 하나 있던가배. 아이가. 나이 일곱 살 먹었대. 그래 아이하고 친했어. 친해가 지고 살았더란다. 살았는데, 그 애가 어찌 한 번은,

"내 니도 네 얼굴이 좋다."

일곱 살 먹은 게,

"네 우리 누하고 결혼할래?"

그러더래. 결혼을 하면 어떻겠께. 아. 그 이전에 애길 해 줄께. 즈그 집에 와서 독서질로 제 글을 좀 가르쳐 달라 그랬더래. 그래 인자 데꼬 가가지고 즈그 엄마 즈그 아버지한테 얘기를 해가지고, 데꼬 가가지고 즈그 집에 앉혀놓 고 글을 배웠다 이 말이지. 글을 배우면서 저 놈이 인자 거 누구하고 결혼을 할라. 그래 인자, (청취불능) 아니고고. 안 된다 이런께 아 제가 중매한다고 그러더래. 일곱살 먹은 거이. 뭐 자꾸 그래싸고 실없는 소릴 싸. 그러싼께

"그럼 그 할라면 해봐라, 니 어떻게든 해봐라."

"그럼 내 시키는 대로 해."

그러더란다.

"그래 시키는 대로 할께."

요래 됐네. 그래 이전에는 큰애기들이 독방을 꾸며놓고 혼자 자고 그랬더 라케. 혼자, 여자들이. 그래 인자,

"너 인자 우리 누 선보러 가자."

이러더래. 그 총각을 보고. 그 어떻게 하러 갈기고. 저 누이 방문 앞에 연못 이 있는데 연못 가에 꽃밭을 만들어 놨는디, 꽃밭을 만들어 놨는디,

"네 꽃밭에 가 섰거라. 내 우리 누이 데고 오마, 데고 나오마. 내 어찌 됐던 데고 나올께."

달밤이라. 달밤. 꽃밭에 숨어가 있다 이 말이제. '숨어갖고 선을 봐라.' 그래 서 인자 그래서 어쩌나 하고 꽃밭에서 보니까, 아 저 놈이 일곱 살 먹은 놈이 즈그 누 있는 방문 앞에 가가지고,

"아 누이야 문 좀 열어라. 문 쫌 열어죠."

하니까 안 열어 주거든. 그만 방문 앞에서 배 아프다고 궁구더래. 그마. 배 아프다고 궁구니까, 궁구니께. 아무리 독해도 문 좀 열어주겠제. 동생이 배 아프다고 딩구는데 어찌 문 안 열어 주겠고. 그래 문을 열어 주더란다. 그래 문을 열어준께.

"아이구 누야. 내좀 업고 꽃밭 가 좀 돌아. 배 아파 죽겠다."

마 이러거든, 그래 아 그래 누 등허리에 업혀갖고 꽃밭을 돌아봤어. 아 그래 총각 선 봐라. 그마, 선보라고 말이지. 그래갖고 꽃밭을 뱅뱅 도는디, 그거 (청취불능) 봤을 기가, 봤지. 봤어. 봤는데. 그래 선을 보고 갔다. 가 가지고 그 뒷날 저녁에 요 놈이 뭐라 그러는가이면,

"우리 누 좋제."

"아 네, 그 낭자 내가 아무리 좋지만, 이 놈아, 그 소용없는 소리 마라."

"아 내 정말 한당께."

그러거든, 어흠. (웃음) 그래 하루 저녁엔 그 뒷날 저녁엔 따라가자 그러더래. '지를 따라오라.' 그러더래. 밤이 되니까 따라 갔어. 따라가서 어쨌는가 보니까. 거 방문 앞에 가서 막 배 아프다고 막 딩구더래. 고함을 지르고, 그 또 문을 열어주더라는 기라. 그 어찌 문을 안 열어 줄끼고.

"문을 열어 줄끼니까, 내가 방에 들어가서 방 안에 불을 딱 끌 거니까. 그 순간에 내 뒤를 따라와 가지고 방 뒤에 섰다가 내 나간 뒤에 니 요령으로 해라."

막 그러더라.

"그래 시키는 대로 허께."

요래됐네. 그래 시킨 대로 했어. 그래 그 시킨대로 하고, 그 머스마는 가버리고, 방구석에 딱 섰었었어. 총각이, 총각이 딱 서 있어. 꺼버린 불을 다시 써고, 딱 뒤를 돌아 본께, 웬 사람이 있거든 뭐 귀신인가 사람인가 요래 모를거 아이가. 그 큰애기가 귀신이면 나가라고 별 놈의 진을 다 치더래, 진을 쳐. 진을 쳐도 안 나가거든, 사람인데 나가는가? 그래서 큰아기가 마지막 말로,

"귀신이면 빨리 나가고 사람이면 사람의 흔적을 해라."

그러더락해. 그래서 총각 말이,

"사람이지 귀신이면 뭐 여기 뭐하러 들어올 턱이 있습니까?"

인자 그랬거든, 그러니까 아 참, 거 큰애기가 생각할 때 이상하거든, 그때

그 동상, 자기 동상 친군지 알았어. 알긴 알아도, 알았어. 모를 턱이 있나. 그게 아무라도, 바보 아니면 다 알지. 즈그 동상놈이 못 되가지고 그래 넣다는거. 그래 인자 그 날 저녁에 결혼을 해 버렸다 이말이제. 자면 결혼되어 버리는 게 아니가, 한 방에. 그래 갖고 자버렸어.

잤는데, 자고 나서 그 주소와 성명을 묻고 나서 '어찌된 사실이냐?' 이러니까 거 총각이 사실을 이야기 했어. 사실을 이야기하는 걸 본께, 저하고 그 큰애기하고 한 날 한 시에 딱 났어. 그 딱 생신을 들먹이는 거지. 그 큰애기하고 한 날 한 시에 생일생시를 들먹이는데, 생일 생시를 들먹이는데 연분이 났다 이 말이야. 연분이 된거지. 연분이 되어버린게 인자 호식가의 일을 면하는 거지. 그 이제, 자 이놈은 알지. 큰 일이지. 그래 즈그 부모들이 와서 머스메하고 통화를 했거든, '사실은 이렇다.'하고. 아, 그마 어마니 아바지가 문을 철떡 걸어 잠가놓고 그마 밥을 안 먹어.

"왜 그라요?"

"야. 이놈아. 무슨 대감하고 우리가 혼사를 하기를 날을 받아놨다 이 말이야. 장가올 날을 받아놨는디, 무슨 대감하고, 받아놨는디, 이제 우리는 다 살았다."

이전엔 대감이 크던가배. '큰일이다' 이러고 밥을 안 먹었어. 그래 이 총각이 머스마가 들어가 가지고,

"아버지 걱정 마시오. 내가 다 책임질께."

일곱 살 묵은 게 그러거든.

"네가 어찌 책임질라구."

"하이고, 아버지 어마이 참 미련타. 저 우리 사촌누 난쟁이 아니 앉은뱅이가 안 있소. 그 뭐 결혼 시켜주지. 빌어먹을 그 장가 오는 사람한티. 그 시켜주면 되지. 뭐."

"네가 책임질래, 이놈아."

"내가 책임질텐게."

그래 인자 즈그 어머니 아버지가 밥을 먹고, 대감집 아들이 장가를 온다 이 말이지. 이전엔 막 가마를 메고 차고 오는디. 일곱 살 먹은 이놈이 마쟁이를 나가더란다. 마쟁이. 즈그 매부 가마를 메고 오는데 마쟁이를 나가더래. 마쟁이를 나가가지고, 이제 시가가 있은께 드다보고 '아따야 우리 매부 좋다.'고

뭐 어쩌고 이럼시로. 그래 인자 들어와가지고 곱세, 곱세 즈 즈그 사촌누를 데려다가 부인을 꾸몄다 이 말이야. 부인을 꾸며가지고 행렬을 시켰다 이 말이야. 행례를 시켰더란다. 행례를 시켰는데, 행례를 하고 나면 저녁에 신부를 마 신랑방에 데려다줘. 데려다 안 주나? 여 시방, 지금은 여행가고 그러지만 이전엔 그랬어, 이전엔 데려다줘. 그래서 아 이 신랑이 신부를 데려다 놨는디, 요래 손을 이만치 오라고 잡아댕겨. 도로 뒤집어버려. 곱세가 되서, 곱세가 되어나서 그막 도로 궁구러진데. 그마 아이고 즈그 '아버지', 이전에는 상각들이 자고 가 뭐. 집이 멀면. 아 그마 즈그 아버지를 부르면서로.

"왜 그러냐"

그러니까

"아이 혼사 쎄겼습니다."

그러거든. 그래 인자 즈그 하인들을 시켜가지고 정보를 들으니까 대저 그러거든. '그마 우리 하인 불러가지고 혼사 그마 집으로 돌아가자.'고, 돌아가자 자식이 그렇게 하니까 그래됐거든, 그래 하인들은 불러서 신랑을 태우고 밤에 자기 집으로 행차를 하는 기라. 즈그 집으로 가. 집으로 가는 도중에, 일곱 살 먹은 요놈이 와서는 즈그 아버지 보고

"아부지, 우리도 우리 하인 불러요. 그 밤까지 행례를 했으면 됐지. 뭐, 인자 우리도 하인 불러갖고 인자 누님, 누 태우고 쫓아요. 바늘이 가는데 실이 가야지."

일곱 살 먹은 놈이 그러더란다. 그래서 뒤에 따라갔어. 즈그 곱세 누 메고 고마 뒤에 따라갔어. 따라가가지고 뭐 안 받을 수 있어. 어찌 안 받을 끼고. 지금도 행례만 했다면 안 받을 수 없다네. 무슨 병이 흠이 있어도, 지금도 안 받을 수 없대. 행례라는 게 그게 그만큼 중한 기라. 행례를 했다면은, 결혼을 했다면은 그 집 귀신이라. 법도, 법도 꼼짝을 못해. 그래 되있대.

그래 가지고 이거 뭐 그마 그걸 넘기는데, 인자 가만히 생각해 본께 저그 누 호식할 날이 즈그끼리 얘기가 통했거든, 통할 거 아이가. 호식할 날이 넘어갔다 이 말이다. 날짜가, 호식할 날이. 날짜가 넘어갔는데. 저기 둘이, 연예를 안했은께, 저그 딴에는, 내외간이 안 되었다고 생각했는데 잤버렸은께. 속 내외는 되버린 기라. 되버린 긴데, 고마, 죽어버릴려고 딱 결심을 했어. 머스마 즈그 누가 이 말이야. 진짜 주가. 죽을 라고 결심을 했던가배. 결심을 하고 있는

데, 이 머스마가 또 갔어.

　"누야, 아이 누야?"

　갔더니 딱 문을 잠가 놓은게

　"문 좀 끌러라."

그런께,

　"안 된다."

　몇 번, 두어 번 쎅겼거든 그러니까 '안 된다.' 이러드래.

　"와? 이문 끌러라."

　"안되. 꼭 안 된다."

　이러드란다. 그래서

　"아이 누야 저 어무거이 김가라던가 이가라던가 그 도령이 왔다."

　이런께

　"뭐이라?"

　이러드란다.

　"뭐이라, 뭘?"

　"아무 거시 도령이 왔다."

　이런께

　"여그 와? 여 올 리가 없다. 네 거짓말하고 있다."

　호식할 날이 넘어가지고 호식해 가버렸다는 생각에. 그래.

　"이 사람이 내 여 왔네."

한께, 두어 번 하니까 진짜로 듣고는 문을 끌러주더래. 문을 끌러줘. 그래 그날 또 잤어. 인자 자고 이 이튿날 머스마가 즈그 아버지, 어마니 보고

　"아버지 큰일 납니다. 내일 우리 여 행례할 것도 없고, 우리 하인 불러서 가마에 우리 누 태우고, 태우고 아무도 모르는 대로 보내버리오."

　머스마가 그러드래. 그래 그 뒷날 하인 불러갖고 가마 불러서 즈그 누만 태워 갖고 말하자면 그 집으로 보내버린 기라. 보내버리고 그래 사는디, 그래 갖고 인자 호식해갈 팔자 그걸 면하고, 그게 어려운 일이라. 그게 천생연분 못되면 안되는 일이라. 한날 한시에 놔놓은 사람하고 결혼 안하면 호식해간다는 거 팔자라. 팔자더래.

그래서 누님이 또 미운 게 똥싼다고. 즈그 사촌 누 집에 갔더래. 대감이란단다. 대감이래. 한날 가가지고 즈그 사촌누 방에 간께, 거짓말 안 하고 먼지가 바닥에 발을 댄께 푹푹 꺼지드라케. 앉은뱅이 앉혀놓고 밥을 똑 요만큼만 갖다주고 그거 먹고 앉았고, 그마 즈그 사촌 누가 징징 울더래.

"지 누 울긴 왜 울어. 우리 내가 안 시켜주면 결혼도 못해. (웃음) 내가 안 시켜주면 결혼도 몬해. 못하는데, 내 덕으로 결혼했으면 됐지, 울긴 뭘라 울어."

딱 그래버리고는. 그 장손, 그 대감한테 가가지고는

"아. 사돈어른 내 어디 한 고을 주십시오."

주라고 막 떼를 써. 한 고을 달라고 막 떼를 써. 그 말짱 거짓말이지. 일곱 살 먹은 것한테, 뭐 그래 했는데, 뭐 대감이 가만 생각해본께, 저게 일곱 살 먹어도 사람이 낫단 말이야. 안 난게 뭐 있나. 낫단 말이야. 그래서 한 곳 주더라네. 그래서 그 고을 사람들이 잘 살더란다.

조희웅

국민대학교 국어국문학과 교수, 고전소설

노영근

국민대학교 강사, 구비문학

박인희

국민대학교 강사, 고전시가

영남 구전자료집 4

2003년 5월 10일 초판 발행
2003년 10월 10일 2쇄 발행

편저자 조희웅 노영근 박인희
펴낸이 박찬익

편 집 홍현보 김숙영
영 업 김인수 박찬일

펴낸곳 도서출판 **박이정**
130-070 서울시 동대문구 용두동 129-162
전화 922-1192~3 팩스 928-4683
http://pjbook.com, e-mail/book@pjbook.com
온라인계좌 국민576037-01-001536 우체국010447-02-011581
등록 1991년 3월 12일 제1-1182호

ISBN 89-7878-642-1 93810   **값** 15,000원

*잘못된 책은 바꾸어 드립니다.